이 책은 2020년도 정부(교육부)의 재원으로 한국고전번역원의 지원을 받아
수행된 '권역별거점연구소협동번역사업'의 결과물임.

This work was supported by Institute for the Translation of Korean Classics - Grant funded by
the Korean Government.

한국고전번역원 한국문집번역총서 / 성균관대학교 대동문화연구원

가오고략 3

嘉梧藁略

이유원 지음　이상아 옮김

李裕元

일러두기

1. 이 책의 번역 대본은 한국고전번역원에서 간행한 한국문집총간 315집 소재《가오고략(嘉梧藥略)》으로 하였다. 번역 대본의 원문 텍스트와 원문 이미지는 한국고전종합DB(http://db.itkc.or.kr)에서 확인할 수 있다.
2. 내용이 간단한 역주는 간주(間註)로, 긴 역주는 각주(脚註)로 처리하였다.
3. 한자는 필요한 경우 이해를 돕기 위하여 넣었으며, 운문(韻文)은 원문을 병기하였다.
4. 맞춤법과 띄어쓰기는 한글 맞춤법과 표준어 규정을 따랐다.
5. 이 책에서 사용한 부호는 다음과 같다.
    ( ) : 번역문과 음이 같은 한자를 묶는다.
    〔 〕 : 번역문과 뜻은 같으나 음이 다른 한자를 묶는다.
    " " : 대화 등의 인용문을 묶는다.
    ' ' : " " 안의 재인용 또는 강조 문구를 묶는다.
    「 」 : ' ' 안의 재인용을 묶는다.
    《 》 : 책명 및 각주의 전거(典據)를 묶는다.
    〈 〉 : 책의 편명 및 운문·산문의 제목을 묶는다.

차례

정축년(1877, 고종14) 9월 9일에 애초의 뜻을 이루어 고향에 돌아가 시를 읊는 꿈을 꾸었는데 다음 날 아침 생생하여 기록할 만하였다 丁丑重九 夢遂初志還鄕有吟 翌朝明明可記 · 204

9월 29일 영초 상공께서 국화 화분을 보내주셨기에 절구 한 수로 사례하다 九月少晦 潁樵相公贈盆菊 以一絶謝之 · 205

영초께서 보내주신 국화가 시들기 전에 내가 고향에 돌아가기에 〈국화를 돌려주다〉라는 시를 지어 바로잡아줄 것을 청하다 潁樵惠菊未衰 余還鄕 作還菊詩請正 · 206

일본 사신이 도성에 들어온 지 여러 날이 되었는데 고향으로 돌아가지 못해 밤에 앉아서 우연히 짓다 倭使入京有日 不得還鄕 夜坐偶成 · 209

함경도 관찰사로 부임하는 만재를 전송하다 送晩齋伯關北 · 210

이군 준양의 회갑에 부치다 寄李君俊養回甲 · 218

내가 젊을 때 양연산방에서 송나라에서 만든 앵무연을 보았는데 바로 침계의 물건이었다. 자하 노인이 시를 지어 이를 기록하였는데, 40년 뒤에 시장의 가게로 흘러들어왔기에 이에 감회를 느껴 지난날의 인연을 읊는다 余少時 見宋製鸚鵡硯於養硏山房 是梣溪物也 老霞作詩記之 後四十 年 流落市肆 仍感賦舊日之緣 · 221

사마종은 호가 수곡이다. 사생화에 뛰어나서 도광 연간에 이름이 났다. 내가 연경의 시장에서 사마종의 그림 한 장을 구입하여 귀국한 뒤 다시 표구하게 하였는데, 표구사에 불이 났으나 이 그림은 다행히 온전히 보존되었기에 기쁜 마음에 그 말미에 적는다 司馬鍾號繡谷 善寫生 名於道光 年間 余購一紙於燕市 歸使改裝 裝家火 此紙幸得全 喜題其尾 · 223

퇴계의 시 중 "철을 두드려 침을 만듦은 치료를 하려는 것이니, 치료를 하고 나면 어찌 다시 황제와 기백을 따지리오. 소강절의 침법을 십분

따라서, 사람의 마음을 찌르면 온갖 병이 나으리라."라는 구절이 있는데,
감회가 있어 붓 가는 대로 쓰다 退溪詩 有打鐵成針欲作醫 作醫那復問黃岐
十分鍼法從康節 刺得人心百疾夷 有感隨筆書之 • 225

가오고략

제5책

詩시

시詩

중악태실석궐첩[1]
中嶽泰室石闕帖

1 중악태실석궐첩(中嶽泰室石闕帖) : '중악'은 중국의 오악(五嶽) 중 하남성에 있는 숭산(崇山)을 이른다. '태실'은 소실산(少室山)과 함께 숭산을 이루는 두 산 중 하나이다. '궐'은 고대에 궁실·능묘 등의 문 앞에 세운 건축물로, 보통 대칭 형식으로 길 양쪽에 세우며 중간이 비었다고 하여 '궐'이라는 이름을 붙였다. 숭산은 중악한삼궐(中嶽漢三闕) 또는 숭산삼궐(嵩山三闕)이라 하여 중국에서 가장 오래된 묘궐(廟闕)인 태실산·소실산·개모묘(開母廟)의 세 석궐(石闕)에 새긴 명(銘)으로 유명하다. 태실석궐은 개봉현(開封縣) 소재 태실산의 중악묘(中嶽廟) 남쪽으로 100여 보(步) 떨어진 곳에 동서 양쪽으로 돌을 쌓아 건립한 신도궐(神道闕)로, 서궐(西闕)은 동한 안제(安帝) 원초(元初) 5년(118) 4월에 양성현장(陽城縣長) 여상(呂常)이 건립하였다. 제액은 모두 9자로, 앞면에는 '중악태실양성(中嶽泰室陽城)'이란 2행의 양각 전문(篆文)이 있고, 뒷면은 마모되어 알아볼 수 없으나 학자들은 〈소실석궐명(少室石闕銘)〉에 비추어 '신도궐(神道闕)' 3자로 추정한다. 위쪽에 〈태실석궐명〉의 음각 예서(隸書) 명문이 있으며, 명문 외 나머지 빈 부분은 각종 인물·거마·동식물 등의 도안으로 채워져 있다. 명문은 모두 27행으로 이루어져 있으며, 10자로 되어 있는 3행과 4행을 제외하면 행마다 모두 9자로 되어 있다. 전반부는 숭고신(嵩高神)과 태실악신(太室岳神)께 감사와 찬양을 표하는 내용을 새겼고, 후반부는 석궐을 건립하는 데 참여한 관리들의 성명을 새겼다. 동궐(東闕)은 동한 안제 연광(延光) 4년(125) 3월에 건립하였다. 명문은 모두 44행으로 되어 있고 행마다 대략 9자로 되어 있는데, 마모가 심하여 알아볼 수 없는 글자가 많다. 소실석궐은 하남성 등봉현(登封縣) 서쪽의 소실산 아래에 있는 소실아이묘(少室阿姨廟)의 신도궐로, 동한 안제 연광 2년(123)에 영천 태수(穎川太守) 주총(朱寵)이 건립하였다. 〈소실석궐명〉은 서궐(西闕) 남면에 전서(篆書)로 새겨져 있는데,

한 무제가 신선을 찾아 태실산에 오르자	漢武求仙登泰室
신령이 소리쳐 보우하니 태을신께 제사하였네[2]	呵靈嗻神祭太乙
누런 태양을 끈다고 말하는 이가 있다면	若有言者牽黃日
그 설이 황당하여 참으로 질정하기 어려우리라	其說荒唐誠難質
선왕의 성대한 법은 천서와 천질[3]이니	先王盛典天敍秩

남아 있는 글자는 모두 22행으로 행마다 4자로 되어 있으며, 3행은 글자가 없다. 서궐 북면 위쪽에 음각 전서로 '소실신도지궐(少室神道之闕)' 6자를 새긴 제액(題額)이 있고, 동궐(東闕) 북면에는 예서로 12명의 이름을 새긴 24자의 〈소실동궐제명(少室東闕題名)〉이 있다. 아이묘는 하(夏)나라 우왕(禹王)의 둘째 부인이자 우왕의 아들 계(啓)의 어머니 도산씨(塗山氏)의 여동생을 기린 사당이다. 개모묘궐은 등봉현 동북쪽 만세봉(萬歲峯)의 개모묘 앞에 있다. 소실석궐과 마찬가지로 동한 안제 연광 2년에 영천 태수 주총이 건립하였으며, 〈개모묘궐명(開母廟闕銘)〉 역시 전서로 쓰여 있다. 모두 35행으로, 앞 11행은 행마다 7자, 뒤 24행은 행마다 12자로 되어 있으며, 내용은 하나라 우왕의 치수(治水)를 칭송하고 계의 어머니 도산씨에 대한 사적을 기렸다. 개모묘는 원래 계모묘(啓母廟)라고 해야 하나 한 무제(漢武帝) 때 개모묘를 건립하면서 아버지인 경제(景帝) 유계(劉啓)의 휘를 피하여 글자를 고쳤다고 한다. 《馮雲鵬·馮雲鵷輯, 金石索(下), 北京: 書目文獻出版社, 1996》

2 한 무제(漢武帝)가……제사하였네 : 한 무제 원정(元鼎) 6년(기원전 111) 겨울에 무제는 하남의 구지성(緱氏城)에서 신선의 발자국을 보았다는 공손경(公孫卿)의 말을 듣고 구지성에 행차하여 그 발자국을 살펴보고, 이듬해인 원봉(元封) 원년(기원전 110) 3월에 다시 구지성에 행차하여 중악 태실산에 올라 제사를 지냈는데, 이때 수행하던 관원이 산 아래에 있다가 '만세(萬歲)'라고 하는 듯한 소리를 세 번 들었다고 하자 무제는 300호(戶)를 숭고읍(崇高邑)이라 명명하고 태실산에 바쳐 제사를 지내게 하였다고 한다. 《史記 卷12 孝武本紀, 卷28 封禪書》

3 천서(天敍)와 천질(天秩) : '천서'는 군신·부자·형제·부부·붕우의 순서이고, '천질'은 존비·귀천의 등급을 말한다. 《서경》〈우서(虞書) 고요모(皋陶謨)〉에 "하늘이 차례하여 법을 두시니 우리 오전을 바로잡아 다섯 가지를 두터이 하시며, 하늘이 차례하여 예를 두시니 우리 오례부터 떳떳하게 하소서.〔天敍有典, 敕我五典, 五惇哉. 天秩有

창천을 오르내리는 신에게 초하루마다 고하였네	蒼穹降騭上朔吉
그 뒤로 후대의 군왕이 선왕의 일을 뒤이어	揭來後辟相繼述
저 높은 산마루에 올라 편안함을 구하였네4	陟彼絶巓厥寧遹
백옥의 성이 아스라이 도솔천을 부여잡으니	白玉城邈扳兜率
높고 낮은 산봉우리가 상서로운 구름에 잠겼네	嶺嶒峍岊籠瑞霱
만천대은5은 무릎을 이미 굽혔고	曼倩大隱已屈膝
문성장군6은 방술을 감미롭게 팔았네	文成將軍甘術術
텅 빈 바위 구멍이 중악과 친숙하니	空洞石竇中嶽昵
사당의 남쪽으로 백 보 밖을 벗어나지 않았네	廟南百步地不失
매끄러운 옥돌에 철필7을 남겼는데	貞珉滑膩留鐵筆

禮, 自我五禮, 有庸哉.〕"라는 내용이 보인다.

4 저……구하였네 :《시경》〈대아(大雅) 문왕유성(文王有聲)〉에 "문왕께서 명성을 두 심이여 크게 명성을 두셨도다. 그 편안함을 구하여 그 성공을 보시니 문왕은 훌륭한 군주 이시다.〔文王有聲, 遹駿有聲, 遹求厥寧, 遹觀厥成, 文王烝哉.〕"라는 구절이 보인다.

5 만천대은(曼倩大隱) : 한 무제(漢武帝) 때 태중대부(太中大夫)를 역임한 동방삭 (東方朔)을 가리킨다. '만천'은 동방삭의 자이며, '대은'은 조정에 벼슬을 함으로써 숨는 진정한 은자라는 말이다. 동방삭은 해학과 언변에 뛰어났고 신선술을 좋아하였다. 당나 라 이백(李白)의 〈옥호음(玉壺吟)〉에 "세상 사람들은 동방삭을 알지 못하니, 금마문에 크게 숨은 바로 하늘에서 유배 온 신선이라오.〔世人不識東方朔, 大隱金門是謫仙.〕"라 는 구절이 있다.《漢書 卷65 東方朔傳》

6 문성장군(文成將軍) : 한 무제 때의 방사(方士)인 이소옹(李少翁)을 가리킨다. 한 무제가 죽은 왕 부인(王夫人)을 그리워하자, 왕 부인의 혼을 불러준다고 하여 휘장을 치고 그 안에서 미녀가 앉았다가 걸어가는 모습을 멀리서 보도록 해주었다. 이로 인해 한 무제에게 총애를 받아 문성장군에 봉작되었으나 1년쯤 뒤에 백서(帛書)를 소에게 먹인 뒤 소 배 속에 기이한 일이 있다고 무제를 속였다가 위조임이 밝혀져 처형되었다. 《史記 卷28 封禪書》

세 석권 중에 칠분을 나누어 깎았네 　三闕之中分損七
호고가가 꼭대기부터 검은 먹물을 입히고서 　好古人顚浴黑漆
머리 파묻고 갈고 두드리며 눈을 부릅떴다네[8] 　埋頭碾搥目眰眰
뜻을 탐구하며 이 생을 마칠 수 있다면 　耽索如可此生畢
끊임없이 사각거리며 거의 빠져 살리라 　拉拉縩縩幾汨汨
장안의 가게에 궁궁이 냄새 넘치는데 　長安市肆芎臭溢
오고 가며 구입한 것이 똑같지가 않네 　來而去而購不一
아득한 지난날의 자취 일실된 것이 많으니 　莽渺逞蹟多所逸
진실을 찾아 고쳤으나 누락되기도 하였네 　搜眞改正或闕實
딱하게도 고정림[9]은 오산부[10]와 상반되었고 　顧亭林反吳夫恤
두렵게도 왕허주[11]는 우공산[12]을 만났다네 　王虛舟遭牛空怵
네 사람이 분분히 출척을 다투었는데 　四家紛紛爭陟黜
담계노인[13]이 법도에 맞게 고증하였네 　覃溪老人證法律

---

7 철필(鐵筆) : 전각도(篆刻刀)의 별칭으로, 여기에서는 비석에 글자를 새기는 칼을 가리킨다.

8 호고가가……부릅떴다네 : 탁본을 뜬 것을 말한다.

9 고정림(顧亭林) : 명말청초의 대학자 고염무(顧炎武, 1613~1682)로, '정림'은 호이다. 경학·사학·음운학 등 다방면에 뛰어났으며, 황종희(黃宗羲)·왕부지(王夫之)와 함께 명말청초의 3대 유학자로 불린다.

10 오산부(吳山夫) : 청나라의 학자 오옥진(吳玉搢, 1698~1773)으로, '산부'는 호이다. 문자학과 고고학에 뛰어났다.

11 왕허주(王虛舟) : 청나라의 학자 왕주(王澍, 1668~1743)로, '허주'는 호이다. 글씨에 뛰어났다.

12 우공산(牛空山) : 청나라의 학자 우운진(牛運震, 1706~1758)으로, '공산'은 호이다. 금석문을 좋아하고 경학과 문장에 뛰어났다.

한 사람이 제작한 탁본이 동시에 나오니	一手所作一時出
장엄할사 신기가 천지간에 가득하도다	方員茂滿神氣瑟
주총과 설정이 모두 실려 있으니	朱寵薛政載紀悉
진수와 풍보가 와서 나를 부르는 듯[14]	陳脩馮寶來汝叱
꿩이 푸드덕푸드덕 나니 돋아난 가지 빼어나고	飛雉翾翾挺支苗
비가 주룩주룩 내리니 짙은 구름 일어나네[15]	降雨滂滂興雲密
천추만년토록 그 공을 짝할 이 없으니[16]	千秋萬祀功鮮匹
한나라 인장의 전서는 그 값이 백일이네	漢印繆篆直百鎰
내가 또한 연경의 책갑을 함께 얻으니	我亦混得燕書袠
태실과 소실과 계모묘의 글자가 자세하네	大少室啓母廟謐
지도에 따르면 지금 하남부에 있으니	按圖今在河南佚
등봉현 동양이라는 글자가 분명하네	登封縣東陽文栗
우스워라 수고로이 역마를 달릴 필요도 없이	堪笑不費馳驛馹

---

13 담계노인(覃溪老人) : 청나라 중엽의 서예가이자 금석학자인 옹방강(翁方綱, 1733~1818)의 호이다.

14 주총과……듯 : 석궐을 건립한 동한의 영천 태수(穎川太守) 주총(朱寵), 영릉천릉승(零陵泉陵丞) 설정(薛政), 감연(監椽) 진수(陳脩), 서하환양장(西河圜陽長) 풍보(馮寶)가 마치 눈앞에 나타나 지휘 감독하는 듯하다는 말이다. 〈개모묘석궐명(開母廟石闕銘)〉 제명(題名)에 다음과 같은 구절이 보인다. "□□□開母廟□□神道闕時, 太守□□朱寵, 丞零陵泉陵薛政, 五官椽陰林, 戶曹史夏效, 監椽陳修, 長西河圜陽馮寶, 丞漢陽冀秘俊, 廷椽趙穆, 戶曹史張詩, 將作椽嚴壽, 伍左福."《金石文字記 卷1 開母廟石闕銘》

15 꿩이……일어나네 : 〈개모묘석궐명(開母廟石闕銘)〉 명문(銘文) 중 "翾彼飛雉□□□□□□符瑞靈支挺生□□□□□穆淸興雲降雨"라는 구절을 원용한 것이다.

16 천추만년토록……없으니 : 〈개모묘석궐명〉 명문 중 "我君千秋萬祀□□□□□□銘功昭眎後昆□□□□□"라는 구절을 원용한 것이다.

앉아서 홍보와 천구[17]의 자취를 거두는구나　　　坐收鴻寶天球軼

아아, 태실산에 향기로운 술로 제사를 올리네　噫嘻進禮泰畤挹芬苾

17　홍보(鴻寶)와 천구(天球) : 모두 진귀한 보옥의 명칭으로, 여기에서는 세 석궐의
탁본을 가리킨다. 《서경》〈주서(周書) 고명(顧命)〉에 "옥을 다섯 겹으로 진열하고 보
물을 진열하니, 적도와 대훈과 홍벽과 완염은 서서에 있고, 대옥과 이옥과 천구와 하도
는 동서에 있다.〔越玉五, 陳寶, 赤刀大訓弘璧琬琰在西序, 大玉夷玉天球河圖在東序.〕"
라는 내용이 보인다.

구루비가[18]

岣嶁碑歌

그대는 보지 못했는가 형산 꼭대기에 있는 우왕의 비를

　　　　　　　　　　君不見衡山絶頂禹王碑

천 년 동안 이끼 덮이고 벌레 먹은 모습 기이하다네

　　　　　　　　　　千年苺苔蟲蝕奇

붉은 돌의 푸른 글자 올챙이가 웅크린 듯 난새가 나는 듯하다는

　　　　　　　　　　字靑石赤蝌拳鸞漂

창려의 시만 세상 사람들은 외고 있을 뿐이나[19]　　世人但誦昌黎詩

승암은 노래를 지어 남김없이 밝혀서　　　　升菴作謌旳無遺

18　구루비가(岣嶁碑歌) : '구루'는 형산(衡山) 72봉(峯) 중 하나로, 중국 호남성 형
양시(衡陽市) 북쪽에 있다. 형산의 주봉(主峯)이기 때문에 형산을 구루산이라고도
한다. 전설에 따르면 하(夏)나라 우왕(禹王)이 이곳에서 금간옥서(金簡玉書)를 얻었
다고 한다. 이곳에 우왕의 공적을 칭송한 구루비가 있었다고 하나 지금은 일실되었다.
기록에 따르면 남송 가정(嘉定) 연간에 현량(賢良) 하치(何致)가 나무꾼의 인도를
받아 비(碑)가 있는 곳에 이르러 70여 자의 비문을 모사하여 돌아가 전운판관(轉運判
官) 조언약(曹彦約)에게 바쳤는데, 당시 사람들이 이를 믿지 않자 하치가 악록서원(嶽
麓書院)에 이를 새겼다고 한다. '구루비'는 '우비(禹碑)'라고도 한다. 《金石文考略 卷1
夏禹岣嶁銘》

19　붉은……뿐이나 : '창려(昌黎)'는 당나라 문장가 한유(韓愈, 768~824)의 호이다.
한유의 〈구루산(岣嶁山)〉 시에 "구루산 정상의 우비는, 붉은 돌에 푸른 글자의 모습
기이하네. 올챙이가 웅크린 듯 염교 풀이 거꾸로 뒤덮인 듯, 난새가 날고 봉새가 머무른
듯 호랑이와 교룡이 낚아채는 듯하네.〔岣嶁山尖神禹碑, 字靑石赤形模奇. 科斗拳身薤倒
披, 鸞飄鳳泊拏虎螭.〕"라는 구절이 보인다.

드러내 밝히고 칭송한 것이 석고문에 못지않다 하였네[20]

發揮稱贊不下石鼓岐

이제는 그 비석이 없어 청산이 텅 비었으니　　今闕其石靑山空

계문의 초본이 아니었다면 어떻게 이것을 알았으랴[21]

不是季文楚本曷以知

치수에 참여하느라 날이 밝자 곧 출발하였으니　參身洪流明發興

좌경을 보필하라고 요 임금이 탄식하였다 했네[22]　翼輔佐卿帝曰咨

화산과 태산과 형산이 모습을 분변하기 어렵고　華嶽泰衡難分象

꽉 막히고 캄캄하여 시간도 분별하지 못한다 했네[23]　堙鬱塞昏不辨時

귀신의 부록과 도깨비 참서에 신령한 도끼가 비장되었고

魑符獝讖秘神斧

천서와 하도 낙서에서 영험한 시초를 뽑아낸다오[24]　天書洛圖撰靈蓍

---

20 승암(升菴)은……하였네 : '승암'은 명(明)나라 중기의 학자 양신(楊愼, 1488~1559)의 호로, 양신이 구루비의 비문에 대해 〈우비가(禹碑歌)〉를 지어, 우왕의 공적을 칭송한 구루비 비문이 주 선왕(周宣王)의 업적을 칭송한 석고문(石鼓文)에 못지않다고 한 것을 이른다. '석고문'은 451쪽 주719 참조.

21 계문(季文)의……알았으랴 : '계문'은 명나라 장소(張素)의 자로, 장소가 초(楚) 지역에서 구한 구루비의 탁본을 양신에게 준 덕분에 양신이 비문을 판독할 수 있었다는 말이다. 양신의 〈우비가〉 서문에 "벽천 장계문이 초 지역에서 묵본을 구해 가지고 와서 나에게 주었다.〔碧泉張季文得墨本於楚, 持以貺子.〕"라는 내용이 보인다. 《湖廣通志 卷85 禹碑歌有序》

22 치수(治水)에……했네 : 양신이 판독한 구루비 비문 중 "承帝曰嗟, 翼輔佐卿, 洲渚與登, 鳥獸之門, 參身洪流, 明發爾興."라는 구절을 원용한 것이다. 《升菴集 卷47 禹碑》

23 화산(華山)과……했네 : 양신이 판독한 구루비 비문 중 "華嶽泰衡, 宗疏事衰, 勞餘伸禋, 鬱塞昏徙."라는 구절을 원용한 것이다.

24 귀신의……뽑아낸다오 : 고대의 허황한 기록들이 모두 가짜는 아니라는 말이다.

《집고록》및 조와 정의 금석[25]을 살펴보면 어이 그리 잡다한가마는

若稽集古錄趙鄭金石何參差

예로부터 옛것을 좋아하는 자들도 이를 보지 못했으니

自昔好古罕見已

긴가민가하다고 도리어 의심을 품어서네[26]　　　不似是似猶存疑

송나라 가정 임신년에 하자일이　　　　　　　　嘉定壬申何子一

우연히 덩굴을 헤치고 이를 발견하였으며　　　隅然得來蘿葛披

그 당시 증빙한 이는 조 전운이었는데　　　　當時執契曺轉運

사람들이 욕하고 비웃으며 미쳤다 하였네　　　詈之哈之狂之

구루비가 도가(道家)의 부록(符錄)이라고도 하므로 이렇게 말한 것이다.

25　집고록(集古錄)……금석(金石) : 《집고록》은 송대(宋代)의 구양수(歐陽脩)가 편찬한 책으로 10권이다. 주대(周代)로부터 수(隋)‧당(唐) 및 오대(五代)까지의 금석문 400여 편을 모아 엮은 것으로, 편마다 발미(跋尾)를 붙인 까닭에 《집고록발미(集古錄跋尾)》라고도 하며, 중국의 금석문을 전문적으로 모은 책으로는 현재 가장 오래된 서적이다. '조(趙)와 정(鄭)의 금석(金石)'은 송나라 조명성(趙明誠)의 《금석록(金石錄)》과 정초(鄭樵)의 《금석략(金石略)》을 가리킨다. 《금석록》은 조명성이 자기 집에 소장한 삼대(三代) 시대의 이기(彝器)와 한당(漢唐) 시대 이후의 석각(石刻)들을 모아서 구양수가 편찬한 《집고록》의 예를 모방하여 편찬한 것이다. 《금석략》은 《통지(通志)》 20략(略) 가운데 하나이다.

26　예로부터……품어서네 : 《집고록》‧《금석록》‧《금석략》에 구루비가 수록되지 않았다는 말이다. 양신의 〈우비가〉 서문에 "다시 육일거사 구양수의 《집고록》과 조명성의 《금석록》과 정초의 《금석략》 등 세 사람의 저술을 살펴보니, 옛 석각을 남김없이 환히 수록하였으나 유독 이른바 구루비만 보이지 않으니, 옛날부터 옛것을 좋아하는 명사들도 이 석각을 본 것이 드물었던 것이다.〔再考六一集古錄、趙明誠金石錄、鄭漁仲金石略之三家者, 古刻旷列無遺, 獨不見所謂禹碑者, 則自昔好古名流, 得見是刻, 亦罕矣.〕"라는 내용이 보인다. 《升菴集 卷24 禹碑歌》

악록서원에 한 조각을 갈무리하니　　　　嶽麓書院一片耷

흰 꼬리 여우가 푸른 머리 거북과 다투었네[27]　白尾狐爭綠髮龜

지금 사람들 모각하여 솥에다 늘어놓으니[28]　今人摹刻陳胼胝

큰 구멍과 작은 구멍이 조금도 오차가 없다네[29]　大孔小孔緊毫氂

동정에서 벗이 선시탑[30] 탁본을 주었기에　　洞庭友生贈蟬翅

차곡차곡 접어서 장지[31]에 들였으며　　　　疊疊摺摺入裝池

주나라 목왕의 단서와 오나라 계찰 묘의 글자까지[32]　姬穆壇書吳札字

---

27 송나라……다투었네 : 33쪽 주18 참조. '하자일(何子一)'은 구루봉 석벽의 고전
(古篆)을 발견한 남송 사람 하치(何致)로, 자가 자일이다. '조 전운(曹轉運)'은 전운판
관(轉運判官) 조언약(曹彦約)으로, 자는 간보(簡甫), 호는 창곡(昌谷)이다. 일찍이
주희(朱熹)에게 수학하였다. '흰 꼬리 여우'와 '푸른 머리 거북'은 모두 상서로운 짐승
이름이다.

28 지금……늘어놓으니 : 종정문(鐘鼎文)을 모각(模刻)한 것을 가리킨다. 양신의
〈우비가〉에 "영숙과 명성 및 협제가 편찬한,《집고록》과《금석록》과《금석략》은 모조
리 수록하였으니, 잠명과 관지를 상세히 나열하고, 솥의 글자와 가마의 글자까지 한가
득 나열하였네.〔永叔明誠及洙漈集古金石窮該兼. 旰列箴銘暨款識, 橫陳胼胝和釜鬵.〕"
라는 내용이 보인다.

29 큰……없다네 : 종정문을 똑같이 모각한 것을 가리킨다.

30 선시탑(蟬翅搨) : 매미 날개처럼 얇은 비단이나 종이를 사용하여 떠낸 탁본으로,
여기에서는 구루비의 탁본을 가리킨다. 양신의 〈우비가〉에 "먹과 붓과 선시탑을, 번거
롭지만 그대가 다시 서쪽으로 날아오는 비익조 편에 부쳐주오.〔麝煤輕翰蟬翅搨, 煩君
再寄西飛鶼.〕"라는 내용이 보인다.

31 장지(裝池) : '장황(粧績)'이라는 뜻으로, 책이나 서화집 등을 꾸며서 만드는 것을
말한다.

32 주(周)나라……글자까지 : '주나라 목왕(穆王)의 단서(壇書)'는 주 목왕이 단산
(壇山)의 석벽에 썼다는 '길일계사(吉日癸巳)'라는 전서(篆書)를 가리킨다. 453쪽
주727 참조. '오(吳)나라 계찰(季札) 묘의 글자'는 공자가 계찰의 무덤에 썼다는 '오호유

함께 서청에 수장하고 대추나무 배나무에 새겼네[33]　同庋西廳鋟棗梨

해석한 글들은 모두 억측 아닌 것이 없지만　釋文無非皆臆度

다른 사람들이 억측하여 판독한 것보다는　與其從他人臆解

승암의 억측한 말이 차라리 훨씬 낫다오　無寧從升菴之臆辭

오군자연릉지묘(嗚呼有吳君子延陵之墓)' 10자를 가리킨다.

33 함께……새겼네 : 구루비 비문, 단산각석(壇山刻石)의 글자, 계찰 묘의 글자 탁본을 모두 모각하여 다시 찍어낸 것을 가리킨다.

사월 초하루에 꾀꼬리 소리를 듣다
四月初一日聽鶯

산이 깊어 사월에야 꾀꼬리 소리가 들린다고	山深四月始聞鶯
나보다 먼저 옛 시인이 이 한 구를 완성하였네[34]	先我詩人隻句成
비 지난 황폐한 정원엔 따사로이 봄풀이 번지고	雨過荒園敷草煖
바람 맑은 늙은 나무는 옅게 그늘을 드리우네	風淸老樹展陰輕
인간 세상의 절서는 예나 지금이나 다름이 없고	人間節序無今昔
속세를 벗어난 노닒은 누구나 성정이 같다네	方外逍遙共性情
어제는 봄을 전송하느라 몹시 서글프더니	昨日餞春怊悵甚
어디에서 온 공자[35]인가 새로운 소리를 보내오네	何來公子送新聲

---

34 산이⋯⋯완성하였네 : 남송의 시인 육유(陸游, 1125~1210)가 송 효종(宋孝宗) 융흥(隆興) 1년(1163)에 지은 시 〈초여름에 감회가 일어[新夏感事]〉에 "병이 나은 지 스무 날이라 드물게 술잔을 잡고, 산이 깊어 사월에야 비로소 꾀꼬리 소리가 들리네.[病起兼旬疏把酒, 山深四月始聞鶯.]"라는 구절이 보인다.

35 공자(公子) : 금의공자(金衣公子)의 준말로, 노란 꾀꼬리의 별칭이다. 당 현종(唐玄宗)이 궁궐에서 꾀꼬리를 보면 늘 금의공자라고 불렀다 한다. 청나라 왕사진(王士禛)의 사(詞) 〈응천장(應天長) 규인자수(閨人刺繡)〉에 "봄을 전송하는 시절 깊고 깊은 집에, 잠에서 일어나자 금의공자가 꽃 너머에서 지저귀네.[餞春時節深深院, 睡起金衣花外囀.]"라는 구절이 보인다. 《開元天寶遺事 卷2 金衣公子》

숲 아래 오두막에 모란이 활짝 피다

林下廬 牡丹盛開

번화함은 이 산중 거처에 어울리지 않건만 　　　　　繁華無當此山居

홀연히 우리 집 섬돌에 흐드러지게 피었네 　　　　　頃刻津津滿我除

달 뜬 새벽의 천향[36]은 바람이 멀리서 보내오고 　　　曉月天香風送遠

해 진 저녁의 노을빛은 비가 지나간 여운이라오 　　　夕陽霞氣雨過餘

연꽃을 좋아하고 국화를 좋아함은 원래 좋아함이 다르거니와

　　　　　　　　　　　　　　　　　　　愛蓮愛菊元殊愛

기운을 비우고 마음을 비움은 결국 스스로를 비우는 것이네

　　　　　　　　　　　　　　　　　　　虛氣虛心總自虛

봄이 다한 초여름에 적막함을 달래느라 　　　　　　春盡夏初消寂寞

초당에 앉아 뭇 꽃에 대한 글을 읽어보네 　　　　　　草堂坐閱衆芳書

---

36 천향(天香) : 모란의 향기를 가리킨다. 모란의 빛깔과 향기는 다른 꽃에 비견할
수 없을 정도로 훌륭하다는 뜻으로 천향국색(天香國色)이란 말이 있다.

옥사자

玉獅子

해악(海嶽)의 〈단양첩(丹陽帖)〉에 이르기를 "단양은 쌀이 귀하지만 쌀 100곡(斛)을 실은 배를 옥사자 붓걸이와 바꾼다."라고 하였다.[37] 내가 근래 옥사자를 하나 얻었는데, 흉년으로 인해 헐값에 판 것이었다. 불현듯 〈걸미첩(乞米帖)〉[38]의 말이 생각나 시 한 수를 짓거니와, 이 물건이 진품이라고 말하는 것은 아니다.

---

37 해악(海嶽)의……하였다 : '해악'은 채양(蔡襄)·소식(蘇軾)·황정견(黃庭堅)과 함께 북송 4대 서법가로 불리는 미불(米芾)을 가리킨다. 미불은 초명이 불(黻)이며 뒤에 불(芾)로 개명하였고, 호는 해악외사(海嶽外史)이다. 〈단양첩(丹陽帖)〉은 미불의 한독구첩(翰牘九帖) 중 하나로, 미불이 벗에게 행서로 써서 보낸 29자의 짧은 편지이다. 내용은 다음과 같다. "단양의 쌀값이 무척 비싸니 배에 쌀 100곡을 싣고 와서 옥붓걸이와 바꾸었으면 하네. 좀 일찍 답을 주는 것이 어떻겠나? 다른 사람이 선수 칠지도 모르니 말일세. 미불 드림.〔丹陽米甚貴, 請一航載米百斛來, 換玉筆架. 如何早一報? 恐他人先. 芾頓首.〕" 숭녕(崇寧) 2년(1103) 여름 끝 무렵 가을걷이가 시작되기 전에 지은 것으로 추정되며, 현재 대만 고궁박물원에 소장되어 있다. '단양'은 중국 강소성 윤주(潤州)의 옛 이름이다.

38 걸미첩(乞米帖) : 당나라 765년, 관중에는 큰 가뭄이 들고 강남에는 홍수가 나서 흉년이 들자 안진경(顏眞卿)이 동료인 이 태보(李太保)에게 편지를 보내 쌀을 청하는 내용의 행서로 쓰인 44자의 글이다. 내용은 다음과 같다. "생계를 꾸리는 것이 서툴러 온 가족이 죽을 먹은 지 이미 몇 달째라네. 지금 또 이마저도 바닥이 나서 그저 근심으로 애만 태우다 문득 깊은 우의에 기댈 생각이 났네. 이에 사정을 알리니 약간의 쌀이라도 보내준다면 실로 곤궁한 시간을 지날 수 있을 것이네. 귀찮게 한 것을 용서하기 바라네. 안진경 드림.〔拙于生事, 擧家食粥, 來已數月. 今又罄竭, 只益憂煎, 輒恃深情. 故令投告, 惠及少米, 實濟艱辛. 仍恕干煩也. 眞卿狀.〕"

단양은 쌀이 귀한데도 사자 조각과 맞바꾸니 　丹陽米貴換雕獅

배에서 가을을 슬퍼하며 저녁 바람 소리를 듣네 　船上秋心晚聽颸

진품이든 가품이든 상관없이 누가 이 궤를 살까 　眞贗無關誰買櫝

고금이 좋아함은 같아서 다투어 모셔두고 높이네 　古今同癖競尊丌

안개 걷힌 검은 제단에는 사슴이 노닐고 　玄壇霧罷游天鹿

모래 빛나는 푸른 물가에는 백로가 날아오르네 　翠渚沙明翥雪鷺

반 이랑의 맑은 물은 씻은 듯 깨끗한데 　半畝水淸湛濯洗

용 지느러미와 이무기 수염이 함께 꿈틀거리네 　龍鬐螭鬣共蠼跜

또 부용당을 회상하는 사를 짓다
又憶芙蓉詞

계해년(1863, 철종14, 50세)에 나는 황해도에서 북쪽으로 이사하여[39] 〈부용당을 회상하며, '소' 자를 사용하여 세 수를 짓다[憶芙蓉堂用宵字三疊]〉라는 사(詞)를 지었고,[40] 을해년(1875, 고종12, 62세)에는 주청사(奏請使)의 사신 일행으로 국경을 넘었는데[41] 당시 마침 중추였기에 또 〈부용당을 회상하며[憶芙蓉]〉라는 시를 지었다.[42] 정축년(1877, 고종14, 64세) 여름에 한 황해도 기녀가 찾아왔기에 송독하게 하고 도순찰사(都巡察使) 이여해(李汝諧)[43]에게 써서 부쳐

39 계해년에⋯⋯이사하여 : 저자는 48세 되던 1861년(철종12) 11월 25일 황해도 관찰사에 임명되고, 이듬해인 1862년 12월 18일 함경도 관찰사에 임명되었다. 《哲宗實錄 12年 11月 25日》 《承政院日記 哲宗 13年 12月 18日》

40 부용당(芙蓉堂)을⋯⋯지었고 : 《가오고략》 책2에 세 수의 시가 보인다. '부용당'은 황해도 해주(海州) 객관 서쪽에 있는 정자 이름이다.

41 을해년에는⋯⋯넘었는데 : 저자는 1875년(고종12) 을해년 1월 7일 세자책봉정사(世子冊封正使)로 뽑혀 진주사(陳奏使) 겸 주청사에 임명되었으며, 동년 7월 30일 주청 정사로서 길을 떠나기에 앞서 고종을 알현하고, 동년 12월 16일 중국에서 돌아와 고종을 알현하였다. 《高宗實錄 12年 1月 7日, 7月 30日, 12月 16日》

42 당시⋯⋯지었다 : 어떤 시를 가리키는지 자세하지 않다.

43 이여해(李汝諧) : 이근필(李根弼, 1816~1882)로, 본관은 전의(全義)이며 '여해'는 자이다. 1853년(철종4) 문과에 급제하고 사헌부 대사헌, 예조 판서, 황해도 관찰사, 경상도 관찰사, 예문관 제학 등을 역임하였다. 이근필은 1877년(고종14) 여름에 종2품 황해도 관찰사로 재직하고 있었으며, 저자는 정1품 영중추부사의 직임을 맡고 있었다. 자세한 행적은 《가오고략》 책15 〈이조 판서 이공 신도비(吏曹判書李公神道碑)〉에 보

한 번 웃도록 한다.

한 번 부용당을 떠난 지 열다섯 해가 되었으니	一別芙蓉十五年
꿈속에서도 자주 벽성44의 하늘로 들어가네	夢魂頻入碧城天
신이한 빛은 햇빛에 싸여 문미의 편액을 비추고	寶光繞日扁楣照
달빛은 가을에 잘 어울린다고 악부에 전하네	月色宜秋樂府傳
기러기 발자국 같은 흔적은 눈 속에 자취를 남기고45	鴻爪餘痕留迹雪
물거품 같은 세월은 홍조를 뺨에서 퇴색시키네	泡花流景褪腮臙
뗏목 타고 어느 곳에서 은하수에 이르렀을까46	乘槎何處銀河到

인다.

44 벽성(碧城) : 황해도 해주(海州)의 별칭이다. 부용당의 제판(題板)에 있는 조선 전기의 문신 정현(鄭礥, 1526~?)의 시 가운데 "열두 굽이 난간에 잠 못 이루고, 벽성의 가을 생각이 참으로 아득하네.〔十二曲欄無夢寐, 碧城秋思正迢迢.〕"라는 구절로 인해 생겼다고 한다. 《林下筆記 卷25 春明逸史 碧城》

45 기러기……남기고 : 우리 인생이 눈 위에 남긴 기러기의 발자국과 같아서, 기러기 가 날아가고 눈이 녹으면 아무 흔적도 없이 사라져버린다는 말이다. 소식(蘇軾)의 〈면 지에서의 옛일을 회상하는 자유의 시에 화답하다〔和子由澠池懷舊〕〉라는 시 가운데 "우 리 인생 가는 곳마다 어떠한가? 날아가는 기러기가 눈 내린 진흙을 밟는 것과 같으리라. 진흙 위에 우연히 발자국이 남겠지만, 기러기가 날아갈 때 어찌 다시 동서를 따지리오. 〔人生到處知何似? 應似飛鴻踏雪泥. 泥上偶然留指爪, 鴻飛那復計東西.〕"라는 구절에 서 유래하였다. '자유(子由)'는 소식의 아우 소철(蘇轍)의 자로, 일찍이 〈면지에서의 옛일을 회상하며 자첨 형에게 부치다〔懷澠池寄子瞻兄〕〉라는 시를 지은 적이 있다.

46 뗏목……이르렀을까 : 진(晉)나라 장화(張華)의 《박물지(博物志)》권10에 실린 고사를 원용한 것이다. 전설에 따르면 은하수와 바다는 통해 있어서 해마다 8월이면 오가는 뗏목이 있다고 한다. 어떤 사람이 뗏목을 타고 10여 일을 가서 한 성(城)에 이르렀는데, 한 남자가 강가에서 소에게 물을 먹이는 것을 보고 이곳이 어디냐고 묻자 그 남자는 돌아가서 촉군(蜀郡)의 엄군평(嚴君平)을 찾아가 물어보면 알 것이라고 대

만 리 밖 거센 바람 속의 늙은 신선[47]을 생각하네   萬里風飆憶老仙

답하였다. 뒤에 촉에 가서 군평에게 물어보자 "모년 모월 모일에 객성(客星)이 견우성
(牽牛星)을 침범하였다."라고 대답하였는데, 날짜를 계산해보니 바로 이 사람이 은하수
에 갔던 때였다고 한다.

47 늙은 신선 : 이근필을 가리킨다.

꽃의 역사를 읊다
詠花史

동쪽 교외 후미진 곳에 집이 하나 있으니	東郊僻處有一屋
산을 등지고 물에 임해 화초와 나무가 많다네	依山臨水多卉木
주인은 일없이 씻고 심는 것을 감독하며	主人無事董濯蒔
아침저녁으로 분주하게 노복들을 부리네	朝暮奔走役廝僕
나무와 나무 꽃과 꽃을 마주할 때면	樹樹花花相對時
무리로 분류하고 비슷한 것끼리 모으네	分之以群聚以族
가지 끝의 봄빛이 눈 속에 빼어나니	上頭春色雪中奇
묵은 등걸의 새 가지에 붉게 살이 비치네[48]	古楂新梢紅映肉
이월이라 천기는 일제히 향기를 내뿜으니	二月天氣齊放香
가벼운 추위가 홀연 물러가고 엷은 온기를 기르네	輕寒乍退養輕燠
서부해당[49]과 동원의 복사꽃[50]이 피고	西府海棠東園桃

---

48 가지……비치네 : 눈 속에 피어난 홍매(紅梅)의 붉은 꽃잎을 여인의 붉은 살에 비유한 것이다. 송나라 소식(蘇軾)의 시 〈정혜원해당(定慧院海棠)〉에 "붉은 입술로 술을 마셔 발갛게 뺨이 달아오른 듯, 푸른 소매에 깁을 걷어 붉게 살이 비추는 듯.〔朱脣得酒暈生臉, 翠袖卷紗紅映肉.〕"이라는 구절이 보인다.

49 서부해당(西府海棠) : 해당화의 일종으로 높이는 1, 2장(丈) 정도이다. 이 밖에 첩경해당(貼梗海棠)·수사해당(垂絲海棠)·모과해당(木瓜海棠)·추해당(秋海棠)·황해당(黃海棠)과 같은 종류가 있다. 김창업(金昌業)의 《노가재연행일기》에 따르면 서부해당은 가지와 줄기는 배나무와 비슷하고 또 모과나무와도 비슷하며, 꽃 빛깔은 분홍색이다. 《與猶堂全書 雜纂集 雅言覺非 卷1 海棠》《老稼齋燕行日記 卷5 癸巳 2月 初4日(壬子)》

진달래가 온 산에 무리로 피어 뒤덮이네 　　　　杜鵑花護滿山簇

삼월이라 천기는 따뜻한 절후를 재촉하니 　　　三月天氣催暖律

인자한 조화옹이 그믐과 초하루를 바꾸네 　　　造化仁愛轉晦朒

목필화[51]는 이제 막 피는데 장미는 뾰족하고 　木筆纔吐薔薇尖

산다화[52]는 반도 피지 않았는데 철쭉은 빨리도 폈네 山茶未半躑躅速

사월이라 천기는 바람이 남쪽에서 이르니 　　四月天氣風南至

비와 이슬이 사사로움 없이 만물을 두루 적셔주네 雨露無私遍潤沐

화왕[53]이 아름답게 흙 섬돌 위에 높이 임하면 花王儼臨土堦尊

---

50 동원(東園)의 복사꽃 : 완적(阮籍)의 〈영회(詠懷)〉 시 82수 중 세 번째 수에 "아름다운 나무 아래 오솔길이 났으니, 동원의 복숭아나무와 오얏나무 아래라오. 가을바람 불어 콩잎이 날리면 복사꽃과 오얏꽃이 떨어짐도 이를 따라 시작된다오.〔嘉樹下成蹊, 東園桃與李. 秋風吹飛藿, 零落從此始.〕라는 구절이 보인다.

51 목필화(木筆花) : 신이화(辛夷花) 또는 영춘화(迎春花)라고도 하며, 이른 봄에 가장 먼저 피어 봄을 맞이한다는 뜻이 있다. 꽃이 붓끝처럼 생겨서 붓의 형상과 비슷하므로 이런 이름이 붙었다고 한다. 이와 비슷한 종류로 이른 봄에 노란 꽃이 피는 개나리(介辣伊)가 있다. 《與猶堂全書 麻科會通6 醫零 集古8》

52 산다화(山茶花) : 동백이다. 산다화는 종류가 많으나 우리나라에서는 네 종류만 심었다고 한다. 첫째는 단엽홍화(單葉紅花)로 흰 눈 속에 피는 것이다. 동백(冬柏)이라고 하며, 일임홍(一稔紅)이라고도 한다. 둘째는 단엽분화(單葉粉花)로 봄이 되어야 피는 것이다. 춘백(春柏)이라고 하며, 궁분다(宮粉茶)라고도 한다. 셋째는 도성에서 기르는 천엽동백(千葉冬柏)으로, 석류다(石榴茶)라고도 한다. 잎이 두껍고 짙은 녹색일 뿐만 아니라 꽃술이 모두 자잘한 꽃 형태를 이루므로 호사가(好事家)들이 귀하게 여긴다. 넷째는 꽃술에 금속(金粟)이 맺히는 천엽다(千葉茶)로, 보주다(寶珠茶)라고도 한다. 《山林經濟 卷2 養花 山茶花》

53 화왕(花王) : 모란이다. 꽃 가운데 왕이란 뜻으로, 당나라 피일휴(皮日休)의 〈모란(牡丹)〉 시 가운데 "온갖 꽃들 다 진 뒤에야 꽃을 피우니, 이름을 아름답게 하여 모든 꽃의 왕이라 부르네.〔落盡殘紅始吐芳, 佳名喚作百花王.〕라는 구절에서 유래하였다.

불두화[54]가 처음 시들고 작약이 일찌감치 피네 　佛頭初謝芍藥夙

오월이라 천기는 절서가 중하에 이르니 　五月天氣節屆中

작은 길가의 방초가 향기를 거두네 　裙腰芳草收刷馥

석류는 담 모퉁이에서 뜨거운 여름을 재촉하고 　石榴墻角朱明促

창포는 시냇물 위에서 차가운 달빛에 엎드리네 　菖蒲溪面寒光伏

유월이라 천기는 큰비가 내리니 　六月天氣大雨行

뜨거운 구름이 높은 곳에서 쌓인 폭염을 짓누르네 　火雲高壓虐炎蓄

푸른 수구화[55]가 일백 개의 고치 꽃잎을 거두고 　潘青綉毬繭秋百

새하얀 첨복화[56]가 여섯 개로 갈라진 꽃잎을 내네 　晏白簷蔔花出六

칠월이라 천기는 서늘함이 교외에서 들어오니 　七月天氣涼入郊

가을바람이 휘휘 불고 고운 햇살 내리쬐네 　金飆颯颷麗陽曝

새벽달 뜬 네모진 연못에서 군자화[57]를 생각하고 　方塘曉月思君子

엷은 녹음 깔린 중간 섬돌엔 석죽화[58]가 피어 있네 　半砌輕陰敷石竹

---

54 불두화(佛頭花) : 꽃의 모양이 부처님 머리처럼 곱슬곱슬하고 사월 초파일 즈음에
만발하기 때문에 이런 이름이 붙었다. 백당나무의 개량종으로, 일명 수국백당이라고
한다. 수국과 비슷하나 수국은 꽃잎이 4장인 데 비해 불두화는 5장이며, 수국은 잎이
깻잎 모양인 데 비해 불두화는 잎이 세 갈래로 갈라졌다.

55 수구화(綉毬花) : 수국이다. 수구화(繡毬花)라고도 쓴다.

56 첨복화(簷蔔花) : 치자꽃이다. 담복화(薝蔔花)라고도 하며 향기가 짙고, 꽃잎이
6개로 갈라진다.

57 군자화(君子花) : 연꽃을 가리킨다. 북송의 유학자 주돈이(周敦頤)의 〈애련설(愛
蓮說)〉 중 "국화는 꽃 중의 은거하는 자이고, 모란은 꽃 중의 부귀한 자이고, 연꽃은
꽃 중의 군자인 자이다.〔菊, 花之隱逸者也; 牡丹, 花之富貴者也; 蓮, 花之君子者也.〕"
라는 구절에서 유래하였다.

58 석죽화(石竹花) : 패랭이꽃이다.

팔월이라 천기는 은하수가 깨끗하니	八月天氣星河潔
문 앞에 들 물이 흐르고 향기로운 벼가 익어가네	門前野水香稻熟
약산화[59]는 좌태충의 노래[60]를 부르려 하고	若霞欲唱太沖操
전라화[61]는 두추랑의 옷[62]을 지은 듯하네	剪羅恰作秋娘服
구월이라 천기는 청녀[63]가 내려오니	九月天氣靑女降
원령[64]은 아득하고 가을의 기운은 엄숙하네	圓靈杳杳商灝蕭

---

59 약산화(若霞花) : 계수나무꽃이다. 당나라 왕유(王維)의 〈아우 최구가 남산으로 가려 하기에 말 위에서 입에서 나오는 대로 읊어 작별의 시로 주다〔崔九弟欲往南山馬上口號與別〕〉라는 시 가운데 "산중은 이제 막 계수나무꽃이 피려 하리니, 꽃이 싸라기눈처럼 다 떨어질 때를 기다려서야 돌아오지는 마오.〔山中有桂花, 莫待花如霞.〕"라는 구절에서 유래하였다. '최구'는 당나라 때의 시인 최흥종(崔興宗)으로, 왕유의 처남이기도 하다. '남산'은 최흥종과 왕유가 은거하던 곳으로, 섬서성 남전현(藍田縣) 종남산(終南山) 아래에 있는 망천(輞川)을 가리킨다.

60 좌태충(左太沖)의 노래 : 진(晉)나라 좌사(左思)의 〈초은(招隱)〉 시를 가리킨다. 산중 생활의 한적한 흥취를 읊으며 은거를 지향하는 뜻을 노래하였다. '태충'은 좌사의 자이다.

61 전라화(剪羅花) : 동자꽃이다. 다른 이름으로 전춘라(剪春羅)·전홍라(剪紅羅)·쇄전라(碎剪羅)·웅황화(雄黃花)라고도 한다.

62 두추랑(杜秋娘)의 옷 : 금실로 짠 금루의(金縷衣)를 가리킨다. 당나라 때 금릉(金陵)의 여인 두추랑이 절서관찰사(浙西觀察使) 이기(李錡)의 첩이 되어 지은 〈금루사(金縷詞)〉 가운데 "그대에게 권하노니 금루의를 아끼지 말고, 그대에게 권하노니 소년 시절을 아껴야 하리라. 꽃이 피어 꺾을 만하거든 바로 꺾을 것이요, 꽃이 없어진 뒤에 부질없이 가지를 꺾지 마오.〔勸君莫惜金縷衣, 勸君須惜少年時. 花開堪折直須折, 莫待無花空折枝.〕"라는 구절에서 유래하였다.

63 청녀(靑女) : 본래는 서리와 눈을 주관하는 여신인데, 여기에서는 서리와 눈을 가리킨다. 《회남자(淮南子)》〈천문훈(天文訓)〉에 "가을철이 되면……청녀가 이에 나와서 서리와 눈을 내린다.〔至秋三月……靑女乃出, 以降霜雪.〕"라는 구절이 보인다.

64 원령(圓靈) : 하늘을 가리킨다. 남조(南朝) 송나라 사장(謝莊)의 〈월부(月賦)〉에

울타리의 맑은 바람을 누가 능히 뜰 수 있나	籬落淸風誰能挹
다섯 말의 곡식은 도연명의 국화와 바꾸기 어렵네[65]	五斗難換淵明菊
시월과 동짓달과 섣달의 천기는	十月至月臘月天
강산이 쓸쓸하여 떡갈나무 붉은 잎을 청소하네	江山蕭索掃丹槲
숲 아래에 다시 아름다운 사람이 오는 것을 보며[66]	林下復見美人來
물 마시고 홀로 앉아 신선의 글을 읽네	飮水獨坐仙書讀
문을 열고 한바탕 웃자 수선화가 떨어지더니	開門一笑水仙落
강남땅에 대설이 어느새 천 섬이나 뒤덮었네	江南大雪橫千斛

사시사철 꽃이 핌은 사시사철 똑같으니	四時花發四時同
얼마나 많은 사람이 눈 호강을 물리도록 하였나	多種人倦奢眼福
승경이 사람과 만나 무궁한 보물을 간직하니[67]	境與人遇藏無盡

"달빛은 땅을 비추면 엉긴 눈 같고, 하늘을 비추면 맑은 거울 같네.〔柔祇雪凝, 圓靈水鏡.〕"라는 구절이 보인다. 《文選》

65 울타리의……어렵네 : '다섯 말의 곡식'은 작은 녹봉이란 뜻으로, 동진(東晉) 말의 시인 도연명(陶淵明)의 고사에서 유래하였다. 도연명이 팽택 현령(彭澤縣令)으로 있은 지 80여 일이 되었을 때 군(郡)의 독우(督郵)가 순시를 나오게 되어 의관을 갖추고 독우를 뵈어야 한다는 말을 듣고 "내가 다섯 말의 녹봉 때문에 시골의 소인에게 허리를 굽힐 수는 없다.〔我不能爲五斗米, 折腰向鄕里小兒.〕"라고 한 뒤 인끈을 풀어 던지고 〈귀거래사(歸去來辭)〉를 읊으며 고향인 율리(栗里)로 돌아갔다고 한다. '국화'는 도연명이 가장 좋아했다는 꽃이다. 국화와 관련한 도연명의 시가 많은데, 이 가운데 〈음주(飮酒)〉20수 중 제5수의 "동쪽 울타리 아래에서 국화를 따고, 한가롭게 남산을 바라보네.〔採菊東籬下, 悠然見南山.〕"라는 구절이 널리 회자된다. 《晉書 卷94 陶潛列傳》

66 숲……보며 : '아름다운 사람'은 매화를 가리킨다. 명나라 고계(高啓)의 〈매화(梅花)〉 시에 "흰 눈 가득한 산중에 고결한 선비가 거처하고, 달 밝은 숲 아래에 아름다운 사람이 오네.〔雪滿山中高士臥, 月明林下美人來.〕"라는 구절이 보인다.

산수로 이름난 곳이라 이에 살 곳을 정하였네　　　山水名區爰居卜

나는 내가 소유한 것을 보고 스스로 즐거워하니　　　我看我有我自樂

뱁새는 가지 하나에만 둥지 틀고 두더지는 제 배를 채울 뿐이네[68]

　　　　　　　　　　　　　　　　　　　　　　鷦鷯一枝鼴鼠腹

삼백 육십 일에 스물네 번 화신풍[69]이 부니　　　三百六十廿四番

백 년 인생에 또다시 수레바퀴가 구르기 시작하네[70]　百年復始三十幅

67　승경이……간직하니 : 소식(蘇軾)의 〈적벽부(赤壁賦)〉에 "오직 강 위의 맑은 바람과 산간의 밝은 달은 귀로 들으면 소리가 되고 눈으로 보면 빛을 이루는데, 이를 취하여도 막는 사람이 없고, 아무리 써도 없어지지 않으니, 이것이 바로 조물주의 다함이 없는 보고이다.〔惟江上之淸風, 與山間之明月, 耳得之而爲聲, 目寓之而成色, 取之無禁, 用之不竭, 是造物者之無盡藏也.〕"라는 구절이 보인다.

68　뱁새는……뿐이네 : 자신의 분수에 만족한다는 말이다.《장자(莊子)》〈소요유(逍遙遊)〉의 "뱁새는 깊은 숲에 둥지를 틀어도 나뭇가지 하나에 지나지 않고, 두더지는 강물을 마셔도 제 배를 채우는 데에 지나지 않는다.〔鷦鷯巢於深林, 不過一枝, 鼴鼠飮河, 不過滿腹.〕"라는 구절을 원용한 것이다.

69　스물네 번 화신풍(花信風) : 이른바 '이십사번화신풍(二十四番花信風)'으로, 입사풍(廿四風)이라고도 한다. 초봄인 소한(小寒)부터 곡우(穀雨)의 초여름까지 4개월 8개의 절기(節氣)를 매 절기마다 3후(候)씩 모두 24후로 나누어 1후, 곧 1번(番) 5일마다 하나의 꽃을 대응시키면 소한의 매화·산다(山茶, 동백)·수선(水仙), 대한(大寒)의 서향(瑞香, 천리향)·난화(蘭花)·산반(山礬, 노린재나무꽃), 입춘(立春)의 영춘(迎春)·앵도(櫻桃)·망춘(望春, 물푸레나무꽃), 우수(雨水)의 채화(菜花, 유채꽃)·행화(杏花, 살구꽃)·이화(李花, 오얏꽃), 경칩(驚蟄)의 도화(桃花, 복사꽃)·체당(棣棠, 아가위꽃)·장미(薔薇), 춘분(春分)의 해당(海棠)·이화(梨花, 배꽃)·목란(木蘭, 목련), 청명(淸明)의 동화(桐花, 오동꽃)·맥화(麥花, 보리꽃)·유화(柳花, 버드나무꽃), 곡우의 모란(牡丹)·도미(酴醾)·연화(楝花)까지 모두 24개의 화기(花期)가 되는데, 바람이 이 화기에 대응하여 부는 것을 '화신풍'이라고 하며, 매화풍·산다풍……연화풍으로 부른다. 이 화기가 끝나면 입하(立夏)가 된다.《鰲海集 天文類》

70　백……시작하네 : 1년 24절기가 끊임없이 순환한다는 말이다. 원문의 '삼십폭(三

맑고 먼 곳에 은둔하여 편안히 그루나 지킬 뿐[71]　　飛遯澄逈安守株
넘치는 부귀는 솥 안의 음식을 엎지를 뿐이네[72]　　璿富恀溢亦覆餗
중정의 도를 잡은 진국공은 오교에 거처했고[73]　　處中晉公居于午
실천을 중시한 온국공은 속수에서 만년을 보냈네[74]　　踏實溫公老于涑

十輻'은 '삼십폭(三十輻)'과 같은 말로, 30개의 바큇살로 이루어진 수레바퀴를 가리킨
다. 《도덕경(道德經)》 제11장의 "서른 개 바큇살이 하나의 바퀴통에 모여 있는데, 거기
에 공간이 있기 때문에 수레바퀴로서의 쓰임이 생긴다.〔三十輻共一轂, 當其無, 有車之
用.〕"라는 구절에서 유래하였다.

71 맑고……뿐 : 멀리 은둔하여 자신의 분수를 지키며 산다는 말이다. 원문의 '수주
(守株)'는 수주대토(守株待兔)의 준말로, 구습을 고수하여 변통할 줄 모르는 것을 비유
한다. 《한비자(韓非子)》〈오두(五蠹)〉의 "춘추 시대 송(宋)나라의 한 농부가 밭을 갈
고 있을 때 마침 토끼가 달아나다가 밭 가운데 있는 나무 그루터기에 부딪혀서 목이
부러져 죽자, 그때부터 일손을 놓고 그 그루터기만 지켜보며 토끼가 다시 오기를 기다렸
으나 토끼는 끝내 다시 오지 않았고 남의 비웃음만 받았다."라는 고사에서 유래하였다.

72 넘치는……뿐이네 : 능력이 부족한 사람이 막중한 임무를 맡으면 나랏일을 크게
그르칠 뿐이라는 말이다. 원문의 '복속(覆餗)'은 절족복속(折足覆餗)의 준말로, 역량이
부족해서 일을 망치는 것을 비유한다. 《주역》〈정괘(鼎卦) 구사(九四)〉의 "솥이 다리
가 부러져서 공상에게 바칠 음식을 엎었으니, 그 얼굴이 무안하여 붉어짐이니, 흉하도
다.〔鼎折足, 覆公餗, 其形渥, 凶.〕"라는 구절에서 유래하였다.

73 중정(中正)의……거처했고 : 당나라 헌종(憲宗) 때의 재상 배도(裴度)가 만년에
벼슬에서 물러나 낙양 교외에 오교장(午橋莊)을 건립하고 꽃과 나무 만 그루를 심은
뒤 이 속에서 날마다 시와 술을 즐기며 지낸 것을 이른다. 배도는 헌종 때 오원제(五元
濟)의 난을 평정하여 진국공(晉國公)에 봉해졌다.

74 실천을……보냈네 : 송나라 신종(神宗) 때 한림학사였던 사마광(司馬光)이 재상
왕안석(王安石)의 신법(新法)에 반대하여 15년 동안 조정을 떠나 낙양에 은거하며 《자
치통감(資治通鑑)》을 편수한 것을 이른다. 사마광은 철종(哲宗)이 즉위하자 재상으로
정계에 복귀하여 왕안석의 신법을 폐지하였으며, 사후에 온국공(溫國公)에 봉해졌다.
사마광은 지금의 산서성 섬주(陝州) 하현(夏縣)의 속수(涑水) 사람이기 때문에 '속수

동쪽 교외는 어디인가   東郊何處

궁벽한 유양의 골짜기라오[75]   僻維揚之谷

선생'으로 불린다.

75 동쪽……골짜기라오 : '유양(維揚)'은 저자가 거처하는 경기도 양주(楊州)를 가리
킨다. 당나라 이백(李白)이 배 장사(裵長史)에게 올린 글 중 "지난날 동쪽으로 양주에
노닐 때 1년도 되기 전에 30여 만금을 흩었으니, 실의에 빠진 공자가 있으면 모두 구제했
습니다.〔曩昔東遊維揚, 不逾一年而散金三十餘萬, 有落魄公子, 悉皆濟之.〕"라는 내용
이 보인다.

점점시. 장난삼아 벽 위에 쓰다

漸漸詩 戲題壁上

달빛이 점점 개니	月色漸漸晴
새벽빛이 점점 밝아오고	曙光漸漸明
녹음이 점점 맑아지니	綠陰漸漸淸
시간이 점점 기울어가네	流暉漸漸傾
숲속 동산이 점점 이루어지니	林園漸漸成
작록이 점점 가벼워지고	爵祿漸漸輕
글 읽는 맛이 점점 생겨나니	書味漸漸生
질병이 점점 침투하네	疾病漸漸嬰
완전하지 못해도 탄식할 것 없으니	缺陷莫歎驚
세상사 내 뜻대로 다하기 어렵다네	事難盡我情
붉은 얼굴은 어이해 지나치게 성하며	紅顏何太榮
흰 머리카락은 어이해 지나치게 넘치나	白髮何太嬴
하는 일 없이 녹봉 받으며 헛되이 경작을 대신하니[76]	位尸空代耕
실제의 손님[77]은 반이 이름을 훔친 것이라네	實賓半盜名

76 경작을 대신하니 : 관리가 되어 녹봉을 받는 것을 가리킨다. 《예기》〈왕제(王制)〉의 "제후의 하사는 상농부에 비견되니, 녹봉이 상농부의 경작을 대신할 수 있다.〔諸侯之下士, 視上農夫, 祿足以代其耕也.〕"라는 구절에서 유래하였다. 《맹자》〈만장 하(萬章下)〉에 "상농부는 9명을 먹일 수 있다.〔上農夫食九人.〕"라고 하였다.

77 실제의 손님 : 이름을 가리킨다. 《장자(莊子)》〈소요유(逍遙遊)〉의 "이름은 실제의 손님이다.〔名者, 實之賓也.〕"라는 구절에서 유래하였다.

청산 향해 지난날의 맹서를 거듭하니　　　　青山重宿盟

귓가에 작은 시내 소리가 들리네　　　　　　耳畔小溪聲

산중에서
山中

오두막[78]이 끊어진 기슭에 의지하였으니	蓬門依斷麓
골짝 속에도 사람 사는 집이 있다오	峽裏亦人家
나그네는 새 이끼를 밟고	客子踏新蘚
아이들은 떨어진 꽃을 줍네	兒童拾落花
외롭고 쓸쓸함이 버려져서가 아니니	踽涼非棄置
외롭고 적막하다 탄식하지 말라	孤寂莫咨嗟
푸른 이내가 발 사이로 방울져서	蒼翠簾間滴
아침마다 흰 치마를 적시네	朝朝濕素霞

---

78 오두막 : 원문의 '봉문(蓬門)'은 쑥대나 가시나무 가지를 얽어서 만든 '봉문필호(蓬門蓽戶)'의 약칭으로, 빈천한 자의 오막살이를 비유한다.

의정부에서 박환재[79]에게 제사를 올리는 날 짓다

朴瓛齋 政府致奠日作

박환재(朴瓛齋)의 상(喪)에 내가 제일 먼저 규장각의 규정 중 공훈
에 관한 규례를 인용하여 의당 의정부에서 제사를 올려야 한다고
주장하자, 재상 산향(山響)[80]이 여러 공들과 논의하여 장례일을 속
히 정하고 이어 의절과 제사하는 법을 완성하였다. 좌참찬 김만재
(金晚齋)[81]가 서문을 써서 나에게 보여주기에 내가 향외조(鄕外條)
에 "100리 이내는 사록(정8품)이 제문을 받들어 대신 행한다.〔百里以
內, 司錄當奉誄替行.〕"라는 조항을 첨입하였다. 그리고 웃으며 "이것
은 내가 스스로 행하는 도이다."라고 하고 장난삼아 절구 한 수를
지었다.

---

79 박환재(朴瓛齋) : 박규수(朴珪壽, 1807~1876)로, 본관은 반남(潘南), 초명은 규
학(珪鶴), 초자(初字)는 환경(桓卿), 자는 환경(瓛卿)・정경(鼎卿), 호는 환재이다.
북학파의 거두인 박지원(朴趾源)의 손자로, 1848년(헌종14) 문과에 급제한 뒤 청요직
을 두루 역임하였다. 1876년(고종13) 12월 27일 70세를 일기로 북부의 재동 자택에서
병으로 세상을 떠났다. 저서로 《환재집》・《환재수계(瓛齋繡啓)》가 있다. 시호는 문익
(文翼)이다.

80 산향(山響) : 이최응(李最應, 1815~1882)의 호이다. 본관은 전주(全州), 자는 양
백(良伯)이며, 남연군(南延君) 구(球)의 아들이다. 흥선대원군 이하응(李昰應)의 형
으로 흥인군(興寅君)에 봉해졌다. 1874년(고종11) 12월 17일 좌의정, 1875년 11월 20일
영의정에 임명되었다. 《承政院日記》

81 김만재(金晚齋) : '만재'는 김세균(金世均, 1812~1879)의 호이다. 본관은 안동
(安東), 자는 공익(公翼)이며, 1876년(고종13) 10월 22일 정2품 의정부 좌참찬에 임명
되었다. 《承政院日記》

살아서 함께 주선하다가 죽자 모두가 슬퍼하니 生共周旋死共哀

인생이 이에 이르러 온 마음이 재처럼 식었도다 人生到此一心灰

인생 백 년에 의기[82]하여 환재를 곡하거니와 百年起義瓛齋哭

언제일까 우리 고을에 사록이 찾아올 날이 何日吾鄕司錄來

---

82 의기(義起) : 예문(禮文)에 없어 이치를 참작하여 새로운 예(禮)를 만드는 것을
말한다. 《예기》〈예운(禮運)〉의 "예(禮)라는 것은 의(義)의 실질이니, 의에 맞추어서
맞으면 예는 비록 선왕 때에 없는 것일지라도 의로써 새로 만들 수 있다.〔禮也者, 義之
實也, 恊諸義而恊, 則禮雖先王未之有, 可以義起.〕"라는 구절에서 유래하였다.

방옹[83]의 시체(詩體)를 모방하어 짓다

效放翁體

일 없는 한가한 늙은이가 퇴사라 자호하니[84]	無事閑翁號退士
정기가 쇠하여 비방과 명예 사이를 모두 잊었네	氣衰全忘毀譽間
저물녘 나지막한 처마엔 구름이 오가고	雲來雲去矮簷暮
닫혀 있는 자그마한 문엔 꽃이 지고 피네	花落花開小戶關
두려워 움츠리니 어디나 천 길 벼랑이요	畏約莫非千仞岸
캄캄한 길 더듬으니 모조리 구의산이었네[85]	冥行盡是九疑山
긴긴날 북창 아래 낮잠에서 막 일어나	北窓永日眠初起

---

83 방옹(放翁) : 남송 때의 시인 육유(陸游)의 호이다.

84 퇴사(退士)라 자호하니 : '퇴사'는 '은퇴한 선비'라는 뜻으로, 저자는 귤산퇴사(橘山退士), 가오퇴사(嘉梧退士) 등의 호를 사용하였다.

85 캄캄한……구의산(九疑山)이었네 : 얕은 식견으로 험난한 세상을 무턱대고 헤쳐 왔다는 말이다. 원문의 '명행(冥行)'은 맹인이 지팡이로 땅을 짚으면서 어렵게 길을 찾는다는 뜻으로, 도리를 알지 못하고 억측으로 생각하여 행동하는 것을 비유한다. 《법언(法言)》〈수신편(修身篇)〉의 "지팡이로 땅을 더듬어 길을 찾아 캄캄한 길을 갈 뿐이다.〔擿埴索塗, 冥行而已矣.〕"라는 구절에서 유래하였다. '구의산'은 지금의 호남성 영원현(寧遠縣) 남쪽에 있는 주명(朱明)·석성(石城)·석루(石樓)·아황(娥皇)·순원(舜源)·여영(女英)·소소(蕭韶)·계림(桂林)·자림(梓林) 등 아홉 봉우리의 산이다. 아홉 봉우리의 모습이 같아서 보는 사람마다 어느 봉이 어느 봉인지 어리둥절하여 의심하게 되므로 '구의(九疑)'라고 했다 한다. 당나라 이백(李白)의 〈공후요(箜篌謠)〉에 "다른 사람들 가슴속에는, 산과 바다가 그 몇천 겹인고. 친구 하자고 말은 선뜻 하지만, 얼굴 대하면 구의봉과 똑같다네.〔他人方寸間, 山海幾千重? 輕言託朋友, 對面九疑峯.〕"라는 구절이 보인다.

앉아서 남은 머리털이 얼마나 세었나 세어보네　　　坐數殘莖幾箇斑

초당에서 자고 일어나도 짝할 이 없으니　　　草堂睡起伴無人
태반은 달콤한 꿈나라[86]에 빠진 때라오　　　一半甛鄕潦倒辰
공문서와 서책일랑 어지러이 팽개쳐두고　　　案牘縱橫書散帙
적삼과 두건을 훌쩍 벗어 내던졌네　　　衣衫擺脫頂抛巾
노쇠하면 쉽사리 상노인이 되어버리니　　　朽枯容易成隆老
한창 때 일민이 되는 것 어렵지 않네　　　少長非難做逸民
며칠 만인가 저녁 주방에 보리밥 올라온 것이　　　幾日夕廚登麥飯
촌집에서 이후로는 가난을 근심치 않으리라　　　村家自此不愁貧

86　달콤한 꿈나라 : 원문의 '첨향(甛鄕)'은 흑첨향(黑甛鄕)의 준말로, 달콤한 꿈나라
곧 낮잠을 말한다. 송나라 소식(蘇軾)의 시 〈발광주(發廣州)〉에 "석 잔의 술을 마시고
난 뒤요, 한 베개에 낮잠 잔 나머지로다.〔三杯軟飽後, 一枕黑甛餘.〕"라고 하였는데,
자주(自註)에 "절강 사람들은 음주를 '연포'라 하고, 세속에서 낮잠을 '흑첨'이라 한다.
〔浙人謂飮酒爲軟飽, 俗謂睡爲黑甛.〕"라고 하였다. 《東坡詩集註 卷1 發廣州》

시골 동산
鄕園

도성문을 한 번 나서니 일이 모두 헛되구나	都門一出事皆虛
만년의 계책 시골 동산에 즐거움이 넘치네	晚計鄕園樂有餘
앞에 벌여놓은 건 농기구요 의장용 창이 아니며	農器前陳非棨戟
높이 기대는 건 풀 자리니 어찌 고관의 수레랴	草床高倚豈軒車
뭇 초목을 북돋우며 시절에 맞게 가꾸고	栽成時務培群卉
작은 물고기를 기르며 천기 속에 노니네	涵泳天機畜小魚
사방으로 푸른 산이 우리 집을 둘러쌌으니	四顧靑山環我屋
취옹은 어찌 수고롭게 날마다 저주에 노닐었던가[87]	醉翁何苦日遊滁

---

87 사방으로……노닐었던가 : 산수를 좋아하면 은둔하여 산수를 즐길 것이지, 무엇 때문에 굳이 벼슬하다가 좌천되었느냐는 말이다. '취옹(醉翁)'은 당송팔대가의 한 사람인 송나라 구양수(歐陽修)의 호이다. 구양수는 40세 때 저주 태수(滁州太守)로 좌천되었는데, 그곳의 산수를 사랑하여 취옹정(醉翁亭)을 짓고 날마다 노닐며 즐겁게 지냈다고 한다. 구양수가 지은 〈취옹정기(醉翁亭記)〉에 "저주를 둘러싸고 있는 것은 모두 산이다.……취옹의 뜻은 술에 있지 않고 산수의 즐거움에 있으니, 산수의 즐거움을 마음에 얻어 술에 가탁한 것이다.〔環滁皆山也.……醉翁之意不在酒, 在乎山水之間也, 山水之樂, 得之心而寓之酒也.〕"라는 구절이 보인다.

한가한 시간을 틈타다. 방옹의 시에 차운하다[88]

偸閑 次放翁韻

병든 객처럼 읊조리느라 의관을 추스름에 게으르고	病客沈吟懶理衣
늙은 중처럼 일이 없어 기심을 잊은 지 오래되었네	老僧無事久忘機
해가 긴 처마 끝에는 새소리가 요란하고	日長簷角禽聲亂
풀이 우거진 뜰 안에는 말 발자국이 드무네	草沒庭心馬迹稀
밥이 거치니 치아가 유난히 고통을 당하고	飯糲齒牙偏受苦
녹봉이 뜸하니 하인들 태반이 하직하고 돌아갔네	俸疏廝役半辭歸
바람을 타고 보름 동안 장차 어디로 갈까[89]	御風旬五將安適
개밋둑 달팽이집에 쉼도 나쁜 계책 아니라오[90]	蟻垤蝸休計不非

---

88 한가한……차운하다 : 남송 때의 시인 육유(陸游)의 〈한가한 시간을 틈타다[偸閑]〉라는 시에 차운한 것으로, 원운은 다음과 같다. "늙어서도 인간 세상 떨치지 못하니, 한가한 틈에 애오라지 속념이 사라짐을 기뻐하네. 붉은 단풍 든 강가의 절벽엔 가을이 일찍 왔고, 엷은 햇살 비치는 외딴 촌엔 오는 손님이 거의 없네. 문득 눈 쌓인 계곡에서 학 타고 떠난 신선 생각하다가, 도리어 구름 낀 산택에서 도롱이 사 입고 돌아오네. 술꾼들의 생애가 자별한 것을 비웃지 마오, 오래전에 도연명은 지난날의 잘못을 깨달았다네.[老向人間未拂衣, 偸閑聊喜息塵機. 丹楓斷岸秋來早, 淡日孤村客到稀. 偶憶雪溪攜鶴去, 却從雲肆買蓑歸. 酒徒莫笑生涯別, 久矣淵明悟昨非.]"

89 바람을……갈까 : 《장자(莊子)》 〈소요유(逍遙遊)〉에 "저 열자는 바람을 타고 하늘을 날아다녀 가뿐가뿐 즐겁게 잘 날아서 15일이 지난 뒤에 땅 위로 돌아온다.[夫列子御風而行, 泠然善也, 旬有五日而後反.]"라는 구절이 보인다.

90 개밋둑……아니라오 : 자신의 성정에 맞게 집에서 쉬는 것도 좋은 계책이라는 말이다. 당나라 유종원(柳宗元)의 〈걸교문(乞巧文)〉 중 "개미는 개밋둑 속에서 편안하고, 달팽이는 껍질 속에서 쉰다.[蟻適于垤, 蝸休于殼.]"라는 구절을 원용한 것이다.

한평생
平生

한평생 《남화경》을 잘못 읽었구나	平生誤讀南華經
이내 신세 다르게 살면서 성령만 괴롭혔네[91]	身世無當惱性靈
드넓은 팔굉이라 높은 하늘이 광대한데[92]	浩爾八垓恢大宇
미미한 좁쌀 하나 넓은 바다에 떠 있는 듯[93]	渺然一粟泛滄溟
장기와 책으로 창가에서 온통 끼니도 잊으니	博書窓畔俱忘穀
꽃과 낙엽은 산중에 절로 있는 명협이라오[94]	花葉山中自在蓂
만고에 시들지 않는 것은 빛나는 해와 달이니	萬古不凋光日月
저 명멸하는 희미한 반딧불이가 우습구나	笑他明滅點殘螢

---

91 한평생……괴롭혔네 : 《장자(莊子)》를 읽고서도 대자연으로 돌아가 유유자적하게 노닐지 못하고 일생 동안 벼슬길에 얽매여 부질없이 성정만 괴롭혔다는 말이다. 《남화경(南華經)》은 《장자》의 이칭으로, 《남화진경(南華眞經)》이라고도 한다. 이와 관련하여 《가오고략》 책3에 〈남화경〉이라는 장편 시가 있다.

92 드넓은……광대한데 : '팔굉(八垓)'은 팔굉(八紘)과 같은 말로, 팔방(八方)의 끝, 곧 온 천하를 가리킨다. 원문의 '대우(大宇)'는 저본에는 '대자(大字)'로 되어 있으나 문맥에 근거하여 바로잡아 번역하였다.

93 미미한……듯 : 송나라 소식(蘇軾)의 〈전적벽부(前赤壁賦)〉에 "천지에 하루살이가 붙어 있는 것이요, 창해에 좁쌀 한 톨처럼 보잘것없다.〔寄蜉蝣於天地, 渺滄海之一粟.〕"라는 내용이 보인다.

94 꽃과……명협(蓂莢)이라오 : 꽃 피고 낙엽 지는 것을 달력 삼아 세월이 흐름을 안다는 말이다. '명협'은 요(堯) 임금 때 대궐 뜰에 났다는 전설상의 상서로운 풀로, 매월 초하루부터 15일까지 한 잎씩 났다가 16일부터 그믐까지 한 잎씩 떨어졌기에 이것으로 날을 계산하여 달력을 만들었다는 고사가 전한다. 《竹書紀年 卷上 帝堯陶唐氏》

옥잠화를 심다

種玉簪

옥잠화 화분 하나를 당 앞에 두고서 물을 주고 북돋아주기를 빠짐없이 하였는데 그 잎이 점점 말라가기에 바꾸어서 섬돌 위에 심었더니 조금 무성해졌다. 옆에 있는 사람이 웃으며 "화분에서 말랐던 것은[95] 천한 곳으로 돌아가서이고, 섬돌에서 무성한 것은 귀한 곳으로 올라가서일 것입니다."라고 하였다. 나는 살며시 웃으며 "꽃은 땅으로 돌아가는 것이 그 본성이니, 화분에 오른 것은 원하는 바가 아니어서일 것입니다."라고 하고, 이어 시를 지어 노래하였다.

나는 들으니 나무를 심는 자는	我聞種樹者
나무를 심을 때 각각 본성에 맞춘다 하네	種樹各適性
어찌하여 본성에 맞추려 하는가	曷欲適性分
부여받은 천명을 이루게 하려는 것이네	俾遂賦天命
이 때문에 곽탁타는	所以郭橐駝
천성에 따라 싹트고 번성하도록 하였으니[96]	順天任苗盛

---

95 화분에서 말랐던 것은 : 저본에는 '분본(盆本)'으로 되어 있으나, 의미가 통하지 않아 바로 다음 구절 '섬돌에서 무성한 것은〔堦叢〕'에 근거하여 '본(本)'을 '고(枯)'로 바로잡아 번역하였다.

96 이……하였으니 : 당나라 유종원(柳宗元)의 〈종수곽탁타전(種樹郭橐駝傳)〉에 보이는 곽탁타라는 사람은 나무 심는 것을 직업으로 하여 나무를 매우 잘 길렀는데, 그 방법은 오직 나무의 천성을 온전히 얻게 하는 것이었다고 한다.

긴 것은 짧게 할 수 없으며	長不可以短
약한 것은 강하게 할 수 없다네	弱不可以勁
진실로 기르는 방법을 잃으면	苟失其所養
가지와 잎이 모두 해를 입으니	枝葉俱受病
새장이 아름다워도 새는 날개를 꺾고	雕籠禽翮摧
굴레가 화려해도 말은 눈을 부라린다네	繡勒馬眼瞠
화려한 화분이 매우 아름답다 하나	彩盆雖極麗
저 꽃은 함정에 떨어진 것이요	於渠落阬穽
높은 당이 엄연히 높이 있다 하나	高堂雖儼巍
저 꽃은 기쁜 일이 아니네	於渠非吉慶
따뜻하게 길러줌은 원래 근원이니[97]	嫗育本是源
조정과 재야가 절로 무젖게 된다오	朝野自涵泳
구속받는 것이 어찌 원하는 바이랴	拘束豈所願
봄과 가을은 따뜻함과 서늘함이 다르네	春秋殊溫凊
참으로 법도에 맞게 뿌리를 내리면	托根固有常
능히 타고난 수명을 마칠 수 있다네	其克天年竟
그대는 웃지 말라	君莫笑矣乎
수고와 안일은 함께하기 어렵네	勞逸難與竝
경각심을 갖고 이 이치를 생각하면	瞿然想此理
근심스럽지 않은 때가 없다네	無時不恔恔

---

97 따뜻하게……근원이니 : 《예기》〈악기(樂記)〉에 "천지가 흔쾌히 합하여 음양이 서로 맞아서 만물을 따뜻하게 덮어주고 길러준 뒤에 초목이 무성하게 된다.〔天地訴合, 陰陽相得, 煦嫗覆育萬物, 然後草木茂.〕"라는 내용이 보인다.

재질에 따라 도타이 재배하자면 　　　　　　　栽培因材篤

모름지기 옛 성인의 글을 읽어야 하리 　　　　　須讀古昔聖

잠에서 깨어

睡起

산중 거처에 일이 적어 낮잠이 긴데	山居簡事晝眠長
지는 꽃잎 소리 없고 향기만 풍기네	花落無聲但聽香
들의 나비는 뜰 위아래로 날아다니고	野蝶翩飛庭上下
이웃집 닭은 한낮에 더딘 울음을 우네	隣鷄遲唱日中央
마음이 화평하니 꿈속 혼도 모두 따라 안정되고	心平魂夢俱隨穩
병이 깊으니 침상의 휘장도 쉬이 추위를 겁내네	病痼床幬易怯涼
음식의 파리를 쫓고자 큰 부채를 흔드는데	除却豆蠅搖大扇
오동잎에 내리는 가랑비가 초가집에 떨어지네	梧桐小雨滴茅堂

자조하다

自笑

기가 위축되니 거처가 편해도 굴신이 어렵고	氣縮居安難屈伸
몸이 마르니 병이 없어도 절로 신음이 나오네	身枯不病自吟呻
집에 전해오는 홀은 여전히 상자에 보관하거니와	傳家秉笏猶存匣
옛날에 타던 수레는 모두 남에게 빌려주었네	舊日乘軒盡借人
함부로 날씨를 말하면 눈에 넘칠까 우려되고	謾說雨暘憂溢目
자주 하인을 부르면 속으로 불평할까 두렵네	頻招僮僕恐反脣
시골의 거친 밥이 어찌 위장을 보호하리오	鄕村疏糲那扶胃
상 앞에서 찌푸림은 고생이 진저리 나서라오	對卓眉嚬厭苦辛

빗속에 덜 익은 술을 기울이며

雨中酌未熟酒

단지를 마주하니 술 익을 때를 견디기 어렵네	對甕難堪酒熟時
인간 세상에 어떤 일이 지리멸렬하지 않으랴	人間何事不支離
운루의 밝은 달은 이제 막 벽으로 기울고	雲樓明月初斜壁
돌길의 들꽃은 태반이 가지에서 떨어졌네	石逕開花半蘀枝
훔쳐 마셨다고 필 이부를 비웃지 말라[98]	偸飮莫嘲畢吏部
숙취 풀고자 애오라지 습가지[99]의 술을 따르네	解酲聊挹習家池
시골에서 거르지 않은 새 술을 찾았으니	村中索得新醅味
으뜸가는 향기에다 달기가 엿과 같도다	第一名香甘似飴

---

98 훔쳐……말라 : 진(晉)나라 때 이부 랑(吏部郎) 필탁(畢卓)은 술을 몹시 좋아하여
주호(酒豪)로 이름이 높았는데, 한번은 이웃집에 술이 익은 것을 알고는 밤중에 그
술을 실컷 훔쳐 마시고 잠이 들어 마침내 술을 관장하는 사람에게 붙들려서 꽁꽁 묶여
있다가 다음 날 아침에야 풀려났다는 고사가 전한다. 《晉書 卷49 畢卓列傳》

99 습가지(習家池) : 중국 호북성 양양(襄陽)의 현산(峴山) 남쪽에 있는 습씨(習氏)
집안의 연못이다. 진(晉)나라 때 산도(山濤)의 아들 산간(山簡)이 술을 좋아하여 양양
을 맡아 다스리면서 종종 이곳에 와 술을 마시고 잔뜩 취해 돌아갔다고 한다. 《晉書
卷43 山簡列傳》

관직에서 해임되다
解官

신의 집안 물처럼 깨끗하고 신의 마음 맑으니	臣門如水臣心淸
해임과 임명이 모두 영화로운 일이로다	其卸其麋俱是榮
저녁에 낭중을 임명받으니 은총 입음을 알겠고[100]	晚得郎中知巷遇
아침에 정위에서 물러나니[101] 상정을 따른 것이네	朝辭廷尉卽人情
거친 들에서 쉬고 노닐 땐 기꺼이 그대로 늙어가고	棲遲荒野甘沈老
밝은 시대에 우뚝 섰을 땐 함께 곧게 다스린다네[102]	磊落明時共理貞
술을 마주하자 오로지 달빛만 방에 들어오니	對飲惟看月入室
원래 천도는 절로 가득 찬 것을 덜어낸다오[103]	原來天道自虧盈

---

100 저녁에……알겠고 : 기대하지 않았는데 군주의 은총을 받게 되었다는 말이다. 《주역》〈규괘(睽卦) 구이(九二)〉에 "군주를 곡진히 골목에서 만나면 허물이 없으리라.〔遇主于巷, 无咎.〕"라는 구절이 보인다. '낭중(郎中)'은 여기에서는 어떤 벼슬을 가리키는지 자세하지 않다.

101 아침에 정위(廷尉)에서 물러나니 : '정위'는 한(漢)나라 때의 법관으로, 여기에서는 형조 판서를 가리키는 것으로 추정된다. 저자는 46세 때인 1859년(철종10) 8월 18일 형조 판서에 임명되었으나 지방에 있어서 공무를 집행할 수 없다 하여 이튿날 바로 체직되었다. 《承政院日記 哲宗 10年 8月 18日, 19日》

102 거친……다스린다네 : 《맹자》〈진심 상(盡心上)〉에 "옛사람들은 뜻을 얻으면 은 택이 백성에게 입혀지고, 뜻을 얻지 못하면 몸을 닦아 세상에 드러나니, 궁하면 그 몸을 홀로 선하게 하고, 영달하면 천하를 함께 선하게 한다.〔古之人得志, 澤加於民; 不得志, 修身見於世. 窮則獨善其身. 達則兼善天下.〕"라는 내용이 보인다.

103 원래……덜어낸다오 : 《주역》〈겸괘(謙卦) 단(彖)〉에 "하늘의 도는 가득 찬 것을 덜고, 겸손한 것을 더해준다.〔天道虧盈而益謙.〕"라는 구절이 보인다.

자책

自訟

분수 넘는 공사 간의 일에 개구리가 절로 우니[104] 分外公私蛙自鳴
둥근 구멍에 모난 자루라 끝내 기물을 이루기가 어렵도다[105]

　　　　　　　　　　　　　　　　　　　　　到頭鑿枘器難成

구천의 창합문[106]이 외로운 꿈속에도 그리웠으니 九天閶闔懸孤夢
십 년 동안 고향 산천에 이 삶을 의탁했네 十載鄕山寄此生
마음은 빈 배 같고 몸은 얽매이지 않으니 心若虛舟身不繫
젊어서 밭일 배우지 못하고 늙어서 외려 밭을 가네 少違學圃老還耕
어느덧 나이가 고희에 가까워지니 居然齒髮將稀古
나아가도 구함이 아니요 물러나도 명예가 아니네 進匪干求退非名

---

104 개구리가 절로 우니 : 세상 사람들이 시끄럽게 비난하는 것을 이른다.

105 둥근……어렵도다 : 세상과 걸맞지 않아 끝내 원대한 포부를 펼치지 못하고 있다는 말이다. 원문의 '조예(鑿枘)'는 서로 걸맞지 않은 것을 비유한다. 전국 시대 초나라 송옥(宋玉)의 〈구변(九辯)〉에 "둥글게 깎인 구멍에 네모진 기둥 끝을 끼우려 함이여, 서로 걸맞지 않아 끼워 넣기 어려움을 내가 참으로 알겠도다.〔圓鑿而方枘兮, 吾固知其鉏鋙而難入.〕"라고 한 구절에서 유래하였다.

106 구천(九天)의 창합문(閶闔門) : '구천'은 궁궐을 가리키고, '창합문'은 전설 속의 천문(天門)으로, 전하여 궐문(闕門)을 가리킨다.

빗소리를 듣다

聽雨

새벽까지 침상에서 잠 못 이루는데	曉床耿不眠
소나기가 처마 앞으로 갑자기 쏟아지네	驟雨落簷前
흐르는 기운은 저물녘 더위가 남아 있고	流氣餘晡暑
허공의 빛은 밝아오는 하늘에 가깝네	虛光近曙天
쓸쓸함이 꿈속까지 침범하여 차가운데	疏蕭侵夢冷
주룩주룩 소리가 시름을 짝하여 휘감아 도네	滴歷伴憂纏
응당 앞 시냇물이 불어나기를 기다려	須待前溪漲
낚싯대 하나 들고 내 조각배를 띄워야지	一竿理我船

무더위

暑

작년의 혹심한 더위가 다시 금년에도 찾아오니	昨年酷暑復今來
섬돌 위의 붉은 석류꽃이 다 피기도 전이네	堦上丹榴未盡開
우습구나 오의 소는 오히려 숨을 헐떡이지만	堪笑吳牛猶氣喘
누가 알랴 촉의 쥐는 아직도 심장이 차가울 줄을[107]	誰知蜀鼠尙心灰
구름 위를 달리는 바람 수레를 따르기 어려우니	難追飆駕雲端駛
바닷가에 쌓인 얼음산을 부질없이 생각하네	謾憶氷山海畔堆
맑고 서늘한 세상 멀리 있다 말하지 말라	莫道淸涼世界遠
서방에서 머지않아 첫가을이 돌아오리라	西方未幾初秋回

107 우습구나……줄을 : 동남쪽 지역은 붉은 석류꽃이 피는 오뉴월이 되기도 전에 벌써 무덥지만, 서북쪽 지역은 아직 추울 수도 있을 것이라는 말이다. 전하는 말에 동남쪽 오(吳) 지역의 소는 몹시 더위를 타서 달을 보고도 해라고 여겨 숨을 헐떡인다고 한다. '촉(蜀)의 쥐'는 자세하지 않다. 《世說新語 言語》

사람을 기다리다

待人

그대를 기다리다 보지 못해 홀로 동산을 산책하니   待君不見獨巡園

산의 해가 뉘엿뉘엿 시골 마을에 저물려 하네   山日遲遲欲暮村

시간을 헤아려 내심 어디를 지났으리라 생각하고   占刻暗思經某處

사람 만나면 번번이 우리 집에 도착했나 물어보네   逢人輒問到衡門

발자국 소리에 창가의 꿈에서 자주 일어나고   跫音頻起窓間夢

봉한 편지는 속세의 소식을 원치 않는다네   緘信非要世上言

구불구불한 돌길에 비바람이 몰려오는데   石路崎嶇風雨至

상머리에서 부질없이 기다리며 술병을 채우지 못하네

床頭虛佇未盈尊

여름날

夏日

벼슬길 벗어난 생애가 도리어 얄밉구나	擺脫生涯反可憎
관직이 없건만 또한 남전 승[108]을 비웃네	無官亦笑藍田丞
풀벌레가 방에 들어오니 산이 가까움을 알겠고	草蟲入室知山近
들꿩이 울에서 우니 보리가 익은 것을 알겠네	野雀喧籬見麥登
한번 서책[109]을 베고 누우니 도사가 생각나고	一枕嬭黃思道士
세끼를 소찬을 먹으니 여윈 중과 비슷하네	三時食素似枯僧
비단옷을 걸치려다 이내 한쪽에 버려두니	綵衣欲掛旋抛寘
무더운 비 자주 내려 한낮 기운 푹푹 찌네	暑雨頻仍午氣蒸

108 남전 승(藍田丞) : 시위소찬(尸位素餐)하는 관리를 비유한다. 당나라 한유(韓愈)의 〈남전현 청사의 벽에 기록한 글〔藍田縣丞廳壁記〕〉에, 최사립(崔斯立)이란 자가 남과 재주를 다투어 득실을 말하다가 미움을 받아 섬서성의 남전현 승(藍田縣丞)으로 좌천되자, 영(令)을 보좌하는 높은 자리인데도 불구하고 재주가 미치지 못한다는 핑계로 아무 일도 하지 않고 시만 읊조리며 지낸 고사에서 유래하였다.

109 서책 : 원문의 '내황(嬭黃)'은 서책의 별칭인 황내(黃嬭)를 말한다. 책갈피가 누른빛이고 책을 읽으면 잠이 잘 오는 사람이 있기 때문에 아기를 재우는 유모에 비유한 것이다. 남조(南朝) 양(梁)나라 원제(元帝)의 《금루자(金樓子)》〈잡기(雜記)〉에 "어떤 사람이 책을 읽는데 책을 잡으면 곧바로 잠이 든다. 그래서 양나라의 한 명사(名士)가 서책을 황내라 불렀으니, 정신을 잘 달래서 잠을 재우는 것이 유모와 같기 때문이다."라고 하였다.

아이에게 주다
贈童

씻지 않은 묵은 때에 양쪽으로 높이 머리 묶고서	宿垢不澣兩丱高
잠방이는 반쯤 걷고 나막신은 양쪽이 다 헐렁하네	半褰犢鼻屐雙豪
뜰 앞에 비가 지나가고 능금이 익으면	庭前雨過來禽熟
가르치지 않아도 절로 원숭이를 배우네	無待人敎自學猱

두 사발에 배가 부르면 한껏 신이 나니	兩盂腹果興陶陶
근심 없이 사념 없이 날마다 놀기 바쁘네	無慮無思日事遨
꽃에 물 주러 이따금 와서 수차를 재촉하면	灌花時至水車促
두 손을 번갈아 올리며 머리를 긁적이네	雙手交加頭髮搔

당 모퉁이에 떼로 모여 서로들 떠드는데	堂隅群聚互相嘈
헤아려보면 모두 도망 온 종들이라네	計算無非廝役逃
서산에 해는 지고 바람은 절로 풍족한데	落日西山風自足
득의양양 채찍질하며 염소 몰고 내려오네	一鞭得意下羊羔

주인은 당 위에 앉아 걱정으로 애를 태우며	主人堂上憂思忉
볕 날까 비 올까 신경 쓰느라 스스로 수고롭네	暘雨關心費自勞
한 알 한 알이 신고[110]임을 어찌 알지 못하고	粒粒辛苦渠不識

110 한……신고(辛苦) : 당나라 이신(李紳)의 〈민농(憫農)〉 시에 "그 누가 소반 가운

부엌 가에서 냉소하며 저녁밥을 경시하는가 　　厨頭冷笑薄飱餻

평생토록 예예 하고 잠든 중에도 웅얼거리니 　一生應諾睡中嗷
겉으로만 부지런한 자를 모두 몇이나 만났던가 　陰慢陽勤凡幾遭
설령 뭇사람들이 이처럼 게으르다 해도 　　　藉使衆人如若懶
이 늙은이는 홀로 깨어 있는 이들과 함께하리라 　老翁可與獨醒曹

데의 밥이, 알알이 모두 농부의 신고임을 알겠는가.〔誰知盤中飱, 粒粒皆辛苦?〕"라는
구절이 보인다.

치통

齒疼

흔들흔들 높다란 장대가 서 있는 듯   搖動立危竿

울쑥불쑥 줄지은 봉우리가 솟아 있는 듯   嵯峨聳列巒

연한 배추도 오히려 딱딱할까 겁나고   軟菘猶怕硬

따뜻한 고기도 역시 시릴까 놀라네   煖臠亦驚寒

노쇠가 닥침을 참으로 면하기 어려우니   促老誠難免

육신을 가진 것이 너무도 편치가 않도다   將身太不安

턱 고이고 세상 사는 맛을 생각하니   支頤斟世味

육십사 년의 세월이 한숨만 나오네   六十四旬歎

우연히 짓다. 열다섯 수

偶成 十五首

저물녘 높은 당 위를 걷는데　　　　　　　　晚步高堂上

안부를 묻는 사람이 하나 없네　　　　　　　無人問起居

때때로 어린 자식들을 바라보니　　　　　　時看稱子輩

마주 보고 새 빗을 자랑하네　　　　　　　相對誇新梳

두 번째
其二

문밖에선 햇보리를 타작하고	門外打新麥
소반 안엔 익은 참외가 올라오네	盤中登熟瓜
아이들이 앞다투어 주워 모으니	兒童爭拾取
한 송이 한 송이 석류꽃이네	箇箇石榴花

세 번째
其三

초가집 처마에 나무 그늘이 교차하니　　　　茅簷交樹陰

때 이른 매미의 노래가 먼저 들리네　　　　先得早蟬吟

늙은이가 석 자의 거문고를 안으니　　　　翁抱琴三尺

청량한 소리가 네 음성과 어울리네　　　　泠泠和爾音

네 번째
其四

우는 학은 이미 못으로 돌아갔는데	鳴鶴已歸澤
나는 나방은 어이해 등불로 달려드나[111]	飛蛾何撲燈
구만리장천에	長天九萬里
소요하는 붕새가 우습기만 하도다[112]	堪笑逍遙鵬

---

111 우는……달려드나 : 덕이 있는 군자들은 이미 산림에 은거했는데 소인들은 불나방처럼 부귀를 탐한다는 말이다. 《시경》〈소아(小雅) 학명(鶴鳴)〉에 "학이 구고에서 울거든, 그 소리가 하늘에까지 들리느니라.〔鶴鳴于九皐, 聲聞于天.〕"라는 구절이 보이는데, 그 성실함을 가릴 수 없다는 말이다. '고(皐)'는 못에서 물이 넘쳐 생긴 구덩이로, '구고(九皐)'는 깊고 먼 곳을 이른다.

112 구만리장천에……하도다 : 붕정만리(鵬程萬里)의 원대한 여정을 중도에 그만둔 채 은둔하여 노닐고 있는 것이 우습다는 말이다. 《장자(莊子)》〈소요유(逍遙遊)〉에 "붕새가 남쪽 바다로 날아갈 때는 물결을 3천 리나 박차고 회오리바람을 타고 9만 리나 날아올라 여섯 달을 가서야 쉰다.〔鵬之徙於南冥也, 水擊三千里, 搏扶搖而上者九萬里, 去以六月息者也.〕"라는 구절이 보이는데, 이를 원용한 것이다.

다섯 번째
其五

인생에 몇 번의 가을을 보냈던가	人生度幾秋
흐르는 물은 끝없이 흘러가는구나	流水逝無盡
아침저녁으로 피어나는 기운을 보면	朝暮觀昇霏
영롱한 한 줄기 신기루와 같다오[113]	瓏瓏一道蜃

---

113 아침저녁으로……같다오 : 당나라 한유(韓愈)의 〈남쪽으로 돌아가는 구홍을 전송하며〔送區弘南歸〕〉라는 시에 "대합이 바다 밑에 잠겼지만 그 기운은 뿌연 구름 기운으로 올라오고, 꿩이 들에 엎드려 있지만 조정에서는 그 깃털이 의장용 부채가 된다.〔蜃沈海底氣昇霏, 彩雉野伏朝扇翬.〕"라는 구절이 보인다.

여섯 번째

其六

어제는 개었다가 오늘 또 비가 오니　　　　　　昨晴今又雨

오랜 비에 날이 갠 때가 드무네　　　　　　　　久雨少晴時

도연명이 사랑했던 국화를 옮겨 심고　　　　　移種淵明菊

탁주를 거르니 기약 있음이 기쁘네　　　　　　漉醪喜有期

일곱 번째
其七

나는야 호탕한 노래가 절로 나오는데 　　豪歌我自發

그대는 어이하여 앉아서 조는가 　　坐睡君胡爲

나의 노래는 잠결에 들어도 　　我調睡中聽

높고 낮음을 다시 알 수 있으리라 　　高低能復知

여덟 번째
其八

푸르고 푸른 소나무와 잣나무가	靑靑松栢樹
집을 둘러 절로 울타리가 되었네	繞屋自成籬
십 년 동안 이내 천성 온전히 간직하여	十載全吾性
동서남북 어디든 가는 대로 내버려 두었네	東西任所之

아홉 번째
其九

주렁주렁 늘어진 가지 위의 열매요   離離枝上實

어둑어둑 드리운 고개 위의 구름이라   翳翳嶺頭雲

가을이라 선계의 과일이 많으니   秋日多仙果

어둠과 밝음이 철 따라 나뉘네   晦明時序分

열 번째

其十

오늘 하루도 어느덧 저물어가니   今日於焉暮

내일 아침이 다시 얼마나 남았을까   明朝復幾何

백 년 인생이 이와 같을 뿐이니   百年如此已

나는 새가 눈앞을 지나는 듯하네   飛鳥眼前過

열한 번째

其十一

나무가 마르면 열매가 열리지 않고	樹枯實不結
꽃이 시들면 향기가 나지 않네	花老香無聞
흰머리로 쓸쓸히 앉았노라니	白髮蕭然坐
앞산에 해가 벌써 저물어가네	前山日已曛

열두 번째
其十二

푸른 하늘 끝에 달이 걸리니　　　　　　月掛碧天端

밝은 빛이 대지 위에 가득하도다　　　　明光在地上

배회하며 스스로 그림자를 돌아보니　　徘徊自顧影

나처럼 창생들도 우러르리라　　　　　　同我蒼生仰

열세 번째
其十三

배가 고프면 밥을 배불리 먹고	飢至飯須飽
날이 서늘하면 옷을 따습게 갈아입네	涼生衣必更
산중에서 한가로이 세월을 보내노라니	山中閑日月
태고 시대 성인의 백성이 생각나네	憶昔聖人氓

열네 번째

其十四

당 앞엔 천 그루 버드나무가 흔들리고 堂前千柳颭

베개 아래엔 한 줄기 샘물이 울리네 枕下一泉鳴

끝이 없는 건 사립문을 뒤덮는 그림자요 無限罨扉影

마음이 있는 건 바위에 부딪는 소리로다 有心激石聲

열다섯 번째
其十五

산이 깊어 짐승이 들어가는 것이니	山深獸以往
오직 깊지 않을까 두려울 뿐이네	惟恐不深之
안개가 아니어도 몸이 윤택해지리니	匪霧身將澤
어찌 굳이 이레를 기약할 것 있으랴[114]	何須七日期

114 안개가……있으랴 : 산림에 은거하면 절로 몸이 윤택해진다는 말이다. 서주(西周) 때 도(陶) 땅의 대부(大夫) 답자(荅子)가 3년 동안 도 땅을 다스렸으나 명예는 드러나지 않고 집안만 세 배로 부유하게 되었다. 그러자 답자의 아내가 아이를 안고 울면서 "첩이 들으니 남산에 검은 표범이 있는데, 안개비 속에서 이레 동안이나 가만히 있으면서 산에서 내려와 먹을 것을 구하지 않는다고 합니다. 이는 무엇 때문이겠습니까? 그 털을 윤택하게 하여 문채를 이루기 위해서입니다. 그러므로 드러나지 않아야 해를 멀리할 수 있는 법이니, 개나 돼지도 먹을 것을 가리지 않고 제 살만 찌우면 앉은 자리에서 잡아먹힐 뿐입니다.〔妾聞南山有玄豹, 霧雨七日而不下食者, 何也? 欲以澤其毛而成文章也. 故藏而遠害, 犬彘不擇食以肥其身, 坐而須死耳.〕"라고 하였다. 그 시어머니가 노하여 답자의 아내를 내쳐버렸는데, 과연 1년 만에 도적이 들어 주살을 당하고 말았다는 고사가 전한다. 후에 이를 '남산무표(南山霧豹)'라 하여 세상에 나가 벼슬하지 않고 산림에 은거하여 몸을 깨끗이 닦는 것을 비유하게 되었다.《列女傳 卷2 陶荅子妻》

새끼 사슴에 대한 노래
子鹿歌

나무꾼이 사슴을 가지고 와 고하니	樵夫以鹿告
크기는 갓 태어난 새끼 표범만 하였네	大如新豹子
갖은 모양의 모나고 둥근 점들이 있었고	種種方圓點
젖니가 빠져 크고 작은 이빨이 나 있었네	齔齔巨細齒
사람들은 천록[115]의 일종이라 하였는데	人謂天鹿種
누가 틀리며 누가 옳다고 하겠는가	孰非孰謂是
다만 들으니 황초평은 바위를 채찍질했다 하고[116]	但聞黃鞭石
황당하게 흰 기린을 재터에서 잡았다고도 하네[117]	荒唐白獲畤

---

115 천록(天鹿) : 전설상의 신령한 짐승으로, 《한서》 안사고(顏師古)의 주에 따르면 사슴과 비슷하며 꼬리가 길고 뿔이 하나이다. 《송서》에 "천록은 순수하고 신령한 짐승이다. 오색 광채가 환히 빛나고 왕이 왕으로서의 도를 구비하면 나타난다.〔天鹿者純靈之獸也. 五色光耀洞明, 王者道備則至.〕"라고 하였다. 《漢書 卷96上 西域傳上 烏弋山離國 顏師古注》《宋書 卷29 符瑞志下》

116 황초평(黃初平)은⋯⋯하고 : '황초평'은 전설 속의 신선으로 적송자(赤松子)라고도 한다. 황초평이 15세 때 양을 치다가 도사를 만나 금화산(金華山) 석실로 따라가 도를 닦았는데, 40여 년 뒤에 형 황초기(黃初起)가 아우를 찾아와서 양은 어디 있느냐고 물었다. 황초평이 흰 돌들을 향해 "양들은 일어나라."라고 소리치자 돌들이 수만 마리 양으로 변했다고 한다. 여기에서 유래하여 '편령주석(鞭靈走石)'이라는 성어가 생겼다. 《神仙傳 卷2 黃初平》

117 황당하게⋯⋯하네 : '재터'는 고대에 천지와 오제(五帝)에게 제사 지내는 장소이다. 한 무제(漢武帝)가 원정(元鼎) 4년(기원전 113) 10월 옹(雍) 땅에 가서 오제에게 제사 지낼 때 기린처럼 뿔이 하나인 짐승을 잡아 이를 제물로 바쳤다고 하는데, 기록에

옛날 네가 하늘의 거리에서 노닐 때엔	昔爾游天衢
향초 핀 물가를 떠나지 않았을 것을	不離茝蘭沚
어이하여 이런 거친 동산에 떨어져서	胡爲落荒園
나와 지척의 거리에 살게 되었느냐	與我棲尺咫
푸른 풀 방석 위에서 앉고 누우며	坐臥艸茵上
산속 시냇물 가에서 먹고 마시지만	飮歠石澗涘
귀한 것은 너이고 지금의 내가 아니며	爾貴今非我
천한 것은 나이고 원래의 네가 아니네	我賤元非爾
다닐 만한 곳이면 다녀도 되고	可行可以行
쉴 만한 곳이면 쉬어도 되겠지만	可止可以止
다니는 곳과 쉬는 곳이 제자리가 아니면	行止非其地
살 곳 나와 죽을 곳으로 들어가기 쉽네[118]	出生易入死
철인은 따라서 기미를 알고[119]	知幾哲人爲

따라 이때 잡은 짐승을 흰 기린이라고도 한다.《史記 郊雍, 獲一角獸28 封禪書, 卷117 司馬相如列傳 裴駰集解》《漢書 卷6 武帝紀》

118 다니는……쉽네 : 사슴이 올 곳이 아닌 곳에 와서 사람들에게 잡혔다는 말이다. 《맹자》〈만장 하(萬章下)〉의 "속히 떠날 만하면 속히 떠나고 오래 머무를 만하면 오래 머물며, 은둔할 만하면 은둔하고 벼슬할 만하면 벼슬한 분은 공자이다.〔可以速而速, 可以久而久, 可以處而處, 可以仕而仕, 孔子也.〕"라는 맹자의 말을 원용하였다. '살 곳 나와 죽을 곳으로 들어간다'는 것은,《도덕경(道德經)》제50장의 "사람이 살 곳을 나와 죽을 곳으로 들어가니, 살 곳으로 가는 무리가 열에 셋이고, 죽을 곳으로 가는 무리가 열에 셋이며, 사람들 중에 살고자 발버둥을 치다 죽을 곳으로 가는 자 또한 열에 셋이다.〔出生入死, 生之徒十有三, 死之徒十有三, 人之生動之死地 亦十有三.〕"라는 구절을 원용하였다.

119 철인은……알고 : 송(宋)나라 정이(程頤)의 〈동잠(動箴)〉에 "철인은 기미를 알

군자는 보고서 만족을 안다네[120]   知足君子以

씨주면 행하고 버리면 은둔하는 뜻을 보라[121]   請看用舍義

의당 선유의 말씀을 따라야 하리라   宜從先儒氏

아 생각에서 성실하게 한다.〔哲人知幾, 誠之於思.〕"라는 구절이 보인다.

120 군자는……안다네 : 《도덕경》 제44장에 "만족을 알면 욕되지 않게 되고, 그칠 줄을 알면 위태롭지 않게 된다.〔知足不辱, 知止不殆.〕"라는 내용이 보인다.

121 씨주면……보라 : 《논어》〈술이(述而)〉에, 공자가 제자 안연(顏淵)에게 "씨주면 도를 행하고 버리면 은둔하는 것을 오직 나와 너만이 지니고 있을 뿐이다.〔用之則行, 舍之則藏, 唯我與爾有是夫.〕"라고 한 말이 보인다.

사슴을 놓아주는 노래
放鹿歌

그대는 보지 못했는가 산집의 길든 사슴이 사람을 잘 따르는 것을
君不見山家馴鹿善隨人

외롭고 쓸쓸한 신세 이에 의지해 달랬다네 　　　身世踽涼依以慰

아이와 노인을 가리지 않고 옷깃을 끌어당기며 　不揀童叟牽衣袂

날마다 마당을 이리저리 제멋대로 돌아다니는데 　日巡門庭經復緯

나를 만나면 번번이 피하고 따르려 하지 않으니 　遻我輒避不肯從

이상해라 그 뜻이 혹 내가 무서워서일까 　　　訝怪其意或怯畏

내 스스로 알지 못하고 내 스스로 의심스러워 　我自不識我自疑

내 스스로 해명하려는데 그대는 들어보겠는가 　我欲自解君聽未

사슴이란 짐승은 산과 들에 사는데 　　　　　鹿之爲物于山野

초목이 무성한 곳에서 나고 자라네 　　　　　生長林木之蓊蔚

산과 들에 사람이 와도 소란에 익숙하여 　　　山野人來狃於擾

성정과 다름없이 무리 지어 함께 다니네[122] 　性情無異征以彙

그런데 나는 물러나 살면서도 실제가 없으니 　我則退居退無實

십 년 동안 계획만 하고 부질없이 근심했네 　十年經營慮空費

아아, 짐승이여 짐승이여 　　　　　　　　　吁嗟乎獸兮獸兮

---

122 성정과……다니네 : 《주역》〈태괘(泰卦) 초구(初九)〉에 "띠풀의 엉켜 있는 뿌리
를 뽑는 것과 같아 동류들과 함께 감이니, 길하다.〔拔茅茹, 以其彙征, 吉.〕"라는 내용이
보인다.

도리어 비웃는 네게 부끄러우니 네 비방을 받으리라　愧爾反嗤受爾誹

네가 어떻게 나의 일생을 알 수 있겠는가　爾焉知夫我平生

너의 몽매함 풀리지 않으리니 한번 말해보련다　不釋爾蠢試一謂

너는 나에게 산야의 마음이 있는 것은 모르고　爾不知我有山野心

너는 나에게 산야의 기운이 없는 것만 보는구나　爾徒見我無山野氣

내가 언제 산과 들에서 너와 벗한 적이 있던가　我何嘗山野間與爾友

마음과 기운은 원래 정취가 같지 않은 법이다　心氣元不同趣味

대로를 메우는 아홉 수레는 하나의 바큇자국 아니요　九軌塡街非一轍

냄새를 함께하는 수만 향은 수백의 꽃에서 나왔네　萬香共臭分百卉

돌아가도록 놓아주니 너는 돌아보지도 않는구나　放爾歸兮爾不顧

천 개의 산 만 갈래 물이 고귀함을 뽐내며 살 만하리라

千山萬水可驕貴

탄식하며 한번 〈방학가〉[123]를 읊조리니　獻欷一誦放鶴歌

또다시 탄식이 터져 나오네　且獻欷

123 방학가(放鶴歌) : 송나라 소식(蘇軾)의 〈방학초학가(放鶴招鶴歌)〉로, 소식이 은사(隱士) 장천기(張天驥)의 방학정(放鶴亭)을 위해 지어준 〈방학정기(放鶴亭記)〉에 보인다. 장천기는 서주(徐州) 운룡산(雲龍山)에 은거하며 학 두 마리를 길렀는데, 아침에 서산(西山)을 향해 놓아주면 저물녘에는 학이 스스로 동산(東山)을 향하여 돌아오곤 하였다고 한다. 이 때문에 자신이 사는 집을 방학정이라 지었는데, 서주의 지사로 부임했던 소식이 1078년 11월 8일 이를 보고 기문(記文)을 지어준 것이다. 98쪽 주124 참조. 《東坡全集 卷36 放鶴亭記》《蘇文忠公詩編注集成總案 卷17》

〈방록초록사〉를 이어 짓다[124]

續題放鹿招鹿詞

너는 어이해 다른 짐승과 다른가	爾何他獸異
나만 홀로 다른 사람들과 똑같네	我獨衆人同
비와 이슬의 은택을 고르게 받으며	雨露均沾澤
동해의 동쪽에서 함께 산다네	竝生東海東

124 방록초록사(放鹿招鹿詞)를 이어 짓다 : '방록초록사'는 '사슴을 놓아주고 사슴을 부르는 노래'라는 뜻으로, 송나라 소식(蘇軾)의 〈방학정기(放鶴亭記)〉에 보이는 〈방학초학가(放鶴招鶴歌)〉를 염두에 두고 지은 것이다. 소식의 〈방학초학가〉는 다음과 같다. "학이 날아가니 서산의 트인 곳으로 향하도다. 높이 날다가 내려다보고 갈 곳을 선택하는구나. 번연히 나래를 접고 곱게 내려앉으려 하더니, 갑자기 무엇을 보았는지 높이 나래를 치고 다시 올라간다. 홀로 산 개울 사이에서 종일토록 노닐며 푸른 이끼를 쪼아 먹고 흰 돌을 밟는구나. 학이 돌아오니 동산의 북쪽에서 오도다. 그 아래 은사가 있으니 누런 관에 짚신을 신고 갈옷에 거문고를 타도다. 몸소 농사지어 먹고 나머지 곡식으로 너를 먹이는구나. 돌아올지어다. 돌아올지어다. 서산에서 오래 머물러서는 안 되느니라.〔鶴飛去兮, 西山之缺. 高翔而下覽兮, 擇所適. 翻然斂翼, 婉將集兮, 忽何所見, 矯然而復擊. 獨終日於澗谷之間兮, 啄蒼苔而履白石. 鶴歸來兮, 東山之陰. 其下有人兮, 黃冠草屨, 葛衣而鼓琴. 躬耕而食兮, 其餘以汝飽. 歸來歸來兮, 西山不可以久留.〕" 97쪽 주123 참조.

두 번째

其二

굴에서 사는 것과 집에서 사는 것은	穴居與築居
힘들건 편안하건 붙어사는 건 마찬가지네	勞逸一般寄
너는 능히 스스로 먹고살 수 있건만	爾則自能食
나는 왜 남이 주는 음식이 필요한지	我胡須以饋

세 번째
其三

산으로 돌아감은 내가 스스로 놓아준 것이나	歸山我自放
마을을 찾아오려면 너는 부름을 기다려야 하리라	尋巷爾須招
오고 감에 일정하게 정해진 것 없으니	來去無常定
어느 누가 나무꾼의 꿈[125]을 말하였나	何人說夢蕉

---

125 나무꾼의 꿈 : 정(鄭)나라의 한 나무꾼이 들에서 사슴을 만나자 이를 잡아 죽이고 서 남들이 볼까 두려워 구덩이에 숨기고 땔나무로 덮어 두었는데, 얼마 뒤에 그 숨긴 장소를 잊어버리자 꿈을 꾼 것이라 생각하였다. 나무꾼의 말을 들은 사람이 나무꾼의 말대로 찾아가보자 사슴이 묻혀 있어 이를 가지고 갔다. 그날 밤 나무꾼은 꿈속에서 사슴을 숨긴 장소와 사슴을 찾아간 사람을 보고 다음 날 사슴을 잃어버린 것을 확인한 뒤 사사(士師)에게 고소하였다는 고사가 있다. 여기에서 유래하여 변화막측한 꿈같은 인생을 비유하게 되었다. 《列子 周穆王》

네 번째
其四

앙상한 내 육신은 네 몸과 비슷하고　　　　　　　癯殼爾身賽

알록달록 네 무늬는 내 반백 머리 시샘한 듯　　　斑痕我髮猜

푸른 이끼에 한 점 발자취만 남았으니　　　　　　青苔留點迹

하나같이 이 한 생이 애달프기만 하구나　　　　　一是此生哀

다섯 번째

其五

나는 네가 가는 것을 따라가지 않고	我不從爾去
너는 내가 오는 것을 따라오지 않네	爾不從我來
광활한 들에서 너를 만나게 되면	相逢曠邈野
어찌하면 좋은 매개를 둘 수 있을까	焉得有良媒

여섯 번째

其六

내가 초가집에 앉아서 보니	我坐茅堂看
네 울음소리 우우 하고 그치지 않네[126]	爾鳴呦不已
어이해 울음을 그치지 않는가	胡爲不已鳴
본성이 본래 산수를 사랑해서라네	性本愛山水

---

126 네……않네: 《시경》〈소아(小雅) 녹명(鹿鳴)〉에 "우우 하는 사슴의 울음이여, 들판의 쑥을 뜯어 먹도다.[呦呦鹿鳴, 食野之萍.]"라는 구절이 보이는데, 여기에서 유래하여 '명록(鳴鹿)'은 현자를 예우하고 벗을 구하는 뜻으로 쓰이게 되었다.

일곱 번째
其七

펄쩍펄쩍 맑은 새벽에 일어나	躍躍淸晨起
느릿느릿 해 질 녘까지 노닐던 너를[127]	伐伐薄暮游
하루아침에 우리 속에 가두고	一朝投圈柵
소와 양을 기르듯 너를 길렀구나	豢養同羊牛

---

127 느릿느릿……너를 : 《시경》〈소아(小雅) 소반(小弁)〉에 "사슴은 도망갈 때에도 발걸음이 느릿느릿하다.〔鹿斯之奔, 維足伎伎.〕"라는 구절이 보이는데, 주희(朱熹)의 주에 "마땅히 빨라야 할 경우에도 느린 것은 그 무리 속에 남기 위해서이다.〔宜疾而舒, 留其群也.〕"라고 하였다.

벗들에게 주다

贈友人

바람 앞에 마주 앉아 차가 달다 자랑하니	風前相對詫茶甘
삿갓에 나막신 끌고 촌집에 두세 벗이 왔네	笠屐邨廬來兩三
반 솥에 기장밥을 찌니 한가로운 세상이요	半釜蒸粱閒世界
한낮 내내 요란한 소리 온통 농사 이야기네	六時聒耳盡農談
거문고와 책으로 소일하나 오히려 여사이고	琴書自遣猶餘事
희로애락이 모두 비었으니 바로 대장부라오	哀樂俱空是大男
거울처럼 깨끗하여 마치 달이 비추는 듯하니	鏡面溶溶如月照
동산에 새로 내린 비에 맑디맑은 한 못이라오	林園新雨一澄潭

음주의 역사
酒史

    내가 젊을 때 〈음주의 역사[酒史]〉를 지었으나 불태워버린 원고 속에 들어갔는데, 뒤에 원중랑(袁中郞 원굉도(袁宏道))의 〈음주에 관한 법[觴政]〉[128]을 보니 홀연 다시 그때 생각이 떠올라 〈음주에 관한 법〉을 따라서 시의 소제목을 짓고 그 글의 의미를 원용하여 각각 한 편씩을 지었다. 이것으로 보면 술을 좋아하기로는 나보다 더할 사람이 없을 것이다.

첫 번째 : 주관하는 관리[129] 一之吏

---

128 원중랑(袁中郞)의 음주에 관한 법 : 명나라 문장가 원굉도(袁宏道, 1568～1610)가 술을 마실 때 지켜야 할 예의 등에 관해 지은 산문으로, 본문과 같은 16개의 소주제로 분류하여 기술하였다. '중랑'은 원굉도의 자이다. 원굉도는 "산문은 반드시 진한을 본받고 시는 반드시 성당을 본받아야 한다.〔文必秦漢, 詩必盛唐.〕"는 당시의 맹목적인 복고 운동에 반대하여, 격식에 얽매임 없이 성령(性靈)을 펼칠 것을 주장하는 공안파(公安派)를 창도하였다. 관련 원문이 허균(許筠)의《성소부부고(惺所覆瓿藁)》〈한정록(閑情錄)〉권18에도 〈상정(觴政)〉이란 제목으로 실려 있다.

129 주관하는 관리 : 원굉도의 〈음주에 관한 법[觴政]〉 중 '주관하는 관리[吏]'의 내용은 다음과 같다. "무릇 술을 마실 때에는 한 사람을 명부(明府)로 삼아 술 따르는 마땅함을 주관하게 한다. 이 관리가 술자리의 경계를 태만히 하면 시위소찬하는 관리가 되니 이를 '차갑다'고 하고, 술자리의 경계를 지나치게 하면 가혹한 정사가 되니 이를 '뜨겁다'고 한다. 한 사람을 녹사(錄事)로 삼아 좌중의 사람들을 규찰하게 하는데, 반드시 술자리의 재능을 갖춘 사람을 선발해야 한다. 술자리의 재능에는 세 가지가 있는데, 주령(酒令)에 능통할 것, 음률에 조예가 깊을 것, 주량이 클 것이다.〔凡飮以一人爲明

술의 세계에서 지켜야 할 법은 고을을 다스리는 것에 비유되니

醉鄕令甲比州治

경계에 태만한 차가움을 경계에 지나친 뜨거움과 비교하면 어떠한가

懦冷何如猛熱爲

주령에 능통하고 음률에 조예가 깊고 주량이 큰 사람을 선발하여

善令知音大戶擇

세 가지 재주로 바르게 규찰하면 이 사람이 바로 훌륭한 관리이네

三材糾正是明司

두 번째 : 함께 마시는 사람[130] 二之徒

열두 부류의 사람에게 주령을 시행한다 들었으니　十二徒中聞令行

府, 主斟酌之宜. 酒懦爲曠官, 謂冷也; 酒猛爲苛政, 謂熱也. 以一人爲錄事, 以糾座人, 須擇有飮材者. 材有三, 謂善令、知音、大戶也.〕"

130　함께 마시는 사람 : 원굉도의 〈음주에 관한 법〉 중 '함께 마시는 사람〔徒〕'의 내용은 다음과 같다. "함께 술 마실 사람을 선택할 때에는 열두 가지 기준이 있다. (1)말이 진실하여 아첨하지 않는 사람, (2)기운이 온유하지만 지나치지 않은 사람, (3)거침없이 주령을 행하여 주령을 무겁게 여기지 않는 사람, (4)주령이 일단 행해지면 온 좌석을 뛰어 일어나 움직이게 할 수 있는 사람, (5)주령을 들으면 곧바로 이해하여 더 이상 묻지 않는 사람, (6)고아한 유머를 잘하는 사람, (7)억울하게 벌주를 마시게 되었을 때 따지지 않는 사람, (8)술잔 앞에서 술의 좋고 나쁨을 의론하지 않는 사람, (9)술잔이 날아다닐 때 모습이 어그러지지 않는 사람, (10)차라리 술에 취해 잠들지언정 몰래 술을 쏟아버리지 않는 사람, (11)시 제목을 얻으면 능히 시를 나누어 지을 수 있는 사람, (12)술을 이기지 못해도 밤새 흥을 잃지 않는 사람이다.〔酒徒之選, 十有二: 款於詞而不佞者, 柔於氣而不靡者, 無物爲令而不重者, 令行而四座踴躍飛動者, 聞令卽解不再問者, 善雅謔者, 持屈尊不分訴者, 當杯不議酒者, 飛斝騰觚而儀不忒者, 寧酣沉而不傾潑者, 分題能賦者, 不勝杯杓而長夜興勃勃者.〕"

잔 앞에서 술맛을 의론치 않음은 공통된 마음이네　當杯不議是通情
밤새 지치지 않고 흥에 겨워하는 사람이　　　　長夜興高勃勃者
자리에서 날아다니는 술잔을 쏘아 본다오　　睨看席上踴飛觥

세 번째 : 태도[131]　三之容

기뻐도 절제하고 피곤하면 쉬고 지루하면 농담하니　節喜靜勞倦善詼
의표의 정돈된 모습 일곱 조항으로 가름할 수 있네　容儀井井七條裁
외부 손님과 섞여 있는 자리에선 먼저 물러나고　　　襍揉場中先却退
새로 사귄 벗이 오면 차분하게 자신을 단속하네　　　雅閒繩約新知來

네 번째 : 마땅한 시간과 정경[132]　四之宜

131　태도 : 원굉도의 〈음주에 관한 법〉 중 '태도[容]'의 내용은 다음과 같다. "(1)술을
마시고 기쁘더라도 절제를 해야 한다. (2)술을 마시다 피곤해지면 조용히 쉬어야 한다.
(3)술을 마시다 지루해지면 농담을 해야 하다. (4)예법을 지키며 술을 마실 때에는
깔끔하게 지켜야 한다. (5)흠뻑 취하도록 술을 마셨을 때에는 자신을 단속해야 한다.
(6)새로 사귄 벗과 술을 마실 때에는 차분하고 진솔해야 한다. (7)외부 손님이 잡다하게
섞여 술을 마실 때에는 조용하고 공손하게 물러나야 한다.〔飮喜宜節, 飮勞宜靜, 飮倦宜
詼, 飮禮法宜瀟灑, 飮亂宜繩約, 飮新知宜閑雅眞率, 飮雜揉客宜逡巡却退.〕"
132　마땅한 시간과 정경 : 원굉도의 〈음주에 관한 법〉 중 '마땅한 시간과 정경〔宜〕'의
내용은 다음과 같다. "무릇 취함에는 마땅한 바가 있다. 꽃에 취하는 것은 낮이 마땅하
니, 그 꽃의 빛남을 더욱 누릴 수 있기 때문이다. 눈에 취하는 것은 밤이 마땅하니,
그 눈의 깨끗함을 더욱 향유할 수 있기 때문이다. 뜻을 얻어 취할 때에는 크게 노래를
부르는 것이 마땅하니, 기분 좋음을 더욱 이끌어낼 수 있기 때문이다. 이별을 앞두고
취할 때에는 사발을 두드리는 것이 마땅하니, 기분을 장쾌하게 할 수 있기 때문이다.
문인들과 취할 때에는 박자를 삼가고 규정을 삼가는 것이 마땅하니, 수모를 당할까
두렵기 때문이다. 준걸들과 취할 때에는 잔을 더 준비하고 깃발을 더 세워야 마땅하니,

낮엔[133] 꽃의 빛남을 누리고 밤엔 눈을 향유하며　　畫襲花光夜雪消

이별하는 자리에선 사발 두드려 장쾌하게 하네　　離筵擊鉢壯神迢

누대는 달에 취하기 좋고 배는 더울 때 마땅하며　　樓宜醉月舟宜暑

오나라 기녀가 발그레해지면 단판으로 흥을 돋우네　　吳女微酡檀板挑

다섯 번째 : 적합한 환경과 적합하지 않은 환경[134]　五之遇

장쾌함을 보여주는 데 도움이 되기 때문이다. 누대에서 취할 때에는 더운 날이 마땅하니, 맑은 바람을 쐴 수 있기 때문이다. 물가에서 취할 때에는 가을이 마땅하니, 시원함이 더욱 드러나기 때문이다. 또 다른 주장이 있다. 달에 취하는 것은 누대가 마땅하고, 더울 때 취하는 것은 배가 마땅하고, 산에서 취하는 것은 그윽한 곳이 마땅하고, 아름다운 사람과 취할 때에는 조금 발그레해질 때까지가 마땅하고, 문인과 취할 때에는 주령을 절묘하게 하여 심하게 술을 권하지 않는 것이 마땅하고, 호방한 손님과 취할 때에는 술잔을 들어 흔들고 큰 소리로 노래 부르는 것이 마땅하고, 지기(知己)와 취할 때에는 오나라의 기녀를 초청해 단판 악기를 두드리며 청아한 노래를 부르도록 하는 것이 마땅하다고 한다.〔凡醉有所宜. 醉花宜畫, 襲其光也. 醉雪宜夜, 消其潔也. 醉得意宜唱, 導其和也. 醉將離宜擊鉢, 壯其神也. 醉文人宜謹節奏章程, 畏其侮也. 醉俊人宜加觥盂旗幟, 助其烈也. 醉樓宜署, 資其淸也. 醉水宜秋, 泛其爽也. 一云: 醉月宜樓, 醉暑宜舟, 醉山宜幽, 醉佳人宜微酡, 醉文人宜妙令無苛酌, 醉豪客宜揮觥發浩歌, 醉知音宜吳兒淸喉檀板.〕" '단판(檀板)'은 박달나무로 만든 악기 이름으로, 옛날에 노래의 박자를 맞추는 데 사용하였다.

133　낮엔 : 저본에는 '화(畫)'로 되어 있으나, 원굉도의 글과 문맥에 근거하여 '주(晝)'로 바로잡아 번역하였다.

134　적합한……환경 : 원굉도의 〈음주에 관한 법〉 중 '적합한 환경과 적합하지 않은 환경〔遇〕'의 내용은 다음과 같다. "술을 마실 때에는 다섯 가지 적합한 환경이 있고, 열 가지 적합하지 않은 환경이 있다. 적합한 환경은 다음과 같다. (1)시원한 바람, 청량한 달빛, 방금 지나간 비, 딱 맞추어 내린 눈이 첫 번째 적합한 환경이다. (2)꽃이 피고, 새 술이 익은 것이 두 번째 적합한 환경이다. (3)우연히 술 생각이 나서 마시는 것이 세 번째 적합한 환경이다. (4)조금만 마셔도 흥이 도도히 일어나는 것이 네 번째

적합한 다섯 경우와 적합하지 않은 열 경우가 각각 때가 있으니

五合十乖各有時

술 마시는 사람이 이에 이르면 기로에 선 것 같네 　飮人到此似臨歧

어쩌다 술자리를 만나 묵은 갈증을 달랠 때에 　　偶爾逢場澆宿渴

반가운 손님과 재촉받는 기녀는 다른 약속 하지 말기를

客佳妓促莫他期

적합한 환경이다. (5)처음에는 울적했지만 뒤에는 호탕해지는 것이 다섯 번째 적합한 환경이다. 적합하지 않은 환경은 다음과 같다. (1)태양은 타는 듯하고 바람은 후덥지근한 것이 첫 번째 적합하지 않은 환경이다. (2)쓸쓸하고 의기소침한 것이 두 번째 적합하지 않은 환경이다. (3)특별히 준비하여 술을 마시는 손님이 유쾌하지 않은 것이 세 번째 적합하지 않은 환경이다. (4)주인과 손님이 서로 끌어당겨 고아함을 잃는 것이 네 번째 적합하지 않은 환경이다. (5)건성건성 응대하며 끝나지 않을까를 걱정하는 것처럼 하는 것이 다섯 번째 적합하지 않은 환경이다. (6)억지로 기쁜 낯빛을 짓는 것이 여섯 번째 적합하지 않은 환경이다. (7)고개를 숙이고 허리를 굽히며 반복해서 아첨하는 말을 하는 것이 일곱 번째 적합하지 않은 환경이다. (8)약속 시간에 맞추어 갔으나 먹구름이 잔뜩 끼고 큰비가 내리는 것이 여덟 번째 적합하지 않은 환경이다. (9)술 마시는 곳이 멀어서 날이 저물려고 하면 돌아갈 것을 걱정하는 것이 아홉 번째 적합하지 않은 환경이다. (10)반가운 손님에게 다른 약속이 있는 것, 기쁘게 하는 기녀에게 재촉하는 다른 손님이 있는 것, 맛 좋은 술을 다른 술로 바꾸는 것, 맛 좋은 고기구이가 식어버린 것이 열 번째 적합하지 않은 환경이다.〔飮有五合, 有十乖. 涼風好月, 快雨時雪, 一合也; 花開釀熟, 二合也; 偶而欲飮, 三合也; 小飮成狂, 四合也; 初郁後暢, 五合也. 日炙風燥, 一乖也; 神情索莫, 二乖也; 特地排檔, 飮戶不暢, 三乖也; 賓主牽率, 四乖也; 草草應付, 如恐不竟, 五乖也; 强顔爲歡, 六乖也; 草履板折, 諛言往復, 七乖也; 刻期登臨, 濃陰惡雨, 八乖也; 飮場遠緩, 迫暮思歸, 九乖也; 客佳而有他期, 妓歡而有別促, 酒醇而易, 炙美而冷, 十乖也.〕"

여섯 번째 : 즐거운 경우와 즐겁지 않은 경우[135] 六之候

135 즐거운……경우 : 원굉도의 〈음주에 관한 법〉 중 '즐거운 경우와 즐겁지 않은 경우(候)'의 내용은 다음과 같다. "즐거운 술자리가 되는 경우는 열세 가지가 있다. (1)그 때를 얻음이 첫 번째이다. (2)손님과 주인이 오랜만에 만난 것이 두 번째이다. (3)술이 진하고 주인이 단아한 것이 세 번째이다. (4)격식에 맞는 술잔이 아니면 노래하지 않는 것이 네 번째이다. (5)주령을 행하지 못하면 부끄러워하는 것이 다섯 번째이다. (6)술을 마시면서 안주를 중히 여기지 않는 것이 여섯 번째이다. (7)자기 자리를 멋대로 옮기지 않는 것이 일곱 번째이다. (8)감독하는 관리가 태도가 강인하고 법을 엄히 집행하는 것이 여덟 번째이다. (9)주령을 행하는 관리가 인정을 봐주지 않는 것이 아홉 번째이다. (10)법을 팔지 않는 것이 열 번째이다. (11)법을 바꾸지 않는 것이 열한 번째이다. (12)술을 믿고 주정 부리지 않는 것이 열두 번째이다. (13)노래하는 기녀와 술심부름하는 아이가 사람의 뜻을 잘 아는 것이 열세 번째이다. 즐겁지 않은 술자리가 되는 경우는 열여섯 가지가 있다. (1)주인이 인색한 것이 첫 번째이다. (2)손님이 주인을 경시하는 것이 두 번째이다. (3)마련한 자리가 어지러워 질서가 없는 것이 세 번째이다. (4)실내가 어둡고 등불이 흐릿한 것이 네 번째이다. (5)악공이 서툴고 기녀가 아양떠는 것이 다섯 번째이다. (6)조정이나 집안일을 의론하는 것이 여섯 번째이다. (7)여러 번 적절치 않은 농담을 하는 것이 일곱 번째이다. (8)분분히 일어났다 앉았다 하는 것이 여덟 번째이다. (9)귀에 대고 속삭이는 것이 아홉 번째이다. (10)음주의 법도를 멸시하는 것이 열 번째이다. (11)술에 취해 시끄럽게 떠드는 것이 열한 번째이다. (12)앉아서 정신은 딴 데 가 있는 것이 열두 번째이다. (13)두건을 벗어 던지고 제멋대로 드러눕는 것이 열세 번째이다. (14)손님의 자녀나 종이 멋대로 소리 지르며 법을 지키지 않은 것이 열네 번째이다. (15)밤이 깊을 때 자리에서 달아나는 것이 열다섯 번째이다. (16)술에 취해 성난 눈으로 노려보거나 눈을 감고 자는 것이 열여섯 번째이다. 이 밖에 즐거운 자리를 해치는 해마(害馬)는 예외 없이 꾸짖어 쫓아내야 한다. '해마'는 언어가 저속하고 태도가 조악한 종류이다.〔歡之候, 十有三 : 得其時, 一也 ; 賓主久間, 二也 ; 酒醇而主嚴, 三也 ; 非觥不調, 四也 ; 不能令有恥, 五也 ; 方飮不重膳, 六也 ; 不動筵, 七也 ; 錄事貌毅而法峻, 八也 ; 明府不受請謁, 九也 ; 廢賣律, 十也 ; 廢替律, 十一也 ; 不恃酒, 十二也 ; 歌兒酒奴解人意, 十三也. 不歡之候, 十有六 : 主人吝, 一也 ; 賓輕主, 二也 ; 鋪陳雜而不序, 三也 ; 室暗燈暈, 四也 ; 樂澀而妓嬌, 五也 ; 議朝除家政, 六也 ; 迭謔, 七也 ; 興居紛紜, 八也 ; 附耳囁嚅, 九也 ; 蔑章程, 十也 ; 醉嘮嘈, 十一也 ; 坐馳,

가장 즐거운 마음이 드는 것은 때를 얻은 것이니 　歡情第一得其時

격식에 맞는 잔이 아니면 노래가 슬프지 않겠는가 　不進觥罍謳不悲

술에 취해 노려보거나 자는 것이 해마[136]에 해당되니 　病葉狂花當害馬

눈을 감거나 노려보는 것은 사람을 속이는 것이네 　目眠目眴使人欺

일곱 번째 : 겨루기[137] 七之戰

어느 누가 백 번 싸워 백 번을 이길 수 있겠는가 　百戰誰人能百勝

얽매임이 없어서 능히 정함을 아는 것만 못하네[138] 　不如無累知能定

기세와 재능 지혜와 흥취는 따질 것이 없으니 　氣才神趣莫相難

十二也；平頭盜甕及偃蹇，十三也；客子奴囂不法，十四也；夜深逃席，十五也；狂花病
葉，十六也. 其他歡場害馬，例當咇出. 害馬者，語言下俚面貌粗浮之類.〕"

136　해마(害馬) : '말의 천성을 해치는 일'이란 뜻으로, 여기에서는 즐거운 자리를 해
치는 태도나 말을 가리킨다. 《장자(莊子)》〈서무귀(徐無鬼)〉에 황제(黃帝)가 천하를
다스리는 법을 묻자, 말을 기르는 동자가 "저 천하를 다스리는 것 역시 어찌 말을 기르는
것과 다르겠습니까. 말의 본성을 해치는 것을 제거할 뿐입니다.〔夫爲天下者，亦奚以異
乎牧馬者哉？亦去其害馬者而已矣!〕"라고 대답했다는 구절에서 유래하였다.

137　겨루기 : 원굉도의 〈음주에 관한 법〉 중 '겨루기〔戰〕'의 내용은 다음과 같다. "술
을 마실 때 주량이 센 자는 주량을 겨루고, 기세 있는 자는 장기와 바둑을 겨루고,
흥취를 추구하는 자는 담론의 예리함을 겨루고, 재능이 있는 자는 시부와 악부를 겨루
고, 지혜를 가진 자는 지모를 겨루니, 이를 일러 '술 겨루기'라고 한다. 경서에 이르기를
'백 번 싸워 백 번 이기는 것이 싸우지 않는 것만 못하다.' 하였으니, 술 마실 때 얽매일
필요가 없다는 말이다.〔戶飮者角觥兕，氣飮者角六博局戲，趣飮者角談鋒，才飮者角詩
賦樂府，神飮者角盡累，是曰酒戰. 經云：'百戰百勝，不如不戰.' 無累之謂也.〕"

138　능히……못하네 : 《대학장구(大學章句)》경(經) 1장에 "그칠 데를 안 뒤에 정
(定)함이 있으니, 정한 뒤에 능히 고요하고, 고요한 뒤에 능히 편안하고, 편안한 뒤에
능히 생각하고, 생각한 뒤에 능히 얻는다.〔知止而后有定，定而后能靜，靜而后能安，安
而后能慮，慮而后能得.〕"라는 내용이 보인다.

큰 주량과 예리한 담론은 감흥이 다르다오 　　　大戶譚鋒殊感興

여덟 번째 : 제사[139]　八之祭
성인은 일정한 주량이 없어[140] 술의 종주가 되었으니　聖人無量飮爲宗
네 분을 당에서 배향하고 열 분 현인을 종향하네　四配升堂十哲從
옥 술잔과 금 단지에 울창주를 한가득 채우고　　玉斝金罍鬱鬯滿
봄가을로 공손하게 술잔을 잡고 음복하네　　　春秋福飮執思恭

139　제사 : 원굉도의 〈음주에 관한 법〉 중 '제사〔祭〕'의 내용은 다음과 같다. "무릇
술을 마실 때에는 반드시 술의 시조에게 제사를 지내는 것이 예이다. 지금 선보(宣父)
공자에게 제사 지내며 '주성(酒聖)'이라고 하는데, 공자는 일정한 주량이 없었으나 술에
취해 어지러워질 때까지 이르지는 않았으니, 술의 시조이며 바로 술의 종주이다. 네
분을 배향하는데, 완적(阮籍)·도잠(陶潛)·왕적(王績)·소옹(邵雍)이다. 또한 종향
하는 열 분의 현인이 있는데, 정천(鄭泉)·서막(徐邈)·혜강(嵇康)·유령(劉伶)·상
수(向秀)·완함(阮咸)·사곤(謝鯤)·맹가(孟嘉)·주의(周顗)·완수(阮修)이다. 산
도(山濤)·호무보지(胡毋輔之)·필탁(畢卓)·장한(張翰)·하충(何充)·이원충(李
元忠)·하지장(賀知章)·이백(李白) 이하는 양무(兩廡)에서 제사한다. 그리고 의적
(儀狄)·두강(杜康)·유백타(劉白墮)·초혁(焦革)의 무리로 말하면 모두 술을 잘 빚
는 법으로 이름을 얻었으니, 술을 좋아하는 무리와는 무관하나 잠시 문과 담장에서
제사하여 술을 잘 빚는 기술자를 표창한다. 이것은 또한 학관에서 토지신에게 제사하고
절에서 가람신에게 제사하는 것과 같은 것이다.〔凡飮必祭所始, 禮也. 今祀宣父曰酒聖,
夫無量不及亂, 觴之祖也, 是爲飮宗. 四配曰阮嗣宗、陶彭澤、王無功、邵堯夫. 十哲曰鄭
文淵、徐景山、嵇叔夜、劉伯倫、向子期、阮仲容、謝幼興、孟萬年、周伯仁、阮宣子. 而
山巨源、胡毋輔國、畢茂世、張季鷹、何次道、李元忠、賀知章、李太白以下, 祀兩廡. 至
若儀狄、杜康、劉白墮、焦革輩, 皆以醞法得名, 無關飮徒, 姑祠之門垣, 以旌釀客,亦猶
校官之有土主, 梵宇之有伽藍也.〕"

140　성인(聖人)은……없어 :《논어》〈향당(鄕黨)〉에 공자는 "술은 일정한 양이 없었
는데, 어지러운 지경에 이르도록 마시지는 않았다.〔唯酒無量, 不及亂.〕"라는 내용이
보인다.

아홉 번째 : 대표적인 인물[141] 九之典刑

즐거운 술자리의 척도가 되고 종사가 된 이들은	歡場繩尺作宗工
흥을 가탁한 것일 뿐 어느 한 유파에 속하지 않네	寄托元非一派中
당나라와 한나라 때 호걸들이 매우 많았으니	三唐兩漢多豪傑
홀로 마시며 취했던 사람들 모두 공이 되었다네	自飲醉人皆爲公

---

141 대표적인 인물 : 원굉도의 〈음주에 관한 법〉 중 '대표적인 인물〔典刑〕'의 내용은
다음과 같다. "나라의 중신인 조참(曹參)과 장완(蔣琬)은 국음(國飮)이요, 언변에 뛰어
난 육가(陸賈)와 진준(陳遵)은 달음(達飮)이요, 호방한 장제현(張齊賢)과 구준(寇準)
은 호음(豪飮)이요, 소소한 예절에 구애받지 않은 왕원달(王元達)과 하승유(何承裕)
는 준음(俊飮)이다. 채옹(蔡邕)은 술을 좋아하는 사람으로 문장으로 이름났고, 정현
(鄭玄)은 술을 좋아하는 사람으로 유학의 큰 스승이 되었고, 순우곤(淳于髡)은 술을
좋아하는 사람으로 해학을 잘 하는 배우가 되었고, 역이기(酈食其)는 술을 좋아하는
사람으로 언변에 뛰어났고, 공융(孔融)은 술을 좋아하는 사람으로 주점을 열었다. 승려
로서 술을 좋아했던 취전(醉顚)과 법상(法常)은 선음(禪飮)이요, 은거하며 술을 좋아
했던 공원(孔元)과 장지화(張志和)는 선음(仙飮)이요, 역학의 큰 스승이었던 양웅(揚
雄)과 관로(管輅)는 현음(玄飮)이다. 만년에 무심하게 조용히 살았던 백거이(白居易)
는 적음(適飮)이요, 권신에게 배척을 받았던 소순흠(蘇舜欽)은 분음(憤飮)이요, 술에
빠져 만사를 폐하였던 진훤(陳暄)은 태음(呆飮)이요, 문장으로 이름났던 안연지(顏延
之)는 긍음(矜飮)이요, 자객 형가(荊軻)와 좌중을 욕했던 관부(灌夫)는 노음(怒飮)이
요, 화를 피해 물러나 비분을 달랬던 신릉군(信陵君)과 조식(曹植)은 비음(悲飮)이다.
이상 여러 공들은 모두 음주파는 아니다. 단지 흥을 가탁하는 것에 붙여서 일괄 기리는
표준으로 삼고 또 비슷한 부류에 나아가 미루어 넓힌 것이니, 모두 즐거운 술자리의
종사(宗師)요 음주인의 척도이다.〔曹參·蔣琬, 飮國者也; 陸賈·陳遵, 飮達者也; 張師
亮·寇平仲, 飮豪者也; 王遠達·何錄裕, 飮俊者也. 蔡中郎, 飮而文; 鄭康成, 飮而儒;
淳於髡, 飮而俳; 廣野君, 飮而辯; 孔北海, 飮而肆. 醉顚·法常, 禪飮者也; 孔元·張志
和, 仙飮者也; 揚子雲·管公明, 玄飮者也. 白香山之飮適, 蘇子美之飮憤, 陳暄之飮呆,
顏光祿之飮矜, 荊卿·灌夫之飮怒, 信陵·東阿之飮悲. 諸公皆非飮派, 直以興寄所托, 一
往標譽, 觸類廣之, 皆歡場之宗工, 飮家之繩尺也.〕"

열 번째 : 옛 전적[142] 十之掌故

애주가들이 지은 글이 지금까지 전해지니	飮流所著誦而傳
내전을 두루두루 엮고 외전을 편찬하였네	內典旁旁外典編
일사와 기이한 고사를 모두 익히 읽을 것이니	逸史撮奇皆熟讀
겉으로만 창자에 술을 부음은 속세의 일이네	甕腸保面是凡緣

142 옛 전적 : 원굉도의 〈음주에 관한 법〉 중 '옛 전적[掌故]'의 내용은 다음과 같다. "육경・《논어》・《맹자》에 말한 음주법은 모두 주경(酒經)이다. 그 이하로 당나라 여양왕(汝陽王) 이진(李璡)의 《감로경》과 《주보》, 왕적(王績)의 《주경》, 유현(劉炫)의 《주효경》과 《정원음략》, 두평(竇萍)의 《주보》, 주핑(朱肱)의 《주경》, 이보(李保)의 《속북산주경》, 호절환(胡節還)의 《취향소략》, 황보숭(皇甫崧)의 《취향일월》, 후백(侯白)의 《주율》 및 여러 음주에 관한 기전(記傳)과 부송(賦誦) 등은 내전(內典)이다. 《장자》・《이소》・《사기》・《한서》・《남북사》・《고금일사》・《세설신어》・《안씨가훈》 및 도연명・이백・두보・백거이・소식・육유의 시집은 외전(外典)이다. 사가(詞家)로는 유영(柳永)・신기질(辛弃疾) 등의 작품이, 악부로는 동해원(董解元)・왕실보(王實甫)・마치원(馬致遠)・고칙성(高則誠) 등의 작품이, 소설로는 《수호전》・《금병매》 등이 일전(逸典)이다. 이 전적들을 잘 알지 못하는 사람은 창자에 술을 붓는 것일 뿐 음도(飮徒)는 아니다.〔凡六經、《語》、《孟》所言飮式, 皆酒經也. 其下則汝陽王《甘露經》、《酒譜》, 王績《酒經》, 劉炫《酒孝經》、《貞元飮略》, 竇子野《酒譜》, 朱翼中《酒經》, 李保《續北山酒經》, 胡氏《醉鄕小略》, 皇甫崧《醉鄕日月》, 侯白《酒律》, 諸飮流所著記傳賦誦等爲內典. 《蒙莊》、《離騷》、《史》、《漢》、《南北史》、《古今逸史》、《世說》、《顏氏家訓》, 陶靖節、李、杜、白香山、蘇玉局、陸放翁諸集爲外典. 詩餘則柳舍人、辛稼軒等, 樂府則董解元、王實甫、馬東籬、高則誠等, 傳奇則《水滸傳》、《金瓶梅》等爲逸典. 不熟此典者, 保面甕腸, 非飮徒也.〕"

열한 번째 : 처벌[143] 十一之刑書

구금형 궁형 묵형 의형을 설치해 법이 삼엄하니	械宮墨劓律森嚴
술에 취해 행패를 부림이 모두 염치없는 것이네	虐使托狂盡沒廉
술자리가 끝나지 않았을 때 먼저 떠나기를 청하면	歡未闌時先乞去
비형 대신 삼베옷과 짚신 신김에 혐의를 두지 말라	着菲對屨莫存嫌

143 처벌 : 원굉도의 〈음주에 관한 법〉 중 '처벌[刑書]'의 내용은 다음과 같다. "오형(五刑)에 처하는 유형으로, 술자리에서 태도가 교만한 자는 이마에 글자를 새겨 넣는 묵형(墨刑)에 처하고, 아첨하는 자는 코를 베는 의형(劓刑)에 처하고, 턱의 움직임과 안면의 기색으로 남을 부리는 자는 거세하는 궁형(宮刑)에 처하고, 말에 비난과 가시가 있는 자는 구금하고, 무거운 짐을 진 사람처럼 고개를 숙이고 깊이 생각하는 자는 노역형의 일종인 귀신(鬼薪)에 처하고, 주령을 방해하는 자는 유배를 보낸다. 상형(象刑)에 처하는 유형으로, 유난히 광망하게 떠드는 자는 의형을 대신하여 풀로 엮은 관(冠)을 착용하도록 하는 조영(懂嬰)에 처하고, 예의를 잃은 자는 궁형을 대신하여 폐슬을 제거하는 애필(艾畢)에 처하고, 즐거운 술자리가 아직 끝나지 않았는데 자리에서 떠나기를 청하는 자는 발목을 베는 비형(剕刑)을 대신하여 죄인의 옷인 삼베옷을 입게 하고 죄인의 신인 짚신을 신게 한다. 좌중의 사람들을 욕하는 자는 3등급의 벌을 시행하여, 남자에게는 4년 동안 성을 쌓는 일에 종사하는 성단(城旦)이라는 노역형을 시행하고, 여자에게는 곡식을 찧는 일에 종사하는 용(舂)이라는 노역형을 시행하고, 산동성 북해(北海)의 사문도(沙門島)에 추방하는 유배형을 시행한다. 술에 취해 미쳐 날뛰어서 심하게 행패를 부리고 또 그 동료를 시켜 무력을 행사하게 한 자는 대벽(大辟, 사형)에 처한다.〔色驕者墨, 色媚者劓, 伺頤氣者宮, 語含機穎者械, 沈思如負者鬼薪, 梗令者決遞. 狂率出頭者懂嬰(草纓). 愆儀者共艾畢(宮刈鞸), 歡未闌乞去者菲對屨(剕緋屨). 罵坐, 三等眚: 城旦; 舂; 放沙門島. 浮托酒狂以虐使爲高, 又驅其黨效力者, 大辟.〕" '귀신(鬼薪)'은 진한(秦漢) 때의 도형(徒刑)의 하나로, 종묘에서 땔나무를 해오는 일에 종사한 것에서 유래하였다. 관청에서 잡역이나 수공업 생산 및 각종 육체노동 등에 종사한다. '상형(象刑)'에 관한 내용은 《순자(荀子)》 권12 〈정론편(正論篇)〉 참조.

열두 번째 : 술의 등급[144] 十二之品第

시원하면 성인 진하면 현인이요 시큼하면 우인이니　洌聖醇賢酸是愚
소인과 군자는 추구하는 것으로 판단할 수 있네　小人君子可言趨
술의 등급은 오늘날 권점을 기입한 표와 같으니　品第如今入圈票
취해 사는 시골의 세월에 한없이 필요한 것이라오　醉鄕日月無窮需

열세 번째 : 술잔[145] 十三之杯杓

옛 가마의 술잔은 창건하고 옛 자기는 푸르며　古窯蒼健古瓷靑
마노나 무늬 있는 무소뿔 술잔은 법도가 있네　瑪瑠文犀有典型
황금이나 백금의 파라 술잔 품평하는 자리에선　黃白金羅題品地
뾰족하고 굴곡진 소라 모양 잔이 평범한 거라오　尋常銳曲碧螺形

144　술의 등급 : 원굉도의 〈음주에 관한 법〉 중 '술의 등급〔品第〕'의 내용은 다음과 같다. "무릇 술은 색이 맑고 맛이 시원한 것을 성인(聖人), 색이 황금처럼 누런빛이며 맛이 쓰고 진한 것을 현인(賢人), 색이 검으며 맛이 시고 묽은 것을 우인(愚人)이라고 한다. 찹쌀로 빚어 사람을 취하게 하는 술은 군자(君子), 섣달에 빚어 사람을 취하게 하는 술은 중인(中人), 거리에서 사 온 소주로 사람을 취하게 하는 술은 소인(小人)이라고 한다.〔凡酒以色淸味洌爲聖, 色如金而醇苦爲賢, 色黑味酸醨者爲愚. 以糯釀醉人者爲君子, 以臘釀醉人者爲中人, 以巷醪燒酒醉人者爲小人.〕"

145　술잔 : 원굉도의 〈음주에 관한 법〉 중 '술잔〔杯杓〕'의 내용은 다음과 같다. "옛 옥으로 만든 것과 옛 가마에서 구운 술잔이 최상이고, 무소뿔과 마노로 만든 것이 그다음이고, 근대에 가장 좋은 자기로 만든 술잔이 또 그다음이다. 황금이나 백금으로 만든 파라(叵羅)는 좀 떨어지고, 나선형으로 밑이 뾰족하며 굴곡이 많은 술잔이 가장 떨어진다.〔古玉及古窯器上, 犀 · 瑪瑙次, 近代上好瓷又次. 黃白金叵羅下, 螺形銳底數曲者最下.〕" '파라'는 서역의 술잔으로, 밑이 평평하며 얕고 입구가 넓다.

열네 번째 : 안주[146] 十四之飮儲

안주는 미리 준비하여 다섯 종류를 구비하니 　　下酒宿儲五品具

살조개는 들어가 캐고 죽순은 갓 나왔네 　　糟蚶入採筍新吐

서시유는 하얗고 새끼 거위 구이는 누런색이니 　　西施乳白子鵝黃

한미한 선비의 집에서는 손님이 찾지 않네 　　寒士家中賓不顧

열다섯 번째 : 음주의 사치[147] 十五之飮飾

화려한 집 깊은 곳 밝은 창가 비자나무[148] 궤안이요 　明窓棐几畫堂深

겨울엔 남쪽 처마의 장막이요 여름엔 그늘 아래라오 　冬幕陽榮夏日陰

146　안주 : 원굉도의 〈음주에 관한 법〉 중 '안주〔飮儲〕'의 내용은 다음과 같다. "술과 함께 나오는 음식을 일러 '안주'라고 한다. 첫째는 청품(淸品)으로, 날참조개·살조개·게살 같은 종류이다. 둘째는 이품(異品)으로, 웅백(熊白, 곰의 등에 있는 흰 기름)이나 서시유(西施乳, 복어 배 속에 든 기름 모양의 하얀 이리) 같은 종류이다. 셋째는 이품(膩品)으로, 새끼 양이나 새끼 거위 구이 같은 종류이다. 넷째는 과품(果品)으로, 잣이나 살구씨 같은 종류이다. 다섯째는 소품(蔬品)으로, 신선한 죽순이나 초봄의 부추 같은 종류이다. 이상의 조항들은 애오라지 종류를 갖추어놓은 것뿐이니, 시골의 가난한 선비가 어떻게 이를 따라 마련할 수 있겠는가. 설사 질그릇에 채소 요리라 하더라도 또한 어찌 고아한 정취에 해가 되겠는가.〔下酒物色, 謂之飮儲. 一淸品, 如鮮蛤·糟蚶·酒蟹之類. 二異品, 如熊白·西施乳之類. 三膩品, 如羔羊·子鵝炙之類. 四果品, 如松子·杏仁之類. 五蔬品, 如鮮筍·早韭之類. 以上二款, 聊具色目, 下邑貧士安從辦此? 政使瓦盆蔬具, 亦何損其高致也.〕"

147　음주의 사치 : 원굉도의 〈음주에 관한 법〉 중 '음주의 사치〔飮飾〕'의 내용은 다음과 같다. "비자나무로 만든 궤안과 밝은 창, 철 따라 핀 꽃과 아름다운 나무, 겨울철 장막과 여름철 그늘, 수놓은 치마와 등나무 덩굴로 짠 돗자리이다.〔棐(櫂)几明窓, 時花嘉木, 冬幕夏蔭, 繡裙藤席.〕"

148　비자나무 : 저본에는 '棐'로 되어 있으나, 문맥에 근거하여 '棐'로 바로잡아 번역하였다.

은근히 언약한 수놓은 치마 입은 임은 어디 있나   繡裙何處慇懃約

등 덩굴 돗자리 펴고 화로에 둘러앉아 단금 타던 일이 생각나네

藤席圍鑪憶短琴

열여섯 번째 : 흥을 돋우는 도구[149] 十六之歡具

바둑판에선 바둑돌 놓는 소리 땅땅 울려 퍼지고   楸枰落子響丁丁

옛 솥과 곤산의 지패와 자고침향과 차 끓는 소리라네

古鼎崑山鷓茗烹

송나라 벼루와 오나라 종이는 본래 기다림 있으니   宋硯吳箋自有待

어느 누가 붓을 잡고 장원을 차지할까   何人佔筆壯元卿

---

149 흥을 돋우는 도구 : 원굉도의 〈음주에 관한 법〉 중 '흥을 돋우는 도구〔歡具〕'의
내용은 다음과 같다. "바둑판, 높고 낮은 술병, 술잔을 세는 산가지, 놀이용 주사위,
옛 솥, 곤산의 놀이용 지패, 갈고(羯鼓), 예쁜 동자, 관노비로 재주가 뛰어난 여자,
자고침향, 다구, 오나라의 종이, 송나라의 벼루, 좋은 먹이다.〔楸枰、高低壺、航籌、骰
子、古鼎、崑山紙牌、羯鼓、冶童、女侍史、鷓鴣沉、茶具、吳箋、宋硯、佳墨。〕"

꽃의 역사
花史

원중랑(袁中郎 원굉도(袁宏道))은 〈음주에 관한 법〔觴政〕〉을 짓고[150]
또 《화병의 역사〔瓶史〕》를 지었는데, 이 글에서 이른바 '유인운사
(幽人韻士)'는 음악과 여색을 끊었으니 그 기호가 산과 물과 꽃과
대나무에 모이지 않을 수 없다. 산과 물과 꽃과 대나무에는 명리가
개재되지 않고, 벼슬을 얻기 위해 다투어 고관을 찾아다니는 자들이
오지 않기 때문이다.[151] 이 글의 항목을 모방하고 이 글의 문체를
본떠서 짓되 시로 대신하여 사시향관(四時香館)에 건다.

첫 번째 : 꽃의 품목[152] 一花目

150 원중랑(袁中郎)은……짓고 : 106쪽 주128 참조.

151 유인운사(幽人韻士)는……때문이다 : 원굉도(袁宏道)의 《화병의 역사〔瓶史〕》
12편 중 〈화병의 꽃〔瓶花〕〉 '인(引)'의 구절을 인용한 것이다.

152 꽃의 품목 : 원굉도의 〈화병의 꽃〉 중 '꽃의 품목〔花目〕'에 다음과 같은 내용이
보인다. "연경의 날씨는 매우 추워서 남쪽의 이름난 꽃들이 대부분 이르지 못한다. 설령
이른 것이 있다 해도 대체로 권세 있는 환관이나 외척들의 소유가 되어서 유생이나
한미한 선비들은 자기 집 장막 안에서 재배할 방도가 없다. 그러므로 부득불 가까워서
구하기 쉬운 꽃을 취할 수밖에 없다.……내가 여러 꽃 중에 가까워서 구하기 쉬운 꽃을
취하는 것으로는, 봄에는 매화가 되고 해당화가 되며, 여름에는 모란이 되고 작약이
되고 석류가 되며, 가을에는 목서(木樨, 계수나무)가 되고 연꽃이 되고 국화가 되며,
겨울에는 납매가 되니, 한 방 안에 기이한 향이 나는 사람과 젊고 잘생긴 사람이 번갈아
손님이 된다.〔燕京天氣嚴寒, 南中名花多不至. 卽有至者, 率爲巨璫大畹所有, 儒生寒
士, 無因得發其幕, 不得不取其近而易致者.……余於諸花取其近而易致者, 春爲梅, 爲海

매화는 일찍 피어 가장 먼저 빛을 내고 　　　寒梅早放首先光
봄바람을 맞으면 또 해당화가 피네 　　　　　管領春風又海棠
모란과 작약은 석류와 더운 여름에 다투고 　　牧丹芍藥爭榴熱
연꽃과 국화 목서는 섣달이 다가오면 향을 뿜네 　蓮菊木犀近臘香

두 번째 : 등급[153] 二品第

삼천 궁녀 중 으뜸은 한나라 궁궐의 누이이니 　三千第一漢宮姊
고개 숙인 미녀는 더 뛰어난 미인에 부끄러워하네 　俛首蛾眉尤物恥
스스로 아름다움 자랑하여 동쪽 이웃 찡그리지만[154] 　自詫艷色東隣嚬

棠；夏爲牡丹, 爲芍藥, 爲石榴；秋爲木樨, 爲蓮、菊；冬爲蠟梅. 一室之內, 荀香、何粉, 迭爲賓客.〕"

153　등급 : 원굉도의 〈화병의 꽃〉 중 '등급〔品第〕'에 다음과 같은 내용이 보인다. "한나라 궁궐에서 후궁 3천 명 중 성제(成帝) 때 조비연(趙飛燕)의 누이가 으뜸이고, 무제(武帝) 때 형 부인(邢夫人)과 윤 부인(尹夫人)이 동시에 총애를 받았으나 윤 부인은 형 부인을 멀리서 보고 자신의 아름다움이 형 부인에게 미치지 못한 것에 눈물을 흘렸다. 그러므로 절세미인에게는 미녀들도 고개를 숙임을 면치 못하고, 더욱 뛰어난 것은 같은 종류에서도 튀는 것을 알 수 있다. 만일 경국지색을 평범한 여인들과 같은 가마에 태우고, 현자를 평범한 사람들과 나란히 수레를 달리게 한다면 누구의 죄이겠는가.〔漢宮三千, 趙姊第一；邢、尹同幸, 望而泣下. 故知色之絶者, 蛾眉未免俯首, 物之尤者, 出乎其類. 將使傾城與衆姬同輦, 吉士與凡才竝駕, 誰之罪哉?〕"

154　스스로……찡그리지만 : 자기의 분수를 모르고 남을 따라 하다 오히려 비웃음만 산다는 말이다. 춘추 시대 월(越)나라의 미녀 서시(西施)가 심장병이 있어 가슴을 움켜쥐고 얼굴을 찡그렸는데, 같은 마을에 사는 추한 여자가 이를 아름답게 여겨 역시 가슴을 움켜쥐고 얼굴을 찡그리자, 그 마을의 부자들은 문을 닫고 밖으로 나오지 않았고 가난한 자들은 처자를 거느리고 달아나버렸다는 《장자(莊子)》〈천운(天運)〉의 우화에서 유래하였다.

평범한 사람이 현자와 나란히 수레 달리는 격이네　竝駕凡才與吉士

세 번째 : 기물[155]　三器具

양 귀비와 조비연을 황폐한 초가집에 두고　玉環飛燕貯荒茨
완적과 혜강을 낮은 오두막으로 부른다면　阮老嵇仙邀短檐
안타깝게도 이곳들은 어울리는 곳이 아니니　可憐此等非其地
강소와 절강의 청동이 흙의 기운과 맞다오　江浙青銅土氣宜

네 번째 : 물을 가림[156]　四擇水

155　기물 : 원굉도의 〈화병의 꽃〉 중 '기물〔器具〕'에 다음과 같은 내용이 보인다. "꽃을 기르는 화병 역시 정미하고 좋아야 한다. 비유하면 양 귀비(楊貴妃)와 조비연(趙飛燕)을 초가집에 둘 수 없는 것과 같으며, 혜강(嵇康)·완적(阮籍)·하지장(賀知章)·이백(李白)을 술과 밥을 파는 가게로 청할 수 없는 것과 같다.……일찍이 들으니 옛 청동 기물은 흙 속에 묻힌 세월이 오래되어 흙의 기운을 깊이 받았기 때문에 여기에 꽃을 기르면 꽃 빛깔이 선명하며, 나뭇가지 끝처럼 빨리 피고 늦게 지며, 화병에서 열매를 맺으며, 도기 역시 마찬가지라고 하였다. 그러므로 오래된 화병을 보물로 여기는 것은 단지 즐기기 위해서만은 아님을 알 수 있다.〔養花瓶亦須精良. 譬如玉環、飛燕, 不可置之茅茨; 又如嵇、阮、賀、李, 不可請之酒食店中.……甞聞古銅器入土年久, 受土氣深, 用以養花, 花色鮮明, 如枝頭開速而謝遲, 就瓶結實, 陶器亦然. 故知瓶之寶古者, 非獨以玩.〕"

156　물을 가림 : 원굉도의 〈화병의 꽃〉 중 '물을 가림〔擇水〕'에 다음과 같은 내용이 보인다. "무릇 화병의 물은 반드시 바람과 햇빛을 받은 것이야 한다. 기타 상원수(桑園水)·만정수(滿井水)·사과수(沙窩水)·왕마마정수(王媽媽井水)와 같은 물은 그 맛은 비록 감미로우나 꽃을 기르면 무성하지 않은 경우가 많다. 고수(苦水)는 쓰고 떫으니 더욱 꺼리는데, 그 맛이 특히 짜기 때문에 매실이 익을 때 내린 빗물을 많이 비축해 두는 것만 못하다. 물을 비축하는 법은, 물을 처음 단지에 넣을 때 시뻘겋게 타는 매탄(煤炭)을 한 덩이 넣으면 한 해가 다 지나도 변하지 않는다. 꽃을 기를 때뿐만 아니라

꽃병의 물은 좋은 바람과 햇빛 받은 것이어야 하니　瓶水須經風日佳
왕마마정[157]은 고대광실 즐비한 거리를 마주하였네　王媽媽對高梁街
물이 달아도 무성하지 않고 쓴 물은 더욱 꺼리니　甘而不茂苦尤忌
매탄을 항아리에 던져 넣으면 변질되지 않는다오　煤土投沉未沒埋

다섯 번째 : 어우러짐[158]　五宜稱
너무 많아도 너무 적어도 절로 격식에 어긋나니　太繁太瘦自違格
북원[159]의 붓끝이 신묘하게 신의 경지에 들어갔네　北苑毫端妙入神

차를 끓일 때도 이 물을 쓸 수 있다.〔凡瓶水須經風日者. 其他如桑園水、滿井水、沙窩
水、王媽媽井水, 味雖甘, 養花多不茂. 苦水尤忌, 以味特鹹, 未若多貯梅水爲佳. 貯水之
法: 初入甕時, 以燒熱煤土一塊投之, 經年不壞. 不獨養花, 亦可烹茶.〕"

157　왕마마정(王媽媽井) : 지금은 터만 남아 있는 오래된 우물로, 흑로파전(黑老婆
殿)이라고도 부르는 명(明)나라의 등희전(騰禧殿) 옆에 있었다고 한다.《金鰲退食筆
記 卷下》

158　어우러짐 : 원굉도의 〈화병의 꽃〉 중 '어우러짐〔宜稱〕'에 다음과 같은 내용이 보
인다. "꽃을 꽂을 때에는 너무 많아도 안 되고 너무 빈약해도 안 된다. 많아도 두 종류나
세 종류를 넘지 않아야 하며, 높이와 빽빽함을 화원의 배치와 같이 해야 아름답다.……
무릇 꽃이 이른바 '정제되었다'는 것은 바로 들쭉날쭉 똑같지 않아서 그 모습이 자연스러
운 것을 말한다. 마치 소식(蘇軾)의 글이 마음대로 끊기도 하고 잇기도 한 것과 같은
것이며, 이백(李白)의 시가 대우(對偶)에 구애되지 않는 것과 같은 것이니, 이것이
진정한 정제이다. 저 가지와 잎이 마주하고 붉은 꽃과 흰 꽃이 짝을 이루는 것으로
말하면, 이는 관청의 섬돌 아래 양쪽에 서 있는 두 그루 나무이며 묘문의 좌우에 서
있는 두 개의 망주석(望柱石)이니, 어찌 정제되었다고 할 수 있겠는가.〔揷花不可太繁,
亦不可太瘦, 多不過二種三種, 高低疏密, 如畵苑布置方妙.……夫花之所謂整齊者, 正以
參差不倫, 意態天然, 如子瞻之文, 隨意斷續, 靑蓮之詩, 不拘對偶, 此眞整齊也. 若夫枝
葉相當, 紅白相配, 此省曹埠下樹, 墓門華表也, 惡得爲整齊哉?〕"

159　북원(北苑) : 북원부사(北苑副使)를 역임했던 남당(南唐)의 궁정 화가 동원(董

이백은 구애받지 않고 소식은 마음껏 끊고 이었으니 李不爲拘蘇斷續

섬돌의 나무와 묘문의 망주석이 무슨 새로울 것 있으랴

省墀墓表有何新

여섯 번째 : 저속한 기물을 멀리함[160] 六屛俗

천연의 궤안 옆에 등나무 상 하나면 충분하거니와 天然几畔一藤床

저속한 기물을 멀리하는 중에도 매끄럽고 두꺼운 것이 좋네

屛俗中間滑厚良

옻칠한 탁자나 금박을 입히고 자개 장식한 기물은 漆卓描金螺鈿具

버려두고 쓰지 않으면 사시사철 향기롭다네 實而無用四時香

일곱 번째 : 꽃의 재앙[161] 七花祟

源)을 가리킨다. 남파(南派) 산수화의 비조이다.

160 저속한 기물을 멀리함 : 원굉도의 〈화병의 꽃〉 중 '저속한 기물을 멀리함[屛俗]'
의 내용은 다음과 같다. "방 안에 천연의 궤안 하나와 등나무 상 하나면 충분하다.
궤안은 넓고 두꺼운 것이 좋고, 등나무 상은 섬세하고 매끄러운 것이 좋다. 무릇 본바탕
과 테두리에 옻칠한 탁자나, 금박을 입히고 자개를 장식한 상이나, 꽃병을 두는 선반
같은 것들은 모두 버려두고 사용하지 않는다.〔室中天然几一, 藤床一. 几宜闊厚, 宜細
滑. 凡本地邊欄漆卓、描金螺鈿床及彩花瓶架之類, 皆置不用.〕"

161 꽃의 재앙 : 원굉도의 〈화병의 꽃〉 중 '꽃의 재앙〔花祟〕'에 다음과 같은 내용이
보인다. "꽃 아래서 향을 피워서는 안 되니, 이는 차 속에 과일을 넣어서는 안 되는
것과 같다. 저 차에는 참맛이 있으며 과일을 먹을 때처럼 달거나 쓴 것이 아니다. 꽃에는
참 향기가 있으며 향을 피울 때처럼 태운 연기에서 나는 것이 아니다. 차의 참맛이
사라지고 꽃의 참 향기가 손상되는 것은 속인의 잘못이다. 그리고 향의 기운은 건조하고
강하니 꽃이 한번 그 독한 기운을 쐬게 되면 곧 말라 시들게 된다. 그러므로 향은 꽃의
칼날이다.……이는 죽순 요리에 육류를 섞는 것과 다름이 없으니, 관부의 푸줏간에서

참 향은 가짜 향이 침범하는 것을 가장 싫어하니　眞香最忌贗香襲

건조한 기운은 꽃에 칼날을 대는 것과 어찌 다르랴　燥氣何殊劍刃加

죽순에 육류를 섞는 것은 원래 고아한 것 아니니　筍中夾肉元非雅

매캐한 향 연기를 없애고 비단으로 보호해야 한다네　屛祛煙煤護以紗

여덟 번째 : 꽃의 목욕[162] 八洗沐

적절하게 안배하여 하는 것이며 고아한 선비의 일은 아니다. 촛불의 기운이나 향을
피운 연기로 말하면 모두 꽃을 죽일 수 있는 것이라 속히 막아야 할 것이니, 이를 일러
'꽃의 재앙'이라고 해도 또한 당연하지 않겠는가.〔花下不宜焚香, 猶茶中不宜置果也. 夫
茶有眞味, 非甘苦也. 花有眞香, 非煙燎也. 味奪香損, 俗子之過. 且香氣燥烈, 一被其毒,
旋卽枯萎, 故香爲花之劍刃.……此無異筍中夾肉, 官庖排當所爲, 非雅士事也. 至若燭氣
煤煙, 皆能殺花, 速宜屛去, 謂之花祟, 不亦宜哉?〕"

162 꽃의 목욕 : 원굉도의 〈화병의 꽃〉 중 '꽃의 목욕〔洗沐〕'에 다음과 같은 내용이
보인다. "무릇 꽃에도 기쁨과 노여움, 깨어남과 잠듦, 새벽과 저녁이 있으니, 꽃을 목욕
시키는 사람은 그때를 잘 맞추어야 단비가 될 수 있다. 구름이 엷게 끼거나 햇살이
희미할 때, 해가 질 때나 달빛이 고울 때는 꽃의 새벽이다. 광풍이 몰아치거나 계속해서
비가 내릴 때, 더위가 심하거나 추위가 혹독할 때는 꽃의 저녁이다. 붉은 입술에 햇볕을
쬐거나 예쁜 몸에 바람을 간직하는 것은 꽃의 기쁨이다. 술에 취한 듯 생기가 없거나
안개가 낀 것처럼 흐릿한 것은 꽃의 근심이다. 처진 가지가 난간에 곤히 기대어 바람을
이기지 못한 듯하는 것은 꽃이 잠들어 꿈꿀 때이다. 싱긋 웃으며 돌아보아 그 빛이
눈에 넘치는 것은 꽃이 깨어날 때이다.……새벽에 목욕시키는 것이 최상이고, 잠들었을
때 목욕시키는 것이 그다음이고, 기쁠 때 목욕시키는 것이 가장 좋지 않다. 저녁에
목욕시키거나 근심할 때 목욕시키는 것으로 말하면, 단지 꽃에 형벌을 가하는 것일
뿐이니 또 무엇을 취하겠는가.〔夫花有喜、怒、寤、寐、曉、夕, 浴花者得其侯, 乃爲膏雨.
澹雲薄日, 夕陽佳月, 花之曉也. 狂號連雨, 烈焰濃寒, 花之夕也. 唇檀烘日, 媚體藏風,
花之喜也. 暈酣神斂, 煙色迷離, 花之愁也. 欹枝困檻, 如不勝風, 花之夢也. 嫣然流眄,
光華溢目, 花之醒也.……浴曉者, 上也, 浴寐者, 次也, 浴喜者, 下也. 若夫浴夕、浴愁,
直花刑耳, 又何取焉.〕"

꽃도 기뻐할 때가 있고 노여워할 때가 있으니	花喜之時花亦怒
엷은 구름 희미한 햇살이 심한 추위보다 낫네	澹雲薄日過濃寒
처진 가지가 꿈에서 깨어나면 그 빛이 넘치니	欹枝夢斷醒光溢
본래 꽃의 형벌은 꽃의 나라에선 관대하다오	自是花刑香國寬

아홉 번째 : 하속[163] 九使令

시중 들어줄 궁녀와 잉첩을 너도 역시 두었으니	嬪御媵嬙爾亦然
안개와 비가 저마다 고운 자태를 드러내네	弄煙惹雨各呈妍
섬세함과 부드러움은 비유하여 형상하기 어려우니	纖巧佞柔難比像
화방의 인연이 규방의 인연과 어떠한가	花房何似閨房緣

---

163 하속 : 원굉도의 〈화병의 꽃〉 중 '하속[使令]'에 다음과 같은 내용이 보인다. "꽃에 하속이 있는 것은 궁중에 궁녀가 있고 규방에 잉첩이 있는 것과 같다. 저 산속의 꽃과 풀 중 예쁜 것이 실로 많고, 아른거리는 안개와 내리는 비 역시 총애하는 신하이니 어찌 하속이 없을 수 있겠는가. 매화는 영춘화·천리향·동백으로 여종을 삼는다.……백리향은 수삭(瘦削)하고 옥잠화는 고한(苦寒)하고 추해당(베고니아)은 사랑스러우니, 정현(鄭玄)과 최 수재(崔秀才)의 시녀이다. 이 밖에도 일일이 비유하여 형상하지는 못하지만, 요컨대 모두 세상에 이름이 있는 것으로 그 부드러움과 섬세함이 기를 기르기에 남음이 있으니, 어찌 소식(蘇軾)의 석류꽃이나 백거이(白居易)의 봄풀보다 뒤지는 데에까지 이르겠는가.〔花之有使令, 猶中宮之有嬪御, 閨房之有妾媵也. 夫山花草卉, 妖艶實多, 弄煙惹雨, 亦是便嬖, 惡可少哉? 梅花以迎春·瑞香·山茶爲婢……丁香瘦, 玉簪寒, 秋海棠嬌, 然有酸態, 鄭康成·崔秀才之侍兒也. 其他不一一比像, 要之皆有名於世, 柔佞纖巧, 頤氣有餘, 何至出於子瞻榴花·樂天春草下哉?〕"

열 번째 : 호사자[164] +好事

잎을 냄새 맡고 꽃의 크기 아는 건[165] 말할 것 없고	臭葉莫言辨大小
뿌리를 보면 꽃 색깔이 붉은지 노란지 알 수 있네	見根能辨色紅黃
가지 하나가 또한 천 그루 초목에 맞먹기도 하니	單枝亦當千株植
참으로 꽃을 사랑하는 사람은 참으로 향을 안다네	眞愛花人眞識香

164 호사자 : 원굉도의 〈화병의 꽃〉 중 '호사자[好事]'에 다음과 같은 내용이 보인다. "옛날에 꽃을 지나치게 좋아하는 병이 있는 사람은 누가 기이한 꽃을 얘기하는 말을 들으면 비록 깊은 골짜기와 높은 고개라 할지라도 넘어지는 것을 꺼리지 않고 찾아갔다. 심지어는 혹심한 추위와 맹렬한 더위에 살갗이 갈라 터지고 땀에 흠뻑 젖어도 모두 아랑곳하지 않는다. 어떤 꽃이 피려고 하면 베개를 옮기고 짐을 들고서 그 아래에서 묵으며 꽃이 미미할 때부터 무성해질 때까지, 시들 때까지, 시들어 땅에 다 떨어질 때까지 이른 뒤에야 떠난다. 천 그루, 만 뿌리로 그 변화를 궁구하기도 하고, 한 개의 가지, 몇 개의 방으로 그 흥취를 수립하기도 하며, 잎을 냄새 맡고서 꽃의 크기를 알기도 하고, 뿌리를 보고 꽃의 색이 붉은지 흰색인지를 변별하기도 한다. 이를 일러 참으로 꽃을 사랑한다고 하며, 이를 일러 참으로 일을 좋아한다고 한다.〔古之負花癖者, 聞人談 一異花, 雖深谷峻嶺, 不憚蹶躄而從之. 至於濃寒盛暑, 皮膚皸鱗, 汗垢如泥, 皆所不知. 一花將尊, 則移枕攜襆, 睡臥其下, 以觀花之由微至盛至落, 至於萎地而後去. 或千株萬 本以窮其變, 或單枝數房以樹其趣, 或臭葉而知花之大小, 或見根而辨色之紅白. 是之謂 眞愛花, 是之謂眞好事也.〕"

165 아는 건 : 저본에는 '편(鯿)'으로 되어 있는데, 문맥에 근거하여 '변(辨)'으로 바로 잡아 번역하였다. 《이아(爾雅)》〈석기(釋器)〉에 "가죽이 중간에 끊긴 것을 '편(鯿)'이 라 한다.〔革中絶謂之鯿.〕"라고 하였는데, 《옥편(玉篇)》과 《광운(廣韻)》에서 《이아》 의 이 구절을 인용하면서 모두 '편(鯿)'으로 썼다. 이는 변(辨)에 '편'의 발음도 있어서 생긴 오류이다. 이에 근거하면 저자는 '편(鯿)'과 '변(辨)'을 통용자로 본 듯하다.

열한 번째 : 맑은 감상[166] 十一淸賞

차를 마시며 감상함이 가장 좋고 담소가 다음이니 茗賞最優譚賞次

금할 것은 술 마신 뒤 꽃의 신을 노엽게 함이네 禁條酒後惱花神

바람도 햇빛도 상관치 않고 장소도 가리지 않는다면 風日無關地不擇

귀한 손님이 드문 저 기방과 무엇이 다르겠는가 何殊妓舍少高賓

열두 번째 : 경계[167] 十二監戒

166 맑은 감상 : 원굉도의 〈화병의 꽃〉 중 '맑은 감상[淸賞]'에 다음과 같은 내용이
보인다. "꽃을 감상하는 것은 차를 마시면서 감상하는 것이 가장 좋고, 담소를 나누면서
감상하는 것이 그다음이고, 술을 마시면서 감상하는 것이 가장 좋지 않다. 저 술을
가까이하고 차를 멀리하며 일체 지저분하고 속된 얘기들로 말하면, 이것은 꽃의 신이
몹시 싫어하고 배격하는 것이니, 차라리 입 다물고 죽은 듯이 앉아 꽃의 노여움을 사지
않는 것이 낫다. 무릇 꽃을 감상하는 것은 장소가 있고 때가 있어서 적절한 때를 얻지
않고 기분 내키는 대로 손님을 초청하는 것은 모두 당돌한 것이다.……만약 바람과
햇빛을 따지지 않고 좋은 장소를 가리지 않는다면 정신이 산만하여 전혀 서로 연결되지
않으니, 이것은 기방이나 주점의 꽃과 무엇이 다르겠는가.〔茗賞者, 上也. 譚賞者, 次也.
酒賞者, 下也. 若夫內酒越茶及一切庸穢凡俗之語, 此花神之深惡痛斥者, 寧閉口枯坐,
勿遭花惱可也. 夫賞花有地有時, 不得其時而漫然命客, 皆爲唐突.……若不論風日, 不擇
佳地, 神氣散緩, 了不相屬, 此與妓舍酒館中花何異哉?〕"

167 경계 : 원굉도의 〈화병의 꽃〉 중 '경계[監戒]'에 다음과 같은 내용이 보인다. "꽃
이 기뻐하는 것은 모두 열네 가지이다. (1)밝은 창, (2)깨끗한 궤안, (3)고대의 솥,
(4)송나라 벼루, (5)소나무가 바람에 흔들리는 소리, (6)시냇물 소리, (7)주인이 일
만들기를 좋아하고 시에 능한 것, (8)평소 왕래하는 중이 차를 끓일 줄 아는 것, (9)계주
(薊州) 사람이 술을 보내오는 것, (10)좌중의 손님이 만개한 꽃을 잘 그리는 것, (11)마
음에 맞는 벗이 찾아오는 것, (12)꽃을 가꾸는 법에 대한 서적을 베끼는 것, (13)깊은
밤에 화로가 소리를 내는 것, (14)처첩이 꽃의 고사를 살피는 것이다. 꽃이 욕되게
느끼는 것은 모두 스물세 가지이다. (1)주인이 손님을 자주 맞이하는 것, (2)속인이
멋대로 들어오는 것, (3)가지가 구불거리는 것, (4)용렬한 중이 선(禪)을 말하는 것,

꽃에 대한 경계 중에 꽃을 욕보임은 없는지 　　　　戒花條有辱花無

욕보임이 어찌 진심이며 경계할 것이 어찌 적으랴 　辱豈眞情戒豈諛

범한 자는 금곡원의 벌주[168]를 피하기 어려우니 　　犯者難逃金谷罰

마음 비우고 돌아보며 자리에 써서 걸어두노라 　　虛心點檢揭書廚

(5)창문 아래의 개, (6)연밥을 다투는 것, (7)골목의 노래하는 아이, (8)희곡의 곡조인 익양강(弋陽腔), (9)추녀가 꽃을 꺾어 머리에 꽂는 것, (10)승진을 논하는 것, (11)억지로 예쁜 표정을 짓는 것, (12)남의 시에 화답할 빚을 갚기도 전에 꽃이 만개한 것, (13)집안사람이 계산을 재촉하는 것, (14)운부를 살펴보고 운자를 놓는 것, (15)책이 찢겨 널려 있는 것, (16)복건(福建) 지역의 거간꾼, (17)오중(吳中) 지역의 위서, (18)쥐똥, (19)달팽이 침, (20)노복이 교만한 것, (21)주령(酒令)이 이제 막 시작되었는데 술이 떨어진 것, (22)주점과 이웃이 된 것, (23)책상 위에 황금백설(黃金白雪)이나 중원자기(中原紫氣) 등의 시가 있는 것이다. 연경의 풍속이 더욱 꽃구경을 다투어서 매번 꽃이 한번 피면 붉은 장막이 구름처럼 모이는데, 내가 보기에 꽃을 욕되게 하는 자들이 많고 꽃을 기쁘게 하는 자들은 적다. 마음을 비우고 돌아보면 우리도 역시 때때로 범하는 것이 있기에 특별히 한 통을 좌우에 써서 스스로 경계한다.〔花快意凡十四條: 明窗, 淨几, 古鼎, 宋硯, 松濤, 溪聲, 主人好事能詩, 門僧解烹茶, 薊州人送酒, 座客工畫花卉盛開, 快心友臨門, 手抄藝花書, 夜深爐鳴, 妻妾校花故實. 花折辱凡二十三條: 主人頻拜客, 俗子闌入, 蟠枝, 庸僧談禪, 窗下狗, 鬪蓮子, 胡同歌童, 弋陽腔, 醜女折戴, 論升遷, 强作憐愛, 應酬詩債未了盛開, 家人催算帳, 檢韻府押字, 破書狼籍, 福建牙人, 吳中贗畫, 鼠矢, 蝸涎, 僮僕偃蹇, 令初行酒盡, 與酒館爲鄰, 案上有黃金白雪、中原紫氣等詩. 燕俗尤競玩賞, 每一花開, 緋幕雲集. 以余觀之, 辱花者多, 悅花者少. 虛心檢點, 吾輩亦時有犯者, 特書一通座右, 以自監戒焉.〕"

168　금곡원(金谷園)의 벌주 : '금곡원'은 진(晉)나라의 부호 석숭(石崇)의 별장 이름으로, 석숭은 이곳에서 연회를 열어 즐기면서 시를 짓지 못한 자에게 벌주 서 말을 마시게 했다고 한다.

늙음을 탄식하다

歎老

사람이 이 세상 살아감이 몹시 서글프니	人生此世極堪哀
한 번 돌아오고 다시 한번 돌아오네	一度回來復一回
지난날엔 번화했는데 지금은 적막하고	舊日繁華今寂寞
젊을 때엔 건장했는데 늙자 쇠약해졌네	少時康壯老衰頹
긴 밤 보내기 어려워 공연히 시구 읊조리고	難消長夜空吟句
귀한 꽃 마주하여 억지로 술잔을 드네	爲對名花强引杯
잠시 얘기 나눌 이도 없어 사슴과 벗하고	無與立談麋鹿友
이끼 낀 뜰 깊은 곳을 부질없이 배회하네	苔庭深處謾徘徊

염락체[169]를 모방하다

效濂洛體

사사로운 지혜를 쓰지 않음[170]은 태고의 세상이요	不識不知太古世
사념 없고 근심 없음[171]은 성인의 백성이라오	無思無慮聖人氓
산중의 해와 달이 참으로 누구를 기억하리오	山中日月渾誰記
골짝 안의 안개와 노을은 더불어 다투는 이 없네	洞裏煙霞莫與爭
백부는 오히려 십 묘의 밭을 개척했는데[172]	白傅猶堪十畝拓
청련은 어이해 홀로 백 잔 술을 기울였나[173]	青蓮何獨百杯傾

---

169 염락체(濂洛體) : 북송 때 호남성 여산(廬山) 기슭의 염계(濂溪)에서 살았던 주돈이(周敦頤)와, 낙양(洛陽)에 살았던 정호(程顥)·정이(程頤) 형제가 확립한 성리학을 주요 내용으로 삼아 지은 글을 이른다.

170 사사로운……않음 :《시경》〈대아(大雅) 황의(皇矣)〉에 "상제께서 문왕에게 이르시되, 나는 명덕의 소리와 색을 대단하게 여기지 않으며, 잘난 체하고 변혁함을 훌륭하게 여기지 않고, 사사로운 지혜를 쓰지 아니하여 상제의 법을 순히 하는 자를 사랑한다 하셨다.〔帝謂文王, 予懷明德, 不大聲以色, 不長夏以革, 不識不知, 順帝之則.〕"라는 구절이 보인다.

171 사념……없음 :《장자(莊子)》〈지북유(知北游)〉에 "사념이 없고 근심이 없어야 비로소 도를 알게 된다.〔無思無慮始知道.〕"라는 구절이 보인다.

172 백부(白傅)는……개척했는데 : 태자소부(太子少傅)를 지냈던 당나라의 시인 백거이(白居易)가 만년에 벼슬에서 물러나 여산(廬山)의 향로봉(香爐峯)에 은거한 것을 이른다. '십 묘(畝)'의 밭은《시경》〈위풍(魏風) 십묘지간(十畝之間)〉의 "십 묘 사이에 뽕을 따는 이가 한가하고 한가하니, 장차 그대와 더불어 돌아가리라.〔十畝之間兮, 桑者閑閑兮, 行與子還兮.〕"라는 구절을 원용한 것이다.

173 청련(青蓮)은……기울였나 : '청련'은 '청련거사(青蓮居士)'의 약칭으로, 시선(詩仙) 이백(李白)의 별호이다. 이백의 〈장진주(將進酒)〉에 "염소 삶고 소 잡아 우선

깊은 곳 아름다운 경관이 모두 나의 소유이니   奧區佳賞皆吾有

맑고 그윽한 꽃과 대나무는 속세까지 이름이 났네 花竹淸幽漏俗名

즐길 것이니, 모름지기 한 번에 삼백 잔은 마셔야 하네.〔烹羊宰牛且爲樂, 會須一飮三百杯.〕"라고 하였고, 또 〈양양가(襄陽歌)〉에 "인생 백 년 삼만 육천 일, 하루에 삼백 잔씩 기울여야 하리라.〔百年三萬六千日, 一日須傾三百杯.〕"라고 하였다.

비가 개다
雨霽

산기운이 적막할 정도로 깨끗하니　　　　山氣近瀟灑

숲 가에 오랫동안 내린 비가 개었네　　　林樊積雨晴

매미 소리는 눈물을 자아낼 만하고　　　蟬聲堪下淚

새의 지저귐은 마음이 통하는 듯하네　　鳥語若通情

약한 더위에도 오히려 두려움이 남으니　薄熱猶餘惻

가을바람 속에 이 인생을 괴로워하네　　秋風惱此生

먼지 낀 거문고를 병든 몸 일으켜 청소하니　塵琴扶病掃

오늘 밤엔 달이 휘영청 밝으리라　　　今夜月將明

소년에게 주다

贈少年

오늘의 노인은 지난날의 소년이라	今日老人昔少年
먹고 자고 생활함을 생전에 즐겨야 하리	起居飲食樂生前
세월을 헛되이 보냄을 영웅은 한스러워하고	光陰枉費英雄恨
비바람 공연히 요란할 제 병든 객은 잠드네	風雨空撩病客眠
기운과 힘이 언제 북해를 넘을 수 있으리오[174]	氣力何時超北海
아름다운 시간은 본래 선천의 일에 속하네	繁華自是屬先天
푸른 청춘이 길이 머문다 자랑하지 말라	莫詑春色長相駐
세상만사가 모두 그림 속 신선을 울린다오	世事無非泣畵仙

---

174 기운과……있으리오 : 불가능한 일을 꿈꾸지 않는다는 말이다. 《맹자》〈양혜왕상(梁惠王上)〉에 "태산을 옆에 끼고 북해를 뛰어넘는 것을 '나는 할 수 없다'라고 한다면, 이것은 참으로 할 수 없는 것이다.〔挾太山以超北海, 曰我不能, 是誠不能也.〕"라는 내용이 보인다.

소년이 답하다

少年答

인간 세상 항구하게 소년인 이를 보지 못했으니	不見人間恒少年
그대 이후에도 없을 것이요 그대 이전에도 없었네	君之以後君之前
찬 부엌에 땅거미가 지면 배를 채우기 좋고	寒廚薄暮宜充肚
높은 누각에 맑은 바람 불면 잠들기 적합하네	高閣淸風合着眠
지난날의 강건함은 어찌 말할 것이 있으랴	曩日康强何足道
덧없는 인생의 결함도 모두 하늘의 뜻이라네	浮生缺陷莫非天
분수 밖 왕자교와 적송자[175]의 복을 구하지 마오	休求分外喬松福
온갖 일이 지상의 신선과는 관계없으니	萬事無關地上仙

---

175 왕자교(王子喬)와 적송자(赤松子) : 모두 전설 속의 신선이다. 왕자교는 353쪽 주562, 적송자는 93쪽 주116 참조.

노망

老狂

소년이여 노년이 어리석다 비웃지 말라	少年休笑老年痴
혼몽하다고 어찌 그리 무시를 당하는 건지	昏憒其何若見欺
온종일 시시콜콜 떠드니 모두 듣기 싫어하고	鎭日細談皆厭聽
새벽같이 일찍 일어나니 모두 눈썹을 찌푸리네	侵晨蚤起擧頻眉
영문도 모르고 노여움 사는 건 다반사요	無端觸怒尋常事
지나고 나면 다 잊어서 아예 생각이 없네	過境遺忘索莫思
나 역시 지난 시절 너처럼 건장했는데	我亦往時如爾壯
지금 와선 튼튼한 다리를 따라가기 어렵네	到今難學鼎蹄兒

독백
自道

젊을 적엔 두 눈으로 좁은 대롱 통해 엿보다가[176]	少也眼眶窺寸管
늙어서는 두 발로 명산을 두루 돌아다녔다네	老來足迹遍名山
꽃의 마음은 봄과 가을에 온전히 생동하고	花心全活春秋節
거문고 소리는 크고 작은 물굽이에 길게 흐르네	琴響長流小大灣
몸이 혹 노복을 겸한들 무슨 누가 되겠는가	身或兼奴何有累
뜻이 달리는 말과 같다 해도 또한 상관없네	志如奔馬亦無關
머리 위의 사치인 대 삿갓을 나른히 들고	嬾携箬笠頭邊侈
비 지나간 밭에서 달빛 띠고 돌아오네	過雨田間帶月還

176 젊을……엿보다가 : 대롱 구멍으로 세상을 보고자 했다는 말이다. 한(漢)나라 동방삭(東方朔)의 〈답객난(答客難)〉에 "옛말에 '대롱 구멍으로 하늘을 엿보고, 고둥 껍데기로 바다를 측량하며, 대나무 가지로 종을 친다.' 하였으니, 어찌 그 조리를 통달하고, 그 문리를 고찰하며, 그 소리를 낼 수 있겠는가.〔語曰: 以管窺天, 以蠡測海, 以筳撞鍾. 豈能通其條貫, 考其文理, 發其音聲哉?〕"라는 내용이 보인다. 《文選 卷45 答客難》

아침에 일어나
朝起

인간 세상 맛난 음식을 나 홀로 향유하니　　滋味人間獨享余
찐 보리죽에 호박과 나물로 끼니를 채우네　　飯充蒸麩南苽蔬
옛 벗에게서 편지 드물어도 마음에 유감없고　　書稀故友心無忮
빈 뜰에 풀이 가득하면 손으로 직접 뽑네　　草滿空庭手自除
숲속 집이 먼저 서늘하니 비가 지나간 뒤요　　林屋先涼知雨後
푸른 향로가 조금 따뜻하니 향이 막 피어난 때라오　　翠爐微煖覺香初
한 잔 술로 몽롱한 졸음을 물리친 뒤　　一杯收拾朦朧睡
바람 앞에서 저물녘 머리 감고 빗질을 하네　　料理風前晚沐梳

높은 누각은 적막하여 중의 암자 같은데　　高樓寂寂似僧庵
영욕과 무관하게 흘러가는 물이 담담하네　　榮辱無關流水淡
가을 기운 갑자기 일어나니 산 또한 늙어가고　　秋氣乍生山亦老
매미 소리 더욱 세차니 내 어찌 그리움을 견디랴[177]　　蟬聲益裂我何堪
돌 바다에서 연을 가꾸며 근력을 부지하고　　培蓮石海扶筋枏
숲 동산에서 과일을 따며 대바구니를 드노라　　摘果林園挈竹籃

---

177 매미……견디랴 : 매미 소리를 듣고 벗에 대한 그리움을 견딜 수 없다는 말이다.
주희(朱熹)가 여조겸(呂祖謙)에게 답한 편지 중 "수일 사이에 매미 소리가 더욱 맑으니,
이를 들을 때마다 그대의 고아한 풍모를 생각하지 않은 적이 없었네.〔數日來, 蟬聲益淸,
每聽之, 未嘗不懷高風也.〕"라는 구절에서 유래하여 '매미 소리'는 벗을 그리워하는 전거
로 쓰이게 되었다. 《晦菴集 卷33 答呂伯恭》

근일에 내키는 대로 걸상을 새로 더하였으니　　近日新添隨意楊
맑은 그늘 깊은 곳이면 서쪽 남쪽 어디든 좋네　　清陰深處任西南

박환재가 평양에 있을 때[178] 편지를 보내 족동의 시골집[179]을 자랑하기에 찾아가겠다고 약속하였는데, 정축년(1877, 고종14)에 환재의 궤연이 이곳으로 옮겨왔기에[180] 지난날의 소회를 금할 수 없어 시 한 수를 들고 찾아가 곡하고 돌아오다

朴瓛齋在浿城 書詑簇洞鄕廬 約以相尋 丁丑 瓛齋靈筵搬于此 不禁舊日 之懷 齎一詩 哭而還

두릉[181]에 비 그치자 배에 바람이 불어오는데 　　斗陵雨歇一船風

돌길이 구불구불 물 동쪽으로 뻗어 있네 　　石遷逶迤向水東

이곳에서 멀리 바라보면 양식을 준비하던 집이니[182] 　　此地相望舂宿舍

178 박환재(朴瓛齋)가⋯⋯때 : 박규수(朴珪壽)가 1866년(고종3) 2월 4일 평안도 관찰 사에 임명되어 1869년 4월 3일 예문관 제학에 임명될 때까지 약 3년 동안 평안도 관찰사 로 재직한 기간을 말한다. 평양은 평안도의 감영이 있는 곳이다. 박규수는 56쪽 주79 참조.

179 족동(簇洞)의 시골집 : 경기도 광주 퇴촌면 석촌리 족계(簇溪) 부근에 있는 박규 수의 시골집을 가리킨다.

180 정축년에⋯⋯옮겨왔기에 : 박규수는 1876년(고종13) 12월 27일 서울 집에서 70세 를 일기로 세상을 떠났으며 이듬해 3월 정축년에 경기도 양주(楊州) 노원(蘆原)에 장사 지냈다. 《瓛齋集 節錄瓛齋先生行狀草》

181 두릉(斗陵) : 경기도 남양주시에 있는 박규수의 집이 있는 곳이다.

182 이곳에서⋯⋯집이니 : 원문의 '용숙사(舂宿舍)'는 먼 길을 떠나기 위해 전날 밤에 방아를 찧던 집이라는 뜻으로, 박규수가 살던 족동의 시골집을 두고 한 말이다. 《장자 (莊子)》〈소요유(逍遙遊)〉의 "가까운 교외에 가는 자는 세끼 밥만 가지고 갔다가 돌아 와도 배가 여전히 부르고, 100리를 가는 자는 전날 밤에 양식을 찧어서 준비해야 하고,

우리 벗님 그 어느 날 역마로 편지를 보내왔던가   故人何日郵傳筒

황혼에 깜깜한 길 더듬으니[183] 시골 찾아온 말이요   黃昏冥擿尋村馬

백발에 슬프고 처량하니 짝 잃은 기러기네   白首悲涼失侶鴻

어찌 차마 무창[184]으로 가는 서쪽으로 길을 지나랴   忍過武昌西去路

경천이 서글피 오열하며 끝없이 흘러가네   慶川嗚咽逝無窮

천 리를 가는 자는 3개월 전부터 양식을 모아야 한다.〔適莽蒼者, 三湌而反, 腹猶果然, 適百里者, 宿舂糧, 適千里者, 三月聚糧.〕라는 구절을 원용한 것이다.

183 황혼에……더듬으니 : 노년에 박규수와 같은 벗을 잃으니 마치 대낮에도 더듬거리며 길을 찾는 장님처럼 의지할 곳이 없다는 말이다. 한(漢)나라 양웅(揚雄)의 《법언(法言)》〈수신(修身)〉 중 "(공자의 도를 배우지 않으면) 맹인이 지팡이로 땅을 두드리며 길을 찾는 것처럼 대낮에도 어두운 길을 갈 뿐이다.〔擿埴索塗, 冥行而已矣.〕"라는 구절을 원용한 것이다.

184 무창(武昌) : 진(晉)나라의 명재상 유량(庾亮, 289~340)이 일찍이 정서장군(征西將軍)이 되어 장강(長江) 가에 누각을 세우고 막료들과 함께 시를 읊조리며 고상한 풍류를 만끽했던 곳으로, 여기에서는 박규수가 평안도 관찰사로 있으면서 편지를 보내온 평양을 가리킨다. 유량이 세운 누각은 231쪽 주383 참조. 《晉書 卷73 庾亮列傳》

석림 나루[185]를 건너며

渡石林津

편여 타고 동틀 무렵에 찾아가는 길이니 　　　便輿尋訪趁天明

맑은 바람을 받아서 의대가 가볍도다 　　　受用淸風衣帶輕

강가의 맛 좋은 생선은 대부분 예부터 나는 것이요 　江上嘉魚多舊産

산중의 기이한 화초는 태반이 이름이 없네 　　山中奇草半無名

먼 길을 즐겁게 가노라니 복더위도 잊히고 　　耽行長路忘庚暑

평원의 숲에 잠시 쉬노라니 갠 한낮이 기쁘네 　暫憩平林喜午晴

조각배 하나 흔들흔들 벼랑에 의지하였는데 　一棹搖搖依絶壁

저녁 매미 소리에 벗님이 잠에서 깨어나네 　　故人眠起晚蟬聲

185　석림(石林) 나루 : 경기도 광주(廣州) 퇴촌면(退村面)에 있는 석촌(石村) 앞의
나루를 가리키는 것으로 추정된다.

의주 부윤 임 이부 한수 에게 주다[186]

贈灣府尹林吏部 翰洙

부임하는 관서의 의주는 큰 고을로 이름났으니	關西去處擅雄州
두 나라의 외교 길이 줄곧 이 국경 지역이었네	兩國之交一極陬
은명이 동쪽으로 나가는 인끈을 받은 것과 같으니	恩命若承東出綬
행장을 북쪽에서 돌아온 수레로 다시 꾸리네[187]	行裝重理北來輈
철침이 장차 푸른 준마의 등에 보이고	鐵鍼將見蒼螭背
석경이 멀리 초록 오리의 머리에 걸리리라[188]	石鏡遙懸綠鴨頭

---

186 의주(義州)……주다 : 이조 참판을 지낸 임한수(林翰洙, 1817~1886)가 1877년 (고종14) 6월 2일 의주 부윤(義州府尹)에 임명되어 부임할 때 지어준 시이다. 임한수는 본관은 금성(錦城), 자는 익여(翼如)이다. 1846년(헌종12) 문과에 합격하고, 1871년 (고종8) 3월 1일 이조 참판에 임명되었다.

187 은명(恩命)이……꾸리네 : 임한수가 1875년(고종12) 12월 22일 진하 겸 사은 부 사(進賀兼謝恩副使)에 임명되어 청나라에 다녀온 뒤 다시 의주 부윤으로 나가는 것을 이른다. 원문의 '동출수(東出綬)'는 강원도 관찰사를 가리키는 듯하다. 의주 부윤과 강원도 관찰사는 모두 종2품 외관직이다.

188 철침(鐵鍼)이……걸리리라 : 부임하면 준마를 타고 밤늦도록 군대를 지휘할 것 이라는 말이다. '철침'은 끝부분에 철침이 달린 말채찍을 가리킨다. 원문의 '창리(蒼螭)' 는 고대 준마의 이름이다. 《회남자(淮南子)》〈수무훈(脩務訓)〉에 "좋은 말은 철침이 달린 채찍을 사용하지 않아도 잘 달리고, 노둔한 말은 철침이 달린 채찍을 사용하더라도 달리지 못한다. 이 때문에 철침이 달린 채찍을 사용하지 않고 말을 본다면 어리석은 짓이다.〔良馬不待策錣而行, 駑馬雖策錣之不能進. 爲此不用策錣而御, 則愚矣.〕"라는 내용이 보인다. '석경(石鏡)'은 하얀 돌처럼 빛나는 달을, '초록 오리〔綠鴨〕'는 압록강을 가리킨다.

근래에 군사와 백성이 몹시 쇠약하고 피폐했으나   近日軍民彫迅甚

그대의 위엄과 은혜에 힘입어 변경의 근심이 사라지리라

　　　　　　　　　　　　　　　　賴君威惠少邊憂

어항

魚缸

파시에서 어항을 구입하였는데	波市購魚缸
유리 재질로 해외의 주발을 본떴네	玻璃倣海椀
큰 물고기는 패검보다 크고	大魚大於劍
작은 물고기는 계란보다 작네	小魚小於卵
작은 물고기는 물 밑에 잠복하고	小魚水底伏
큰 물고기는 물 위에 흩어져 있네	大魚水上散
그 잠복하고 흩어지는 이유를	其伏其散也
평소에 아는 이가 드물다네	尋常知者罕
어항의 위치를 자주 바꾸어도	位置屢易處
예전 그대로 절로 급하고 느리네	依舊自急緩
여러 날 뒤에 이 늙은이가 가까스로 알았으니	歷日翁強解
한마디 말로 단정 지을 수 있다네	一言可以斷
큰 것은 몸을 용납하기 어려워	大者難容身
밝은 곳을 향하니 광활한 곳으로 가려는 것이요	向明欲赴坦
작은 것은 그 시야가 좁으니	小者局其見
뻐끔거릴 수만 있으면 내심 스스로 만족해서네	呴嚅心自滿
흩어지는 것이 본성이 아니요	游散非本性
잠복하는 것도 고단하기 때문이라네	潛伏亦由亶
아아, 너희 젊은이들은	嗟嗟爾小子
늙은이가 소견 좁다고 말하지 말라	莫謂翁窺管

나는 작은 물고기를 따를 뿐이니   吾從小魚耳
어찌 꼭 부족한 것을 취할 필요 있으랴   何必取所短
하남에서도 동이 연못에서 길렀으니   河南盆池養
자득함을 보려 했다는 말씀을 경건히 읽어보네[189]   自得說讀盥

189 하남(河南)에서도……읽어보네 : '하남'은 하남 출신의 유학자 정호(程顥)·정
이(程頤) 형제를 가리키는 말로, 여기에서는 하남백(河南伯)에 봉해진 명도선생(明道
先生) 정호를 가리킨다. 명도선생이 일찍이 자잘한 송사리 몇 마리를 분지(盆池)에
기르면서 때때로 이를 관찰하며 "만물의 자득하는 뜻을 관찰하고자 해서이다.〔欲觀萬物
自得意..〕"라고 말한 고사를 원용한 것이다. 원문의 '독관(讀盥)'은 손을 씻고 읽는다는
뜻으로, 경건한 마음으로 읽는다는 말이다.《性理大全書 卷39 諸儒1 程子》

입추

立秋

세 번째 경일이 다할 무렵 육추가 먼저 이르니[190]	三庚垂盡六秋先
금년 여름 더위의 위세는 석년과도 같았네	今夏炎威若老年
경물이 모두 매미가 허물 벗듯 변화를 재촉하니	景物無非催化蟬
인생이 어찌 바뀌는 계절에 감회 일지 않으랴	人生那不感時遷
말을 좋게 생각하여 일찍이 목장을 구하였으나[191]	思臧斯馬曾求牧
물고기를 얻기도 전에 이미 통발을 잊었네[192]	未得其魚已忘筌
바람이 맑은 소리를 보내와 시름을 녹이니	風送淸音消點悶

---

190 세……이르니 : 가을의 시작인 입추(立秋)가 여름의 마지막 절기인 말복(末伏)보다 먼저 온다는 말이다. 첫 번째 경일은 하지(夏至)로부터 세 번째 경일인 초복(初伏)이고, 두 번째 경일은 하지로부터 네 번째 경일인 중복(中伏)이며, 세 번째 경일은 입추 뒤 첫 번째 경일인 말복이다. '육추(六秋)'는 입추(立秋) · 처서(處暑) · 백로(白露) · 추분(秋分) · 한로(寒露) · 상강(霜降) 등 6개의 절기가 들어 있다 하여 '가을'이라는 뜻으로 쓰인다.

191 말을……구하였으나 : 《시경》〈노송(魯頌) 경(駉)〉의 "생각함이 그지없으니, 말을 생각함에 이에 좋도다.〔思無疆, 思馬斯臧.〕"라는 구절과, 《맹자》〈공손추 하(公孫丑下)〉의 "지금 남의 소와 양을 맡아 기르는 사람이 있다면 반드시 목장과 꼴을 구하려고 할 것이다.〔今有受人之牛羊而爲之牧之者, 則必爲之求牧與芻矣.〕"라는 구절을 원용한 것으로, 노 희공(魯僖公)이 말을 기르기를 성대하게 한 것은 그 뜻을 원대하게 세운 것에서 말미암았던 것처럼 자신도 백성을 위해 좋은 목민관이 되고자 했다는 말이다.

192 물고기를……잊었네 : 목적을 달성한 뒤에는 목적을 달성하기 위해 사용했던 도구를 잊어버린다는 《장자(莊子)》〈외물(外物)〉의 우화를 원용한 것으로, 좋은 목민관이 되기도 전에 벼슬에서 물러났다는 말이다.

책상머리 경쇠 소리 속에 책을 엮어볼거나 　　　床頭玉磬欲成編

수장에 벌초를 하다[193]

除草壽藏

십 년 동안 수장을 아직 열지 않았으니   十載壽藏尙未開
지루한 인간 세상 수명을 재촉하지 않네   支離人世不相催
오동나무 재목감은 날로 쌓여 푸른 그늘을 펴고   櫃材日積敷蒼蔭
상설은 바람에 마모되어 푸른 이끼로 뒤덮였네   象設風磨被綠苔
선배들 모두 옷과 신을 보관할 곳을 만들었으나   先輩皆營衣履貯
훗날 목동과 나무꾼 오는 것을 막기 어려웠네   後時難禁牧樵來
소년들은 늙은이가 먼 뒷날을 걱정한다 웃지 말라   少年莫笑翁謀遠
산누에고치도 스스로 무덤을 만들 줄 안다네[194]   野繭能知自作臺

193 수장(壽藏)에 벌초를 하다 : 저자가 56세 되던 1869년(고종6)에 지은 것으로 추
정된다. '수장'은 생전에 미리 만들어놓은 저자의 무덤으로, 46세 되던 1859년(철종10)
무렵 거처하던 경기도 양주 가오동(嘉梧洞)의 서쪽 천마산(天摩山) 기슭에 마련하였
다.《嘉梧藁略 序, 冊2 壽藏》《林下筆記 卷25 春明逸史 嘉梧谷壽藏》《慶州李氏金石錄
卷24 嘉梧谷壽藏表》

194 산누에고치도……안다네 : 누에도 나방으로 화하기 위해 스스로 무덤, 곧 고치를
만들 줄 안다는 말이다. 원문의 '대(臺)'는 화대(化臺)로, 무덤을 의미한다. 옛사람들은
생전에 자신의 무덤을 만들고 화대, 영택(永宅), 견실(繭室), 토만두(土饅頭), 복진당
(復眞堂), 고택(故宅) 등으로 불렀다.

초가을

抄秋

산중에서 칠월에 〈빈풍〉 시[195]를 읽으니	山中七月讀詩豳
비와 이슬이며 바람과 서리가 절로 때가 있네	雨露風霜自有辰
한낮 기운 후덥지근하니 개구리가 입을 닫고	午氣薰蒸蛙閉口
아침 그늘 짙으니 새가 몸을 숨기네	朝陰濃郁鳥藏身
집안 생계는 쇠잔한 노년에 편중되거니와	家謀偏重衰殘境
나랏일은 떠도는 사람에겐 해당 없네	公事無當放浪人
나귀 자국과 개미 걸음만 여기에 있을 뿐이니[196]	驢迹蟻行只在此

---

195 빈풍(豳風) 시 : 《시경》〈빈풍 칠월(七月)〉을 가리킨다. 계절에 따른 날씨와 곤충·초목의 변화를 읊은 시로, 한편으로는 농부에게 절후에 맞게 해야 할 일을 알려주고, 다른 한편으로는 위정자가 농사의 어려움을 알게 하기 위해 지은 것이다.

196 나귀……뿐이니 : 운명을 벗어나지 못한 채 매일 똑같은 일상을 반복하고 있다는 말이다. 원문의 '여적(驢迹)'은 '마려적(磨驢迹)'의 준말로, 연자매를 돌리는 나귀의 묵은 자국이라는 뜻이다. 전하여 변화가 없이 항상 제자리에 맴도는 것을 의미한다. 송나라 소식(蘇軾)의 시 〈백부의 「과거에 낙방하고 촉으로 돌아가는 선친을 전송하다」라는 시에 이르기를……(伯父送先人下第歸蜀詩云……)〉 14수 중 열네 번째 수의 "생계를 영위함이 졸렬하여, 연자매 돌리는 나귀처럼 빙빙 도는 것을 비웃으리라.〔應笑謀生拙, 團團如磨驢.〕"라는 구절에서 유래하였다. 원문의 '의행(蟻行)'은 '마의행(磨蟻行)'의 준말로, 맷돌에 붙어 기어가는 개미의 발자취라는 뜻이다. 원래 해와 달이 천구(天球)상에서 운행하는 것을 비유하는 말이나, 여기에서는 정해진 운명에서 벗어나지 못하는 중생의 처지를 비유한다. 《진서(晉書)》 권11 〈천문지 상(天文志上)〉의 "개미가 맷돌 위를 걸어가는 것에 비유하자면, 맷돌은 왼쪽으로 돌고 개미는 오른쪽으로 가는데, 맷돌은 빠르고 개미는 느리기 때문에 개미도 맷돌을 따라 왼쪽으로 돌지 않을 수 없는 것과 같다.〔譬之於蟻行磨石之上, 磨左旋而蟻右去, 磨疾而蟻遲, 故不得不隨磨以左迴

이름난 꽃 기이한 돌로 아름다운 이웃을 삼네　　名花奇石作芳隣

금세 개었다 금세 비가 오니 초가을 날씨요　　乍晴乍雨新秋節
금세 나갔다 금세 물러나니 늙고 병든 사람이라오　旋起旋退老病人
이내 생애와 하늘의 기후가 한 모습으로 동일하니　身世天時同一樣
그윽한 문과 빈방에 이웃하는 이가 적다오　　門玄室白少相隣
벼슬하느라 헛되이 수레 거는 날[197]만 허비했는데　經營枉費懸車日
은거하자 아득히 안석에 기댄 무리[198]가 생각하네　棲息遙思隱几倫
어디에서 서늘한 바람 불어와 내 마음을 휘젓는가　何自涼風來攪我
술잔 들고 몰래 헤아려보니 달고 매운 맛 구비했네　引杯暗數備甘辛

焉.〕”라는 구절에서 유래하였다.

197　수레 거는 날 : 벼슬에서 물러나 한가로이 집에서 쉬는 날을 말한다. 한(漢)나라
때 설광덕(薛廣德)이 연로하여 벼슬을 내놓고 고향으로 돌아갈 적에 황제가 그에게
안거(安車)를 하사하였는데, 고향으로 돌아와 이를 매달아 두고 자손 후대에 전했다는
고사에서 유래하였다. 《漢書 卷71 薛廣德傳》

198　안석에 기댄 무리 : 은거한 사람들이란 뜻으로, 《장자(莊子)》〈제물론(齊物論)〉
의 “남곽자기가 안석에 기대어 앉았다가 하늘을 우러르며 후 하고 길게 숨을 내쉬었는
데, 멍하니 자기 몸을 잊은 것 같았다.〔南郭子綦隱几而坐, 仰天而噓, 嗒焉似喪其耦.〕”
라는 구절에서 유래하였다.

가오곡의 별장. 삼십 운 배율
嘉梧別業 三十韻排律

가오곡의 별장이 동쪽 언덕에 있으니	嘉梧別業在東岡
뭇 아름다움을 읊어 대강을 기록하려네	衆美成吟紀大綱
오백간정은 굽이굽이 물이 에워싸고	五百間亭環曲水
사시향관엔 뭇 꽃나무가 모여 있네	四時香館集群芳
소슬한 풍림은 연못을 붉게 둘렀고	楓林瑟瑟沿丹沼
빽빽한 연잎은 당을 푸르게 감쌌네	荷葉田田護碧堂
석동의 지천에는 흰 비단 폭포가 걸렸고	石洞芝泉懸疋練
맑은 하늘 아래 꽃 바다에는 시 배가 떠 있네	鏡天花海泛詩航
남쪽 창은 비스듬히 붉은 등 넝쿨 담장과 마주하고	南窓斜對紫藤壁
서쪽 곳집 앞엔 비단 같은 해당화를 옮겨 심었네[199]	西府移來錦海棠
물러난 선비는 밝은 못 그림자에 잠 못 들고	退士無眠潭影白
은둔한 노인도 의당 푸른 돌무늬에 절하리라[200]	丈人宜拜石紋蒼
천 그루 푸른 잣나무는 길 양쪽에 빽빽하고	千株夾路森青柏

---

199 서쪽……심었네 : 해당화 가운데 서부해당(西府海棠)이 있으므로 이렇게 말한 것이다. 45쪽 주49 참조.

200 은둔한……절하리라 : 별장에 있는 괴석(怪石)을 가리켜 말한 것이다. 송나라 때의 서화가 미불(米芾)은 기암괴석(奇巖怪石)을 매우 좋아하였다. 그가 일찍이 유수(濡須)의 수령이 되었을 때 강변에 괴석이 있다는 소식을 듣고 관아로 옮겨오게 하였는데, 돌이 이르자 뜰 아래로 내려와 절을 하며 "내가 돌 형님 보기를 소원한 지가 20년이나 되었소.〔吾欲見石兄二十年矣.〕"라고 하였다는 고사가 전한다. 《梁溪漫志 卷6 米元章拜石》

만 이랑 푸른 버들은 물결처럼 일렁이네   萬頃如流蕩綠楊

햇빛이 운장[201]에 빛나니 어필을 우러르고   日耀雲章瞻墨寶

무지개가 운가[202]에 드리우니 문창성을 꿰뚫었네   虹垂芸架貫文昌

호젓한 영귀정에는 맑은 바람이 예스럽고   詠歸亭僻淸風古

한적한 만회암에는 맑은 달빛이 청량하도다   晚悔庵悠慧月涼

녹시엔 느린 사슴 발걸음이 천 년토록 오래되었고[203] 鹿柴伎奔千歲老

학단엔 맑은 학 울음소리가 구고에 길게 들리네[204] 鶴壇淸唳九皐長

---

201   운장(雲章) : '왕의 문장'이란 뜻으로, 《시경》〈대아(大雅) 역복(棫樸)〉의 "커다란 저 은하수여, 하늘에서 문장이 되었도다.〔倬彼雲漢, 爲章於天.〕"라는 구절에서 유래하였다. 여기에서는 저자가 55세 때인 1868년(고종5) 8월에 고종이 직접 써서 하사한 '귤산가오실(橘山嘉梧室)'이라는 다섯 글자의 편액을 가리킨다. 저자는 9월에 이를 돌에 새겨 양주의 집에 걸었다. 《林下筆記 卷26 春明逸史 御書恭記》《慶州李氏金石錄 卷24 御書賜橘山嘉梧室跋》

202   운가(芸架) : '운초(芸草)를 비치한 시렁'이라는 뜻으로, 서가(書架)를 가리킨다. '운초'는 향초 이름으로 궁궁이라고도 하며, 좀먹는 것을 방지하는 효과가 있다.

203   녹시(鹿柴)엔……오래되었고 : '녹시'는 사슴뿔처럼 얼기설기 놓은 울타리로, 은거지를 비유한다. 《시경》〈소아(小雅) 소반(小弁)〉에 "사슴은 도망갈 때에도 발걸음이 느릿느릿하다.〔鹿斯之奔, 維足伎伎.〕"라는 구절이 보인다. 당 현종(唐玄宗)이 함양(咸陽)으로 사냥을 나갔다가 특이하게 생긴 커다란 사슴 한 마리를 잡아왔는데, 장생의 비술을 지녔다고 알려진 장과(張果)가 이를 보고 "이놈은 선계의 사슴으로 이미 천 살이 되었습니다. 옛날 한 무제(漢武帝) 원수(元狩) 5년에 제가 일찍이 시종신으로 무제를 모시고 상림원(上林苑)에서 사냥을 한 적이 있는데, 그 당시 이 사슴을 생포하였다가 놓아주었습니다."라고 하고, 또 "무제가 사슴을 놓아줄 때 동패(銅牌)로 왼쪽 뿔 아래에다 표지를 해두었습니다."라고 하였는데, 확인을 시키자 과연 오래된 동패가 있었다는 고사가 전한다. 《太平廣記 卷30 神仙 張果》

204   학단(鶴壇)엔……들리네 : '구고(九皐)'는 연못물이 넘쳐서 생긴 깊고 먼 구덩이라는 뜻으로, 《시경》〈소아(小雅) 학명(鶴鳴)〉의 "학이 구고에서 울거든, 그 소리가

반 뜰에 푸른 잎 솟으면 파초에 비 내리고	半庭抽綠芭蕉雨
십 리에 붉은 꽃잎 쌓이면 철쭉이 향기롭네	十里堆紅躑躅香
몇 점의 싸락눈 날리면 월궁이 싸늘하고	數點霰飄蟾窟冷
한 가지에 달빛 떨어지면 동정이 누렇다네	一枝金落洞庭黃
시냇가 찻집에선 아름다운 손님을 맞이하고	磵邊茶屋延嘉客
숲 아래 거문고 평상에선 어린 소녀를 부르네	林下琴床喚少娘
율리는 깊은 시골이니 세 오솔길이 열렸고[205]	栗里深村三逕闢
무릉도원은 어디인가 일엽편주가 흔들리네	桃源何處片舟颺
경물이 오직 이곳에 무궁하게 숨겨져 있으니	物惟於此藏無盡
늙은이가 이 속에서 다함 없는 즐거움을 누리네	翁在其間樂未央
경작하여 먹기에 넉넉하고 우물도 파서 마시며[206]	耕食有餘還鑿飲
삼 얘기가 막 끝나자마자 또 뽕나무를 얘기하네	說麻纔了又談桑
사람들은 단지 신이오[207]를 말할 뿐이나	凡人但道辛夷塢

하늘에 들리도다.〔鶴鳴于九皐, 聲聞于天.〕"라는 구절에서 유래하였다.

205 율리(栗里)는……열렸고 : '율리'는 도연명(陶淵明)의 고향으로, 여기에서는 저자가 은거하는 가오곡을 가리킨다. 도연명이 율리로 돌아가 지은 〈귀거래사(歸去來辭)〉에 "세 오솔길은 황폐해졌으나 소나무와 국화는 그대로 남아 있네.〔三逕就荒, 松菊猶存.〕"라는 구절이 보인다.

206 경작하여……마시며 : 태평한 세상을 살아간다는 뜻으로, 요(堯) 임금 때 50세쯤 된 백성이 길에서 땅을 두드리며 노래하기를 "나는 해 뜨면 나가서 일하고 해가 지면 쉰다. 우물 파서 물을 마시고 밭 갈아서 밥을 먹으니, 요 임금이 무슨 상관이 있으랴.〔吾日出而作, 日入而息. 鑿井而飲, 耕田而食, 堯何等力?〕"라고 한 것에서 유래하였다. 이 노래를 〈격양가(擊壤歌)〉라고 한다. 문헌에 따라 마지막 구절 '요 임금이 무슨 상관이 있으랴.〔堯何等力〕'가 '임금의 힘이 나와 무슨 상관이 있겠는가.〔帝力於我何有哉?〕'로 되어 있기도 하다. 《論衡 卷5 異虛篇》

후에 어찌 쇄금방208이 있다는 것을 알겠는가	而後焉知碎錦坊
꿈꾸던 곳과 똑같은 데다 정취까지 겸했으니	意夢相同兼趣味
그림만으로는 미진하여 글까지 짓는다네	畫圖未盡亦文章
홀로 노래하고 잠드니 세상이 모두 나를 버렸지만	獨歌獨宿世皆棄
날마다 가고 오는 것을 누가 막을 수 있으랴	日往日來誰得障
물마다 산마다 인자와 지자가 좋아할 것이지만209	水水山山仁智樂
바람 불고 비 내리면 예나 지금이나 바쁘다오	風風雨雨古今忙
거북 털과 토끼 뿔은 이미 지난 일이 되었지만210	龜毛兔角歸過境
제비 지저귐과 꾀꼬리 소리에 한바탕 번민하네211	燕語鶯聲惱一場

---

207 신이오(辛夷塢) : 당나라의 시인 왕유(王維)의 별장인 망천산장(輞川山莊)의 승경 중 하나로, 언덕〔塢〕에 백목련〔辛夷〕을 심었기 때문에 붙여진 이름이라고 한다.

208 쇄금방(碎錦坊) : 당 헌종(唐憲宗) 때의 명재상 배도(裴度)의 별장인 오교장(午橋莊) 가운데 은행나무 100그루가 있는 곳을 말한다. 배도는 헌종 연간에 도원수(都元帥)로서 오원제(五元濟)가 일으킨 회서(淮西)의 난(亂)을 평정하여 그 공으로 진국공(晉國公)에 봉해지고 벼슬이 중서령(中書令)에 이르렀다. 만년에 벼슬에서 물러난 뒤 낙양(洛陽) 남쪽의 오교장에 꽃나무 만 그루를 심고서 그 중앙에 여름에 더위를 식힐 누대와 겨울에 따뜻하게 지낼 집을 지어 '녹야당(綠野堂)'이라 이름을 붙이고는, 백거이(白居易), 유우석(劉禹錫) 등과 함께 밤낮으로 시주(詩酒)를 즐기면서 세상일을 묻지 않았다는 고사가 전한다. 《新唐書 卷173 裴度列傳》

209 물마다……것이지만 : 《논어》〈옹야(雍也)〉의 "지혜로운 자는 물을 좋아하고, 어진 자는 산을 좋아한다.〔知者樂水, 仁者樂山.〕"라는 구절을 원용한 것이다.

210 거북……되었지만 : 부귀공명을 좇아 헛되이 세월을 보낸 것을 탄식하여 한 말이다. '거북 털〔龜毛〕'과 '토끼 뿔〔兔角〕'은 세상에 존재할 수 없는 것을 비유하는 말로, 여기에서는 허망한 부귀공명을 가리킨다. 《수신기(搜神記)》의 "상주 때에 큰 거북에게서 털이 나고 토끼가 뿔이 났으니, 이는 전쟁이 일어날 조짐이었다.〔商紂之時, 大龜生毛, 兔生角, 兵甲將興之象也.〕"라는 구절에서 유래하였다.

211 제비……번민하네 : 새소리를 들으며 시를 짓느라 번민한다는 말이다. 당나라

동배들은 니충212처럼 취하는 것을 비웃지 마오	等輩莫嘲泥似醉
남아가 어찌 담장을 맞댄 듯 꽉 막힐 수 있으랴213	男兒安得面于墻
한나라 청동과 송나라 벼루가 책상에 늘어 있고	漢銅宋硯列文几
시내의 달과 봉우리의 구름이 대자리 침상에 가깝네	川月峯雲近簟床
동산 뒤의 과일나무 숲에선 과일 일만 개를 거두고	園後果林收萬顆
문 앞의 채소밭엔 농작물 일천 상자가 쌓였네	門前場圃積千箱
마음 붙여 심기를 살피니 언제나 봄날이요214	寓心蓳植春長在
힘을 다해 농사를 돌보니 농사가 풍년이라네	努力監農歲不荒

두보(杜甫)의 시 〈강가에서 물살이 바닷물과 같은 형세를 만나 애오라지 짧은 시를 짓다[江上値水如海勢聊短述]〉에 "이내 성벽은 좋은 시구를 지나치게 좋아하여, 시어가 사람을 놀래지 못하면 죽어도 그만두지 않는다오. 늘그막의 시편은 모두 헛된 흥취이니, 봄날의 꽃과 새들은 깊이 시름 하지 말기를.[爲人性僻耽佳句, 語不驚人死不休. 老去詩篇渾漫興, 春來花鳥莫深愁.]"이라고 하였다.

212 니충(泥蟲) : 남해에 사는 뼈가 없는 벌레로, 물속에선 활발하게 움직이다가 물 밖으로 나오면 죽은 듯이 가만히 있다고 한다. 따라서 술에 몹시 취해 인사불성이 되어 쓰러져 있는 것을 니취(泥醉)라 한다. 이백의 〈양양가(襄陽歌)〉에 "곁의 사람이 무슨 일로 웃느냐고 물으니, 우습구나 산옹이 니충처럼 취했다 하네.[傍人借問笑何事, 笑殺山翁醉似泥.]"라는 구절이 보인다.

213 남아가……있으랴 : 《논어》〈양화(陽貨)〉에 공자가 아들 백어(伯魚)에게 "사람으로서 〈주남〉과 〈소남〉을 배우지 않으면 담장을 정면으로 마주하고 서 있는 것과 같을 것이다.[人而不爲周南召南, 其猶正牆面而立也與.]"라고 말한 내용이 보인다. 〈주남〉과 〈소남〉은 《시경》의 편명으로, 모두 자기 몸을 수양하고 집안을 다스리는 내용이다. '담장을 정면으로 마주하고 선다'는 것은 주희의 주에 따르면, 지극히 가까운 곳에 나아가지만 한 물건도 보이는 것이 없고 한 걸음도 나갈 수 없다는 말이다.

214 마음……봄날이요 : 부지런히 꽃나무를 심으니 사시사철 꽃이 피어 언제나 봄 같다는 말이다.

근심과 즐거움도 백 년이니 일월을 보내고　　　　　憂樂百年消日月
주관과 감춤도 한 이치이니 음양을 즐기네　　　　　管藏一理玩陰陽
푸른 하늘이 물들이기 어려운 건 천 가닥 머리요　　帝青難染千莖髮
오염되는 것과 무관한 건 아홉 구비 창자라오　　　點穢無關九曲腸
병 조섭하며 참으로 원대한 뜻을 품어야 하겠지만　調病政須懷遠志
붙어살며 남은 세월 애석해하는 것과 어찌 다르랴[215]　寄生何異惜餘光
이미 성상의 은택이 노쇠한 몸 적셔줌을 아노니　　已知聖澤濡枯朽
단지 나의 집이 평안함으로 인도되길 바랄 뿐이네[216]　秪願身家迪吉康
나라의 도성과 구십 리 남짓 떨어진 곳　　　　　　距國都餘三舍地
천마산 깊숙한 곳이 바로 내가 사는 세계라오　　　天摩山邃是吾鄉

215 병……다르랴 : 병이 나으면 다시 벼슬길에 나아가 원대한 뜻을 펼쳐야 하겠지만, 이는 천지간에 붙어살면서 아등바등 더 살려고 하는 무지한 중생과 무엇이 다르겠냐는 말이다.

216 단지……뿐이네 : 《서경》〈주서(周書) 강고(康誥)〉 중 "밝게 생각하건대 백성들은 평안함으로 인도해야 한다.〔爽惟民迪吉康.〕"라는 구절을 원용한 것이다.

가을 산

秋山

가을 산에 다시 가을 산이니	秋山復秋山
보이는 곳마다 어이 그리 쓸쓸한지	所見何寥廓
춥지 않건만 한 해가 저물어가고	不寒時云暮
서리 전임에도 기운이 벌써 쇠하였네	未霜氣已鑠
여름옷은 찬 바람이 꺾으려 하고[217]	生衣風欲折
몽당붓엔 흰 눈이 차츰 내려앉으리라	禿毫雪漸着
산중에서 산중의 일을 말할 제	山中說山事
가을의 회포 몇 번이나 일어났던가	懷緖秋幾作
가을 산에 다시 가을 물이니	秋山復秋水
그 모두가 적막함을 감수하네	摠是甘寂寞

---

217 여름옷은……하고 : 찬 바람이 불면 옷이 얼어서 부러진다는 말이다. 진(晉)나라 완적(阮籍)의 〈대인선생가(大人先生歌)〉에 "따뜻한 양기 미약하고 음기가 갈아타니, 바다는 얼어 흐르지 않고 솜옷은 꺾어지네.〔陽和微弱陰氣竭, 海凍不流綿絮折.〕"라는 구절이 보인다.

남한 유수[218]께서 능금을 보내주신 것에 사례하다

謝南漢留守惠來禽

남성에서 나는 과일 우리나라에서 으뜸이니	南城産果甲於東
달게 익은 붉은 능금 몇 개가 왔도다	甘熟禽來數點紅
가난한 선비의 바구니가 별미로 넘치니	貧士筠籠滋異液
장군의 누각에서 향기로운 바람을 보냈네	將軍樓閣送香風
천년 신선이 양매[219] 열매를 딴 것인가	千年仙摘楊梅實
한 마리 앵무새가 석률 더미를 훔친 것인가[220]	一種鸚偸石栗叢
우스워라 나의 거처가 중숙과 같으니	堪笑我居如仲叔
내년 봄엔 패현의 나그네가 되어야 하나[221]	明春擬客沛之中

---

218 남한 유수(南漢留守):《가오고략》책12〈남한팔선회시권서(南漢八仙會詩卷序)〉에 근거하면, 1871년(고종8) 6월 27일 경기도 광주 유수(廣州留守) 겸 남한수어사(南漢守禦使)에 임명된 정기세(鄭基世, 1814~1884)를 가리키는 것으로 추정된다. 정기세는 457쪽 주747, 494쪽 주809 참조. 당시 저자는 경기도 양주의 가오곡에서 거처하였다. 《承政院日記》

219 양매(楊梅):2월에 꽃이 피고 5월에 열매가 익으며 겨울에도 시들지 않는다. 맛이 달고 신 것이 매실 같기에 양매라는 이름이 붙었다고 한다.《本草綱目 果2 楊梅》

220 한……것인가:'석률(石栗)'은 산밤의 일종이다. 당나라 유순(劉恂)의《영표록이(嶺表錄異)》에 따르면 중국 광주(廣州)에는 밤이 없고 오직 근주(勤州)의 산중에만 석률이 나오는데, 간혹 다 익으면 앵무새 떼가 와서 남김없이 쪼아 먹기도 한다고 한다.

221 우스워라……하나:'중숙(仲叔)'은 동한 말의 절사(節士)인 민공(閔貢)의 자이다. 민공이 벼슬을 버리고 안읍(安邑)에 은거할 때 가난하여 고기를 살 수 없어 매일 돼지 간 한 조각만 구입하였는데, 도축하는 자가 잘 팔려고 하지 않자 이를 안 안읍 수령이 관리를 보내 늘 내주게 하였다. 민공은 뒤에 이 사실을 알고 "내가 어찌 먹는

것으로 안읍에 폐를 끼치겠는가.〔豈以口腹累安邑耶?〕” 하고서 안읍을 떠나 패(沛)에서
객으로 살다가 죽었다고 한다. 《東觀漢記 卷16 閔貢》

병을 읊다
吟病

늙은 뒤로 가죽끈과 활시위를 찰 뜻 없어지고[222]	老來無意佩韋絃
종일토록 끙끙 앓으며 침상 가에 누웠노라니	終日沉吟臥榻邊
산과 물로 이름난 고장도 오히려 고해이고	山水名鄉猶苦海
봄과 가을 아름다운 계절 역시 흐린 날이네	春秋佳節亦陰天
늦더위 속 삼경의 밤을 말하지 마오	莫言晚熱三更夜
갈바람 속 팔월의 신선이 되기가 어렵다네[223]	難做西風八月仙
인간 세상 온갖 일을 모두 다 쓸어버리고서	萬事人間都却掃
갓 벗고 한바탕 높이 잠드는 것만 못하네	不如脫帽一高眠

222 늙은……없어지고 : 스스로를 경계하는 뜻이 없어졌다는 말이다. 한(漢)나라 때 성질이 급한 서문표(西門豹)는 부드러운 가죽끈을 차고 다님으로써 느긋해지고자 노력하고, 느긋한 동안우(董安于)는 팽팽한 활시위를 차고 다님으로써 급하게 처신하고자 노력했다는 고사를 원용한 것이다. 《韓非子 觀行》

223 늦더위……어렵다네 : 와병 중이라 한밤중에 뗏목을 타고 은하수를 오가지도 못한다는 말이다. 진(晉)나라 장화(張華)의 《박물지(博物志)》 권10 〈잡설 하(雜說下)〉의 "옛말에 은하수는 바다와 통한다고 하였다. 근래에 바닷가에 사는 어떤 사람이 해마다 8월이면 뗏목을 타고 은하수를 오가는데, 시기를 놓치지 않았다."라는 구절을 원용한 것이다.

기녀를 전송하며

送妓

뜻밖에 네가 왔다가 일상처럼 돌아가니　　　爾來意表爾歸常
늙은 나비는 무정하건만 꽃은 늦도록 향기롭구나　老蝶無情花晚香
이곳은 관산과 삼백 리나 떨어진 곳이니　　　此去關山三百里
가는 내내 심사를 아마도 잊기 어려우리라　　路中心事或難忘

옛 여악에 대한 노래

古女樂詞

여악이 시작됨은 《주례》에서부터이니	女樂之興由周官
상고 시대의 무당으로 나라의 경계에 임용했네[224]	上古神任用國觀
무당은 무와 격으로 남자와 여자를 구분하니	以巫以覡辨男女
고대의 여자 무당은 진주와 장단이었네[225]	女是陳珠與章丹
무산의 운우 고사가 오래도록 전해 내려오니[226]	雲雨巫山流傳久
곱고 아름다운 복장이 사람을 기쁘게 했네	裝服雅麗使人歡
후대에 이르자 광대로 진출하였으니	迄于後世優倡進

늘 춤을 추고 술에 취해 노래하여 소매에 찬 바람이 일었네[227]

---

224 여악(女樂)이……임용했네 : '여악'은 '노래하고 춤추는 여자'라는 뜻으로, 명나라 양신(楊愼)의 《단연총록》에 따르면 남자 무당[巫]과 여자 무당[覡]은 《주례(周禮)》〈춘관(春官)〉에 보이는 '신사(神仕)'라는 관직에서 유래하였다. 원문의 '신임(神任)'은 《급총주서(汲冢周書)》에는 '신무용국관(神巫用國觀)'이라 하여 '신무'로 되어 있는데, '신무'는 《주례》에 보이는 '신사'와 마찬가지로 '무당'이란 뜻이다. '임(任)'은 '무(巫)'나 '사(仕)'의 오자인 듯하다. 《丹鉛總錄 卷9 人事類 女樂本于巫覡》

225 고대의……장단이었네 : '진주(陳珠)'와 '장단(章丹)'은 모두 여자 무당의 이름으로, 엄숙한 복장이 아름답고 노래와 춤이 뛰어난 절세미녀였다고 한다. 《晉書 卷94 隱逸列傳 夏統》

226 무산(巫山)의……내려오니 : 이와 관련하여 전국 시대 송옥(宋玉)의 〈고당부(高唐賦) 서(序)〉에 다음과 같은 내용이 실려 있다. 초 회왕(楚懷王)이 일찍이 운몽택(雲夢澤)에 있는 고당(高唐)이라는 대관(臺觀)에서 놀다가 낮잠을 잤는데, 꿈에 무산의 여자라고 하는 한 여인이 나타나 정을 나누었다. 그 여인은 떠나면서 자신은 아침이면 구름이 되고 저녁에는 비가 된다고 하였다 한다.

원대엔 교방[228]에서 새로운 곡조로 발전시키니

영롱한 패옥 소리 쟁그랑쟁그랑 울렸네

옥 손가락의 기녀에게 쌍구법으로 글자를 써주니

삼현금을 연주하며 천하에서 똑같이 노래했네[229]

두 비는 영령을 슬퍼하며 소상강 대나무에 눈물을 뿌렸고[230]

恒舞酣歌風袖寒

元代教坊演新譜

環佩玲瓏響珊珊

玉指雙鉤草字兒

三絃天下誦一般

二妃傷靈湘洒竹

---

227 늘……일었네 : 《서경》〈상서(商書) 이훈(伊訓)〉에 "감히 집에서 늘 춤을 추고 방에서 취하여 노래함이 있으면 이것을 '무풍'이라 이른다.〔敢有恒舞於宮, 酣歌於室, 時謂巫風.〕"라는 내용이 보이는데, 여기에서 유래하여 '감가항무(酣歌恒舞)'는 마음 가는 대로 실컷 춤추고 노래하며 음악과 여색에 빠지는 것을 뜻하게 되었다.

228 교방(教坊) : 궁중 음악을 관리하던 관청으로, 당나라 때 처음 설치되었다. 아악 이외의 음악·춤·연희의 교습·훈련·공연 등을 관장하였다.

229 옥……노래했네 : 삼현금(三絃琴)이 유행한 것을 말한다. 명나라 양신(楊愼)의 〈삼현소시(三絃所始)〉 중 "지금의 삼현은 원나라에서 시작되었는데, 소산(小山)의 사곡(詞曲)에 '삼현금을 옥 같은 손가락으로 연주하면, 쌍구법으로 글자를 써서, 어여쁜 기녀에게 시를 지어준다네.〔三絃玉指, 雙鉤草字, 題贈玉娥兒.〕' 하였다."라는 구절을 원용한 것이다. 이는 원나라 장가구(張可久)의 악곡 〈소도홍(小桃紅) 호상화유시중(湖上和劉時中)〉에 보이는 구절로, 원곡에는 말구(末句)가 '제증분단아(題贈粉團兒)'로 되어 있다.

230 두……뿌렸고 : 순(舜) 임금이 죽자 두 비(妃) 아황(娥皇)과 여영(女英)이 소상강(瀟湘江) 가에서 눈물을 흘리다 죽은 것을 말한다. 전설에 따르면 순 임금이 남쪽 지방을 순행하다가 창오산(蒼梧山)에서 세상을 떠났는데, 아황과 여영이 창오산으로 달려가려 하였으나 소상강이 막혀 있어 건너갈 수 없자 애타게 눈물만 흘리다 함께 죽었다고 한다. 이때 흘린 눈물이 대나무에 떨어져 얼룩이 생겼는데, 강가에 자라는 반죽(班竹)은 이들의 눈물이 배어든 것이고, 강 위에 내리는 비는 이들의 눈물이라고 한다. 《述異記》

〈구가〉로 귀신을 즐겁게 하며 초나라 난초를 엮어 찼다네[231]

九歌悅神楚紉蘭

악률 외의 두 변성을 사관이 증명하였으니 　　　律外二變史氏證

윤치와 윤궁은 변화가 어려운 것이 아니라오[232] 　　閏徵閏宮變非難

물이 평지에 넘치고 비가 절도를 넘은 것과 같으니 水溢於平雨過節

정나라 음악이 어찌 다 음란하여 온전치 않으랴[233] 鄭音豈盡淫不完

---

231 구가로……찼다네 : 초나라의 충신 굴원(屈原)이 소인들의 참소를 받고 쫓겨난
뒤 이리저리 배회하며 〈이소(離騷)〉와 〈구가(九歌)〉 등을 노래한 것을 말한다. 옛날에
초나라 남쪽 지방에서는 사당에 제사 지낼 때 반드시 노래하고 춤을 추어 귀신을 즐겁게
했는데, 굴원이 쫓겨난 뒤 그 지역에 숨어 살면서 〈구가〉를 지어 위로는 귀신을 섬기는
공경을 진술하고 아래로는 자신의 억울함을 나타내어 이를 통해 임금에게 풍간(諷諫)
하였다고 한다. 《초사》 〈이소(離騷)〉에 "강리와 그윽한 향의 지초를 몸에 두르고, 가을
난초 엮어서 허리에 찼다오.〔扈江離與辟芷兮, 紉秋蘭以爲佩.〕"라는 구절이 보인다. 강
리와 지초는 모두 향초의 이름이다.

232 악률……아니라오 : 원문의 '율(律)'은 저본에는 '진(津)'으로 되어 있으나, 문맥
에 근거하여 바로잡아 번역하였다. '두 변성〔二變〕'은 칠음(七音) 가운데 변궁(變宮)과
변치(變徵)를 가리킨다. '윤치(閏徵)'와 '윤궁(閏宮)'은 곧 변치와 변궁으로, '윤치'는
중려(仲呂)에 해당하고 '윤궁'은 황종(黃鐘)에 해당한다. 명나라 양신(楊愼)의 《단연총
록(丹鉛總錄)》 권24 〈쇄어류(瑣語類)〉 중 "악률인 오음 외에 두 변성이 있는데, 변궁과
변치이다. 사관이 또 이를 윤궁과 윤치라고도 하는데, 윤은 곧 변이다.〔樂律五音之外,
有二變聲, 曰變宮、變徵. 史又謂之閏宮、閏徵, 閏卽變也.〕"라는 내용이 보인다.

233 물이……않으랴 : 《논어》 〈위령공(衛靈公)〉의 "정나라 음악은 음란하다.〔鄭聲
淫.〕"라는 구절에 대해, 명나라 양신(楊愼)은 "음(淫)은 소리가 지나친 것이다. 물이
평지에 넘치는 것을 '음수(淫水)'라 하고, 비가 절도에 지나친 것을 '음우(淫雨)'라 하고,
소리가 음악에 넘치는 것을 '음성(淫聲)'이라 하니, 똑같은 것이다. '정성음(鄭聲淫)'이
라는 것은 정나라에서 만든 음악이 지나치게 넘친 것이니, 정나라의 시가 모두 음란하다
는 말이 아니다. 후세에 《시경》의 〈정풍(鄭風)〉을 모두 음란한 시로 잘못 해석하였으니
오류이다.〔淫者, 聲之過也. 水溢於平曰淫水, 雨過於節曰淫雨, 聲濫於樂曰淫聲, 一也.

늘어지고 질펀한 음악은 노병강인 셈이니　　　　　逖成滌濫勞病腔

오늘날 세속의 화자요 옛날의 만성이네[234]　　　　今俗花字古聲曼

음악이 은연중 진나라 사광[235]의 평에 부합하더라도 登歌暗合晉人曠

현악과 관악은 허공에 맴도는 자연스러운 육성만 못하다네[236]

　　　　　　　絲竹不如肉自然之空中旋盤

鄭聲淫者, 鄭國作樂之聲過於淫, 非謂鄭詩皆淫也. 後世失之解鄭風皆爲淫詩, 謬矣.〕"라
고 하였다. 《升菴集 卷44 淫聲》

234　늘어지고……만성(曼聲)이네 : 《예기》〈악기(樂記)〉에 "방탕하고 간사하고, 사
특하고 산만하고, 한 번의 끝마침이 길고, 물이 젖어들고 범람한 것과 같이 분별없는
음이 일어나면, 백성들이 음란하다.〔流辟、邪散、狄成、滌濫之音作, 而民淫亂.〕"라는
내용이 보이는데, 명나라 양신(楊愼)은 이에 대해 "적(狄)은 적(逖)과 같다. 적성(逖
成)은 음악의 한 번 끝마침이 매우 긴 것을 말하니 음란하다는 뜻이다. 적성은 옛날의
'만성(曼聲)'이나 후세의 '화자(花字)'와 같으니, 오늘날 세속의 이른바 노병강(勞病腔)
과 같은 종류일 뿐이다.〔狄與逖同. 逖成, 言樂之一終甚長, 淫泆之意也. 逖成者, 若古之
曼聲、後世之花字, 今俗所謂勞病腔之類耳.〕"라고 하였다. '만성'은 길게 끄는 소리를
말하고, '화자'는 화압(花押)을 말하고, '노병강'은 폐병으로 골골대는 몸뚱이를 말한다.
《升菴集 卷44 淫聲》

235　사광(師曠) : 춘추 시대 진(晉)나라의 맹인 악사로, 음률에 정통하였다고 한다.

236　현악과……못하다네 : 어떤 악기보다 인간의 육성이 가장 아름다운 음악이라는
말이다. 진(晉)나라 때 환온(桓溫)이 맹가(孟嘉)에게 "가기(歌妓)의 음악을 들어보면
현악이 관악만 못하고, 관악이 육성만 못하니 어째서인가?〔聽妓, 絲不如竹, 竹不如肉,
何謂也?〕"라고 묻자, 맹가가 "점점 자연에 가깝기 때문입니다.〔漸近自然.〕"라고 대답하
였다는 고사가 전한다. 《晉書 卷98 孟嘉列傳》

격양도[237]

擊壤圖

나의 거처 깊은 산중이라	我居深山中
평양[238]의 길을 알지 못한다네	不識平陽路
처음 태어나 차츰 자라면서	初生漸漸長
말을 배우고 또 걸음마를 배웠으니	學語又學步
다만 부모님의 은혜만 알 뿐	但知怙恃恩
칠십이 되어서도 길이 그립네	七十猶永慕
해가 뜨는 곳과 해가 지는 곳에서	暘谷與柳谷
해를 맞이하고 전송하며 아침저녁을 기억하고	賓餞記朝暮
명협[239]이 나고 주초[240]가 나는 곳에서	蓂莢復朱草
봄가을로 비와 이슬을 징험하네	春秋徵雨露
부지런히 힘껏 일해 굳은살이 박이고[241]	昏作勤胼胝
홀로 쉬어 잠들고 깨어나니	宴息獨寤寐

---

237 격양도(擊壤圖) : 태평성세를 만나 시골에서 소박하게 사는 삶을 노래한 것이다. '격양'은 154쪽 주206 참조.

238 평양(平陽) : 옛날에 요(堯) 임금이 도읍했던 곳으로, 지금의 산서성 임분현(臨汾縣) 남쪽에 옛 성터가 있다고 한다. 여기에서는 한양 도성을 가리킨다.

239 명협(蓂莢) : 62쪽 주94 참조.

240 주초(朱草) : 태평성세에 나타난다는 붉은색 향초이다.

241 부지런히……박이고 : 《순자(荀子)》〈자도(子道)〉에 "일찍 일어나고 늦게 잠들어 밭 갈고 김매고 심고 가꾸며 손과 발에 못이 박이도록 일을 하여 어버이를 봉양한다.〔夙興夜寐, 耕耘樹藝, 手足胼胝, 以養其親.〕"라는 내용이 보인다.

요 임금은 어느 시대 사람인가	陶唐是何世
천고에 다행히도 직접 만났네	千古幸躬遇
음양이 조화로우니 일월이 순조롭게 운행하고[242]	氣調磨蟻迹
십이율이 조화로우니 봉황이 내려와 춤을 추네[243]	律協儀鳳羽
밝은 조정 밖까지 화목한 정사를 펴니[244]	都俞明廷外
안락한 삶을 누릴 줄 누가 알았겠는가[245]	誰識有含哺

242 음양이……운행하고 : 원문의 '마의적(磨蟻迹)'은 맷돌에 붙어 기어가는 개미의 발자취라는 뜻으로, 해와 달이 천구(天球)상에서 운행하는 것을 비유한다. 150쪽 주196 참조.

243 십이율이……추네 : '십이율이 조화롭다'는 것은 6개의 음률(陰律)과 6개의 양률 (陽律)을 12달에 배합한 1년의 천기가 고른 것을 말한다. '봉황이 내려와 춤을 춘다'는 것은 태평성대를 말하는 것으로, 《서경》〈우서(虞書) 익직(益稷)〉의 "〈소소〉를 아홉 번 연주하자 봉황이 와서 춤을 추었다.〔簫韶九成, 鳳凰來儀.〕"라는 구절을 원용한 것이 다. '소소(簫韶)'는 순 임금의 음악이다.

244 밝은……펴니 : 원문의 '도유(都俞)'는 '도유우불(都俞吁咈)'의 준말로, '도(都)' 는 찬미하는 말이고, '유(俞)'는 동의하는 말이며, '우(吁)'는 동의하지 않는 말이고, '불(咈)'은 반대하는 말인데, 후에 군주와 신하가 화목하게 정사를 토론하는 것을 형용 하는 말로 쓰이게 되었다. 《서경》〈우서 익직〉에 "우가 말하기를 '아! 훌륭합니다. 황제 시여, 지위에 있음을 삼가소서.' 하니, 제순(帝舜)이 말하기를 '아! 너의 말이 옳다.〔禹 曰 : 都! 帝, 愼乃在位. 帝曰 : 俞!〕' 하였다."라고 하였고, 또 〈요전(堯典)〉에 "여럿이 말하기를 '아! 곤입니다.' 하니, 제요(帝堯)가 말하기를 '아! 너희 말이 옳지 않다. 명령 을 거역하며 족류들을 패망시킨다.' 하였다.〔僉曰 : 於! 鯀哉. 帝曰 : 吁! 咈哉. 方命圮 族.〕"라고 한 구절에서 유래하였다.

245 안락한……알았겠는가 : 원문의 '함포(含哺)'는 저본에는 '함포(含咘)'로 되어 있 으나, 문맥에 근거하여 바로잡아 번역하였다. 다음 구절의 '함포(含哺)'도 같다. '함포' 는 '함포고복(含哺鼓腹)'의 준말로, 태평성대의 안락한 생활을 형용하는 말이다. 《장자 (莊子)》〈마제(馬蹄)〉의 "혁서씨(赫胥氏) 시대에는 백성들이 집에 머물 때는 무엇을 해야 할지 몰랐고 길을 갈 때도 어디로 가야 할지 몰랐으며, 먹을 것을 가득 머금고

음식을 머금은 자는 배를 두드리고	含哺者鼓腹
길을 가며 노래하고 서로 화답하니	行歌相答互
길을 가며 노래하고 땅을 두드리는 늙은이를[246]	行歌擊壤翁
곳곳에서 더불어 마주침을 기뻐하네	在在欣與遌
검은 얼굴에 마른 무릎을 지탱하고	黧面支枯膝
맨발에 짚으로 엮은 신을 끌면서도	赤足曳草屨
껄껄 웃느라 몽당수염을 치켜들고	笑傲掀禿鬐
취해 쓰러져 홑바지를 걷어 올리네	醉倒褰單袴
스스로 만족하여 도롱이 입고 누워도	于于臥襏襫
촌에서는 태도를 추하게 여기지 않으니	不醜村態度
임금의 힘이 나와 무슨 상관이 있겠는가[247]	帝力何有我
모두 말하면서도 서로 깨닫지 못하네	共道莫相悟
허공의 구름은 제멋대로 드리웠다 걷히고	虛雲任卷舒
바위를 부딪고 나온 구름은 점점 모여 피어오르니[248]	觸石膚寸吐

즐거워하며 배를 두드리고 놀았으니, 사람들이 할 줄 아는 것이 이 정도에 그쳤다.〔夫赫胥氏之時, 民居不知所爲, 行不知所之, 含哺而熙, 鼓腹而遊, 民能以此矣.〕"라는 구절에서 유래하였다.

246 길을……늙은이를 : 태평성세의 모습을 이른다. '길을 가며 노래하는 것'은 소식의 〈후적벽부(後赤壁賦)〉에 "황니판을 지나는데 서리와 이슬이 이미 내려 나뭇잎은 모두 떨어지고 사람 그림자는 땅에 있어 고개 들어 밝은 달을 보았다. 돌아보고 즐거워하여 길을 걸어가며 노래하면서 서로 화답하였다.〔過黃泥之坂, 霜露旣降, 木葉盡脫, 人影在地, 仰見明月. 顧而樂之, 行歌相答.〕"라는 내용이 보인다. '땅을 두드리는 늙은이'는 154쪽 주206 참조.

247 임금의……있겠는가 : 154쪽 주206 참조.

248 바위를……피어오르니 :《춘추공양전(春秋公羊傳)》희공(僖公) 31년 조에 "구

생업을 즐거워함은 원래 구함이 없어서요	樂業元無求
거처를 편안히 여김은 본래부터 원해서라네	安居自有素
들과 습지를 일구어 생계를 꾸리며	生涯昀原溼
작은 시골에 옹기종기 모여 산다오	蹤跡小鄕聚
뭇 동물도 그 길러줌을 기뻐하니	群動熙其養
양춘 같은 은덕이 이미 두루 퍼졌다네	陽春德已布
이 늙은이 매사를 걱정하지 않음은	此翁百不憂
산과 들을 천성으로 몹시 좋아해서라네	性如山野痼
버려진 것은 울퉁불퉁한 나무요[249]	棄置癭腫木
쓸모없는 것은 너무 큰 박이라네[250]	無用濩落瓠
붉은 얼굴은 지난날의 모습이요	紅顔伊昔年
흰머리는 하늘에서 내린 것이니	白首是天賦

름이 바위를 부딪고 나와 점점 모여서 아침나절이 되기 전에 천하에 비를 뿌리는 것은 오직 태산뿐이다.〔觸石而出, 膚寸而合, 不崇朝而徧雨天下者, 唯泰山爾.〕"라는 내용이 보인다.

249 버려진……나무요 : 원문의 '옹종목(癭腫木)'은 울퉁불퉁한 나무로, 쓸모없는 물건을 의미한다. 《장자》〈소요유(逍遙遊)〉의 "내게 큰 나무가 있는데, 사람들은 이것을 가죽나무라고 말한다. 그 큰 줄기는 울퉁불퉁하여 먹줄을 칠 수도 없고, 작은 가지는 비비 꼬여서 자를 댈 수도 없다. 그리하여 이 나무가 길가에 서 있지만, 목수가 거들떠보지도 않는다.〔吾有大樹, 人謂之樗. 其大本擁腫而不中繩墨, 其小枝卷曲而不中規矩. 立之塗, 匠者不顧.〕"라는 구절에서 유래하였다.

250 쓸모없는……박이라네 : 원문의 '확락호(濩落瓠)'는 너무 크고 텅 빈 박으로, 쓸모없는 물건을 의미한다. 《장자》〈소요유〉의 "지금 자네에겐 닷 섬들이 바가지가 있는데, 어찌하여 그것을 큰 통으로 만들어 강호에 띄울 생각은 하지 못하고, 그것이 너무 커서 쓸데가 없다고 걱정만 하는가?〔今子有五石之瓠, 何不慮以爲大樽而浮乎江湖, 而憂其瓠落無所容.〕"라는 구절에서 유래하였다.

화 땅의 노인과 큰 거리의 아이처럼[251]　　　　華老康衢兒

그 즐거움 넉넉하여 차고 넘치네　　　　　　其樂綽裕裕

태평한 날[252]이 장구하다 말하지 말라　　　　化日莫云長

아름다운 시절은 늘 머물지는 않으니　　　　韶光不常駐

임금님의 팔천 세 장수를 기원하며　　　　　聖人八千歲

저 대춘[253] 나무를 올려보네　　　　　　　瞻彼大椿樹

한 몸이 조화의 은혜를 잊고　　　　　　　　一身忘造化

251　화(華)……아이처럼 : '화 땅의 노인'은 요(堯) 임금이 화 땅을 지나갈 때 요 임금에게 장수[壽], 부유함[富], 자식이 많은 것[多男子] 세 가지로 축원했던 그곳을 지키는 봉인(封人)을 이른다. '큰 거리의 아이'는 요 임금이 천하를 다스린 지 50년이 되었을 때 민심을 살피고자 미복 차림으로 큰 거리[康衢]에 나갔을 때 "우리 백성들 먹여 살림이 모두 당신의 지극한 덕 때문이니, 사사로운 지식을 쓰지 아니하여 상제의 법을 따르시네.[立我蒸民, 莫非爾極. 不識不知, 順帝之則.]"라고 노래 불렀던 아이들을 이른다. 《莊子 天地》《列子 仲尼》

252　태평한 날 : 원문의 '화일(化日)'은 '화국지일(化國之日)'의 준말로, 교화가 시행되는 나라의 해, 곧 태평한 나라의 해를 말한다. '해[日]'는 시일(時日)을 의미한다. 《후한서(後漢書)》 권49 〈왕부열전(王符列傳)〉의 "교화가 시행되는 나라의 해는 펴져서 길기에 그 백성들이 한가하여 힘이 넉넉하고, 어지러운 나라의 해는 촉박하여 짧기에 그 백성들이 피곤하여 힘이 부족하다.[化國之日舒以長, 故其民閑暇而力有餘; 亂國之日促以短, 故其民困務而力不足.]"라는 구절을 원용한 것이다. '화국지일'은 왕부의 《잠부론(潛夫論)》 권4 〈애일(愛日)〉에는 '치국지일(治國之日)'로 되어 있다.

253　대춘(大椿) : 장수를 상징하는 나무로, 《장자》〈소요유〉의 "초나라 남쪽에 명령이라는 나무가 있는데 500년을 봄으로 삼고 500년을 가을로 삼으며, 상고 시대에 대춘이라는 나무가 있었는데 8천 년을 봄으로 삼고 8천 년을 가을로 삼았다.[楚之南有冥靈者, 以五百歲爲春, 五百歲爲秋. 上古有大椿者, 以八千歲爲春, 以八千歲爲秋.]"라는 구절에서 유래하였다. '대춘'의 '춘(椿)'은 저본에는 '춘(春)'으로 되어 있으나, 문맥에 의거하여 바로잡아 번역하였다.

백 년 인생이 교화를 입었으니	百年被陶鑄
바람이 지나가면 언초[254]임을 알겠고	風過知偃草
물이 떨어지면 단비라 생각하네	水墮謂甘澍
깊은 산에서 나무를 쩡쩡 찍고[255]	丁丁伐幽山
거친 밭에서 나물을 캐며 분주하니	采采走荒圃
날마다 행하는 예사로운 일이요	日用尋常事
밭 갈고 우물 팜[256]이 본연의 일이네	耕鑿爲本務
호미 메고서 저물면 돌아오고	荷鋤暮而歸
단지 들고서 목마르면 달려가네	提甕渴以赴
먹고 마시면서 모두 절로 만족하니	飮啄皆自得
배부르고 따뜻함은 무엇 때문인가	飽煖曷其故
어리석음이 벌레와 똑같은데도	蟲蠢同跂喙
드넓은 은택으로 두루 품어주시어	大鴻遍煦嫗
약간의 재주로도 능히 이룰 수 있으니	肯小亦能遂
준마 꼬리에 누군들 붙으려 않겠는가	驥尾疇肯附

---

254 언초(偃草) : 바람에 쓰러진 풀로, 전하여 교화가 신속하게 행해지는 것을 비유한다. 《논어》〈안연(顏淵)〉의 "군자의 덕은 바람이요, 소인의 덕은 풀이니, 풀에 바람이 가해지면 반드시 쓰러진다.〔君子之德, 風; 小人之德, 草. 草上之風, 必偃.〕"라는 구절을 원용한 것이다.

255 깊은……찍고 : 《시경》〈소아(小雅) 벌목(伐木)〉에 "나무를 쩡쩡 찍거늘, 새가 꾀꼴꾀꼴 우네. 깊은 골짜기에서 나와, 높은 나무로 올라가네.〔伐木丁丁, 鳥鳴嚶嚶. 出自幽谷, 遷于喬木.〕"라고 하였다.

256 밭……팜 : 원문의 '경착(耕鑿)'은 '경전착정(耕田鑿井)'의 준말로, 밭을 갈고 우물을 파서 농사에 스스로 힘쓰며 평화롭게 살아가는 것을 가리킨다. 154쪽 주206 참조.

아아, 세상 사람들은 　　　　　　　　　嗟嗟世上人

이 늙은이에게 고지식하게 굴지 말라지만 　視翁莫泥塑

큰 바다는 팔방에 구름을 드리우고 　　　　大海八荒雲

남산은 이레 동안 안개비를 내리네²⁵⁷ 　　南山七日霧

이 어찌 좋은 값을 기다리는 자이겠는가²⁵⁸ 　此豈待價者

출처는 명운에 달렸을 뿐이라네 　　　　　出處關氣數

현자를 등용함에 어찌 다 발탁되리오²⁵⁹ 　彙征那盡拔

홀로 서 있어도 전혀 두렵지 않네²⁶⁰ 　　獨立儘不懼

성현은 일반 백성들에 비하면 　　　　　　聖賢之群黎

천지 사이의 한 마리 좀과 같지만²⁶¹ 　　天地間一蠹

---

257 남산은……내리네 : 은거하여 수양하는 것을 비유한 것이다. 92쪽 주114 참조.

258 이……자이겠는가 : 자공(子貢)이 "여기에 아름다운 옥이 있다면 이것을 궤 속에 넣어 감추어 두시겠습니까? 아니면 좋은 값을 구하여 파시겠습니까?〔有美玉於斯, 韞櫝而藏諸? 求善賈而沽諸?〕"라고 묻자, 공자가 "팔아야지, 팔아야지. 그러나 나는 좋은 값을 기다리는 자이다.〔沽之哉, 沽之哉! 我待賈者也.〕"라고 대답한 《논어》〈자한(子罕)〉의 구절을 원용한 것이다.

259 현자를……발탁되리오 : 《주역》〈태괘(泰卦) 초구(初九)〉의 "띠풀의 엉켜 있는 뿌리를 뽑는 것과 같아 동류들과 함께 감이니, 길하다.〔拔茅茹, 以其彙征, 吉.〕"라는 구절을 원용한 것이다.

260 홀로……않네 : 《주역》〈대과(大過) 상전(象傳)〉의 "군자가 보고서 홀로 서서 두려워하지 않으며, 세상을 피하여 은둔하여도 근심하지 않는다.〔君子以, 獨立不懼, 遯世無悶.〕"라는 구절을 원용한 것이다.

261 성현은……같지만 : 성현은 겉으로 보면 아무 하는 일이 없는 것처럼 보인다는 말이다. 송(宋)나라 학자 이천(伊川) 정이(程頤)의 말에 "지금 농부가 저 추위와 더위에 밭 갈고 김매며 오곡을 파종하기에 내가 먹을 수 있고, 지금 장인이 기술로 기물을 만들기에 내가 사용할 수 있고, 병사들이 견고한 갑옷을 입고 날카로운 무기를 들고서

말하지 않아도 사시가 이루어지고	無言成四時
가르치지 않아도 육부가 운행되네	不敎運六腑
온 천하 사람이 모두 나의 형제이니²⁶²	環宇盡同胞
궁에 들어가도 질투를 받지 않고²⁶³	入宮不見妬
밭에서 누런 보리를 거두어들이니	旱田黃麥收
곡우가 내려 푸른 모를 적시네	穀雨綠秧注
서쪽 밭에 장차 농사일이 있으려 할 때	西疇將有事
아득히 상제께서 돌아보시어	茫昧帝眷顧
너른 들에 그물을 설치했으나	大野設網羅
한쪽으로 토끼처럼 빨리 벗어났다네²⁶⁴	一面脫若冤

나라를 지키기에 내가 편안할 수 있다. 그런데 나는 이처럼 한가롭게 세월만 보내고 있으니, 바로 천지 사이의 한 마리 좀일 뿐이다.〔今農夫祁寒暑雨, 深耕易耨, 播種五穀, 吾得而食之; 今百工技藝作爲器用, 吾得而用之; 甲冑之士披堅執銳以守土宇, 吾得而安 之. 却如此閑過了日月, 卽是天地間一蠹也.〕라는 내용이 보인다. 《二程遺書 卷17》

262 온……형제이니 : 송나라 학자 장재(張載)의 〈서명(西銘)〉에 "천지의 가득한 기 운은 내가 형체를 삼고, 천지 기운의 장수인 천리는 내가 본성으로 삼으니, 사람은 나의 형제요, 만물은 나의 동류이다.〔天地之塞, 吾其體; 天地之帥, 吾其性. 民吾同胞, 物吾與也.〕라는 내용이 보인다.

263 궁에……않고 : 한(漢)나라 추양(鄒陽)의 〈옥중에서 글을 올려 스스로 해명하다 〔獄中上書自明〕〉라는 글에 "그러므로 여인은 아름다움에 상관없이 궁에 들어가면 질투 를 받고, 선비는 현명함에 상관없이 조정에 들어가면 시기를 받는다.〔故女無美惡, 入宮 見妬; 士無賢不肖, 入朝見嫉.〕라는 구절이 보인다.

264 서쪽……벗어났다네 : 인재를 두루 등용하여 많은 인재가 출사하였으나 자신은 물러나 은거했다는 말이다. 도연명(陶淵明)의 〈귀거래사(歸去來辭)〉에 "농부가 와서 봄이 왔다고 알려주니, 서쪽 밭두둑에 농사일이 있으리라.〔農人告余以春及, 將有事於 西疇.〕라는 구절이, 《손자(孫子)》 〈구지(九地)〉에 "이 때문에 처음엔 처녀와 같이

편안한 생활은 본래 자신을 위해서이니	自逸自爲身
공손하고 부지런하면 스스로를 보호할 수 있다네	恂恂能自護
고요히 침잠하면 천기가 모이니	涵泳天機囿
움직여도 떳떳한 본성이 구비된다네	動作彛性具
무지렁이 속인도 오히려 예를 알아	俗賈尚知禮
조상에게 제사하고 남은 고기를 나누어 주며	祭祖分餘胙
크고 성대하게 제기를 늘어놓아	壬林籩豆踐
너에게 복을 크게 내려주도록 하네	俾爾遐錫祚
질그릇 술 단지에 농부의 노래가 퍼지니	瓦樽播農謳
온 나라에 풍년이 자주 드네	萬邦豐年屢
형제 자제들과 함께 둥둥 북을 치고	坎坎同亞旅
부인 아이 할 것 없이 너울너울 춤을 추네[265]	蹲蹲罔婦孺
그대와 내가 모두 홍몽[266] 속에 있으니	君我皆鴻濛
온 천하에 상서로운 햇볕이 따뜻하게 비추네	九州瑞旭昫
이를 그림으로 그려 전할 만하기에	可以圖畫傳
화공에게 명하여 잘 그리도록 하였네	命工好排鋪
손을 움직여 신묘한 솜씨를 발휘하니	手運移神妙

유순하게 행동하여 적들이 문을 열게 하고, 뒤에는 그물을 빠져나가는 토끼와 같이 신속히 행동하여 적이 미처 막지 못하게 하는 것이다.〔是故始如處女, 敵人開戶; 後如脫冤, 敵不及拒.〕"라는 구절이 보인다.

265 형제……추네 : 《시경》〈소아(小雅) 벌목(伐木)〉에 "둥둥 내 북을 치며 너울너울 내 춤을 추어, 내 한가할 때에 미쳐 이 거른 술을 마시리라.〔坎坎鼓我, 蹲蹲舞我. 迨我暇矣, 飲此湑矣.〕"라는 구절이 보인다.

266 홍몽(鴻濛) : 천지가 나뉘기 전인 태초의 혼돈 상태를 이른다.

자상한 묘사가 모두 훌륭한 가르침이라네	耳提摠善喻
벼루 밭²⁶⁷에서 묵향에 취하니	硯田濃墨醉
벽 두둑에 조화로운 기운이 퍼지네	壁畔和氣溥
옥 마구리와 황금빛 비단으로	玉躞金錦睴
표구하여 후세 사람들에게 남기니	裱裝後人付
명나라의 촉 땅 사람 양승암이	蜀西楊升菴
나보다 먼저 시를 지었다네²⁶⁸	先我題詩句

---

267 벼루 밭 : 원문의 '연전(硯田)'은 벼루의 별칭으로, 붓을 '필경(筆耕)'이라고 하는 것과 같다.

268 명나라의……지었다네 : 명나라 양신(楊愼)이 〈격양도(擊壤圖)〉라는 199자의 칠언고시를 지은 것을 말한다. '승암(升菴)'은 양신의 호로, 사천성 신도(新都) 사람이다. 자세한 내용은 《승암집》 권23에 보인다.

한낮에 쉬며 매미 소리를 듣다
午憩聽蟬

우는 매미는 어찌 그리 맴맴거리는지　　鳴蟬何唧唧
찢어지듯 울더니 또 끌리는 듯 우네　　若裂又若曳
북쪽 언덕과 남쪽 밭두둑 사이에서　　北岸南陌間
똑같은 소리로 호응하는 형세 이루어　　同聲相應勢
혹은 낮게도 울고 혹은 높게도 울며　　或低或高昂
홀연 길게도 울고 홀연 짧게도 우네　　忽長忽短細
역참의 정자에 가을바람이 불어와　　驛亭秋風至
길 가던 나그네가 평원의 숲에서 쉬니　　行人平林憩
트인 가슴으로 먼지 낀 갓끈을 벗고　　曠懷脫塵纓
호쾌한 기상으로 신선의 소매를 떨치네　　浩氣拂仙袂
석양에 들리는 저 소리는 어디에서 오는가　　何來夕陽聲
천인지 백인지 이루 다 헤아릴 수 없으니　　千百不勝計
가냘픈 소리는 피리 소리와 통하고　　嫋嫋竹管通
청량한 소리는 거문고 소리처럼 맑네　　泠泠桐絲霽
놀랍고 괴이하여 아연히 일어나　　啞然驚怪起
황홀히 옆으로 비스듬히 바라보니　　恍惚傍視睨
우리 고장에 이런 소리가 있는 것은　　我鄉有此響
해마다 거듭하여 계속 이어진 것이었네　　年年而歲歲
이 소리는 어이해 그런 소리가 나는가　　此響胡乃爾
한 번 들으면 마음에 꼭 맞으니　　一聽心有契

오랜 비가 막 씻긴 것처럼 산뜻하고	積雨新洗好
흐르는 물이 쉬지 않고 흘러가는 듯하네	流水不捨逝
신체는 의당 강건해야 하겠지만	身體宜康强
이름과 행실 역시 갈고닦아야 하니	名行亦砥礪
가장 좋은 것은 깨끗한 물건으로	最是鼹然物
더러움에 물들지 않고 허물 벗는 것이네	不滓濁淤蛻
시끄러운 것은 뭇 까치 떼의 떠들썩함이요	亂聒群鵲噪
청아한 것은 한 마리 학의 울음이어니와	嘹亮一鶴唳
너만은 홀로 그렇지 않아서	爾則獨不然
무리 속에서도 매인 바가 없네	衆中無所係
서늘한 밤엔 맑은 이슬을 마시고	夜涼淸露吸
한낮 태양 아래선 무성한 그늘로 가리니	日午繁陰蔽
나약한 자도 오히려 깨어날 만하고	懦夫猶可惺
한을 품은 자도 오히려 맹세할 만하네	恨者猶可誓
초당에서 잠들었다 막 일어나니	草堂睡初起
황관에 휘파람 소리 그치지 않은데[269]	篁館嘯未滯
불꽃 더위가 내리쬠을 피하지 않고	不避火焰爍
쇠 화살이 날아듦을 두려워하지 않네	不畏金矢嘶
날씨가 추워질 것을 먼저 알아서	先得天氣寒

---

269 황관(篁館)에……않은데 : 대숲에서 매미 소리가 들려오는 것을 말한다. '황관'은 대숲 속에 있는 은자의 별장을 가리킨다. 당나라 왕유(王維)의 시 〈죽리관(竹里館)〉 중 "그윽한 대숲 속에 홀로 앉아, 거문고를 타다가 다시 길게 휘파람 부네.〔獨坐幽篁裏, 彈琴復長嘯.〕"라는 구절을 원용한 것이다.

홀쩍 벗어나 세상 밖으로 훨훨 날아가 　　　　超出翩翩世

신선의 궁전에 일찌감치 의탁하고 　　　　　璇宮蚤寄托

현묘한 문에 궁극까지 이르렀네 　　　　　　玄門極造詣

나의 들음은 다른 사람과 다르니 　　　　　　我聽異於人

너에게 그 정묘한 이치를 얘기한다면 　　　　與爾講妙諦

얕은 물의 물고기를 다그치지 말라[270] 　　　莫促潯汀鱗

봄과 가을을 모르는 여름 매미라오[271] 　　　不知春秋蟪

천지자연의 타고난 본성에 　　　　　　　　天地自然性

어찌 하나의 작은 지혜를 쓰리오 　　　　　安有一竇慧

부여받은 형체가 썩은 것으로 변하니[272] 　　賦形化臭腐

---

270 얕은……말라 : 은거하는 이에게 작은 시골에서 나와 출사하라고 다그치지 말라
는 말이다. 서진(西晉)의 문학가 장협(張協, 장재의 동생)의 〈칠명(七命)〉 중 "지금
공자께서는 속세를 떠나 은거한 채 먼 변방으로 피해 홀로 숨어 살고 있습니다. 인생의
즐거움을 끊어버리고 어버이를 공경하고 임금을 섬기는 도를 폐지해 버리셨습니다.
근심은 백 년 동안 가득하고 고통은 천 년 동안 넘쳐납니다. 이는 작은 고기가 얕은
물에서 헤엄치고, 작은 새가 수풀에 깃들어 있는 것과 무엇이 다르겠습니까.〔今公子違
世陸沈, 避地獨竄. 有生之歡滅, 資父之義廢. 愁洽百年, 苦溢千歲. 何異促鱗之游汀潯,
短羽之栖翳薈?〕"라는 구절을 원용한 것이다.

271 봄과……매미라오 : 짧은 인생이라는 말이다. 《장자(莊子)》 〈소요유(逍遙遊)〉
의 "아침 버섯은 그믐과 초하루를 알지 못하고, 여름 매미는 봄과 가을을 알지 못한다.
〔朝菌不知晦朔, 蟪蛄不知春秋.〕"라는 구절을 원용한 것이다.

272 부여받은……변하니 : 《장자》 〈지북유(知北游)〉에 "무릇 만물은 매한가지이니,
자기가 아름답다고 여기는 것은 신기하다 하고, 자기가 싫어하는 것은 냄새나고 썩었다
고 한다. 그러나 냄새나고 썩은 것은 다시 신기한 것으로 변하고, 신기한 것은 다시
냄새나고 썩은 것으로 변한다.〔萬物一也, 是其所美者爲神奇, 所惡者爲腐朽. 臭腐復化
爲神奇, 神奇復化爲臭腐.〕"라는 내용이 보인다.

절후에 따라 열고 닫음을 잘하네   隨候善啓閉

그 이치가 이와 같으니   其理有如是

저 반짝이는 밝은 별을 보라   視彼明星嘲

열사의 전기 읽는 것을 그만두고   休讀烈士傳

책을 덮으니 한 줄기 눈물이 흐르네   掩卷堪一涕

벽성[273]의 여인

碧城女

흰 눈같이 깨끗한 벽성의 여인	白雪碧城女
일곱 살 때 음률을 환히 알았으며	七歲通律呂
여덟 살 땐 공후를 연주하고	八歲彈箜篌
아홉 살 땐 〈백저〉[274]를 노래했다네	九歲歌白紵
일찍이 악관의 일에 종사하면서	常敎樂官服
단판으로 음률을 조율하였으니[275]	檀板調籥黍
아름다운 눈엔 두 별이 흐르고	盼目雙星流
고운 손가락은 한 치 정도였다네	纖指一寸許
선발되어 장군의 부서에 들어가	選入將軍府

---

273 벽성(碧城) : 푸른 노을로 된 성이라는 뜻으로 신선이 거처하는 곳을 가리키는데, 여기에서는 저자가 벼슬에서 물러나 우거하던 경기도 양주(楊州)를 가리키는 듯하다. 《태평어람(太平御覽)》권674 〈도부16(道部十六) 이소(理所)〉 중 "원시천존이 자색 구름으로 된 궁궐에 거처하면서 푸른 노을로 성을 만들었다.〔元始居紫雲之闕, 碧霞爲城.〕"라는 구절에서 유래하였다.

274 백저(白紵) : 진대(晉代)의 〈백저무(白紵舞)〉에서 시작된 오(吳) 지역의 무곡(舞曲) 이름이다.

275 일찍이……조율하였으니 : 관기(官妓)가 되어 박판(拍板)을 두드리며 노래한 것을 말한다. '단판(檀板)'은 박달나무로 만든 악기 이름으로, 옛날에 노래의 박자를 맞추는 데 사용하였다. 원문의 '약서(籥黍)'는 검은 기장을 사용하여 만든 율관(律管)으로, 악률을 의미한다. 옛날에 음률과 도량형의 기준인 황종관(黃鍾管)을 만들 때 검은 기장을 가지고 기준을 정하였는데, 직경은 기장 3알의 길이, 길이는 기장 90알의 길이, 그리고 부피는 기장 1200개들이가 기준이었다.

비단옷 입고 화려한 집에 거처하였는데 　　衣繡金屋貯

뛰어난 소리는 오늘날의 〈석석〉[276]이요 　　英聲今昔昔

아름다운 시구는 옛날의 〈초초〉[277]였으니 　　佳句古楚楚

하늘하늘한 소매가 바람에 가볍게 흔들리면 　　霞袂因風輕

교방[278]에서 더불어 비견할 이 없었네 　　敎坊莫與序

갑자기 황폐한 시골로 떨어져 　　忽然落荒塢

정처 없는 객지의 나그네가 되었으니 　　悠悠作覊旅

공이 없어 한단에서 시집간 격이요[279] 　　無功邯鄲嫁

늙지도 않았는데 심강으로 간 것이었네[280] 　　非老潯江去

276　석석(昔昔) : 악부(樂府)의 곡사(曲辭) 이름으로, 〈석석염(昔昔鹽)〉의 약칭이
다. 수(隋)나라 설도형(薛道衡)에게서 처음으로 나왔는데, '석석(昔昔)'은 석석(夕夕)
이라는 뜻이고, '염(鹽)'은 인(引)이라는 의미이며, 모두 10운(韻)으로 이루어져 있었
다. 뒤에 당나라의 조하(趙嘏)가 이를 더 확대하여 20장(章)으로 만들었는데, 출정한
남편을 그리워하는 여인의 심정을 묘사하였다.

277　초초(楚楚) : 《시경》〈소아(小雅) 초자(楚茨)〉에 "무성한 찔레밭에, 그 가시를
제거함은, 예부터 어째서 하였던가? 곡식을 심으려 해서라오.〔楚楚者茨, 言抽其棘.
自昔何爲? 我藝黍稷.〕"라는 구절이 보이는데, 이를 가리키는 듯하다.

278　교방(敎坊) : 164쪽 주228 참조.

279　한단(邯鄲)에서 시집간 격이요 : 악부 중 〈한단의 재인이 시집가서 잡역부의 아
내가 되다〔邯鄲才人嫁爲廝養卒婦〕〉라는 곡의 가사를 원용한 것으로, 궁중에서 거문고
를 연주하며 국왕의 총애를 한 몸에 받던 재인(才人)에서 하루아침에 잡역부의 처로
전락한 여인의 인생을 노래한 것이다. '한단'은 전국 시대 조(趙)나라의 도성이다.

280　심강(潯江)으로 간 것이었네 : 본래 장안(長安)에서 비파로 유명했던 창기가 나
이가 들어 미색이 쇠하자 장사꾼의 아내가 되어 강호를 떠도는 신세를 슬프게 노래한
당나라 백거이(白居易)의 〈비파행(琵琶行)〉을 원용한 것이다. '심강'은 장강(長江) 줄
기의 하나인 심양강(潯陽江)을 이른다.

가슴속에 가득한 만 섬의 괴로움을	胸中萬斛水
궁벽한 곳에서 쏟아내기 어려웠으니	難瀉窮僻處
짧은 베치마 입은 촌기들과 뒤섞여	雜遝短布裙
산중의 은자들을 맞이하고 보냈다네	迎送鹿蓬侶
어느 하루 녹음 우거진 들에서	一日綠陰原
천천히 거닐며 무더위를 피할 적에	徐步避虐暑
오묘한 흥이 갑자기 일어나	妙興驀地發
주체하지 못하고 회포를 쏟아냈다네	不禁懷暢敍
석경을 치며 세 번 탄식하고 원망하자	擊石三歎怨
한 줄기 여운이 들보를 휘감고 도니[281]	繞樑一抹緖
여인들은 추파를 던지며 달려오고	婆娘賣眼走
아이들은 손을 잡고 함께하네	兒童携手與
서로 말하기를 이 무슨 노래인가	相道何聲是
밭 가는 노래와는 다르다 하며	異乎耕謳擧
고저장단을 제멋대로 평하지만	高低妄自評
수준을 어떻게 알 수 있겠는가	清濁庸識詎
아무리 떠들썩하고 또 시끄러워도	噪噪復咶咶
미인은 거만한 낯빛으로 막지 않네[282]	蛾眉不色拒

---

281 한……도니 : 음악의 여운이 끝없음을 이른다. 춘추 시대 한(韓)나라 노래에 뛰어났던 한아(韓娥)가 제(齊)나라에 갔을 때 양식이 떨어지자 노래를 팔아 끼니를 해결하였는데, 한아가 떠난 뒤에도 그 여운이 3일 동안 들보를 휘감고 돌며 사라지지 않았다는 고사를 원용한 것이다. 《列子 湯問》

282 미인은……않네 : 《맹자》〈고자 하(告子下)〉에 "만일 선을 좋아하지 않으면 사람들이 장차 말하기를 '자만함을 내 이미 안다.' 할 것이니, 자만하는 음성과 얼굴빛이

이 늙은이가 앉아서 머리를 긁적이니	老翁坐搔首
굽어보며 어긋나는 곳을 풀어주는구나	俯視解齟齬
지팡이 짚고 밭두둑 길을 찾아가며	倚杖畦路尋
발걸음 재촉해 시냇가에 한참을 서서	促屐谿畔佇
그대에게 손짓하여 오라고 부르니	招招爾來者
나를 따라 나의 시골집으로 돌아왔네	隨我歸我墅
시골 탁자가 화려하지는 않으나	村桌非爲奢
마주 앉아 얘기를 나눌 만하니	相對猶可語
길을 가리키며 얼마나 먼지 묻고는	指路問遠近
옷깃을 여미고 사연을 모두 쏟아내네	整襟吐細巨
맑은 가락 타려고 묵은 먼지 털어내고	淸徽拂宿塵
옛 악보 찾느라 낡은 종이 뒤적이지만	舊譜繙敗楮
나 또한 촌에 사는 사람이니	我亦村中人
어찌 제자리를 얻었다 하겠는가	豈曰得其所
장보관은 단지 송나라에서만 팔리고[283]	章甫只宋資
시동과 축관은 제기를 넘지 못하니[284]	尸祝不越俎

사람을 천 리 밖에서 막는다.〔夫苟不好善, 則人將曰: 訑訑, 予旣已知之矣. 訑訑之聲音顔色, 距人於千里之外.〕라는 내용이 보인다.

283 장보관(章甫冠)은……팔리고:《장자(莊子)》〈소요유(逍遙游)〉에 "송나라 사람이 장보관을 팔러 월나라에 갔으나 월나라 사람들은 머리를 짧게 깎고 몸에 문신을 하여 장보관이 쓸데없었다.〔宋人資章甫而適諸越, 越人斷髮文身, 無所用之.〕"라는 내용이 보인다.

284 시동과……못하니:《장자》〈소요유〉에 "요리하는 사람이 주방에서 일을 잘하지 못한다 하여 시동이나 축관이 제기를 넘어서 그 일을 대신하지는 못한다.〔庖人雖不治

아아, 하찮은 나에게 들려주더라도	嗟哉語氷蟲
아득히 바다를 건너는 노래기일 뿐이라네[285]	眇爾馳海蚯
너는 본래 선궁에 살던 선녀로	爾本璇宮種
가을바람이 비췻빛 물가에 불어올 때	秋風動翠渚
처사는 골짝의 구름에 가까이 닿았고	處士薄峽雲
사또는 뽕 따는 광주리를 놀라게 하였다네	使君驚桑筥
물고기를 풀어 대해로 돌아가게 해주자[286]	縱魚歸大壑
어릿어릿하지 않고 양양히 헤엄쳐 갔다네[287]	洋洋不圉圉
쏜살처럼 빠른 한 척의 배와 같아	一船疾如矢
거침없었으니 누가 막을 수 있으랴[288]	沛然孰能禦

庖, 尸、祝不越樽俎而代之矣.〕"라는 내용이 보인다.

285 아아……뿐이라네 : 자신은 하찮은 문사일 뿐이라서 고상한 곡조를 들려주어도 제대로 알아듣지 못하여 아무 소용이 없을 것이라는 말이다. 원문의 '빙충(氷蟲)'은 얼음에 조각하고 충서(蟲書)를 새긴다는 뜻의 '누빙조충(鏤氷雕蟲)'의 준말로, 아무런 가치가 없는 하찮은 기예를 말한다. 《장자》〈추수(秋水)〉의 "옳고 그름의 경계도 구별하지 못하는 지혜로 장자의 말을 이해하고자 하는 것은 모기로 하여금 산을 짊어지게 하고 노래기에게 황하를 건너게 하는 것과 같으니, 반드시 감당할 수 없을 것이다.〔且夫知不知是非之竟, 而猶欲觀於莊子之言, 是猶使蚊負山, 商蚷馳河也, 必不勝任矣.〕"라는 구절을 원용한 것이다.

286 물고기를……해주자 : 한(漢)나라 왕포(王褒)의 〈성군이 현신을 얻음을 기리는 노래〔聖主得賢臣頌〕〉에 "그 날리는 것은 기러기 털이 순풍을 만난 것과 같고, 그 거침없음은 큰 물고기를 대해에 풀어놓은 것과 같을 것이다.〔翼乎如鴻毛遇順風, 沛乎若巨魚縱大壑.〕"라는 구절이 보인다.

287 어릿어릿하지……갔다네 : 《맹자》〈만장 상(萬章上)〉에 "물고기를 처음에 놓아주었을 때에는 어릿어릿 펴지 못하더니, 조금 뒤에는 양양히 조금 펴져서 유유히 헤엄쳐 갔다.〔始舍之, 圉圉焉; 少則洋洋焉, 攸然而逝.〕"라는 구절이 보인다.

장군의 막사에 들어가 고운 손님이 되어	入幕做艶客
잠시 낮잠에 빠져 화서국에 노닐었다네[289]	假枕游華胥
지는 해가 먼 길 가는 말을 재촉하니	落日催征馬
갈림길 앞에서 머뭇머뭇 주저하지 말라	臨歧莫首鼠
연꽃은 붉은빛이 아직 바래지 않았거니와	菡萏紅未褪
포도는 맛 좋은 술을 이미 걸러버렸으니	葡萄綠已醑
쇠락함은 나에겐 자연스러운 것이요	寥律自如我
번화함은 너에게 속한 것이라네	繁華屬之汝
저 하늘 한쪽을 바라보니	瞻彼天一方
산에는 부소요 물에는 연어가 있도다[290]	山蘇水有鱮
한밤중 달빛 아래 서리가 내리는데	月夜霜落影
험한 관산 길에 기러기 울어 예네	雁嘶關山阻

---

288 거침없었으니……있으랴 : 《맹자》〈진심 상(盡心上)〉에 "순 임금은 한 선언을 들으시며, 한 선행을 봄에 미처서는 마치 강하를 터놓은 듯이 거침없어 능히 막을 수가 없으셨다.〔及其聞一善言, 見一善行, 若決江河, 沛然莫之能禦也.〕"라는 내용이 보인다.

289 장군의……노닐었다네 : 한창때 장군의 막하에서 사랑을 받으며 꿈같은 세월을 보냈다는 말이다. '화서국(華胥國)'은 황제(黃帝)가 낮잠을 자다가 꿈속에서 노닐었다는 평화로운 나라로, 그곳에는 통치자도 신분의 상하도 연장자의 권위도 없고, 백성들은 욕망도 애증도 이해(利害)의 관념도 없을 뿐 아니라 삶과 죽음에도 초연하였다고 한다. 《列子 黃帝》

290 산에는……있도다 : 《시경》〈정풍(鄭風) 산유부소(山有扶蘇)〉에 "산에는 부소가 있고, 습지에는 연꽃이 있거늘, 자도를 만나지 못하고 마침내 광인을 만난단 말인가.〔山有扶蘇, 隰有荷華. 不見子都, 乃見狂且.〕"라고 하고, 또 〈소아(小雅) 채록(采綠)〉에 "그 낚은 것은 무엇인고? 방어와 연어로다. 방어와 연어여, 잠깐 구경하리라.〔其釣維何? 維魴及鱮. 維魴及鱮, 薄言觀者.〕"라고 한 구절이 보인다.

내가 시골 오두막에 있을 때 꽃을 보면 매우 만족스러웠다.
공무로 인해 도성에 들어왔다가 잠시 지체되어 아직
돌아가지 못하고 있는데, 적막함이 몹시 심하던 차에
우연히 일본에서 옮겨온 백일화·칸나·취작화·호접화
등의 꽃들을 얻어 서재의 난간에 늘어놓으니 의연히 산림의
흥취가 있었다. 이에 시를 지어 사례하다

余在鄕廬 看花頗足 因公入城 少滯未還 寂寞太甚 偶得日本移來百日花
檀特仙翠雀蝴蝶等種 列於軒檻 依然有山林之趣 作詩謝之

만 리 먼 곳에서 맑은 향을 보내오니 　　　　　萬里淸香送

나그네의 창이 갑자기 호사를 누리네 　　　　　旅窓忽暴奢

차라리 아름다운 여인과 이별할지언정 　　　　　寧爲別美姬

기이한 꽃이 없어서는 안 되리라 　　　　　　　不可無奇花

두 번째
其二

천성이 본래 꽃 재배를 좋아하니	性本愛栽花
시골 동산에 만 나무가 늘어섰네	鄕園開萬樹
늘 이곳을 떠나고 싶지 않았는데	常欲不相離
가지 하나를 가는 곳마다 만나네[291]	一枝到處遇

---

291 가지……만나네 : 객지에서도 꽃이 있는 만족스러운 거처를 얻었다는 말이다.
《장자》〈소요유(逍遙遊)〉의 "뱁새가 깊은 숲속에 둥지를 틀 때 필요한 것은 나뭇가지
하나에 지나지 않는다.〔鷦鷯巢於深林, 不過一枝.〕"라는 구절을 원용한 것이다.

세 번째

其三

옛날에 한 번 봄을 지낸 곳이니	古之一度春
어느 곳인들 따뜻한 기운 아니랴	何處非和氣
주인의 부지런함에 얼마나 감사한지	多謝主人勤
이웃에게 구걸을 다시 할 필요 없네	乞隣更不費

유장원[292]의 〈9월 8일 회갑을 맞아〉 시에 차운하다

次游藏園九月八日回甲韻

장원 노수의 귀밑털이 서리처럼 희니	藏園老叟鬢如霜
육십일 년이 틈새를 지나는 말처럼 순식간이네[293]	六十一年隙駛忙
해는 천상의 삼기이니 후갑임을 알겠고[294]	天上三奇知後甲
날은 인세의 팔일이니 바로 중양이라네[295]	人間八日便重陽
문장은 모두 〈등왕각〉이라 칭송하거니와[296]	文章皆誦滕王閣
그림은 누가 범려의 돛대를 전하였나[297]	圖畫誰傳范蠡檣

---

292 유장원(游藏園) : '장원'은 청나라 말기의 관리인 유지개(游智開, 1816~1900)의 호이다. 호남성 신화(新化) 사람으로, 자는 자대(子代)이며, 저서에 《천우생시초(天愚生詩鈔)》가 있다. 청렴한 관리로 부임한 곳마다 학문을 흥기하고 세금과 요역을 가볍게 하며 형벌을 엄격히 하여 치적과 행실 면에서 '강남제일(江南第一)'이라 불렸다.

293 육십일……순식간이네 : 《묵자(墨子)》〈겸애 하(兼愛下)〉에 "사람이 땅 위에서 살아가는 세월이 얼마 되지 않은 것은, 비유하면 네 필 말이 달려서 틈새를 지나가는 것과 같다.〔人之生乎地上之無幾何也, 譬之猶駟馳而過隙也.〕"라는 구절이 보인다.

294 해는……알겠고 : 유장원의 회갑년인 1876년이 병자년이므로 이렇게 말한 것이다. '삼기(三奇)'는 사주(四柱) 길성(吉星)의 하나로, 음양가들이 을(乙)·병(丙)·정(丁)을 천상(天上)의 삼기라 하고, 갑(甲)·무(戊)·경(庚)을 지하(地下)의 삼기라 하고, 신(辛)·임(壬)·계(癸)를 인간(人間)의 삼기라고 하는데, 삼기가 연(年)·월(月)·일(日)에 고르게 들어 있어야 길하다고 한다. '후갑(後甲)'은 여기에서는 회갑을 뜻한다.

295 날은……중양이라네 : 유장원의 회갑일이 중양절 하루 전인 9월 8일이므로 이렇게 말한 것이다.

296 문장은……칭송하거니와 : 유지개의 문장이 당나라 왕발(王勃)의 〈등왕각서(滕王閣序)〉처럼 훌륭하다는 말이다.

동방의 늙은 벗이 멀리서 축수를 올리니 　　　　　左海舊交遙獻祝
국화주가 잘 익어 맑은 향이 넘친다오 　　　　　黃花酒熟膡淸香

성글고 희끗한 귀밑털 풍상 속에 늙었으니 　　　飄蕭斑鬢老風霜
주성[298]을 돌아보며 바쁘게 세월을 보냈다오 　　轉眄周星度紀忙
한 저택의 술통은 발해에 이어질 만큼 많을 것이요 　一府壺觴仍渤海
두 자제의 거마는 일찌감치 형양에 도착했으리라 　二郎車馬早衡陽
국등의 그림자는 연경의 관사에 흔들리고 　　　菊燈流影燕中館
약시의 연기는 한수 가의 돛대를 휘감으리라 　　藥市縈煙漢上檣
매년 이때가 되면 그리움이 아득하니 　　　　　每到玆辰懷思遠
정말이지 백화향[299]을 함께 마시고 싶다오 　　　願言同酌百和香

297 그림은……전하였나 : 치사(致仕)를 권하는 사람이 있냐는 말로, 은거하여 한가로이 여생을 지낼 때가 되었다는 말이다. 훗날 유지개는 85세인 1898년에야 병으로 벼슬을 그만두고 돌아와 1900년에 집에서 졸하였다. 북송의 재상 진집중(陳執中)의 69회 생일 때 조카인 진세수(陳世修)가 〈범려유오호도(范蠡遊五湖圖)〉를 바치며 찬(贊)을 지어 "어질다, 도주공이여! 오나라를 평정하여 월나라를 패자로 만들었네. 이름을 이루자 스스로 물러나 오호에 조각배를 띄웠네.〔賢哉陶朱! 霸越平吳. 名遂身退, 扁舟五湖.〕"라고 하자, 진집중이 매우 기뻐하며 바로 부절을 바치고 이듬해 치사하였다는 고사가 전하는데, 이를 원용한 것이다. '도주공(陶朱公)'은 춘추 시대 월(越)나라의 대부 범려(范蠡)의 별칭으로, 월왕(越王) 구천(句踐)을 도와 오(吳)나라를 멸망시킨 뒤 벼슬에서 물러나 조각배를 타고 오호(五湖)로 나가서 성명을 바꾸고 숨어 살았다고 한다.

298 주성(周星) : 세성(歲星) 곧 목성으로, 옛날 사람들은 세성이 12년마다 하늘을 한 바퀴 도는데, 그 궤도가 황도(黃道)와 가깝다고 여겼다. 이에 하늘 전체를 열둘로 나누어 이를 십이차(十二次)라고 하고는 목성이 1년마다 1차씩 가는 것으로 보아 목성이 있는 성차(星次)를 그해의 기년(紀年)으로 삼았다.

299 백화향(百和香) : 원래는 온갖 향료(香料)를 섞어서 제조한 향을 말하는데, 여기
에서는 향기가 좋은 국화주를 가리킨다. 김종직(金宗直, 1431~1492)의 〈약목현에 손
극겸이란 사람이 꽃과 나무를 잘 기른다는 소문을 듣고……〔若木縣孫克謙善養花
木……〕〉라는 오언율시에 "소나무는 한 기둥의 누관이 되었고, 국화는 백화향이 되었
도다.〔松爲一柱觀, 菊作百和香.〕"라는 구절이 보인다. 《佔畢齋集 卷13》

홍기당[300] 판중추부사가 시골집으로 나를 찾아왔기에
한나절 모시고서 담소하고 다음 날 시를 지어 돌아가는
행차에 문안하다
洪祁堂判樞訪余於鄉第 半日陪話 翌日以詩問還節

산중 생활 적막하여 찾아오는 사람 적은데	山中寂寞少人來
우연히 높은 손님 오시어 한 자리에 모셨네	偶得高賓一席陪
먼지 낀 상자 쏟아내어 《총화》[301]를 정정하고	塵篋離披叢話訂
썰렁한 주방에 허둥지둥 점심을 재촉했네	寒廚顚倒午飱催
평생토록 형해를 초월해 교분을 맺었는데	平生契合形骸外
한나절 동안 물과 바위 모퉁이를 소요했네	半日逍遙水石隈
오늘 밤은 달빛이 유난히 휘황한데	今夜月光偏晃朗
모르겠네 어디에서 여관의 창을 여실지	不知何處旅窓開

---

300 홍기당(洪祁堂) : 홍순목(洪淳穆, 1816~1884)으로, '기당'은 호이다. 본관은 남양(南陽), 자는 희세(熙世)이다. 1872년(고종9) 10월 13일 영의정에 임명되었으며, 1875년부터 1879년까지 판중추부사를 역임하였다. 1884년(고종21)에 아들 홍영식(洪英植) 등이 갑신정변을 일으켰다가 실패하고 피살되자 홍순목 역시 관직을 삭탈당하고 자살하였다. 1894년 갑오개혁으로 복관되었고, 시호는 문익(文翼)이다.

301 총화(叢話) : 어떤 책을 가리키는지 자세하지 않다.

현군 석운이 작년에 에도에서 돌아올 때 봉미초를 싣고 와서 주었는데 그 깨끗한 모습이 감상할 만하다[302]

玄君昔運 昨年歸自江戶 馱鳳尾草以遺 瀟灑可賞

대도 아니고 오동도 아닌데 봉 꽁지가 흔들리니[303]	非竹非梧鳳尾搖
초당 깊숙한 곳 가로놓인 다리의 반쯤이로다	草堂深處半橫橋
작년에 보내준 소식이 오늘에야 도착했으니	昨年信息來今日
이역만리의 풍랑을 한 포기에 담아 보냈도다	萬里風濤借一條
울퉁불퉁 굳센 창자는 철석과 이어지고	磈磊剛腸延鐵石
삼엄한 푸른 기운은 하늘 위로 치솟네	森嚴綠氣上雲霄
맑은 의표 함께할 만한 것이 그대 모습과 같기에	淸標可與同君象
보는 것이 싫지 않아 아침저녁으로 마주하네	不厭相看對暮朝

---

302 현군(玄君)⋯⋯만하다 : 이 시는 저자가 64세 때인 1877년(고종14)에 지은 것이다. 현석운(玄昔運, 1837~?)은 본관은 천녕(川寧), 자는 덕민(德民)으로, 역관(譯官)이다. 1858년(철종9) 식년시 역과(譯科)에서 왜학(倭學)으로 합격하였으며, 1876년(고종13) 2월 27일 강화도 조약이 체결된 뒤 동년 4월에 왜학당상역관(倭學堂上譯官) 신분으로 수신사(修信使) 김기수(金綺秀)를 수행하여 일본에 파견되었다가 두 달 뒤에 돌아왔다. 《고종실록》에 따르면 김기수는 동년 2월 22일 수신사에 임명되어 4월 4일 고종에게 하직 인사를 하고, 4월 29일 부산포(釜山浦)에서 배를 떠나 5월 7일 동경(東京)에 도착하였으며, 원료관(遠遼館)에 20여 일 머물다가 5월 27일 동경을 떠나 윤5월 7일 부산포로 돌아와 숙박하고, 6월 1일 복명하였다. '에도〔江戶〕'는 동경의 옛 이름이다. 《高宗實錄 13年 2月 22日, 4月 4日, 閏5月 18日, 6月 1日》

303 대도⋯⋯흔들리니 : 봉황은 오동나무가 아니면 깃들지 않고, 대나무 열매가 아니면 먹지 않는다는 전설이 있으므로 이렇게 말한 것이다.

수덕산

修德山

덜컹덜컹 가릉읍[304]을 지나가다	夏過嘉陵邑
저물녘에 수덕산을 찾아갔네	暮尋修德山
큰 시내는 모였다가 다시 흩어지고	大川滙復散
끊긴 길은 평탄하다가 다시 험악하네	斷逕逸而艱
제방은 조화옹의 공력이요	堤堰天工力
의관은 태고의 모습이로다	衣冠太古顏
인간 세상과 가깝다 말하지 마오	莫言人世近
중생 구제가 바로 여기에 있으니	濟救在其間

---

304 가릉읍(嘉陵邑) : 경기도 가평군(加平郡)의 옛 이름이다.

곡운동[305]을 찾아가다

尋谷雲洞

구역을 나누던 상고 시대의 기세를 간직하였으니	氣藏上古畫區年
전체의 형국은 두 산 앞에다 빚어낸 모습이로다	全局陶鎔兩岳前
사면을 에워싼 푸른 골짝 속엔 흰 바위가 깨끗하고	翠谷四圍中白石
한 조각 선계 구름 너머로 밥 짓는 연기가 피어나네	仙雲一道外人煙
계획하여 짓는 수고 없어도 동해의 명승이요	經營不費名東海
조화가 끝이 없으니 후천 세계에 속하네	造化無窮屬後天
약수와 봉래산은 날아서 건널 수 있으니[306]	弱水蓬萊飛可度
세상 사람들아 나더러 미쳤다고 비웃지 말라	世間莫笑我狂顚

---

305 곡운동(谷雲洞) : 강원도 화천군(華川郡)에 있는 화악산(華嶽山) 북쪽의 계곡으로, 일찍이 김수증(金壽增, 1624~1701)이 이곳에 농수정(籠水精)과 곡운정사(谷雲精舍)를 지어 은거하였다. 239쪽 주391, 240쪽 주395 참조.

306 약수(弱水)와……있으니 : 곡운동을 선계에 빗대어서 한 말이다. '약수'는 기러기 털조차도 뜨지 않아 사람이 건너갈 수 없다는 고대 신화 속 하해(河海)의 이름이다. '봉래산(蓬萊山)'은 동해에 있는 전설 속 삼신산(三神山)의 하나로, 신선이 산다고 한다. 산을 에워싼 검은 바다는 바람이 없어도 큰 파도가 100장(丈)이나 일어 오갈 수가 없으며, 오직 날아다니는 신선만 그곳에 이를 수 있다고 한다.

청성묘의 충효비에 대한 노래[307]

清聖廟忠孝碑歌

을사년에 내가 고죽국의 성인을 알현하니 　　　　旃蒙我謁孤竹聖

두 초상의 장중한 모습 묵태씨였네[308] 　　　　二像儼然墨胎姓

307 청성묘(淸聖廟)의……노래 : 저자는 32세 때인 1845년(헌종11) 을사년 6월 25일
사은 겸 동지사(謝恩兼冬至使)의 서장관에 임명되어 동년 10월 24일 헌종에게 하직
인사를 하고 정사 이헌구(李憲球)와 함께 연경(燕京)에 갔으며, 다시 62세 때인 1875년
(고종12) 을해년 1월 7일 왕세자 책봉 주청정사(王世子冊封奏請正使)에 임명되어 동년
7월 30일 고종에게 하직 인사를 하고 연경에 갔다가 동년 12월 16일 돌아와 복명하였는
데, 이 시는 저자가 이 두 기간에 모두 고죽성(孤竹城)을 찾아가서 은(殷)나라 말기
고죽국(孤竹國)의 왕자였던 백이(伯夷)와 숙제(叔齊)를 모신 사당인 청성묘를 방문하
고 와서 지은 것이다. '청성'은 《맹자》〈만장 하(萬章下)〉의 "백이는 성인 중에서 맑은
사람이다.〔伯夷, 聖之淸者也.〕"라는 구절에서 유래한 것이다. 기록에 따르면 고죽성은
현재의 진황도(秦皇島) 노룡현(盧龍縣) 경내에 있었던 영평부(永平府) 남쪽으로 10리
떨어진 곳에 터가 남아 있으며, 청성묘는 고죽성 안에 있다. 청성묘 안으로 들어가면
동서 양쪽으로 비석이 있는데, 동쪽 비석에는 '충신 효자(忠臣孝子)'라고 새겨져 있고
옆면에는 작은 글씨로 '대명 숭정 계미년(1643, 인조21) 계춘 5일에 진태래가 쓰다〔大明
崇禎癸未季春五日陳泰來書〕'라고 새겨져 있으며, 서쪽 비석에는 '도금칭성(到今稱聖)'
이라 새겨져 있고 옆면에는 작은 글씨로 '만력 갑오년(1594, 선조27) 중하 길일에 강우
이이가 쓰다〔萬曆甲午仲夏之吉江右李頤題〕'라고 새겨져 있다고 한다. 청성묘는 이제묘
(夷齊廟)라고도 하며, 한(漢)나라 때 처음 건립되었다. 《憲宗實錄》《高宗實錄》《陶谷
集 卷29 庚子燕行雜識〔上〕》《松溪集 卷5 燕途紀行 中 日錄 丙申年 16日辛酉》

308 두……묵태씨(墨胎氏)였네 : 백이(伯夷)는 성은 묵(墨) 또는 묵태(墨胎), 이름
은 윤(允)으로, '백'은 형제의 항렬을 나타내는 '맏이'라는 뜻이며, '이'는 시호이다. 숙제
(叔齊)는 이름은 지(智)이며, '제'는 시호이다. 다만 다산(茶山) 정약용(丁若鏞)에 따
르면 당시 세속에서는 백이와 숙제의 성을 '묵태'라는 복성(複姓)으로 알고 있었던 듯하

말고삐를 붙잡은 높은 절의는 군신의 의를 높인 것이요[309]

叩馬高節尊君義

나라를 양보한 맑은 풍도는 아버지의 명을 중히 여긴 것이네[310]

讓國淸風重父命

충신 효자라는 네 글자를 새겼으니 　　　　　忠臣孝子四文銘

이 한 조각 빗돌을 만고에 공경하네 　　　　　一片貞珉萬古敬

내가 탁본을 한 장 떠서 우리나라로 돌아오자 　我拓一紙歸東邦

다투어 보고 소리치며 극구 찬탄하였네 　　　　爭覩喝采於戲盛

고이 접어 난사[311]와 함께 상자에 깊이 간직했는데 　摺疊蘭麝箱篋深

마침내 좀이 슬어 제멋대로 갉아먹어 버렸네 　竟作魚褪自爲政

삼십 년 동안 뜻을 접고 펼치는 사이에 　　　　三十年來卷舒間

근심으로 하루도 마음 졸이지 않은 날이 없었네 　憂思無日不恟恟

다.《論語 公冶長 邢昺疏》《茶山詩文集 卷10 進史記選纂注啓》

309 말고삐를……것이요 : 주(周)나라 무왕(武王)이 은(殷)나라의 마지막 왕인 주왕(紂王)을 정벌하자 백이와 숙제는 무왕의 말고삐를 붙잡고 간하기를 "부친이 돌아가셨는데 장례는 치르지 않고 전쟁을 일으키니 이를 효라고 말할 수 있습니까? 신하 된 자로서 군주를 시해하려 하니 이를 인이라고 말할 수 있습니까?〔父死不葬, 爰及干戈, 可謂孝乎? 以臣弑君, 可謂仁乎?〕"라며 중지할 것을 청하고, 무왕이 은나라를 멸망시키자 주나라의 봉록을 먹지 않겠다고 하여 수양산으로 들어가 고사리를 캐 먹다 굶어 죽었다고 한다.《史記 卷61 伯夷列傳》

310 나라를……것이네 : 기록에 따르면 고죽군(孤竹君)이 유언으로 셋째 아들인 숙제를 후계자로 명하였으나 고죽군 사후에 숙제는 천륜을 따라야 한다며 왕위를 형인 백이에게 양보하였고, 백이는 아버지의 명을 따라야 한다며 왕위를 받지 않았다.

311 난사(蘭麝) : 난과 사향(麝香)으로, 여기에서는 좀먹는 것을 방지하는 값비싼 향을 가리킨다.

또 을해년에 연경으로 가는 사신이 되었으니 又値乙載乘燕槎
우리나라에 따로 우리나라의 경사가 있어서였네 我家自有我家慶
행로가 우북평³¹²으로 길게 이어졌는데 行路迤迤右北平
고질적인 성벽 때문에 다시 묵적을 찾았네 重尋墨蹟痼癖性
옛 비석이 우뚝이 서서 높이 솟아 있는데 舊石屹立巖巖高
매끄럽고 투명하여 거울이 걸려 있는 듯했네 滑膩洞澈掛磨鏡
재배하고 어루만지노라니 격세의 감회가 일어나 再拜摩挲起曠感
나도 모르게 귀한 경황지로 공들여 탑본을 떴네 不覺搨本勞黃硬
구부러진 철이 교차한 듯함은 세 한에서 근원했고³¹³ 屈鐵交錯三漢源
마른 등 넝쿨이 얽힌 듯함은 두 왕씨의 굳셈이네³¹⁴ 枯藤棼糾二王勁
옆에 새긴 크고 작은 글자를 자세히 살펴보니 細審傍刻大小字
진태래가 계미년(1643) 봄에 쓴 것이었네³¹⁵ 陳泰來書癸未孟
비석이 오랜 세월에도 또한 갈라지지 않았으니 竪石日時亦不泐

---

312 우북평(右北平) : 서쪽으로 연경까지 500리 떨어져 있는 전한(前漢) 때의 행정 구역 이름으로, 은나라의 고죽국(孤竹國)이 있었던 곳이다. 《薊山紀程 卷2 渡灣 癸亥十 二月二十日 永平府》

313 구부러진……근원했고 : 비석에 새긴 글자의 힘찬 기세가 전한(前漢)·후한(後 漢)·촉한(蜀漢)에서 기원했다는 말이다.

314 마른……굳셈이네 : 비석에 새긴 글자가 동진(東晉)의 서법가인 왕희지(王羲 之)·왕헌지(王獻之) 부자의 필법처럼 굳세고 힘차다는 말이다. 왕희지와 왕헌지는 일찍이 여류 서법가인 위부인(衛夫人)에게서 서법을 배웠는데, '삼당과(三堂課)'로 불 리는 점(點)·가로획〔一〕·세로획〔豎〕의 세 필법을 익힐 때, 세로획은 깊은 산으로 들어가 늙고 마른 등나무에서 장구한 세월을 살아온 강인한 생명력을 배웠다고 한다.

315 진태래(陳泰來)가……것이었네 : '계미년 봄'의 원문은 '계미맹(癸未孟)'으로 되 어 있는데, 《도곡집(陶谷集)》에 따르면 '맹'은 맹춘이다. 197쪽 주307 참조.

아득한 갑신년(1644) 삼월 십팔일이었네   甲申三月十八皇

바로 이해 이달 이날은   是年是月是日也

명나라 숭정 황제의 운이 다한 날이었네   大明崇禎寶祚竟

삼가 살펴보건대 심원하고 공근한 장렬제는   謹按奧翼莊烈帝

매산[316]에서 군신이 함께 운명을 달리했네   煤山落照君臣倂

괴이하다, 경사가 혼란으로 요동친 날에   怪哉京師板蕩日

팔백 리 떨어진 우북평에서도 다투어 목을 매었으니 里隔八百縊緶競

생각건대 만년지[317] 위의 붉은 서기가   意者萬年枝上紅

아직도 사라지지 않고 남은 빛을 비추는 듯하네   猶有餘輝未泯映

내가 보건대 연경은 풍속이 고요하니   我看上都風俗靜

베개에 누운 자는 베개를 편안히 여기고 함정에 빠진 자는 함정을 편안

히 여기네[318]   枕者安枕窞者窞

진실하고 미더우면 오랑캐 나라에서도 행할 수 있으니[319]

       忠信可以行蠻貊

효도하고 공경하면 어찌 주 왕실과 정나라가 인질을 주고받았으랴[320]

---

316 매산(煤山) : 북경 고궁 뒤에 있는 산 이름으로, 만세산(萬歲山)이라고도 한다. 이자성(李自成)의 군대가 쳐들어오자 숭정(崇禎) 황제, 곧 장렬제(莊烈帝)는 이곳에 올라가 목을 매어 자살하였다.

317 만년지(萬年枝) : 대궐에 심었던 동청(冬靑)이란 나무로, 제왕의 만수무강이나 나라의 태평성대를 기원하는 의미로 쓴다.

318 내가……여기네 : 오랑캐인 청나라의 수중에 떨어진 상황에서도 의기를 떨쳐 일어나지 않고 구차하게 목숨을 연명하고 있다는 말이다.

319 진실하고……있으니 : 《논어》〈위령공(衛靈公)〉에 "말이 진실하고 미더우며 행실이 독실하고 공경스러우면 비록 오랑캐의 나라라 하더라도 행해질 수 있다.〔言忠信, 行篤敬, 雖蠻貊之邦行矣.〕"라는 공자의 말이 보인다.

	孝悌曷由交周鄭
서산에 해가 지도록 머뭇거리며 떠나지 못한 채	躊躇不去山日暮
두 눈을 부릅뜨고 자꾸만 바라보았네	一看再看兩眼瞪
온갖 비바람 속에서도 글자가 분명하여	種種風雨字分明
이 나그네로 하여금 돌아와 읊조리게 하였네	能使行人歸而詠
지금 내가 백발 노년에 다시 행역을 나서며	今我白首重行役
상자 속 탁본을 들춰보니 지난날 빙문이 생각나네	追閱函藏想前聘
첩첩산중의 서재에서 편안히 거처한다면	屛障紛紛安山齋
이를 통해 글에 목마른 병에서 소생하리라	從此可蘇渴書病
지난 일과 우연히 달과 날의 기록이 합치하니	往事偶合月日紀
대의가 천리와 인사의 근본에 어긋나지 않네	大義不忒天人柄
만절필동의 묵적을 다시 찾아왔으니	萬折必東重來墨
춘왕정월을 늘 받드는 것과 무엇이 다르랴[321]	何異常戴春王正

---

320 효도하고……주고받았으랴 : 《춘추좌씨전(春秋左氏傳)》 은공(隱公) 3년 조에 주(周)나라 왕실과 정(鄭)나라가 서로를 믿지 못해 왕자 호(狐)를 정나라에 인질로 보내고 정나라의 공자 홀(忽)을 주 왕실에 인질로 보낸 기록이 보인다.

321 만절필동(萬折必東)의……다르랴 : 존명배청(尊明排淸)의 의리를 지키는 것이 바로 존왕양이(尊王攘夷)의 춘추대의(春秋大義)를 지키는 것이라는 말이다. '만절필동'은 황하가 만 번 꺾여도 반드시 동쪽으로 흘러 바다로 간다는 뜻으로, 명나라에 대한 조선의 변함없는 충성을 의미한다. 선조의 어필 '만절필동'이 경기도 가평 조종암(朝宗巖)에 새겨져 있다. '춘왕정월(春王正月)'은 '봄 주(周)나라 왕실의 정월'이라는 뜻으로, 《춘추》의 연대 표기 방식이다. 《춘추공양전(春秋公羊傳)》 은공(隱公) 원년 조의 "어찌 하여 '왕정월'이라고 하였는가? 대일통을 나타낸 것이다.〔何言乎王正月? 大一統也.〕"라는 구절에서 유래하여, 존왕양이의 의리를 의미한다.

그윽한 거처

幽居

늙어갈수록 기혈이 떨어지니	老去耗榮衛
한가함이 보양하는 방법이네	閑爲頤養方
잠이 적으니 차를 계속 마시고	少眠茶不輟
일이 없으니 해가 유난히 기네	無事日偏長
쑥대 문엔 중이 때때로 찾아오고	蓬戶僧時到
거친 논둑엔 벼가 절로 향기롭네	荒畦稻自香
이름난 산이 지척에 있는 곳	名山咫尺在
숲 아래에 한 초가집이라오	林下一茅堂

화악[322]
華岳

깊은 골 절벽의 산 화악이라 이름하니
무릉도원이 지척이라 자취가 멀지 않네
돌길은 세상살이처럼 위험이 많고
산촌은 집에 돌아온 듯 조금 평온하네
한밤중 구름 속의 달만 보일 뿐이니
내년 봄 물 위의 복사꽃을 보리라 기약하네
십 리의 냇물 소리 속에 잔도가 떠 있는데
한 굽이를 막 건너면 또 한 굽이가 막네

洞深絶壁岳名華
咫尺桃源迹不賒
石逕多危如閱世
山村稍穩若還家
祇看半夜雲中月
留約明春水上花
十里溪聲浮棧道
一回才度一回遮

---

322 화악(華岳) : 북한산의 이칭이다.

정축년(1877, 고종14, 64세) 9월 9일에 애초의 뜻을 이루어
고향에 돌아가 시를 읊는 꿈을 꾸었는데 다음 날 아침
생생하여 기록할 만하였다
丁丑重九 夢遂初志還鄉有吟 翌朝明明可記

절 떠난 중과 같은 신세 몇 해이던가	如僧退院幾春秋
백발이 성글어서야 대궐을 하직하였네	白髮蕭蕭辭紫宸
-원문 1자 결락- 사당에 참배하느라 의관을 벗지 않고	不廢衣冠□拜廟
더러 빈객을 영접하느라 찻잔을 꼭 쌓아두네	必儲茶碗或迎賓
한 창의 붉은 잎으로 아름다운 시절을 알고	一窓紅葉知佳節
반 단지 누런 벼로 저녁 끼니를 때우네	半甕黃租趁夕辰
산속 생활이 별다른 일이 없기에	山裏生涯無別事
먼지 낀 서가에서 책 말리며 좀과 친구 하네	晒書塵架蠹魚親

9월 29일 영초 상공[323]께서 국화 화분을 보내주셨기에 절구 한 수로 사례하다
九月少晦 穎樵相公贈盆菊 以一絶謝之

때마침 세 번째 구일을 만나니 이 또한 중양인데	正逢三九亦重陽
다행히 좋은 이웃 두어 늦게나마 향기를 맡았네	幸得芳隣晚聽香
가을을 전별하며 넋이 빠진 나를 한탄하지 마오	莫恨餞秋多悵望
나그네 창이 이제부터 덕분에 빛이 날 것이니	旅窓從此賴生光

---

323 영초 상공(穎樵相公) : '영초'는 김병학(金炳學, 1821~1879)의 호이다. 본관은 안동(安東), 자는 경교(景敎), 시호는 문헌(文獻)이다. 1865년(고종2) 3월 3일 좌의정에, 1867년(고종4) 5월 18일 영의정에 임명되었다. 《高宗實錄》

영초[324]께서 보내주신 국화가 시들기 전에 내가 고향에 돌아가기에 〈국화를 돌려주다〉라는 시를 지어 바로잡아줄 것을 청하다

潁樵惠菊未衰 余還鄉 作還菊詩請正

영초께서 국화 화분을 보내주시니	潁樵贈盆菊
가지 하나에서 가을 석 달을 알았네	一枝知三秋
나그네의 창에 차가운 달빛 들 제	旅窓月光冷
잠을 잊고 돈 것이 몇 바퀴였던가	忘寢巡幾周
금빛이 동정의 언덕을 비추고[325]	金色洞庭岸
옥향이 합포의 물가에 퍼지는 듯[326]	玉香合浦洲
주인의 후의에 감사함이 북받쳐	感激主人意
장미로[327]에 손 씻고 사례의 편지를 쓰네	盥露謝械修

---

324 영초(潁樵) : 김병학(金炳學)의 호이다. 205쪽 주323 참조.

325 금빛이……비추고 : 한밤중 노랗게 빛나는 국화가 마치 동정호에 일렁이는 달빛과도 같다는 말이다. 당나라 유우석(劉禹錫)의 시 〈동정추월행(洞庭秋月行)〉에 "동정에 가을 달이 호수 복판에 생기니, 만 이랑 층층 물결이 마치 황금을 녹인 듯하네.〔洞庭秋月生湖心, 層波萬頃如鎔金.〕"라는 구절이 보인다.

326 옥향이……듯 : 빼어난 국화 향기를 옥에 비견한 것이다. '합포(合浦)'는 광서(廣西) 남쪽에 있는 옛 고을 이름으로, 진주의 생산지로 유명하다. 후한(後漢) 때 맹상(孟嘗)이 합포 태수(合浦太守)로 부임하여 폐단을 개혁하고 청렴한 정사를 펼치자 그동안 마구 캐내어 생산되지 않던 진주가 예전처럼 다시 많이 나오기 시작했다는 '환주합포(還珠合浦)'의 고사가 전한다. 《後漢書 卷76 循吏列傳 孟嘗》

327 장미로(薔薇露) : 장미수(薔薇水)와 같은 말로, 향수 이름이다. 유종원(柳宗元)

문득 국화를 매화와 벗이 되게 하고 싶어	忽欲梅爲友
고향에 대한 그리움을 주체하지 못하였네	鄕思莫禁留
이른 새벽에 하인을 재촉하여	淸晨僕夫催
국화를 싣고 가 함께 배를 타려 했네	輂菊將同舟
옥은 연약하고 금은 너무 무거워	玉頓金太重
더불어 길동무 되기가 어려웠네	難與作行儔
거두어 본래 주인에게 돌려주니	撤排還本主
애석해하던 시름이 말끔히 풀리네	頓解愛惜愁
찬 그림자는 여전히 한들한들한데	寒影猶依依
남은 감회는 오히려 허전하네	餘懷尙惆惆
나의 매화 또한 꽃망울이 맺혔으리니	我梅亦蓓蕾
불현듯 세월이 흘러감을 깨닫네	陡覺歲月流
선생은 울타리 아래에서 서성이고	先生籬下存
처사는 동산 속에 묻혀 지내리라[328]	處士園中幽

이 한유(韓愈)가 부쳐온 시를 받으면 먼저 장미로에 손을 씻고 옥유향(玉蕤香)을 피운 뒤에 읽었다고 한다. 《雲仙雜記 卷6 大雅之文》

328 선생은……지내리라 : 김병학과 저자 자신을 오류선생(五柳先生) 도연명(陶淵明)과 처사(處士) 임포(林逋)에 비견한 것이다. 동진(東晉)의 도연명은 유독 국화를 좋아하였고 또 술을 매우 즐겼다. 한번은 중양절(重陽節)에 술이 없어 동쪽 울타리 아래 국화 떨기 속에서 꽃만 한 움큼 따 들고 하염없이 앉아 있었는데, 때마침 강주 자사(江州刺史) 왕홍(王弘)이 보낸 백의(白衣)를 입은 사자(使者)가 술병을 들고 찾아와 그 자리에서 취하도록 마시고 돌아갔다는 고사가 전한다. 도연명의 〈음주(飮酒)〉 25수 중 제5수의 "동쪽 울타리 아래에서 국화꽃을 따다가, 아득히 남산을 바라보네.〔采菊東籬下, 悠然見南山.〕"라는 구절이 유명하다. 북송 때 처사로 명성이 높았던 임포는 일찍이 항주(杭州) 서호(西湖)의 고산(孤山)에 은거하면서 20년 동안 출입하지 않은

떠나고 머무름이 모두 구름과 같으니 　　　　去留皆雲煙
서로 마주하여 부끄럽지 않네 　　　　　　相對不相羞

채 매화를 가꾸고 학을 기르면서 독신으로 살았으므로 당시 사람들이 '매화를 아내로
삼고 학을 자식으로 삼았다.〔梅妻鶴子〕'고 일컬었다. 《晉書 卷94 陶潛列傳》《宋史 卷
457 林逋列傳》

일본 사신이 도성에 들어온 지 여러 날이 되었는데 고향으로
돌아가지 못해 밤에 앉아서 우연히 짓다
倭使入京有日 不得還鄕 夜坐偶成

관직이 있으나 몸은 이미 늙었으니	有官身已老
일이 없어도 마음은 공연히 탄식하네	無事心空嗟
물시계 소리 들으며 잠 못 이루다가	聽漏不成寢
글을 읽으며 차 마시는 것도 잊었네	看書忘啜茶
세월은 따뜻한 절후를 재촉하는데	歲華催暖律
고향 생각은 하늘 끝 저편에 있네	鄕思隔天涯
나를 마주한 한 그루 매화나무가	對我一梅樹
차가운 등불에 성긴 그림자 비껴 있네[329]	寒燈疏影斜

329 차가운……있네 : 북송 때 처사 임포(林逋)의 〈산원소매(山園小梅)〉에 "성긴 그
림자는 맑고 얕은 물 위에 비껴 있고, 은은한 향기는 황혼 달빛 아래 일렁이네.〔疎影橫
斜水淸淺, 暗香浮動月黃昏.〕"라는 구절이 보인다.

함경도 관찰사로 부임하는 만재를 전송하다[330]

送晩齋伯關北

만재 판서께서 함경도로 나가시니	晩齋尚書出關北
풍교 받들어 교화 폄[331]은 성상의 은덕이네	承流宣化仗聖德
태조의 옛 고향이니[332] 인물이 많고	枌楡古社人物盛
선왕의 능이 있으니[333] 산기운이 드높네	松柏先陵山氣峍
철령 너머는 풍토가 다르니	鐵嶺之外風土殊

---

330 함경도……전송하다 : 저자가 64세 때인 1877년(고종14)에 지은 시이다. 강원도 관찰사로 재직하던 만재(晩齋) 김세균(金世均, 1812~1879)이 1877년 11월 4일 자리가 비어 있던 함경도 관찰사에 임명되어 부임하게 되자 그를 전송하며 지은 것이다. 김세균은 동년 12월 12일 고종에게 하직 인사를 하였다. 김세균에 대해서는 56쪽 주81 참조. 《承政院日記》

331 풍교……폄 : 원문의 '승류선화(承流宣化)'는 지방 장관의 직분을 뜻한다. 《한서(漢書)》 권56 〈동중서전(董仲舒傳)〉에 "오늘날의 군수와 현령은 백성의 모범으로서 풍교를 받들어 교화를 선양하게 하는 자들이다. 따라서 모범이 되는 그들이 현능하지 못하면 임금의 덕이 펴지지 못하고 은택이 흐르지 못한다.〔今之郡守‧縣令, 民之師帥, 所使承流而宣化也. 故師帥不賢, 則主德不宣, 恩澤不流.〕"라는 내용이 보인다.

332 태조의 옛 고향이니 : 함흥부(咸興府) 동쪽 귀주동(歸州洞)에 조선 태조 이성계(李成桂)의 옛 저택 터인 경흥전(慶興殿)이 있다. 제2대 임금인 정종과 제3대 임금인 태종이 이곳에서 태어났다.

333 선왕의 능이 있으니 : 함경도 경내에 태조 이성계의 아버지 환조(桓祖)와 어머니 의혜왕후(懿惠王后)의 능인 정릉(定陵)과 화릉(和陵), 조부 도조(度祖)와 조모 경순왕후(敬順王后)의 능인 의릉(義陵)과 순릉(純陵), 증조부 익조(翼祖)와 증조모 정숙왕후(貞淑王后)의 능인 지릉(智陵)과 숙릉(淑陵), 고조부 목조(穆祖)와 고조모 효공왕후(孝恭王后)의 능인 덕릉(德陵)과 안릉(安陵)이 있다.

장백산 눈꽃이 수레 앞으로 달려들리라   長白雪花撲征軒

만세교[334] 머리에선 여섯 고삐 부드러우리니   萬歲橋頭六轡沃

한 줄의 안치[335]는 닷새 노정의 표식이네   一行鴈齒五程植

연이은 송덕 비각은 빗돌이 예스럽고   閣連紀惠貞珉古

드높은 낙민루[336]는 용마루가 나는 듯하리라   樓高樂民雕甍翼

왕가에 공훈을 세운 장 옥성은   勳勞王家張玉城

일찍이 금남에게 성첩을 높이 쌓게 하였네[337]   曾使錦南粉堞特

숫돌처럼 평평한 큰길[338]은 곧게 관아까지 이르고   大道如砥直抵衙

깊숙한 방백의 당은 진주와 비취로 꾸몄으리라   刺史堂深珠翠餙

---

334 만세교(萬歲橋) : 함흥부(咸興府) 서문 밖 성천강(城川江)에 있는 다리 이름이다.

335 안치(鴈齒) : 다리 난간에 나무나 돌을 깎아서 정연하게 늘어세운 장식을 이른다.

336 낙민루(樂民樓) : 1607년(선조40)에 함경도 관찰사 장만(張晚)이 만든 누대로, 아래에는 만세교가 있다. 506쪽 주823 참조. 장만은 아래 주337 참조.《象村集 卷23 樂民樓記》

337 왕가에……하였네 : 옥성부원군(玉城府院君) 장만(張晚, 1566~1629)이 1607년(선조40) 함경도 관찰사로 있을 때 누르하치(奴兒哈赤)의 침입을 대비해 성을 쌓은 것을 말한 것으로, 김세균이 함경도 관찰사로 부임하므로 이렇게 말한 것이다. 장만의 본관은 인동(仁同), 자는 호고(好古), 호는 낙서(洛西), 시호는 충정(忠定)이다. 1624년(인조2) 이괄(李适)의 난에 공을 세워 진무공신(振武功臣) 1등에 책록되고 옥성부원군에 봉해졌다. 저서에《낙서집》이 있다. '금남(錦南)'은 금남군(錦南君)에 봉해진 정충신(鄭忠信, 1576~1636)을 가리킨다. 본관은 광주(光州), 자는 가행(可行), 호는 만운(晚雲), 시호는 충무(忠武)이다. 1607년에 함경도 관찰사 장만을 따라 함흥으로 가서 축성(築城)을 감독하였다. 이괄의 난 때 도원수 장만의 휘하에서 공을 세워 진무공신 1등에 책록되고 금남군에 봉해졌다. 저서에《만운집》이 있다.

338 숫돌처럼 평평한 큰길 :《시경》〈소아(小雅) 대동(大東)〉에 "큰길이 숫돌처럼 평탄하니, 그 곧음이 화살 같도다. 군자가 밟는 바이고, 소인이 보는 바이네.〔周道如砥, 其直如矢. 君子所履, 小人所視.〕"라는 구절이 보인다.

붉은 문에는 화극이 삼엄하고 연침은 향기로우며[339] 　朱門畫戟燕寢香
기둥에는 문청의 묵적이 아직도 생동하리라[340] 　覺楹淋漓文淸墨
옻칠한 걸상과 수놓은 병풍을 가운데에 배설하고 　漆榻繡屛中間排
위의가 엄숙하여 어그러지지 않으리라 　威儀肅嚴其不忒
갑옷 입은 장사들이 일제히 명령에 달려가고 　介冑壯士齊赴令
눈썹을 짙게 그린 미녀들 또한 출중하리라 　螺黛美女亦出色
말린 가자미와 언 배와 맛난 조개가 생산되니 　乾鰈凍梨生瑤珧
소반 수북이 산해진미를 한 상 가득 올리리라 　高盤擡進方丈食
윗사람을 친애하고 어른을 섬김에 분주한 자들에게 　親上事長奔走者
건건이 형법을 내버려두고 쓰지 않게 되리라 　未免頭頭錯刑式
그 풍속 질박하고 건실하다고 누가 그러하였나 　厥俗質實誰者然
평안도의 아리따운 미녀는 그곳의 법이 아니네 　關西嬝娜匪爾則
갑론을박 선배들이 저마다 논평했으나 　甲乙有論先輩語
성정대로 잠깐 보고 저마다 만족하였네 　適性過眼各自得
맑은 조정에서 한 도의 중한 임무를 맡겼으니 　淸朝委寄方面重
비단 몸만 영화롭고 관직만 높은 것이 아니네 　不徒榮身尊官職

---

339 붉은……향기로우며 : '화극(畫戟)'은 화려하게 채색한 창으로, 군재(郡齋)나 군영(軍營) 밖에 세우는 의장(儀仗)이다. 당나라 위응물(韋應物)의 〈비내리는 군재에서 여러 문사와 연회를 갖다〔郡齋雨中與諸文士燕集〕〉에 "호위병에겐 화려한 창이 삼엄하고, 연침에는 맑은 향기가 어리었네.〔兵衛森畫戟, 宴寢凝淸香.〕"라는 구절이 보인다.

340 기둥에는……생동하리라 : '문청(文淸)'은 정철(鄭澈, 1536~1593)의 시호이다. 본관은 연일(延日), 자는 계함(季涵), 호가 송강(松江)으로, 1582년(선조15) 함경도 관찰사를 지냈다. 당나라 이상은(李商隱)의 〈한비(韓碑)〉에 "한공(韓公)이 물러나 재계하고 작은 누각에 앉아, 커다란 붓을 적셔 글씨를 쓰니 어쩌면 그리도 생동하는지.〔公退齋戒坐小閣, 濡染大筆何淋漓?〕"라는 구절이 보인다.

그동안 쌓인 병폐가 고황에까지 들었으니　　　　　　　　邇來積瘼入膏肓
교화를 시작한 이래 작위가 이미 기울었네　　　　　　　鼓鑄以後器已仄
잘못된 남은 습관은 본래 있는 병폐거니와　　　　　　　訛誤餘習自是癃
타오르던 옛 불꽃은 아직도 꺼지지 않았네　　　　　　　刁騰舊焰尙不熄
안타깝게도 이러한 때 사치스러운 풍조가 성하니　　　　可惜是時侈風煽
십 년 세월에 하루아침의 미혹을 바꾸기 어렵네　　　　　十年難變一朝惑
풀싸움하는 아이들은 마고자를 붉은 비단으로 하고　　　鬪草小豎紅錦褂
사냥하는 용사들은 재갈에 푸른 명주를 씌웠네　　　　　射獵健兒靑絲勒
지천에 널린 쇠는 굳은살 박여가며 캐낸 것이요　　　　　狼藉鑠金胼胝採
흔하고 흔한 베들은 온갖 고생하며 짠 것이네　　　　　　尋常截尺辛苦織
한 사람이 열 사람의 생산을 거덜 내니　　　　　　　　　一夫擺落十夫産
그날 누가 지난날 아꼈던 것을 기억하랴　　　　　　　　伊日疇記曩日嗇
이것은 바로 함흥 이내의 일이니　　　　　　　　　　　　此乃咸山以內事
순박함으로 돌아감은 힘을 쏟는 데 달렸네　　　　　　　朴反淳回在着力
남북을 통틀어 가장 근심스러운 땅이니　　　　　　　　　最是南北虞憂地
섬오랑캐와 서양 오랑캐를 예측하기 어렵네　　　　　　　島夷洋醜計叵測
힘을 빌릴지 빌려줄지 일을 알 수 없으니　　　　　　　　事有未知借與間
자취가 매우 달라 떠나기도 하고 머물기도 하네　　　　　迹涉殊常去留或
세세의 원수에게 무슨 은혜를 말하랴　　　　　　　　　　興言世讐那恩道
지금까지도 옛 임진년의 일이 절통하네　　　　　　　　　至今傷痛古玄黓
두 고개는 험고하다 하나 믿을 수 없으니　　　　　　　　兩嶺險固不可恃
떠도는 백성들이 모두 적의 길잡이가 되네　　　　　　　流民盡是做媒賊
잠깐 우리 옷을 입다가 이내 저들의 옷을 입고　　　　　俄着我衣旋彼服
아침엔 본국으로 돌아왔다 저녁엔 타국에 있네　　　　　朝還本境暮異域

한 줄기 강물이 줄고 얼음이 다시 단단해지면	一帶水縮氷腹堅
맹렬한 불과 바람처럼 순식간에 타오르리라	火猛飆疾不瞬息
물가에 한 덩어리 돌사자를 세워	獅子澤畔一片石
부질없이 양국을 나누는 국경을 정하였네	定界虛勞割兩國
목책이 가로로 뻗어 있고 글자가 완연하니	樹柵橫亘字宛在
백 년간의 비바람에도 여전히 갈라지지 않았네	風雨百年猶未泐
무슨 연고로 삿된 기운이 천하에 두루 퍼졌나	何故氛邪天下遍
차츰차츰 가없이 젖어들어 막을 수 없네	浸漬無津莫可塞
충효의 명문 출신인 그대가 이제 부임하니	忠孝名門君去矣
해동의 누군들 반가운 눈으로 보지 않으리오	海左何人不青拭
위엄과 은혜를 병용하여 기강을 세운다면	威惠幷濟由綱紀
조금도 경계를 밟으며 넘어오지 못하리라	尺寸不踰踐闃閾
의주의 송덕비는 굳은 절개[341]를 노래하고	灣西遺愛誦氷蘗
영남의 공적비는 농사에 힘쓴 것을 노래하네[342]	嶠南宿績力稼穡
빛나는 세성이 지금 북도 하늘에 떴으니	燁燁福星今北路

---

341 굳은 절개 : 원문의 '빙벽(氷蘗)'은 얼음물을 마시고 쓰디쓴 황벽(黃蘗)을 먹는다는 '음빙식벽(飮氷食蘗)'의 준말로, 온갖 고난 속에서도 굳게 절조를 지키며 청백하게 사는 것을 비유한다. 당나라 백거이(白居易)의 〈3년 동안 자사로 있으면서. 2수〔三年爲刺史二首〕〉 가운데 둘째 수에 "3년 동안 자사로 있으면서, 얼음물을 마시고 다시 황벽을 먹었노라.〔三年爲刺史, 飮氷復食蘗.〕"라는 구절이 보인다.

342 의주(義州)의……노래하네 : 만재 김세균은 1852년(철종3) 2월 12일 의주 부윤(義州府尹)에 임명되어 이듬해 12월 24일 정3품 성균관 대사성에 임명될 때까지 약 2년 동안 재직하였으며, 1860년(철종11) 4월 27일 경상도 관찰사에 임명되어 1862년(철종13) 5월 10일 종2품 동지성균관사(同知成均館事)에 임명될 때까지 약 2년 동안 재직하였다. 《承政院日記》

성군께서 팔짱 끼고 궁궐에 앉아 계시네　　　　　　　聖人垂拱御紫極

천 리에 명을 전함이 파발마보다 빠르니[343]　　　　　千里傳命速置郵

일심으로 보답을 생각해 온 정성을 바쳐야 하리라　一心圖報輸悃愊

백성의 변화는 경술로 다스리는 것이 가장 좋으니　於變無如經術治

근본이 있는 자는 맑고 깨끗한 근원이 있는 것과 같네[344]

　　　　　　　　　　　　　　　　　　　　　　　原泉有本淸湜湜

회령 종성이 너무 험하고 먼 곳이라 말하지 말라　莫謂會鍾太荒逖

문동호란 분이 나와 능히 송암의 학문을 익혔네[345]　文東湖學松庵克

향사례와 향음주례에 모두 읍하고 사양하며　　　　鄕射鄕飮皆揖讓

유자의 의관 차림으로 진실로 삼가고 조심하네　　儒服儒冠儘謹勅

휘장을 걷어 드러내서 몸소 솔선할 것이니[346]　　　褰帷以章躬率敎

343　천……빠르니 : 《맹자》〈공손추 상(公孫丑上)〉에 "덕의 유행이 파발마로 명을
전하는 것보다 빠르다.〔德之流行, 速於置郵而傳命.〕"라는 공자의 말이 보인다.

344　백성의……같네 : 물도 근원이 있어야 바다에 이를 수 있듯이 백성들도 경술로
다스려야 선하게 변한다는 말이다. 원문의 '오변(於變)'은 백성들이 선하게 변하는 것을
말한다. 《서경》〈요전(堯典)〉의 "만방을 화합하여 융화하게 하시니 백성들이 아! 변하
여 이에 화목해졌다.〔協和萬邦, 黎民於變時雍.〕"라는 구절을 원용한 것이다. '근본이
있는 자는' 운운은 《맹자》〈이루 하(離婁下)〉의 "근원이 있는 물은 퐁퐁 솟아나 밤낮을
그치지 않아서 구덩이가 가득 찬 뒤에 전진하여 사해에 이른다. 학문에 근본이 있는
자가 이와 같기 때문에 취하신 것이다.〔原泉混混, 不舍晝夜, 盈科而後進, 放乎四海.
有本者如是, 是之取爾.〕"라는 구절을 원용한 것이다.

345　문동호(文東湖)란……익혔네 : '동호'는 관북 지방 이학(理學)의 시조인 문덕교
(文德敎, 1551~1611)의 호이다. 본관은 개령(開寧), 자는 가화(可化)이며, 함흥(咸興)
출신으로, 관북의 큰 유학자인 송암(松菴) 이재형(李載亨, 1665~1741)이 그 문인이다.
저서에 《동호유고(東湖遺稿)》가 있다. 이재형의 호인 송암의 '암'은 문헌에 따라 '岩'·
'巖'·'庵'·'菴'으로 되어 있다. 《林下筆記 卷27 春明逸史 關北儒風, 卷31 旬一編 文東湖》

덕의 단면이 치밀한 위의에 나타나리라[347]　　　維德之隅見抑抑

육예의 밭에 오랫동안 주인이 없었으니　　　六藝圃中久無主

오동나무 기르고 가시나무는 제거해야 하리라[348]　　梧檟宜養去樲棘

돌아보면 나의 지난 자취 기러기의 발자국 같아[349]　　緬我往迹如鴻爪

눈 내린 초당의 달빛 아래 홀로 누워 회상하다가　　草堂雪月獨臥憶

경전 베고 잠깐 동안 화서국의 춘몽에 빠져　　華胥枕經春夢霎

억겁의 시간 속에 과거불을 돌아보았네[350]　　過去佛顧塵劫億

그대 장차 멀리서 아득한 상념 일어나리니　　君將遠于起遐想

바람 앞에서 술잔 들고 어찌 함묵할 수 있을까　　臨風操觚豈含默

---

346 휘장을……것이니 : 백성에게 가까이 다가가 실정을 살피는 선정(善政)을 베풀어야 한다는 말이다. 후한(後漢)의 가종(賈琮)이 기주 자사(冀州刺史)로 부임할 때 관례에 따라 붉은 휘장을 드리우고 맞이하러 나오자 "자사는 마땅히 멀리 보고 널리 들어서 정사의 좋고 나쁨을 규찰해야 한다. 어찌 도리어 휘장을 드리워서 스스로 가릴 수가 있겠는가.〔刺史當遠視廣聽, 糾察美惡, 何有反垂帷裳以自掩塞乎?〕"라고 하고, 휘장을 걷어 올리게 한 고사를 원용한 것이다. 《後漢書 卷61 賈琮列傳》

347 덕의……나타나리라 : 《시경》〈대아(大雅) 억(抑)〉에 "치밀한 위의는 덕의 단면이니라.〔抑抑威儀, 維德之隅.〕"라는 구절이 보인다.

348 오동나무……하리라 : 훌륭한 인재를 길러야 한다는 말이다. 《맹자》〈고자 상(告子上)〉의 "지금 원예사가 오동나무를 버리고 가시나무를 기른다면 값어치 없는 원예사가 되는 것이다.〔今有場師舍其梧檟, 養其樲棘, 則爲賤場師焉.〕"라는 구절을 원용한 것이다.

349 돌아보면……같아 : 지난 일이 모두 덧없다는 말이다. 43쪽 주45 참조.

350 경전……돌아보았네 : 일장춘몽과 같은 덧없는 인생을 탄식한 것이다. '화서국(華胥國)'은 황제(黃帝)가 낮잠을 자다가 꿈속에서 노닐었다는 나라로, 186쪽 주289 참조. '과거불(過去佛)'은 석가모니 부처님 이전에 출현했던 부처님들로, 여기에서는 자신의 지난 생을 의미한다.

백발이 되어 지난날의 사관을 마주하여	白髮相對前史官
청릉351을 덮고 숙직하던 옛날을 함께 얘기하리라	靑綾共說舊儤直
나의 걸상은 늘 그대의 걸상 따라 걸어 두었으니352	我榻常隨君榻懸
노년에도 쇠하지 않고 흉금을 토로하리라	暮境不衰吐胸臆
잠시 그대를 이별하는 것이니 어찌 슬퍼하겠는가	暫別芝宇何惆悵
일을 마치고 수레 돌려 부디 빨리 돌아오시게	竣事回轅言式亟
태평 세상 편안히 누리며 쌓은 복을 받을 것은	穩享泰平受積累
굳이 시초 뽑아 점을 치지 않아도 알 수 있네	不待靈蓍歸于扐
큰 계책 정연히 세우고 가혹한 법353을 제거하리니	石畫井井牛毛祛
사관들은 분분히 강직한 붓을 들어 기록하리라	鐵筆紛紛螭頭刻
훌륭한 덕과 재능 그 밝은 빛을 가릴 수 없으니	瑾瑜莫掩光氣朗
선정을 기리는 노래 멀리 퍼질 것을 지자는 아네	棠謠遠播知者識

---

351 청릉(靑綾) : 푸른 비단으로 만든 이불로, 대궐에서 숙직하는 것을 뜻한다. 한(漢)나라 때 상서랑(尙書郎)이 입직하면 청릉피(靑綾被)나 백릉피(白綾被), 또는 금피(錦被)를 지급하였던 데서 유래하였다.

352 나의……두었으니 : 만재 김세균을 맞이할 때만 극진한 예로 대접한다는 말이다. 후한(後漢) 환제(桓帝) 때의 명사(名士)인 진번(陳蕃)이 예장 태수(豫章太守)로 있을 때 다른 손님은 접견하지 않고 오직 은사(隱士)인 서치(徐穉)가 올 때만 특별히 매달아 둔 걸상 하나를 내려놓아 앉게 하고 서치가 돌아가면 다시 그 걸상을 매달아 두었다는 고사에서 유래하였다. 《後漢書 卷53 徐穉列傳》

353 가혹한 법 : 법령을 세세하게 제정해서 가혹하게 규제하는 것을 말한다. 당나라 두보(杜甫)의 〈술고(述古)〉에 "진 효공(秦孝公)이 법 제정을 상앙에게 일임하자, 법령이 쇠털처럼 세밀하게 되었다네.〔秦時任商鞅, 法令如牛毛.〕"라는 구절이 보인다.

이군 준양의 회갑에 부치다[354]
寄李君俊養回甲

진나라 황제는 만리장성을 쌓았고	秦帝築長城
소보는 표주박 하나를 걸어 두었네[355]	巢父掛一瓢
오랜 계책이 원래 오래가지 않고	久計元非久
출중한 것이 도리어 출중하지 않네	超群反不超
만년에 청정한 곳으로 달아나니	暮境逃淸淨
천지가 또한 쓸쓸하고 적막하네	天地亦蕭蕭
천문엔 누대가 땅에서 일어나고	玄門臺起土
칠원엔 버섯이 아침에 돋아나네[356]	漆園菌生朝

---

354 이군 준양(李君俊養)의 회갑에 부치다 : 저자가 64세 때인 1877년(고종14)에 지은 시이다. 이준양(1817~?)은 본관은 안산(安山), 자는 치수(稚秀)이다. 1840년(헌종6)에 음양과(陰陽科)에 합격하였다.

355 진(秦)나라……두었네 : 진시황(秦始皇)은 황제의 자리를 잃을까 두려워하여 북방 이민족의 침입을 막고자 만리장성을 쌓은 반면, 요(堯) 임금 때의 은자(隱者)였던 소보(巢父)는 요 임금이 천하를 그에게 주고자 하였으나 받지 않고 하북성 태항산(太行山) 남쪽의 요성(聊城)에 숨어 소를 기르며 살았다는 말이다. '표주박 하나를 걸어두었다'는 것은 요 임금 때의 은자인 허유(許由)의 고사이다. 어떤 사람이 허유가 늘손으로 물을 떠먹는 것을 보고 표주박을 하나 주자 허유가 물을 떠먹은 뒤에 이 표주박을나무에 매달아 두었는데, 바람이 불면 표주박이 흔들려 소리를 내자 이를 시끄럽게여겨 표주박을 다시 버렸다고 한다. 일설에는 허유의 호가 소보라고도 한다.

356 칠원(漆園)엔……돋아나네 : '칠원'은 전국 시대 장주(莊周)가 관리로 있던 곳으로, 여기에서는 이준양이 은거하는 곳을 가리킨다. '버섯'은《장자(莊子)》〈소요유(逍遙游)〉의 "아침 버섯은 그믐과 초하루를 알지 못하고, 여름 매미는 봄과 가을을 알지

눈먼 자와 귀먹은 자가	瞽者與聾者
어찌 참으로 밝게 보고 듣겠는가마는	豈眞視聽昭
이욕의 근원 끊음이 용병에 배나 효과적이니	絶源用師倍
그 천기가 안으로 멀지 않네[357]	其機內不遙
어찌하면 배 속의 오창신[358]을 기를까	庸頤五倉神
너의 형체 부디 흔들지 말라	爾形愼勿搖
본성을 해치는 물욕[359]을 떨쳐버리면	脫略害馬去

못한다.〔朝菌不知晦朔, 蟪蛄不知春秋.〕'라는 구절의 '조균(朝菌)'이다. 조균은 아침에 났다가 저녁에 죽는 버섯이다.

357 눈먼……않네 : 이목(耳目)의 욕망을 줄여야 타고난 천명을 누릴 수 있다는 의미이다. 원문의 '절원(絶源)'은 '절리일원(絶利一源)'의 준말로, 이욕의 한 근원을 끊는다는 뜻이다. 《음부경(陰符經)》의 "눈먼 자는 듣는 것을 잘하고 귀먹은 자는 보는 것을 잘하니, 이욕의 한 근원을 끊는 것이 용병에 열 배의 효과가 있다.〔瞽者善聽, 聾者善視, 絶利一源, 用師十倍.〕"라는 구절에서 유래하였다. '절리일원'은 '이욕을 끊고 근원을 하나로 한다', 곧 여러 가지 이욕을 끊고 하나의 근원만 지킨다는 뜻으로 해석하기도 한다. '천기(天機)'는 자연의 기틀로, 생명을 지속시키는 근본을 말한다. 《장자(莊子)》〈대종사(大宗師)〉에 "욕망이 깊은 자는 그 천기가 얕다.〔其耆欲深者, 其天機淺.〕"라는 내용이 보이는데, 욕망과 천기는 서로 반비례 관계에 있으므로 욕망을 줄이는 것이 천기를 지속시키는 길이라는 말이다.

358 오창신(五倉神) : 도교(道敎)에서 말하는 오장(五臟)에 깃들어 있다는 다섯 신으로, 오장신(五藏神) 또는 오장신(五臟神)이라고도 한다. 심신(心神), 폐신(肺神), 간신(肝神), 신신(腎神), 비신(脾神)으로, 이 오장신이 흩어지면 육신의 생명이 다한다고 한다. 《黃庭內景經 心神》

359 본성을 해치는 물욕 : 원문의 '해마(害馬)'는 말을 해치는 짐승 등을 이르는데, 전하여 사람의 본성을 해치는 물욕을 비유한다. 《장자》〈서무귀(徐无鬼)〉의 "천하를 다스리는 일이 또한 어찌 말을 기르는 것과 다르겠는가. 역시 말을 해치는 것만 제거하면 될 뿐이다.〔夫爲天下者, 亦奚以異乎牧馬者哉? 亦去其害馬者而已矣.〕"라는 구절에

세 폭이 사라져 하나의 무로 돌아가리라[360]　　　　三幅一無消

은혜 없음이 도리어 큰 은혜를 낳나니[361]　　　　無恩生大恩

아득한 송교[362]여 고요하고 화락하도다　　　　　靜樂藐松喬

서 유래하였다.

360 세……돌아가리라 : '세 폭'은 '세 깃발〔三幡〕'과 같은 말로, 도가에서 말하는 색
(色)·공(空)·관(觀) 세 가지를 가리킨다. 이 세 가지는 사람의 마음을 가장 쉽게 흔들
기 때문에 '세 깃발'에 비유한 것으로, 진(晉)나라 손작(孫綽)의 〈유천대산부(游天臺山
賦)〉의 "유(有)와 무(無)의 두 이름이 같은 곳에서 나왔음을 이해하고, 세 깃발을 없애
하나의 무로 돌아간다.〔釋二名之同出, 消一無於三幡.〕"라는 구절을 원용한 것이다.

361 은혜……낳나니 :《음부경(陰符經)》에 "하늘은 은혜를 내리지 않는 듯하나 만물
을 기르는 큰 은혜가 있다.〔天之無恩而大恩生.〕"라는 내용이 보인다.

362 송교(松喬) : 적송자(赤松子)와 왕자교(王子喬)의 병칭으로, 모두 전설상의 신
선이다. 적송자는 93쪽 주116, 왕자교는 353쪽 주562 참조.

내가 젊을 때 양연산방[363]에서 송나라에서 만든 앵무연을
보았는데 바로 침계[364]의 물건이었다. 자하 노인이 시를
지어 이를 기록하였는데,[365] 40년 뒤에 시장의 가게로
흘러들어왔기에 이에 감회를 느껴 지난날의 인연을 읊는다

余少時 見宋製鸚鵡硯於養硏山房 是梣溪物也 老霞作詩記之 後四十年
流落市肆 仍感賦舊日之緣

도성의 옛 기물 수장가를 얼마나 거쳤을까   幾閱長安博古家
침계 이후로 노년의 자하에게 들어갔었네   梣溪以後老年霞
어느 밤 화청에서 독경 소리를 듣던 새요   華淸一夕聽經鳥
그 당시 간악에서 먹물을 희롱하던 까마귀라오[366]   艮嶽當時戲墨鴉

363 양연산방(養硏山房) : 자하(紫霞) 신위(申緯, 1769~1845)의 서재 이름으로, 순
조의 아들인 효명세자(孝明世子)가 신위에게 벼루와 함께 '양연산방'이라는 네 글자를
내려주었다. 다만 '양연'의 '연(硏)'이 '연(硯)'으로 되어 있는 곳도 있다. 《嘉梧藁略
冊12 養硏老人詩集序》《警修堂全藁 冊十五 江都錄2 睿賜養硏山房歌》

364 침계(梣溪) : 윤정현(尹定鉉, 1793~1874)의 호이다. 본관은 남원(南原), 자는
계우(季愚)이다. 1843년(헌종9) 문과에 급제하고 성균관 대사성, 홍문관 제학, 황해도
관찰사, 병조 판서, 이조 판서, 예조 판서, 형조 판서 등을 역임하였다. 저서에 《침계유
고》가 있다.

365 자하(紫霞)……기록하였는데 : 이때 지은 자하 신위의 칠언율시 두 수가 신위의
문집인 《경수당전고》에 실려 있는데, 모두 1838년(헌종4)에 지은 것이다. 이때 신위의
나이는 70세, 저자의 나이는 25세였다. 《警修堂全藁 冊25 祝聖八藁 梣溪新獲宋製鸚鵡
硯, 祝聖九藁 梣溪新獲宋製鸚鵡硯是不可無詩也》

366 어느……까마귀라오 : 송나라 때 제작된 앵무연이 지난 세월 동안 온갖 곳을 거쳐
온 것을 새와 까마귀에 빗대어서 한 말이다. '화청(華淸)'은 여산(驪山)에 있는 궁 이름

진귀한 물건 예로부터 미혹만 잔뜩 키웠나니	尤物從前滋惑衆
덧없는 인생 곳곳마다 흉금을 열 일이 없도다	浮生到處曠懷賒
미앙궁의 구운 벽돌과 동작대의 기와³⁶⁷가	未央燒甓銅臺瓦
모두 지금 사람들을 공연히 탄식하게 만드네	俱作今人謾發嗟

으로, 당 현종(唐玄宗)이 그곳에 별궁을 짓고 10월 1일이면 양 귀비(楊貴妃)와 함께 가서 목욕하고 놀던 곳이다. '간악(艮嶽)'은 하남성 개봉현(開封縣) 동북쪽에 있는 가산(假山)인 만세산(萬歲山)을 가리킨다. 송 휘종(宋徽宗) 때 진귀한 화석(花石)을 모아 쌓았으며 수도의 간방(艮方)에 위치하였으므로 '간악'이라 불렀다.

367 미앙궁(未央宮)의……기와 : 고대 건축물의 벽돌이나 기와로 만든 벼루를 가리킨다. '미앙궁'은 한 고조(漢高祖) 때 장안(長安)에 지은 궁전으로 소하(蕭何)의 감독 아래 축조되었는데, 당송(唐宋) 이후로 사람들이 궁전의 벽돌과 기와를 가져다 벼루로 만들기도 하고, 또 그 벽돌과 기와 모양을 본뜬 벼루를 만들기도 하였다. '동작대(銅雀臺)'는 삼국 시대 위(魏)나라의 조조(曹操)가 후한 말기인 210년 하북성 임장현(臨漳縣) 서남쪽 옛 업성(鄴城) 서북쪽 모퉁이에 세운 누대이다. 뒤에 이 동작대의 기와로 벼루를 만들었는데, 재질이 단단하고 윤택하여 명품으로 일컬어졌다. 이 벼루를 업와(鄴瓦), 업대와(鄴臺瓦), 동작와(銅雀瓦)라고 한다.

사마종[368]은 호가 수곡이다. 사생화에 뛰어나서 도광[369] 연간에 이름이 났다. 내가 연경의 시장에서 사마종의 그림 한 장을 구입하여 귀국한 뒤 다시 표구하게 하였는데, 표구사에 불이 났으나 이 그림은 다행히 온전히 보존되었기에 기쁜 마음에 그 말미에 적는다

司馬鍾號繡谷 善寫生 名於道光年間 余購一紙於燕市 歸使改裝 裝家火 此紙幸得全 喜題其尾

수곡의 사생화가 우리나라까지 전해지니	繡谷寫生流海東
천기가 생생하여 신명의 솜씨에 가깝네	天機活潑逼神工
원앙은 쌍쌍이 새벽까지 깊이 잠들어 있고	鴛鴦睡熟雙雙曉
원추리는 잎잎이 바람 따라 은은히 향을 풍기네	萱草香微葉葉風
행낭에 돈이 새는 것은 마음에 아깝지 않고	行橐壞鈔心不惜
잔겸에서 보물을 거둠은 성벽이 같아서라네[370]	殘縑收寶癖相同
표구사에서 다행히 화마[371]의 재앙을 면하여	褾家幸免鬱攸厄

---

368 사마종(司馬鍾) : 청나라 때의 화가로, 자는 자영(子英), 호는 수곡(繡谷)이다. 남경(南京) 사람으로, 화훼·조수·산수·인물에 두루 뛰어났다.

369 도광(道光) : 청나라 제8대 황제인 선종(宣宗)이 1821년부터 1850년까지 사용한 연호이다.

370 잔겸(殘縑)에서……같아서라네 : 표구하는 사람이 잿더미 속에서 사마종의 그림을 수습한 것은 저자 자신처럼 그림을 아끼고 좋아하는 마음이 있기 때문이라는 말이다. '잔겸'은 단겸(斷縑)과 같은 말로, 잔결되어 온전하지 못한 화폭(畫幅)을 말한다. 여기에서는 불에 타서 완전치 못한 다른 서화(書畫)들을 가리킨다. '보물'은 사마종의 그림을 말한다.

진기하고 소중한 기연이 수곡옹과 이어졌도다   珍重奇緣係此翁

---

371 화마 : 원문의 '울유(鬱攸)'는 화기(火氣), 곧 화재를 말한다. 《춘추좌씨전》애공(哀公) 3년 조의 "휘장을 물에 적셔 불이 붙을 만한 곳으로 가라.〔濟濡帷幕, 鬱攸從之.〕"라는 구절에서 유래하였다.

퇴계의 시 중 "철을 두드려 침을 만듦은 치료를 하려는
것이니, 치료를 하고 나면 어찌 다시 황제와 기백을
따지리오. 소강절의 침법을 십분 따라서, 사람의 마음을
찌르면 온갖 병이 나으리라."라는 구절이 있는데,[372] 감회가
있어 붓 가는 대로 쓰다

退溪詩 有打鐵成針欲作醫 作醫那復問黃岐 十分鍼法從康節 刺得人心
百疾夷 有感隨筆書之

철을 두드려 침을 만듦은 고금이 같거니와   打鐵成針無古今
누가 신묘한 법으로 사람의 마음을 찌르리오   誰將神法刺人心
황제와 기백은 시대가 멀어 묻기 어려우니   黃岐世遠難憑問
온갖 병이 침투하는 이내 몸을 어이할거나   其奈吾身百病侵

병이 고황에 들어도 참으로 치료할 수 있으련만   病入膏肓政可醫
의원은 병이 위중해 어찌할 도리가 없다고 하네   醫言疾病莫攸爲
세간에 어찌 담장을 투시하는 명의[373]가 없으랴마는 世間那乏方垣術
가슴속의 온갖 쓰라림은 한스럽게도 알지 못하네   百段銜辛恨不知

372 퇴계(退溪)의……있는데 : 퇴계 이황(李滉)이 지은 〈동재감사(東齋感事)〉라는
제목의 10수의 칠언절구 중 여덟 번째 시에 보인다. '기백(岐伯)'은 황제(黃帝) 때의
명의로, 중국 의술의 조종(祖宗)으로 일컬어진다. 지금 전하는《황제내경(黃帝內經)》
은 황제와 기백이 의술을 논하는 내용이다. '강절(康節)'은 북송의 성리학자 소옹(邵雍,
1011~1077)의 시호이다.《退溪集 卷3 東齋感事》

373 담장을 투시하는 명의 : 원문의 '방원술(方垣術)'은 담장을 꿰뚫어 보듯이 병의
원인을 훤하게 꿰뚫어 보는 의술을 지닌 명의를 말한다.

점점 심해지는 징벽[374]이 매우 기이하니 　　　駸駸癥癖十分奇

강절선생 또한 이를 언급하지 않았네 　　　康節先生亦罔窺

지금 나와 같은 병 없다고 말하지 말라 　　　休道如今無我病

편안할 때도 위태로움을 잊어서는 안 된다네[375] 　　居安猶可不忘危

병은 병대로 아프고 침은 침대로 맞으니 　　　病自病爲鍼自鍼

훌륭한 의원이 소용없어 절로 신음하네 　　　良醫無用自呻吟

삼백으로 구분한 혈 자리에 손을 써야 하건만 　　穴分三百須投手

손이 뜻대로 되지 않아 깊고 얕음을 모르네 　　手與心違莫淺深

늘 아프다 말하는 것을 몹시 지루해하니 　　　居常說病頗支離

옆에 있는 자가 어찌 알랴 나만 홀로 슬프네 　　旁者安知我獨悲

가슴 가득한 번민이 모두 다 말끔히 씻긴다면 　　滿腔煩惱都疏滌

기필코 창해를 끌어와 상지수[376]를 만들리라 　　頌挽滄瀛做上池

374　징벽(癥癖) : 배와 양 옆구리에 단단한 응어리가 생겨 더부룩하거나 아픈 병증이다.

375　편안할……안 된다네 : 《춘추좌씨전》 양공(襄公) 11년 조의 "《서경》에 '편안할 때 위태로움을 생각하라.' 하였으니, 미리 생각하면 대비가 있게 되고, 대비가 있으면 환란은 일어나지 않는다.〔書曰: 居安思危. 思則有備, 有備無患.〕"라는 구절을 원용한 것이다. 여기에서 말하는 《서경》은 일서(逸書)이다.

376　상지수(上池水) : 땅에 닿지 않은 이슬이나 나무 위의 물로, 춘추 시대 명의인 편작(扁鵲)이 치료할 때 사용했다고 한다. 여기에서 유래하여 좋은 처방을 이른다.

기당[377]의 〈사총채〉에 차운하다

次祁堂謝摠荣韻

한낮에 설핏 잠들 제 기장밥 이미 익었으니   午枕乍眠已熟梁

산중에 풍기는 냄새 코로만 부질없이 맛보네   山中臭味鼻徒嘗

올해엔 한식에 빈번히 비가 내려서   今年寒食頻頻雨

붓끝에 한 짐의 향기를 배양하고 있다네   養得尖頭一擔芳

---

377   기당(祁堂) : 홍순목(洪淳穆)의 호이다. 193쪽 주300 참조.

4월 1일

四月一日

봄을 맞아 비 오더니 뒤이어 봄이 지나가니　　　　迎春作雨仍過春
꽃의 일은 알 수 없는 것이 노인과 같네　　　　　花事迷離若老人
가벼운 더위는 조금 늦건만 추위는 오히려 있고　　輕熱稍遲寒尚在
붉은 꽃은 지지 않았건만 푸른 잎이 먼저 새롭네　　殘紅未謝綠先新
몸이 한가하니 흰머리 뽑으며 세월을 탄식하고　　身閑鑷髮流光歎
산이 고요하니 옷깃 헤치며 옛 약속을 가까이하네　山靜披襟宿契親
움의 호리병에 물을 부으면 절로 끓어오르는데　　灌水窖壺自然沸
앉아서 처마의 새소리 들으며 자주 조네　　　　　坐聽簷鳥倦眠頻

문 닫고 칩거한 지 스무 날 참으로 가련하니　　　杜蟄兼旬政可憐
시간을 똑같이 나눈다면 반은 쓰러져 있었네　　　平分晷刻半穨然
시는 병들어 삭은 몸 같으니 대부분 -1자 결락- 말이요

　　　　　　　　　　　　　　　　詩如病鑠多□語

창안으로 시든 꽃을 대하니 모두 묵은 인연[378]이로다

　　　　　　　　　　　　　　　　顔對花殘摠宿緣

어리석은 자의 지혜는 대롱으로 엿보고[379]　　　愚者性靈窺以管

---

378 묵은 인연 : 저본에는 '숙연(宿研)'으로 되어 있으나, 일반적인 용례에 근거하여
'숙연(宿緣)'으로 바로잡아 번역하였다.

379 어리석은……엿보고 : 어리석은 자는 견문이 매우 좁다는 말이다. 《장자(莊子)》
〈추수(秋水)〉의 "이는 곧 대롱으로 하늘을 보고 송곳으로 땅을 가리키는 격이니, 또한

성인의 감회 일어남은 시냇물에 있었네[380]　　　　　聖人興感在於川

냇가 홰나무와 정원의 버들이 깊숙이 장막을 이루니

　　　　　　　　　　　　　　　　　　　　　　　澗槐庭柳深成屋

수많은 나무들 무성하여 절로 하늘의 소리를 듣네　萬木森森自聽天

선을 배워 걸림이 없어 이 마음 편안한데　　　　　學禪無累此心安
많은 날이 남은 외딴 시골에 봄 일이 끝났네　　　日富荒村春事完
동쪽 골짝의 늦은 꽃은 자주 대화 속에 들어오고　東峽晚花頻入話
서쪽 동산의 살진 채소는 일찌감치 기쁨을 주네　西園肥菜早供歡
천 편의 시가 화산의 잠을 인용하여 지었으니[381]　千篇引作華山睡
한 잔이 누추한 골목의 한 그릇에 비해 어떠한가[382]　一勺何如陋巷簞

작지 아니한가.〔是直用管窺天, 用錐指地也, 不亦小乎?〕라는 구절에서 유래하였다.

380 성인(聖人)의……있었네 : 《논어》〈자한(子罕)〉에 "공자께서 시냇가에 계시면
서 말씀하셨다. '가는 것이 이 물과 같구나. 밤낮을 그치지 않는구나.'〔子在川上曰:
逝者如斯夫! 不舍晝夜.〕"라는 내용이 보이는데, 주희(朱熹)의 주에 따르면 이것은 도체
(道體)의 본연으로, 쉼 없이 운행하는 하늘의 운행을 말한 것이다.

381 천……지었으니 : 자신이 지은 시는 대부분 은거하여 한가로이 노니는 것을 읊은
시라는 의미이다. 송(宋)나라 초기의 도교 사상가인 진단(陳摶, 871/872~989)은 박주
(亳州) 진원(眞源) 사람으로, 자는 도남(圖南)이고 호는 부요자(扶搖子)이다. 40여
년 동안 화산(華山) 운대관(雲臺觀)에 은거하였는데, 한번 잠을 자면 100여 일 동안이
나 일어나지 않았다고 한다. 《宋史 卷457 陳摶列傳》

382 한 잔이……어떠한가 : 물 한 잔으로도 만족하며 소박하게 지내는 지금의 삶이
공자께서 극구 칭찬했던 안회(顏回)의 안빈낙도와 같다는 말이다. 《논어》〈옹야(雍
也)〉에 "공자께서 말씀하셨다. '어질다, 안회여! 한 그릇의 밥과 한 표주박의 음료로
누추한 시골에 있는 것을 다른 사람들은 그 근심을 견뎌내지 못하는데, 안회는 그 즐거
움을 변치 않으니, 어질다, 안회여!'〔子曰: 賢哉回也! 一簞食一瓢飮, 在陋巷, 人不堪其

억지로 병든 몸을 일으켜 짧은 지팡이 짚고서	强病起來携短杖
아침저녁으로 뜰을 돌며 휘청휘청 거니네	巡庭朝暮步跚跚

憂, 回也不改其樂, 賢哉回也!」"라는 내용이 보인다.

정향나무 아래에서 향을 맡으며 명차를 떠올리다

丁香樹下聽香 憶名茶

상자 속에 옛 차를 간직해 두고	篋中藏舊茗
십 년을 먼지 앉힌 채 모르고 있었네	塵土十年昏
흐르는 맑은 물에 깨끗이 씻으니	洗滌淸流下
원규[383]는 스스로를 높이지 않았네	元規莫自尊

---

383 원규(元規) : 진(晉)나라 때 명재상인 유량(庾亮)의 자이다. 승상의 아들이자 황후의 오빠로서 권세가 막중하였는데, 한번은 서풍이 세게 불어 먼지를 일으키자 유량을 혐오하던 왕도(王導)가 부채로 얼굴을 가리면서 "원규의 먼지가 사람을 더럽힌다. 〔元規塵汚人.〕"라고 한 고사가 전한다. 또 유량이 일찍이 정서장군(征西將軍)이 되어 무창(武昌)에 있을 때 장강 가에 누각을 세우고 이를 '남루(南樓)'라 하였다. 어느 날 유량의 하속(下屬)인 은호(殷浩), 왕호지(王胡之) 등이 달밤에 남루에 올라 시를 읊고 있었는데, 유량이 그 자리에 나타났다. 이에 하속들이 일어나 자리를 피하려 하자, 유량이 "세군들은 잠시 더 머물라. 이 늙은이도 이러한 일에 흥이 얕지 않다."라고 하고는, 호상(胡床)에 걸터앉아 함께 시를 읊으며 풍류를 즐겼다는 고사가 전한다.《世說新語 輕詆》《晉書 卷73 庾亮列傳》

두 번째
其二

차가 어찌 원래 이런 모습이었으랴 　茗豈原來斯

퇴락한 행랑에 버려둔 지 오래여서네 　頹廊棄寘久

쥐와 벌레의 자취가 서로 교차하니 　鼠虫迹互成

서쪽으로 가고 또 동쪽으로 달렸네 　西突又東走

세 번째
其三

나는 못내 상해버린 차가 아까워   我其憐茗朽

등나무 체로 물에 담근 것을 떠냈네   舀醮藤筺兒

한 번 복용하자 겉모습이 바뀌고   一服換形殼

두 번 달이자 피부에서 윤기가 나네   再烹潤膚肌

네 번째
其四

봄바람이 높은 누대에 부니   春風臺榭高
차 향기에 꽃향기가 섞이네[384]   茗氣花香雜
인간 세상의 인연을 벗어나니   灑落人間緣
소리마다 맑은 솔바람이로다   聲聲松韻颯

---

384 봄바람이……섞이네 : 저자는 서울 집에 '봄바람 속에 차를 마신다'라는 뜻의 춘풍
철명지대(春風啜茗之臺)라는 소옥(小屋)을 마련하여 차를 즐겼다. 《嘉梧藁略 冊12 嘉
谷茶屋記》

다섯 번째
其五

구양수는 때 낀 벼루를 씻었고[385]   歐陽洗垢硯

심약은 야윈 몸을 깨끗이 했네[386]   沈約潔癯身

유별난 기호는 고금이 같으니   癖好無今古

차에 먼지 낌이 어찌 문제이랴   茗胡累以塵

385 구양수(歐陽脩)는……씻었고 : 송나라의 문장가 구양수는 "3일 동안 벼루를 씻지
않는 것은 얼굴을 씻지 않는 것과 같다.〔三日不洗硯, 與不洗面同.〕"라고 할 정도로 벼루
씻는 것을 좋아하였다고 한다. 《林下筆記 卷35 薛荔新志》

386 심약(沈約)은……했네 : 남조 양(梁)나라의 개국 공신이자 문장가인 심약은 몹
시 허약하고 수척하였는데, 늘 몸을 깨끗이 하는 성벽(性癖)이 있었다고 한다. 오랫동
안 재상으로 지내다 외직을 청했으나 윤허를 받지 못하자 평소 친분이 두터웠던 서면(徐
勉)에게 보내는 편지에서 '근래 병세가 갈수록 심하여 허리띠 구멍을 옮겨야 할 정도로
몸이 야위고 팔 둘레는 손으로 쥐면 달마다 반으로 줄어들었으니 자신이 앞으로 얼마나
버틸 수 있겠느냐'며 하소연했다고 한다. 《梁書 卷13 沈約列傳》

양연산방[387]에 자주 주인이 바뀌니 감회가 일어 짓다

養硏山房屢易主 感而有作

옛날 꽃다운 나이 검은 머리일 때를 회상하면	憶昔芳年綠髮時
가벼운 적삼에 신을 끌고 가서 날마다 어울렸네	輕衫躡履日相追
산방에 주인 바뀐 것을 몇 번이나 보았던가	山房易主幾番見
시 모임에 마음 비움은 기약할 곳 없어져서였네	詩社虛心無處期
오래된 물건이 쇠락해도 누가 다시 애석해하랴	舊物飄零誰復惜
노인이 세상을 떠난 것에 슬픔을 이길 수 없네	老人歸寂不勝悲
감원과 담택[388]의 남은 향기가 끊어졌으니	弇園覃宅餘香歇
모두 문장을 주관하는 별의 운이 쇠한 것이네	俱是文昌運氣衰
공[389]의 옛집에 들어서니 공의 풍도가 생각나네	入公舊宅想公風
집의 규모는 어이하여 옛날과 같지 않은지	間架如何古不同
병든 대나무와 황폐한 동산은 봉황이 돌아갔고	病竹荒園歸瑞鳳

---

387 양연산방(養硏山房) : 221쪽 주363 참조.

388 감원(弇園)과 담택(覃宅) : '감원'은 명나라의 사학자이자 문장가인 감주(弇州) 왕세정(王世貞, 1526~1590)을 가리킨다. 이반룡(李攀龍)과 함께 복고파인 후칠자(後 七子)의 중심인물로 20년 동안 문단을 이끌었다. 문장은 반드시 진(秦)·한(漢)을 본 받고 시는 반드시 성당(盛唐)을 모범으로 삼을 것을 주장하였다. '담택'은 청나라의 서예가이자 문장가인 담계(覃溪) 옹방강(翁方綱, 1733~1818)을 가리킨다. 금석(金 石)·보록(譜錄)·서화(書畫)·사장(詞章) 등의 학문에 정통하였으며, 시론 방면에 서는 의리와 문사(文詞)의 결합을 주장한 기리설(肌理說)을 제창했다.

389 공(公) : 자하(紫霞) 신위(申緯)를 가리킨다.

시든 갈대와 망가진 계단은 기러기가 끊겼네　　殘蘆敗砌斷孤鴻
인정을 묵묵히 헤아리니 백발을 어찌 견디랴　　人情默數頭堪白
세월이 유난히 빠르니 술에 쉬이 붉어지네　　歲月偏忙酒易紅
급촉히 시간이 흘렀으나 어찌 차마 떠나랴　　蹙蹙移時那忍去
서산에 해는 지고 뜨락은 반이 텅 비었네　　西山落照半庭空

비를 무릅쓰고 지금촌에 묵다

冒雨宿知琴村

작년 가을에 일 나갔는데 올봄도 같으니	昨秋行役今春同
모두 시골에 살면서 있는 간단한 일이네	俱是鄕居簡事中
하룻밤 외진 시골에 묵으니 구분하면 강북이요	一宿荒村分水北
세 차례 험준한 고개 넘으니 바로 관동이네	三踰峻嶺卽關東
밭도랑은 점점 불어나 초록 싹이 새로 나오는데	田間漸漲新生綠
바위틈은 오히려 밝아 붉은 꽃이 다 지지 않았네	巖隙猶明未盡紅
가랑비가 부슬부슬 흩뿌리며 끝내 그치지 않으니	小雨霏微終不止
시 보따리[390] 젖을까 어린 동자에게 주의를 주네	奚囊恐濕戒稚童

---

390 시 보따리 : 원문의 '해낭(奚囊)'은 어린 종이 지고 다니는 금낭(錦囊)이라는 뜻으로, 전하여 시낭(詩囊)을 가리킨다. 이와 관련하여 당나라 때 시인 이하(李賀)가 나귀를 타고 노닐 때 늘 해노(奚奴)의 등에 금낭(錦囊)을 지워 따르게 하다가 좋은 시구를 얻으면 그 주머니에 담았다는 고사가 전한다. 《新唐書 卷203 文藝列傳下 李賀》

실운구곡가. 〈무이구곡가〉에 차운하다[391]
室雲九曲歌 次武夷韻

곡운[392]의 산과 물이 신선을 숨겨 두었으니	谷雲山水秘仙靈
산은 높음을 좋아하고 물은 맑음을 좋아하네	山樂於高水樂淸
명승지를 두루 다님은 쌓은 업이 중해서이니	遍踏名區緣業重
승경이 있는 곳에 명성도 뒤따르네	有其勝也有其聲

391 실운구곡가(室雲九曲歌) 무이구곡가(武夷九曲歌)에 차운하다 : '실운'은 강원도 춘천부(春川府)에 속한 면 이름으로, 〈실운구곡가〉는 1184년 주희(朱熹)가 55세 되던 해에 지은 〈무이구곡가〉에 차운한 것이다. 〈무이구곡가〉는 중국 복건성 건안(建安)에 있는 무이산(武夷山)의 아홉 구비 풍경을 노래한 10수의 칠언절구로, 〈무이구곡도가 (武夷九曲棹歌)〉라고도 한다. 곡운(谷雲) 김수증(金壽增) 역시 1670년(현종11) 3월 춘천부 서북쪽에 있는 화악산(華嶽山)에 유람 왔을 때 이곳 승경에 '구곡'이란 이름을 붙인 적이 있는데, 제1곡은 방화계(傍花溪), 제2곡은 청옥협(靑玉峽), 제3곡은 신녀협 (神女峽), 제4곡은 백운담(白雲潭), 제5곡은 명옥뢰(鳴玉瀨), 제6곡은 와룡담(臥龍 潭), 제7곡은 명월계(明月溪), 제8곡은 융의연(隆義淵), 제9곡은 첩석대(疊石臺)로 명명하여 저자의 구곡과는 차이가 있다. 김수증의 구곡은 보통 '곡운구곡'이라고 부른 다. 김수증은 유람하던 해 가을에 이곳에 집을 짓기 시작하여 수년 만에 7칸 오두막이 완성되자 1675년(숙종1)에 가족을 데리고 이사와 다시 농수정(籠水亭)과 곡운정사(谷 雲精舍)를 짓고 은거하였다. 《谷雲集 卷4 谷雲記》《茶山詩文集 卷22 雜評 汕行日記》

392 곡운(谷雲) : 화악산 일대의 계곡으로, 일찍이 김수증이 이름을 붙인 것이다. 196쪽 주305 참조.

방화계[393] 傍花溪

일곡은 옆에 꽃이 피어 배를 모는 듯하니 　　一曲傍花似駕船
해동의 명승이라 산천이 아름답구나 　　海東名勝好山川
신선의 구름이 늘 있어 길을 찾기 어려우니 　　仙雲長在難尋路
흐릿한 양쪽 기슭에 자줏빛 운무가 서렸네 　　兩岸迷離縓紫煙

신녀협[394] 神女峽

이곡은 곱고 고운 신녀의 봉우리라 　　二曲娟娟神女峯
연지 찍고 물가에 나온 옥 같은 얼굴이네 　　臙脂臨水玉爲容
인간 세상 어디인가 전생의 꿈과 같구나 　　人間何處前生夢
한 번 바라보니 깊고 깊은 만첩청산이네 　　一望深深翠萬重

농수정[395] 籠水亭

삼곡은 물이 에워싸 배가 보이지 않으니 　　三曲水籠不見船
무릉도원으로 어부가 돌아간 해 아득하네 　　武陵漁子杳歸年

---

393 방화계(傍花溪) : 원래 속명(俗名)은 소복삽(小幞揷)으로, 김수증이 1670년(현종11) 3월 이곳에 유람 갔을 때 이름을 고친 것이다. 《谷雲集 卷4 谷雲記》

394 신녀협(神女峽) : 원래 이곳에는 여기정(女妓亭)이 있었으나 김수증이 이름을 고친 것이다. 김수증은 정녀협(貞女峽)이라고도 불렀다. 《谷雲集 卷4 谷雲記》

395 농수정(籠水亭) : 남쪽 물가 솔숲이 우거진 곳에 정자를 세울 만하다 하여 김수증이 최치원(崔致遠)의 〈가야산 독서당에 쓰다〔題伽倻山讀書堂〕〉라는 시 중 "늘 시비하는 소리 귀에 들릴까 두려워, 일부러 흘러가는 물로 산을 온통 에워싸게 했네.〔常恐是非聲到耳, 故敎流水盡籠山.〕"라는 구절에서 시어를 취해 붙인 이름이다. 김수증은 5년 뒤에 이곳에 와 은거할 때 실제로 이곳에 농수정을 지었다. 《谷雲集 卷4 谷雲記》

이곳 사람들 노인이 온 뜻을 알지 못하고　　　　居人不識翁來意
부질없이 비웃고 부질없이 가련히 여기네　　　　謾自嗤嘲謾自憐

비설담 飛雪潭

사곡은 물줄기가 나뉘는 온통 구멍 바위라　　　四曲分流盡缺巖
바위틈의 꽃들이 시들어 어지럽게 떨어지네　　　巖間花老落毿毿
늦봄에도 여전히 지난겨울의 눈이 보이니　　　　晚春猶看經冬雪
지팡이 앞이 옛 못인지 구분되지 않네　　　　　　不辨筇前是古潭

백운담[396] 白雲潭

오곡은 흰빛으로 하나같이 깊은 곳이라　　　　　五曲皓光一色深
사시의 흐르는 기운이 운림[397]을 보호하네　　　四時流氣護雲林
석벽에 새로 새긴 글씨가 보기 좋으니[398]　　　喜看石壁新題刻
가슴속 고금에 대한 생각을 틔우네　　　　　　　開拓胸中今古心

---

396 백운담(白雲潭) : 김수증이 '설운계(雪雲溪)'라는 이름을 붙였다가 뒤에 원래 명
칭이 백운담이라는 말을 듣고 다시 원래 이름을 사용한 것으로, 웅덩이에서 솟아 넘치는
기운이 언제나 흰 구름 같다고 한다. 《谷雲集 卷4 谷雲記》《茶山詩文集 卷22 雜評
汕行日記》

397 운림(雲林) : '구름 낀 숲'이라는 뜻으로, 은거하는 곳을 비유한다.

398 석벽에……좋으니 : 북쪽 암벽에 초서로 '백운담(白雲潭)'이라는 세 글자가 새겨
져 있는 것을 가리킨다. 《茶山詩文集 卷22 雜評 汕行日記》

와룡담[399] 臥龍潭

육곡은 물이 돌아 모이는 와룡회 한 구비라	六曲臥龍匯一灣
우는 원숭이와 날아가는 새가 매번 상관하네	鳴猿飛鳥每相關
비단 주인옹만 마음에 매임 없는 것 아니요	非惟主老心無繫
지나가는 나그네도 역시 잠시 한가해지네	過去行人亦暫閑

명월교[400] 明月橋

칠곡은 가로로 다리가 돌 여울에 누웠으니	七曲橫橋臥石灘
숲 위로 나온 밝은 달이 가장 먼저 보이네	出林明月最先看
물은 맑고 모래는 희어 속진의 때가 없으니	水淸沙白無塵累
항아를 희롱하며 광한궁으로 올라가고파[401]	摩弄姮娥上廣寒

---

399 와룡담(臥龍潭) : 김수증이 붙인 이름으로, 세속에서는 용연(龍淵)이라 부르는 곳이다. 날이 가물면 시골 사람들이 와서 굿을 하며 기도했다고 한다. 《谷雲集 卷4 谷雲記》

400 명월교(明月橋) : 김수증은 '명월계(明月溪)'라는 이름을 붙였다. 《谷雲集 卷4 谷雲記》

401 항아(姮娥)를……올라가고파 : '항아'는 상고 시대 유궁후(有窮后) 예(羿)의 아내로, 달을 상징한다. 예가 일찍이 서왕모(西王母)에게서 불사약을 얻어놓았는데, 항아가 이를 훔쳐 먹고 신선이 되어 달 속으로 도망쳐 들어가 외롭게 산다는 전설이 있다. '광한궁(廣寒宮)'은 달 속에 있다는 선궁(仙宮)으로, 달의 별칭으로도 쓰인다. 당 현종(唐玄宗)이 일찍이 8월 보름날 밤에 달 속에서 놀다가 큰 궁부(宮府) 하나를 보았는데, 거기에 '광한청허지부(廣寒淸虛之府)'라는 방(榜)이 쓰여 있었다는 전설에서 유래하였다. 《淮南子 覽冥訓》《龍城錄 明皇夢遊廣寒宮》

첩석대[402] 疊石臺

팔곡은 높은 대의 첩첩 바위가 열리니	八曲高臺疊石開
한가로이 지팡이 짚고 시냇물을 거슬러 오르네	逍遙節屐溯溪洄
봄가을 좋은 시절엔 무궁한 비경을 간직하여	春秋佳節藏無盡
자줏빛 떡갈잎과 붉은 꽃을 절로 보내오네	紫櫟丹花自送來

융의연[403] 隆義淵

구곡은 자연의 이치대로 모두 끝나가는데	九曲將窮揔自然
다시 긴 시냇물에 떠가는 경쇠 소리가 들리네	復聽仙磬泛長川
이름은 융의라고 전하지만 근거할 곳 없는데[404]	名傳隆義憑無處
고였다 흘러가는 못물은 한 하늘을 함께하네	淵水渟流共一天

---

402 첩석대(疊石臺) : 김수증이 붙인 이름이다. 《谷雲集 卷4 谷雲記》

403 융의연(隆義淵) : 그 고장 사람들이 붙인 이름으로, 명월계 위에 있다. 《谷雲集 卷3 山中日記, 卷4 谷雲記》

404 이름은……없는데 : '융의(隆義)'는 '절의를 높이 기린다'는 뜻으로, 매월당(梅月堂) 김시습(金時習)이 일찍이 은거하던 터가 부근에 있지만, 여전히 김시습을 기리는 사당은 아직 건립하지 못했다는 말이다. 《谷雲集 卷4 有知堂記》

고기잡이

魚獵

맑고 깨끗한 백운담[405]에서   皎潔白雲潭

작은 물고기가 절로 자랐네   小魚自老大

하루아침에 향기로운 미끼 탐하여   一朝貪餌香

자기도 모르게 낭패를 당하네   不覺致狼狽

---

405 백운담(白雲潭) : 241쪽 주396 참조.

두 번째

其二

지는 꽃잎 들이마셔 거품이 이니　　　　　落花入吟沫

목 타서도 아니요 주려서도 아니네　　　　非渴亦非飢

만약 물이 깊은 곳에 산다면　　　　　　　若處水深處

어부가 어떻게 엿볼 수 있으랴　　　　　　漁人安得窺

세 번째

其三

큰 바다에 좁쌀처럼 작은 몸이니	滄溟一粟身
넘실넘실 아득히 얕은 물이 없다네	漂蕩渺無洦
화를 피하려면 여유 있어 넉넉하련만	避禍綽優優
어이해 스스로 구석으로 나아가는가	胡爲自就落

네 번째
其四

물고기여 또 물고기여   魚矣復魚矣

생애가 어찌 그리 서글픈가   生涯何切悲

저 만 섬의 많은 물 버리고서   舍他萬斛水

이 맑은 작은 곳에서 숨 쉬네   呴吸一淸斯

다섯 번째
其五

어진 공손교⁴⁰⁶는 만나지 못했으나	不遇公孫僑
강자아⁴⁰⁷를 만날까 저어될 뿐이라오	惟嫌姜子牙
물풀에 숨어 있음이 매우 분명하니	孔昭潛在藻
남국에선 가어 통발질을 노래하네⁴⁰⁸	南國詠汕嘉

406 공손교(公孫僑) : 춘추 시대 정(鄭)나라의 어진 대부인 자산(子產)을 말한다. 《맹자》〈만장 상(萬章上)〉에, 어떤 사람이 자산에게 산 물고기를 선물했는데 자산이 그것을 교인(校人), 즉 연못 관리인에게 주고 연못에 놓아 기르게 하였다. 그런데 교인이 그것을 삶아 먹고는 자산에게 "처음에 고기를 놓아주었을 때에는 어릿어릿 펴지 못하더니, 조금 있다가는 조금 펴져서 유유히 헤엄쳐 갔습니다."라고 보고하자 자산이 "살 곳을 얻었구나, 살 곳을 얻었구나."라고 하며 기뻐하였다는 내용이 보인다.

407 강자아(姜子牙) : 강태공(姜太公)으로, '자아'는 자이다. 노년에 위수(渭水)의 반계(磻溪)에서 낚시질하다가 문왕(文王)을 만났는데, 뒤에 무왕(武王)을 도와 은(殷)나라의 마지막 왕인 주왕(紂王)을 치고 주(周)나라를 건립하였다.《史記 卷32 齊太公世家》

408 남국에선……노래하네 :《시경》〈소아(小雅) 남유가어(南有嘉魚)〉에 "남쪽에 가어가 있으니 통발질 하고 통발질 하도다. 군자가 술이 있으니 아름다운 손님과 잔치하여 즐기도다.〔南有嘉魚, 烝然汕汕. 君子有酒, 嘉賓式燕以衎.〕"라는 구절이 보인다. '가어(嘉魚)'는 잉어의 바탕에 붕어의 살을 가진 면수(沔水) 남쪽에서 나오는 물고기이다.

칠성정[409]
七星亭

세 갈래 시내 머리에 하나의 거울이 열리니[410]　　三股溪頭一鑑開
백 년 동안 손으로 가리키며 옛 성대라고 하네　　百年指點古星臺
집집마다 늦은 봄이면 복사꽃이 떨어지고　　家家春晚桃花落
이랑마다 따뜻한 바람이 보리 이삭 재촉하네　　壟壟風薰麥穗催
길을 묻노니 누가 신선 될 인연 중함을 기필하랴　　問路誰期仙分重
산에 들어서자 점점 세속의 마음 식어감을 깨닫네　　入山漸覺俗心灰
황황히 빛나는 별빛이 길게 드리워 비추는데　　煌煌曜彩長垂照
남은 빈터에 맹씨[411]가 왔던 흔적 보이지 않네　　不見遺墟孟氏來

409　칠성정(七星亭) : 자세하지 않다.

410　세……열리니 : '거울'은 연못을 가리킨다. 주희(朱熹)의 〈관서유감 2수(觀書有感二首)〉 중 첫째 수에 "반 이랑 네모난 연못에 한 거울이 열리니, 하늘빛과 구름 그림자 함께 배회하네.〔半畝方塘一鑑開, 天光雲影共徘徊.〕"라는 구절이 보인다.

411　맹씨(孟氏) : 자세하지 않다.

수달래

水丹花

자줏빛 영산홍은 본래 수달래이니	映山紫本水丹花
석벽에 총생하며 묵은 등걸이 서렸네	石壁叢生蟠古楂
양쪽 기슭의 시냇물 소리는 삼십 리에 들리고	兩岸溪聲三十里
사방을 두른 봄빛은 오백 가구에 넘치네	四圍春色半千家
끝 모를 무지개가 길게 허리에 걸쳐 있는데	無端虹蝀長腰亘
산란하는 빛 구슬에 늙은 눈이 호사하네	散彩瓊瑤老眼奢
문득 전생의 인과로 정해졌음을 깨달으니	便覺前身因果定
제천에 비 지난 뒤 독경하고 좌선하는 가섭이로다[412]	諸天雨過誦禪迦

---

412 제천(諸天)에……가섭(迦葉)이로다 : '제천'은 불교에서 말하는 여러 천상 세계
로, 전하여 사찰을 가리킨다. '가섭'은 석가모니의 10대 제자 중 한 사람으로 마하가섭
(摩訶迦葉)이라고도 하는데, 여기에서는 선승을 가리킨다. 석가모니가 일찍이 영취산
(靈鷲山)에서 연꽃을 들고 대중에게 보였을 때 모두 침묵을 지켰으나 오직 가섭만이
이심전심으로 이해하고 미소를 지었다는 염화미소(拈華微笑)의 고사가 전한다.《五燈
會元 七佛 釋迦车尼佛》

비에 막히다

滯雨

정의 해 가을에 감탄으로 가는 길이니[413]	粤彊圉秋甘灘路
온 산엔 단풍잎이요 산에는 해가 저무네	滿山楓葉山日暮
금년 봄 끝 무렵에 방화계[414]를 찾았는데	今年春季傍花溪
물에 비친 밝은 빛이 모두 붉은 단풍이었네	照水明光盡紅樹
복사꽃 핀 양 기슭 사이로 한 줄기 길이 통하여	桃岸相夾一線通
점입가경의 아름다운 경치 즐기며 구곡을 건넜네	蔗境浸佳九曲渡
실운[415]의 물과 바위는 동방에서 으뜸이니	室雲水石甲於東
봉래선자가 일찌감치 비유를 잘하였네[416]	蓬萊仙子早善喩
활짝 열린 동천에 흰 구름이 달려가고	洞天開豁白雲馳
빛을 발하는 연화봉은 화악산을 수호하네[417]	蓮花映發華嶽護

---

413 정(丁)의……길이니 : 원문의 '강어(彊圉)'는 강어(强圉)와 같은 말로, 천간(天干) 중에 '정' 자가 들어간 해를 말한다. '감탄(甘灘)'은 어디인지 자세하지 않다.

414 방화계(傍花溪) : 240쪽 주393 참조.

415 실운(室雲) : 239쪽 주391 참조.

416 봉래선자(蓬萊仙子)가……잘하였네 : '봉래선자'는 조선 전기의 문신 양사언(楊士彦, 1517~1584)을 가리킨다. 본관은 청주(淸州), 자는 응빙(應聘), 호가 봉래이다. 산수를 좋아하여 자주 금강산을 유람하였는데, 만폭동(萬瀑洞)의 바위에는 그가 쓴 '봉래풍악원화동천(蓬萊楓岳元化洞天)'이라는 글씨가 지금까지 남아 있다. 안평대군(安平大君), 김구(金絿), 한호(韓濩)와 함께 조선 전기 4대 서예가로 일컬어진다. 양사언이 곡운(谷雲)의 수석에 대해 '원화수석(元化水石)' 또는 '원화동천'이라 찬미했다는 글씨는 자세하지 않다.

햇볕이 동서로 깊이 성곽에 비치니　　　　　陽納東西深郛郭

열둘로 나뉜 작은 촌락이 모였네　　　　　　區分十二小落聚

글을 읽는 소년은 겸하여 그림까지 읽고　　讀書少年兼讀畫

오곡 농사를 배운 늙은이는 채소밭도 배우네[418]　學稼老翁亦學圃

순박하고 삼가는 풍속은 백 년 전의 옛 모습이니　醇謹俗態百年古

닭과 개는 새끼를 보호하고 까마귀는 어미를 봉양하네[419]

　　　　　　　　　　　　　　　　　　　鷄覆乳狗烏反哺

베틀 위에선 끊임없이 명주와 삼베를 짜고　機上陸續治桑麻

동산에선 분주히 밤과 토란을 거두네[420]　園中爛熳種栗芋

417　빛을……수호하네 : 김수증이 은거했던 강원도 춘천의 화악산(華嶽山) 중봉을 중국 태화산(太華山)의 중봉인 연화봉(蓮花峯)에 비견한 것이다.

418　오곡……배우네 :《논어》〈자로(子路)〉에 "번지가 오곡 심는 것을 배우기를 청하자, 공자가 '나는 오곡 농사짓는 노련한 농부만 못하다.'라고 하였다. 번지가 채소 심는 것을 배우기를 청하자, 공자가 '나는 채소 농사짓는 노련한 농민만 못하다.'라고 하였다.〔樊遲請學稼. 子曰: 吾不如老農. 請學爲圃. 曰: 吾不如老圃.〕"라는 내용이 보인다.

419　닭과……봉양하네 : 어버이는 자식을 사랑하고 자식은 어버이에게 효도하는 미풍양속을 말한 것이다.《회남자(淮南子)》〈설림훈(說林訓)〉에 "젖을 먹이는 어미 개는 호랑이를 물고, 알을 품은 닭은 살쾡이를 공격한다.〔乳狗之噬虎也, 伏雞之搏狸也.〕", 명(明)나라 이시진(李時珍)의《본초강목(本草綱目)》〈자오(慈烏)〉에 "이 새는 새끼가 처음 나면 어미가 60일 동안 먹이를 물어다 먹이고, 자라나면 새끼가 60일 동안 어미에게 먹이를 물어다 먹이니, 자애롭고 효성스럽다 이를 만하다.〔此鳥初生, 母哺六十日, 長則反哺六十日, 可謂慈孝矣.〕"라고 한 내용이 보인다.

420　동산에선……거두네 : 원문의 '종(種)'은 밤은 밤대로, 토란은 토란대로 종류별로 거둔다는 뜻이다. 이와 관련하여 당나라 두보(杜甫)의 〈남린(南隣)〉 시에 "금리선생은 오각건을 쓰고서, 동산에서 토란과 밤을 거두니 아주 가난하지는 않네.〔錦里先生烏角巾, 園收芋栗不全貧.〕"라는 내용이 보인다.

사사로운 지식을 쓰지 않는 성인의 백성이니[421]	不識不知聖人氓
하는 일 없으면 천지간의 한 마리 좀일 뿐이네[422]	無事天地做一蠹
지난날 태사께서 황무지를 개간하여	伊昔太史拓荒蕪
좋은 터전에 몇 칸 가옥 지으셨네[423]	好基址占屋椽數
덩굴 친 담장은 뜰에서 말을 돌리기 비좁고	荔墙湫隘庭旋馬
이끼 낀 벽의 그림은 먹물 자국이 벗겨지네	蘚壁圖寫墨起兔
인사가 뒤바뀌어 뜬구름처럼 변하였으니	人事翻覆浮雲變
십 년 동안 갑자기 주인 바뀜도 여러 번이었네	十載倏忽易主屢
지금은 다른 사람의 소유이나 또한 오지 않으니	今屬於人亦不來
산수 간의 오두막에 잠시 내가 머무네[424]	茅棟泉石暫余寓
여관[425]은 예로부터 번갈아 지나갔으니	逆旅從來相遞過
명산이 어찌 정해진 머무름이 있겠는가	名山那可有定住

---

421 사사로운……백성이니 : 태평성대의 백성이라는 말이다. 옛날 요(堯) 임금이 천하를 다스린 지 50년이 되었을 때 백성들의 실정을 살피기 위해 잠행을 나갔다가 아이들이 부르는 "우리 백성들 먹여 살림이 모두 당신의 지극한 덕 때문이니, 사사로운 지식을 쓰지 아니하여 상제의 법을 따르시네.〔立我蒸民, 莫非爾極. 不識不知, 順帝之則.〕"라는 동요를 듣고 기뻐하였다고 한다. 131쪽 주170, 171 참조.《列子 仲尼》

422 하는……뿐이네 : 173쪽 주261 참조.

423 지난날……지으셨네 : 곡운(谷雲) 김수증(金壽增)이 1675년(숙종1)에 이곳에 와 은거한 것을 가리킨다. 239쪽 주391 참조.

424 산수……머무네 : 주희(朱熹)의 시〈무이정사잡영(武夷精舍雜詠)〉중〈정사(精舍)〉에 "어느 날 모옥이 이루어지니, 어느덧 나의 산수로다.〔一日茅棟成, 居然我泉石.〕"라는 구절이 보인다.

425 여관 : 천지를 가리킨다. 당나라 이백(李白)의〈춘야연도리원서(春夜宴桃李園序)〉에 "천지는 만물의 여관이요, 시간은 백대의 과객이다.〔夫天地者萬物之逆旅, 光陰者百代之過客.〕"라는 내용이 보인다.

내가 와서 사흘을 묵으며 실컷 봄빛에 취하고	我來三宿飽春色
이제 막 출발하려는데 산비가 내리네	將發未發山雨雨
구름 그림자 지려는 듯 향기로운 안개가 눅눅하고	雲影欲墮濕芳煙
따뜻한 기운 흩어지지 않아 온화한 기운이 퍼지네	暖氣不散鬯和煦
언덕의 창가에서 문득 나그네의 시름을 잊으니	堆窓頓忘客中愁
비가 내려도 날이 개어도 모두 흥취가 있네	其雨其晴俱有趣
날이 개면 그물 손질해 은빛 물고기 잡을 것이요	晴須理網打銀鱗
비가 오면 주렴 내리고 향불 심지 사르리라	雨則下簾爇香炷
술이 있으면 취하는 것도 안 될 것 없으니	有酒輒醉無不可
때에 따라 시간 보내며 절로 여유가 있네	隨時消遣自餘裕
의자에 앉아 팔을 펴면 호기로운 흥이 발하여	據床伸臂豪興發
노래 부르다 휘파람 불다 시를 짓기도 하네	或歌或嘯或能賦
벽에 기대 눈을 감으면 곤한 잠이 찾아와	倚壁垂眉倦睡來
앉기도 하고 눕기도 하며 천천히 거닐기도 하네	而坐而臥而蹩步
날마다 이와 같다면 이런 삶에 만족하리니	日日如是足此生
은둔을 어찌 근심하며 또 어찌 두려워하랴[426]	遯世何憫復何懼
옛사람이 기댄 곳에 지금 사람이 기대니	古人寄處今人寄
오늘날도 옛날에도 서로서로 기대네	今兮古兮寄相互

---

426 은둔을……두려워하랴 : 《주역(周易)》〈건괘(乾卦) 문언(文言)〉에 "용의 덕을 가지고 은둔한 자이니, 세상에 따라 변치 않으며 명성을 이루려 하지 않아 세상에 은둔하되 근심하지 않으며, 남으로부터 인정을 받지 못하여도 고민하지 않아 즐거운 세상이면 도를 행하고 걱정스러운 세상이면 떠나가서, 뜻이 확고하여 뽑을 수 없는 것이 잠겨 있는 용이다.〔龍德而隱者也, 不易乎世, 不成乎名, 遯世无悶, 不見是而无悶, 樂則行之, 憂則違之, 確乎其不可拔, 潛龍也.〕"라는 내용이 보인다.

호걸스러운 선비들아 빼어난 재주⁴²⁷를 믿지 말라   豪士莫恃翻雲驥

덧없는 인생 모두가 고인 물속의 붕어⁴²⁸라오   浮生無非涸轍鮒

지척에서 원화 석벽을 찾기 어려우니   咫尺難尋元化壁

우스워라 원화라는 구절만 부질없이 전하네⁴²⁹   可笑元化浪傳句

신선이여 신선이여 어디에 있는가   有仙有仙何處在

진나라 한나라 때도 만났단 말 들은 적 없네   未聞秦漢有所遇

옛날 양생술을 익히며 선도를 배운 자들은   古之養生學道者

단지 마음만 괴롭히며 평생을 그르쳤을 뿐이네   祇苦于心平生誤

그대는 보지 못했는가 지인은 생각도 없고 원인도 없으니⁴³⁰

---

427 빼어난 재주 : 원문의 '섭운기(翻雲驥)'는 구름을 밟는 천마(天馬)라는 뜻으로, 전하여 빼어난 재주를 가리킨다. 송나라 소식(蘇軾)의 시 〈자유의 「지섬주로 부임하는 진동을 전송하다」라는 시에 차운하다〔次韻子由送陳侗知陝州〕〉에 "천마는 모두 구름을 밟으니, 길게 울며 여물을 배불리 먹는다.〔天驥皆翻雲, 長鳴飽芻禾.〕"라는 구절이 보인다.

428 고인 물속의 붕어 : 원문의 '학철부(涸轍鮒)'는 수레바퀴 자국에 고인 얕은 물에서 헐떡이는 붕어라는 뜻으로, 전하여 곤경에 처하여 언제 죽을지 모르는 다급한 신세를 비유한다. 《장자》〈외물(外物)〉에, 수레바퀴 자국에 고인 얕은 웅덩이 속에서 헐떡이며 죽어가는 붕어가 한 되나 한 말의 물이라도 우선 얻어 목숨을 부지하려고 한 '학철부어(涸轍鮒魚)'의 이야기가 전한다.

429 지척에서……전하네 : 251쪽 주416 참조.

430 지인(至人)은……없으니 : 《주례》〈춘관(春官) 태복(大卜)〉에 "세 종류의 꿈에 관하여 점치는 법을 관장한다. 첫 번째는 치몽이고, 두 번째는 기몽이고, 세 번째는 함척이다.〔掌三夢之灋: 一曰致夢, 二曰觭夢, 三曰咸陟.〕"라는 내용이 보인다. '치몽(致夢)'은 꿈을 꾸게 만든 생각이 있어 꾸는 꿈으로, 예컨대 낮에 생각〔想〕한 것이 밤에 꿈이 된 것과 같은 것이고, '기몽(觭夢)'은 치몽처럼 꿈을 꾸게 만든 원인〔因〕이 있어 꾸는 꿈으로 그 꿈이 매우 괴이한 것이며, '함척(咸陟)'은 정신이 귀신과 감응하여 꾸는 꿈이다.

君不見至人無想因

이 때문에 꿈도 없고 희로애락도 없다오　　　　　是以無夢無喜怒

삼현

三絃

북을 치자 첫 번째 장에 바로 정신이 드니 　　　　打鼓初章政聳神

온 뜰이 숨죽이고 들보의 먼지도 잠잠하네[431] 　　一庭不動宿梁塵

멈추면 완연히 천 숲의 밤에 빠진 듯하고 　　　蟠時宛入千林夜

펼치면 마치 만 섬의 봄기운이 날리는 듯하네 　　伸處如翻萬斛春

박자대로 합하고 흩기를 오로지 손 가는 대로 하고

　　　　　　　　　　　　　　　　　投節合離專信手

그때그때 불고 들이키면 모두가 입을 다무네 　　應機噓噏摠關脣

〈영산회상〉이 끝나자 〈미타찬〉이 이어지니[432] 　靈山會罷彌陀續

웃을 때 예쁜 서시가 찡그린 모습도 아름답네[433] 　宜笑西施復好嚬

---

431 들보의 먼지도 잠잠하네 : 음악이 워낙 아름다워 들보의 먼지도 숨을 죽이고 들었다는 말이다. 노(魯)나라 사람 우공(虞公)은 발성이 매우 청량하여 노래를 하면 들보 위의 먼지조차 풀썩거렸다는 고사가 전하는데, 이를 두고 진(晉)나라의 육기(陸機)는 〈의동성일하고(擬東城一何高)〉 시에서 "한 번 노래하면 만인이 탄식하고, 두 번 노래하면 들보의 먼지도 풀썩거렸다.〔一唱萬夫歎, 再唱梁塵飛.〕"라고 노래하였다. 이로 인해 후에 '양진(梁塵)'은 매우 청량하여 귀를 기울이게 하는 음악을 비유하게 되었다.

432 영산회상(靈山會相)이……이어지니 : 〈영산회상〉은 석가여래가 설법하던 영산회(靈山會)의 불보살을 노래한 악곡이다. 〈미타찬(彌陀讚)〉은 아미타불의 법신(法身)을 예찬한 노래로 처용무(處容舞)를 출 때 부른다.

433 웃을……아름답네 : 춤을 추며 노래를 부르는 여인을 서시(西施)에 견주어서 한 말이다. '서시'는 춘추 시대 월(越)나라의 미녀로 심장병을 앓아 자주 찡그렸는데, 그 모습이 아름다워 추녀가 이를 보고 흉내 내자 사람들이 모두 도망쳤다는 우화가 있다. 당나라 이백(李白)의 〈옥호음(玉壺吟)〉에 "서시야 웃어도 예쁘고 찡그려도 예쁘지만,

추녀가 이를 본받으면 공연히 몸을 망칠 뿐이네.〔西施宜笑復宜嚬, 醜女效之徒累身.〕"
라는 구절이 보인다. 《莊子 天運》

객지의 고달픔
客苦

세상에 가장 심한 가난은 객지의 가난이니
비에 막힌 사흘 동안 온갖 고초를 다 겪었네
요리사를 탄식하니 술병과 쌀 단지가 텅 비었고
시 벗을 쓸쓸히 읊조리니 먹과 붓이 친근하네
일생 동안 술잔 가득했던 날을 어찌 잊으리오
만사가 불완전한 사바세계 사람 아님이 없네
그저 채소가 살지고 냇물이 더 불어남이 기쁘니
그동안 받고 누린 것은 따스한 봄 덕분이네

世間最甚客中貧
阻雨三朝備苦辛
嘆息廚夫餠甔罄
冷吟詩伴墨觚親
一生那忘盈觴日
萬事無非缺界人
只喜菜肥溪益漲
自來受用賴春仁

면대촌[434]

面臺村

그윽한 곳에 절로 가파른 봉우리들이 생겼는데	奧區自作亂峯巉
길이 좁아 가기 어려워 짧은 적삼을 추어올리네	窄窄難容拂短衫
옛 자취를 다시 찾아가니 매월사[435]요	古迹重尋梅月寺
오래된 글자를 새로 청소하니 낙서암[436]이네	宿鐫新掃洛書巖
백 구비의 풀숲 길은 붉은 벼랑에 걸렸고	百廻草逕懸丹壁
한 골짝의 바람 물결은 푸른 삼나무를 울리네	一壑風濤號碧杉
잠시 쉬는 나그네는 다리 힘이 다했는데	暫憩行人窮脚力
서쪽 봉우리에 지는 해는 반쪽이 먹혔네	西岑落照半邊銜

---

434 면대촌(面臺村) : 어디인지 자세하지 않다.

435 매월사(梅月寺) : 매월당(梅月堂) 김시습(金時習)이 머물던 절로 추정되나, 어디인지 자세하지 않다.

436 낙서암(洛書巖) : 하도낙서(河圖洛書)를 새겨놓은 바위로 추정되나, 어디인지 자세하지 않다.

다시 백운담[437]에 노닐다

重遊白雲潭

비가 평원의 숲을 지난 뒤 경치가 더해졌으니	雨過平林景愈添
가던 수레가 몇 밤 지체된 것이 무슨 문제랴	行車那妨幾宵淹
시냇물 따라 있는 방초는 치마끈을 에워싸고	沿溪芳艸圍裙帶
물 양쪽의 붉은 노을은 구슬발을 비추네	挾水紅霞照玉簾
모든 사물은 매번 후일에 관장하게 되니	凡物每爲來後管
한 사람이 승경 유람을 다 겸하기 어렵네	一人難得勝遊兼
맑고 깨끗한 고인 물은 깊어서 밑이 없으니	澄渾淳潚深無底
날마다 옆의 물줄기 받아도 싫어하지 않네	日受傍流也不嫌

437 백운담(白雲潭) : 241쪽 주396 참조.

곡운[438]의 산수를 회상하다

憶谷雲山水

옛날 정절선생 도연명은	古之陶靖節
성품이 본래 산림을 좋아하였네[439]	性本愛邱山
그 성품은 좋아하는 것이 아니나	其性非所愛
지극한 흥취는 한적함에 어울리네	至趣適于閑
당대엔 이런 사람이 없으니	當世無此人
부질없이 산수 사이에서 늙어가네	空老山水間
동방은 산수의 고장이건만	東方山水鄉
실운[440]은 엿보는 사람이 없네	室雲無人覰
백 리 먼 길을 꺼리지 않고	不憚百里路
내가 방금 한 차례 돌아왔네	我才一廻還
깊은 동구에 얼마나 막혔던가	幾窮洞口深
험난한 바위를 여러 번 지났네	屢經石齒艱
돌아와 누워 천성이 바뀌었나 헤아려보니	歸臥數易天
가슴속에 물이 한 굽이네	胸中水一灣
사람들은 이별이 어렵다고 하며	人道別離難

---

438 곡운(谷雲) : 196쪽 주305 참조.

439 옛날……좋아하였네 : 도연명(陶淵明)의 〈귀전원거(歸田園居)〉 6수 중 첫 번째 수에 "젊어서부터 세상과는 맞지 않았으니, 성품이 본래 산림을 좋아하였네.〔少無適俗韻, 性本愛邱山.〕"라는 구절이 보인다. '정절선생(靖節先生)'은 도연명의 시호이다.

440 실운(室雲) : 강원도 춘천부(春川府)에 속한 면 이름이다. 239쪽 주391 참조.

서쪽 나루와 또 양관을 말하거니와[441]	西津又陽關
내 생각에 잊기 어려운 곳은	我謂難忘處
빼어난 봉우리와 졸졸 흐르는 시내라네	峯秀潤潺湲
아련히 저녁 구름을 바라보고	依依望暮雲
가만히 패옥처럼 울리는 물소리를 듣네	黯黯聽鳴環
아득하여라 양 기슭의 꽃이여	悠哉兩岸花
아직까지 취기 가시지 않은 얼굴이 남았네	尙餘宿醉顏
발자욱을 잠깐이나마 남겼건만	爪印俄頃留
신선의 인연은 끝내 부족했네	仙緣終始慳
잠시 머물며 아이와 노인 친했다지만	暫住童叟親
속히 돌아오라고 물고기와 새가 비난하네	遄返魚鳥訕
스스로 돌아보면 탄식을 이길 수 없으니	自顧不勝嗟
세속의 미련을 어이해 버리지 못하는가	俗累胡未刪
이 때문에 정절선생은	所以靖節子
스스로 일어나 꿩을 놓아주었겠지[442]	自起放白鷳

---

441 서쪽……말하거니와 : '서쪽 나루〔西津〕'와 '양관(陽關)'은 모두 옛날에 이별하던 곳이다. 남조(南朝) 양(梁)나라 강엄(江淹)의 〈육평원기환(陸平原機覊宦)〉에 "남쪽 물가를 떠나던 때가 생각나니, 아쉬움을 품고 서쪽 나루에서 헤어졌네.〔流念辭南澨, 銜怨別西津.〕", 당나라 왕유(王維)의 〈벗 안이가 안서로 사신가는 것을 전송하며〔送元二使安西〕〉에 "그대여 한 잔 술을 다시 쭉 들이키오. 서쪽으로 양관을 나가면 친구가 없으니.〔勸君更盡一杯酒, 西出陽關無故人.〕"라는 구절이 보인다. 특히 왕유의 이 시는 〈양관곡(陽關曲)〉 또는 〈위성곡(渭城曲)〉이라 하여 이별 곡을 뜻하기도 한다.

442 이……놓아주었겠지 : 도연명(陶淵明)이 벼슬을 버리고 고향으로 돌아간 것을 이른다. '백한(白鷳)'은 벼슬과 하체는 남흑색이고 상체와 양 날개는 흰색인 수꿩의 일종으로, 여기에서는 도연명의 현령 벼슬을 비유한다. 당나라 옹도(雍陶)의 〈손 명부

시詩 263

가 구산을 생각하는 시에 화답하다[和孫明府懷舊山詩]〉라는 시에 "오류선생은 본래 산에 있었는데, 우연히 나그네 되어 인간 세상에 있게 되었네. 가을이 와서 달을 보니 돌아가고 싶은 생각이 많아지자, 스스로 일어나 조롱 열고 백한을 날려 보냈네.[五柳先生本在山, 偶然爲客落人間. 秋來見月多歸思, 自起開籠放白鷴.]"라는 구절이 보인다.

장난삼아 읊다

戲吟

십 년 세월 시골에 살며 몰골이 형편없으니 　　十載鄉居面目憎

벼슬아치 의관이 맞지 않아 어울리지 않네 　　衣冠齟齬不相稱

작은 언덕에서 개미들의 집을 달게 여긴 뒤로 　　自甘邱垤封群蟻

푸른 바다에서 큰 붕새의 거조를 알지 못하네 　莫識滄溟擧大鵬

세상엔 그럴듯하나 비슷하지도 않은 것이 있으며 　俗有似然非近似

일은 할 수 있는 것이 없는데도 혹 하기도 하네 　事無能可或爲能

덧없는 이내 인생 머물 곳이 어디인가 　　人生歇泊知何處

오늘 이와 같으니 다시 옛날이 생각나네 　　今日如斯復憶曾

낙양도⁴⁴³
洛陽道

시냇가의 버드나무는 빗속에 어둡고	傍溪柳雨暗
언덕 양쪽의 소나무는 그늘이 청량하다	夾岸松陰淸
오동나무 잎이 홍교를 덮었는데	梧葉虹橋掩
지나가는 수레 하나 낙수로 향하네	行車洛水程

---

443 낙양도(洛陽道) : 악부의 곡명으로, 관산월(關山月)·장안도(長安道)·자류마
(紫騮馬) 등 고각횡취곡(鼓角橫吹曲) 15종 가운데 하나이다. 강(羌) 지역에서 일어났
다고 하여 강적(羌笛)이라고도 한다. 한(漢)나라 구중(丘仲) 또는 이연년(李延年)이
만들었다고 하며, 장건(張騫)이 서역에 들어가 그 법을 전한 것이라고도 한다. 여기에
서는 9수의 오언절구를 통해 도성 부근의 풍경을 읊었다. 《芝峯類說 卷18 技藝部 音樂》
《通志 卷49 樂略1 鼓角橫吹十五曲》

두 번째
其二

묵계부터 십 리 길 노정에	墨溪十里路
이따금 벗님의 집이 있다네[444]	種種故人家
무성한 세 그루 홰나무[445]를	鬱鬱三槐樹
한 번 보니 봄기운이 아름답네	一望春氣佳

444 묵계(墨溪)부터……있다네 : '묵계'는 경기도 양주 천마산(天摩山) 부근에 있는 시내 이름이다. '벗님'은 저자와 40년 동안 교유한 김기찬(金基纘)과 운하동(雲霞洞)에 사는 성산 상서(星山尙書)를 가리킨다. 김기찬은 저자보다 5세 위이며, 어려서부터 같은 마을에서 자라고 만년에는 저자의 거처인 가오곡에서 멀지 않은 묵계에 집을 짓고 살았다. 348쪽 주555 참조. 《嘉梧藁略 冊12 墨溪庄記, 冊16 石居生碣銘》

445 세 그루 홰나무 : 이와 관련하여 송 태종(宋太宗) 때 병부 시랑(兵部侍郎) 왕우(王祐)가 자기 집 뜰에 홰나무 세 그루를 심고 "나의 자손 중에 반드시 삼공(三公)에 오를 자가 있을 것이다."라고 하였는데, 뒤에 그의 아들 왕단(王旦)이 그의 말대로 정승이 되었다는 고사가 전한다. 《古文眞寶 後集 卷8 三槐堂銘》

세 번째
其三

고개 위에 흰 구름이 일어나니 　　　　嶺上白雲起

나그네의 옷소매가 서늘하네 　　　　行人衣袂寒

판교에 아침 해가 솟아오르면 　　　　板橋朝日湧

푸른빛이 몇 개의 봉우리에 들어갈까 　青入幾峯巒

네 번째
其四

푸르른 소나무와 잣나무가　　　　　　　　　　蒼蒼松柏樹

모두 동쪽 하늘을 향하였네　　　　　　　　　　盡向天之東

한밤중에 우는 두견새는　　　　　　　　　　　夜半子規鳥

울음 한 번에 피눈물이 붉네[446]　　　　　　　一聲血淚紅

446　푸르른……붉네 : 강원도 영월부(寧越府)의 객관(客館) 남쪽에 있는 자규루(子規樓)를 가리켜 읊은 것으로 추정된다. 자규루의 원래 이름은 관풍매죽루(觀風梅竹樓)로, 단종이 왕위에서 쫓겨나 영월에 머물 때 자주 올랐던 누각이다. 단종이 이곳에서 두견새 소리를 듣고 자규사(子規詞)를 읊었는데 가사가 매우 슬퍼 영월 사람들이 이후 자규루로 고쳐 불렀다고 한다.

다섯 번째
其五

들판의 풍경은 퇴조원447이요	野色退朝院
여울물 소리는 왕숙탄448이네	水聲王宿灘
가고 오기를 집에 들 듯하니	往來如入室
외로운 객점의 한 이가449라오	孤店二哥韓

---

447 퇴조원(退朝院) : 도성 동쪽으로 30리 떨어진 곳에 있는 퇴계점(退溪店)과 가까운 역원이다. 《嘉梧藁略 冊12 退川憩廬記》

448 왕숙탄(王宿灘) : 도성문 밖 동쪽으로 30리 떨어진 곳에 있는 여울 이름으로, 왕숙천(王宿川)으로 기록된 문헌도 있다. 《農巖集 卷30 祭亡兒文》

449 한 이가(韓二哥) : 한씨(韓氏) 성을 지닌 점이가(店二哥), 즉 점소이(店小二)라는 뜻이다. 점소이는 객점이나 주점 등에서 심부름하는 젊은 남자를 가리킨다.

여섯 번째
其六

두 능[450]의 왕기가 맑으니   二陵王氣淑

숫돌처럼 길이 평평하네[451]   如砥道塗平

잠시 버들 아래 주막에 쉬는데   暫憩旗亭柳

말 울음소리에 봄비가 개었네   馬嘶春雨晴

---

450 두 능 : 서울 강남 봉은사(奉恩寺) 옆에 있는 성종의 선릉(宣陵)과 중종의 정릉(靖陵)을 가리킨다. 임진왜란 때 왜군에 의해 파헤쳐져 다시 수습한 일이 있다.

451 숫돌처럼 길이 평평하네 : 《시경》〈소아(小雅) 대동(大東)〉에 "큰 길이 숫돌처럼 평평하니, 그 곧음이 화살 같도다.〔周道如砥, 其直如矢.〕"라는 구절이 보인다.

일곱 번째

其七

예조에서 길의 원근을 바치니	木官呈道里
어가 타고 일찍이 현장에 오셨네	鑾御曾臨場
지난날 신하가 어가 따라서	昔日臣隨駕
몇 번이나 황송하게 지났던가	幾番徑悚惶

여덟 번째
其八

선농단 입구를 지나가며 　　　　　　　　　　夏過農壇口
멀리 선잠단 기슭을 바라보네[452] 　　　　　遙望蠶麓頭
천 년 동안 전하는 용맹한 기운 　　　　　千秋英烈氣
옛 정후[453]임을 알겠네 　　　　　　　　　知是古亭侯

---

452 선농단(先農壇)……바라보네 : 선농단과 선잠단(先蠶壇)은 모두 동대문 밖에 있었다.

453 정후(亭侯) : 한(漢)나라 때 작은 공을 세웠을 경우 정(亭)을 식읍으로 봉해준 열후(列侯)의 작위 이름이다. 여기에서는 삼국 시대 때 한수정후(漢壽亭侯)에 봉해진 촉한(蜀漢)의 관우(關羽)를 가리킨다. 관우를 모신 사당으로 동대문 근처에 동관왕묘(東關王廟)가 있었다. 《後漢書 卷38 百官志5》

아홉 번째
其九

옹성[454]에 수레바퀴가 부딪치니	甕城車轂擊
깃발 세운 망루의 처마가 드높네	表櫓簷牙高
편안한 집에서는 일꾼을 종으로 부리고	晏宅僕夫子
한미한 집에서는 독촉하는 토호를 만나네	寒閨遭責豪

---

454 옹성(甕城) : 본성의 바깥에 있는 작은 성으로, 둥글게 만들기도 하고 네모지게 만들기도 한다. 월성(月城)이라고도 한다.

사월의 장마
四月霖

옛 비가 개기 전에 새 비가 이어지니 　　舊雨未晴新雨連

금년의 비 상황이 예년과는 다르네 　　今年雨事異前年

창가엔 약 말리는 것이 보기에 끝이 없고 　　窓間曬藥看無盡

뜰 가엔 진흙이 말랐다지만 걷기에 편치 않네 　　庭畔乾泥踏不便

순식간에 흐리다 볕이 나다 구름이 변화무쌍하니 　　驀地陰陽雲變幻

사람을 추웠다 따뜻했다 만들어 병이 낫지 않네 　　逼人冷暖病沈綿

농부가 분주히 호미와 가래를 잡으니 　　田夫奔走有鋤鍤

내 장차 가을이 오면 먼저 배를 두드리리라 　　我且秋來鼓腹先

중원의 선비가 옛 먹 두 개를 보내주었는데 바로 표씨와 완씨의 물건이었다. 그 함 머리에 쓰다

中州人士贈古墨二笏 卽表氏阮氏物也 題其函頁

경교를 만 번 찧어 만든 수원[455]의 제품이니	輕膠萬杵隨園製
천금의 옛 기와는 완씨의 소장품이네	古瓦千金阮氏藏
향을 간직한 채 몇 년이나 산하를 떠돌았나	貯馥幾年游海嶽
먹물을 흩뿌려 가는 곳마다 문장을 토하네	潑雲到處吐文章
당시 사람은 신안에서 나오는 먹[456]만 답습했지만	時人徒襲新安産
신품이라면 역수의 좋은 먹[457]을 구해야 하리	神品宜求易水良
옛 물건은 종국엔 서재의 완호물로 돌아가니	舊物終歸齋上玩
털 빠진 중산의 모영이 옥을 가는 돌이라네[458]	中山穎脫石攻瑯

---

455 수원(隨園) : 청나라의 문인 원매(袁枚, 1716~1798)의 호이다. 수원은 원래 중국 남경(南京)에 있는 정원으로, 청대 강남의 3대 명원(名園) 중 하나이다. 《홍루몽(紅樓夢)》의 저자인 조설근(曹雪芹) 집안의 원림(園林)으로, 1748년에 원매가 이 정원을 사들였으며 사후에 이곳에 묻혔다.

456 신안(新安)에서 나오는 먹 : 중국 휘주(徽州) 지역에서 생산된 먹으로, 신안향묵(新安香墨) 또는 휘묵(徽墨)이라고도 한다.

457 역수(易水)의 좋은 먹 : 중국 하북성 역수(易水) 유역에서 생산된 먹으로, 까맣고 광택이 나서 역현광(易玄光)이라는 별칭이 있다.

458 털……돌이라네 : 붓을 타산지석(他山之石)으로 삼아야 한다는 말로, 붓은 동(動)하기 때문에 수명이 짧고 벼루는 정(靜)하기 때문에 수명이 길므로 이렇게 말한 것이다. '중산(中山)'은 지금의 안휘성 선성현(宣城縣)에 있는 산으로, 좋은 토끼털이 많이 나서 예로부터 모필(毛筆)의 명산지로 일컬어졌다. '모영(毛穎)'은 붓의 별칭이다. 당나라 문장가 한유(韓愈)가 토끼털로 만든 붓을 의인화하여 지은 〈모영전(毛穎傳)〉

에, 임금이 머리카락이 벗겨진 모영을 보고 "중서군이 늙어 머리털이 빠졌으니 나의 씀을 맡을 수가 없구나. 내 일찍이 그대를 중서라 일컬었는데, 그대는 이제 글씨를 쓰기에 적합하지 않구나.〔中書君老而禿, 不任吾用. 吾嘗謂君中書, 君今不中書邪.〕"라고 한 내용이 보인다. 원문의 '석공낭(石攻瑯)'은 돌로 옥을 간다는 뜻으로, 《시경》 〈소아(小雅) 학명(鶴鳴)〉의 "다른 산의 돌이, 옥을 갈 수 있느니라.〔他山之石, 可以攻玉.〕"라는 구절에서 유래하였다. 옥은 아름답고 돌은 거칠지만 돌이 옥을 다듬어 옥의 아름다움을 이룬다는 뜻으로, 소인이 군자의 덕을 이루어줄 수 있음을 비유한 것이다.

자엄[459]이 인장을 보내왔는데 세 면의 전각 글자가 경외스러웠다

自弇贈印章 三方篆文可敬

원보란 호칭 부끄러운데 태사를 덧붙이고	元輔稱慚加太師
가오실이란 글자는 전서로 드리웠네	嘉梧室字篆文垂
나라의 은혜가 유난히 중하니 하늘처럼 크고	國恩偏重天爲大
사귐의 도가 더욱 견고하니 돌이 또한 기이하네	交道逾堅石亦奇
달빛이 세 못을 비추듯[460] 멀리까지 비춤이 놀랍고	月印三潭驚遠照
무소뿔이 한 점으로 통하듯[461] 알아준 것이 고맙네	犀通一點荷相知
비단 함과 도자기 합이 그 광채를 간직하니	錦函瓷盒藏光氣
산방이 갑자기 부자 되어 배고픔도 잊은 듯하네	暴富山齋似忘飢

---

459 자엄(自弇) : 청나라의 내각부당(內閣部堂) 주자엄(周自弇)이다. 저자는 62세 되던 1875년(고종12) 1월 을해년 1월 7일 왕세자 책봉 주청정사(奏請正使)에 임명되어 동년 7월 30일 고종에게 하직 인사를 하고 연경에 갔다가 동년 12월 16일 돌아와 복명하였는데, 연경에 있을 때 주자엄과 필찰을 통해 교유했던 것으로 보인다.《嘉梧藁略 冊12 齊年序》

460 달빛이……비추듯 : 은택을 두루 베풀어주었다는 말이다. 부처의 자비가 모든 중생에게 다 같이 베풀어진다는 뜻의 월인천강(月印千江)을 차용한 것으로, 중국 절강성 항주(杭州)의 서호십경(西湖十景) 중 '삼담인월(三潭印月)'이 있는데, 여기에서는 항주에서 인장을 보내왔으므로 이렇게 말한 듯하다.

461 무소뿔이……통하듯 : 서로 마음이 통한다는 말이다. 무소는 신령한 짐승으로 뿔 안에 한 줄 실 같은 흰색 무늬가 있어 양 끝을 관통하기 때문에 신령함에 감응한다는 속설에서 유래하였다. 당나라 이상은(李商隱)의 〈무제(無題)〉에 "몸엔 비록 날 수 있는 봉황의 양 날개 없지만, 마음엔 한 점 통할 수 있는 신령한 무소뿔 있네.〔身無彩鳳雙飛翼, 心有靈犀一點通.〕"라는 구절이 보인다.

계 병부[462]의 종 모양 벼루

繼兵部鍾式硯

가를 두른 종 모양의 옛 기물이니	鑲邊鍾式古
쪼아 만든 벼루는 문방사우 중 최고이네	琢硯文房尤
붙어 있는 연잎에 명문이 숨어 있고	銘隱荷錢貼
깊숙한 옛 상자에 명성이 간직되었네	聲藏舊匣幽
그대와 나의 교분은 허물이 없으니	君吾交莫逆
금석 같은 성품은 타고남이 똑같네	金石性同由
마음에서 우러난 선물엔 경중이 없다지만	心貺無輕重
귀한 물건 답례하던 전례에 절로 부끄럽네[463]	木瓜也自羞

---

462 계 병부(繼兵部) : 자세하지 않다.

463 귀한……부끄럽네 : 《시경》〈위풍(衛風) 목과(木瓜)〉에 "나에게 하찮은 모과를 던져주기에, 귀한 옥으로 보답하였네.〔投我以木瓜, 報之以瓊琚.〕"라는 구절이 보인다.

장원[464]의 금귤에 대해 읊다

藏園金橘詠

오천 리 먼 길 스물세 개의 여울을 지나	五千里地廿三灘
나무마다 열린 샛노란 둥근 금귤이 왔네	樹樹黃來金橘團
애오라지 옛 벗에게 보내주어 맛을 나누니	聊贈故人分氣味
얼마나 군자를 수고롭게 하여 마음을 쏟게 했을까	幾勞君子瀝心肝
한낮 창가에서 갈증 그치니 또한 더위를 잊고	午牕止渴還忘喝
한밤 베개에서 마음 편하니 추위가 겁나지 않네	夜枕寧精不怯寒
어찌하면 남으로 가는 기러기를 따라 떠나서	安得身隨南鴈去
평호[465]의 가을 달을 앉아서 함께 즐길까	平湖秋月坐同歡

---

464 장원(藏園) : 청나라 말기의 관리인 유지개(游智開)의 호이다. 190쪽 주292 참조.
465 평호(平湖) : 중국 절강성 동북부에 있는 시 이름이다.

오팽년이 다기에 쓴 글씨
吳彭年茶題

오군의 철필은 고금을 통틀어 기이하니   吳君鐵筆古今奇

노방에서 일찍이 대나무 위의 글을 보았네   蘆舫曾看竹上辭

입구는 넓고 꼬리는 긴 새로 만든 물건으로   口廣尾長新品製

겉은 담황색에 안은 흰색인 좋은 자기라네   外緗內白好窯瓷

반쯤 기운 천진한 그림은 흐릿하게 이지러졌고   半欹癡畫糢糊缺

세 글자의 초록한 글씨는 단아하여 본받을 만하네   三字鈔題博雅師

손 가는 대로 차를 가늠해 넣어 조금 마셔보니   隨手量茶多少啜

찻상 머리에 은침의 향기가 퍼지네   床頭香聞銀針兒

호성 스님이 준 약이 효험을 보였기에 시를 지어 사례하다
虎惺上人薦藥見效 詩以謝之

양산 통도사의 주지 스님 호성선사가	寺通度住虎惺師
석장을 공중에 날리며[466] 세상에 늦게 나왔네	錫杖飛空出世遲
시방세계를 인도하니 누가 활불인가	引導十方誰活佛
육기를 조섭할 제 훌륭한 의원을 만났네	調將六氣見良醫
전생의 묵은 인과리라 분명한 증거로 꼽고	前生宿果推明證
정법의 신묘한 의술이라 큰 자비를 입었네	正法神藏荷大慈
여름날 산사에서 멀리까지 걸음 하셨기에[467]	夏日山門雲衲遠
빼어난 일만 송이 꽃가지 하나를 보내드리네[468]	一枝堪贈萬花奇

---

466 석장(錫杖)을 공중에 날리며 : 승려가 사방으로 유람하는 것을 비유한 말이다. 《석씨요람(釋氏要覽)》에 "요즘 승려들이 유람하는 것을 좋게 말해서 '비석(飛錫)'이라 하는데, 이는 고승 은봉(隱峯)이 오대산을 유람하고 회서로 나갈 때 석장을 공중에 날려 그것을 타고 갔기 때문이다. 서천(西天)의 득도한 고승들로 말하면 왕래할 때 대부분 이렇게 석장을 날려 타고 다닌다.〔今僧遊行, 嘉稱飛錫. 此因高僧隱峯, 遊五臺, 出淮西, 擲錫飛空而往也. 若西天得道僧, 往來多是飛錫.〕"라는 내용이 보인다.

467 걸음 하셨기에 : 원문의 '운납(雲衲)'은 '운수납자(雲水衲子)'의 준말로, 행운유수(行雲流水)처럼 정처 없이 떠돌아다니는 행각승(行脚僧)을 가리킨다.

468 빼어난……보내드리네 : 감사의 뜻으로 시를 지어 보낸다는 말이다. 남북조 시대 사람 육개(陸凱)가 강남에 있을 때 역졸을 시켜 매화 한 가지를 장안(長安)에 있는 벗 범엽(范曄)에게 보내면서 시를 함께 부쳤는데, 그 시에 "매화를 꺾다 역사를 만나, 농두에 사는 그대에게 부친다오. 강남에는 보낼 게 없어, 애오라지 한 가지의 봄을 보낸다오.〔折花逢驛使, 寄與隴頭人. 江南無所有, 聊贈一枝春.〕"라고 한 역사매화(驛使梅花)의 고사를 원용한 것이다. '역사(驛使)'는 공문서나 편지를 전해주는 사람으로, 매화사(梅花使)라고도 한다. 《古詩紀 卷64 陸凱 贈范曄詩》

초여름

初夏

비가 드리운 발을 때리고 푸른 산에 떨어지니	雨拍編簾落翠微
침침한 아픈 눈을 들어 아스라이 바라보네	迷離病眼望依依
뽕 가지가 다시 무성하니 누에가 고치 틈을 알겠고	桑枝重茂知蠶結
꽃 그림자가 막 성깃하니 나비가 드문 것을 알겠네	花影初疏認蝶稀
세상일은 먼저 할 일과 뒤에 할 일이 있거니와	時事有先而有後
산중에는 옳은 것도 없고 틀린 것도 없네	山中無是亦無非
시냇가에서 흰 갈매기가 날아와 어울린가 싶더니	溪邊白鳥來相狎
하늘 위로 높이 날아가니 기미를 알아차린 듯하네	高擧雲霄似見幾

늙음
老

다섯 빛깔이 눈에 어른거리고　　　　　　　　五綵眼光繚

여덟 음이 귀에 윙윙거리네　　　　　　　　　八音耳朶譜

죽음을 앞두고 먼저 병이 심해지니　　　　　　將歸先疾病

아무 쓸모 없는 그저 껍데기일 뿐이네　　　　無用但形骸

일을 만나면 새로운 생경함에 부끄럽고　　　　遇事羞新澁

심금을 건드리면 옛 감회에 젖곤 하네　　　　觸情感舊懷

스산한 비바람이 지붕을 두드리는데　　　　　凄凄風雨屋

끊임없이 닭 우는 소리가 들리네　　　　　　不已鷄鳴嘈

잠에서 깨어
睡罷

동산에 비라도 오려는 듯 대낮에도 어두컴컴한데　　林園欲雨晝陰陰
잠에서 깨어보니 향로의 향이 아직 꺼지지 않았네　　睡起靑爐香未沈
더딘 해는 여전히 텅 빈 방의 벽을 머금었고　　遲日尙銜虛室壁
맑은 바람은 절로 반 평상의 거문고를 움직이네　　淸風自動半床琴
신기함을 좋아해 생기 돌게 할 책을 매번 찾고　　耽奇每覓生顏卷
소갈병을 앓아 배우지 못한 술을 자주 탄식하네　　病渴頻嘆不學斟
마른 지팡이 힘들게 끌고 작은 채소밭을 거니는데　　倦引瘦筇巡小圃
아이들이 물을 흘려 부으며 인삼을 심네　　兒童灌水種人蔘

유천우[469]의 〈마산사영〉에 차운하다

次游天愚摩山四詠韻

교화가 다 미쳐서 끝이 없으니	聲教訖無疆
남쪽까지 미치고 또 바다까지 무젖었네[470]	暨南又漸海
동정호는 멀리 그대의 집이 있는 곳이요	洞庭君宅賒
천마산은 내 고장이 있는 곳이라오[471]	摩岳我鄉在

---

469 유천우(游天愚) : 청나라 말기의 관리인 유지개(游智開)이다. 190쪽 주292 참조.

470 교화가……무젖었네 : 유지개가 지방관 관리로 나가 매우 잘 다스렸다는 말이다.
《서경》〈우공(禹貢)〉에 "동쪽으로 바다에 무젖고, 서쪽으로 유사에 입혀지며, 북쪽과
남쪽에 이르러 교화가 사해에 다 미치자, 우왕이 검은 홀을 올려 공이 이루어졌음을
아뢰었다.〔東漸于海, 西被于流沙, 朔南暨, 聲教訖于四海, 禹錫玄圭, 告厥成功.〕"라는
구절이 보인다.

471 천마산(天摩山)은……곳이라오 : 저자의 집은 경기도 양주 천마산 동쪽의 가오
곡(嘉梧谷)에 있었다. 《林下筆記 卷35 薜荔新志 序》

두 번째
其二

작은 이 몸이 해동에 숨어 살지만   眇身藏海東

우리 벗님은 천하를 똑같이 여기네   知己同天下

구름 밖 서신이 베틀의 북처럼 잦으니   雲外槭如梭

모두 뜻이 있는 자이기 때문이라네   無非有志者

세 번째
其三

내게 서신과 함께 술을 보내주니	贈我雙魚瓶
교분이 어쩌면 이토록 지극한가	交情何到底
한 잔 또 한 잔을 마시노라니	一杯復一杯
향과 맛이 바로 여기에 있었네[472]	臭味在於此

---

472 향과……있었네 : 깊은 우정을 알 수 있다는 말이다. 《춘추좌씨전》 양공(襄公) 8년 조에 "지금 초목에 비유하면 우리 노(魯)나라 임금님은 진(晉)나라 임금님에게 있어 진나라 임금님의 향과 맛입니다.〔今譬於草木, 寡君在君, 君之臭味也.〕"라는 내용이 보이는데, 진나라 임금이 꽃과 과일이라면 노나라 임금은 단지 그 꽃의 향기와 과일의 맛일 뿐이라고 하여 진나라 임금을 높이고 또 양국의 정이 한 몸과 같음을 비유한 것이다.

네 번째
其四

황량한 숲의 한 구기 연못이여   荒林一勺潭

너를 버리고 무슨 낙을 즐겼던가   抛寘樂何樂

십 년 동안 네 은혜 저버렸으니   十載孤君恩

일찍 재상에 오름이 절로 부끄럽네   自慙蚤入閣

일품홍

一品紅

장원[473] 노인이 술을 잘 빚으니	藏園老叟善釀酒
동정호의 봄빛 담은 일품홍이라오	洞庭春色一品紅
작은 통에서 방울방울 진주가 미끄러지니	小槽滴滴珍珠滑
천상의 청량함이 번화한 땅과 통하네	淸都冽冽華地通
먼 길 떠난 수레가 돌아오자 옛 향이 풍기니	征轅載回舊香聞
천 리 밖에서 술을 귤산 늙은이에게 보내왔다오	千里杯傳橘山翁
몇 점 매화가 떨어져 붉은 뺨을 적시고	數點梅落濕臙脂
한 줄기 촛불이 타올라 영롱하게 비추네	一枝燭開照玲瓏
적막한 산중에서 갑자기 호사를 누리니	寂寞山中暴富奢
고상한 흥취는 주점의 바람이 필요 없다오	高興不待旗亭風
어느 곳에 봄이 먼저 이르렀나 모르겠지만	不知何處春先到
천 나무 만 나무에 꽃 기운이 흘러넘치네	千樹萬樹花氣瀜
무릉의 소갈 근심[474]이 무슨 문제가 되랴	茂陵渴愁何足病
운안의 국미춘[475]도 공이 되기 어렵네	雲安麴米難爲功
지난날엔 산사요 오늘날엔 초가이지만	前日蕭寺今草廬

---

473 장원(藏園) : 청나라 말기의 관리인 유지개(游智開)의 호이다. 190쪽 주292 참조.

474 무릉(茂陵)의 소갈 근심 : 한(漢)나라 사마상여(司馬相如)가 소갈병(消渴病)을 앓자 벼슬을 그만두고 물러나 무릉에 살다가 죽은 것을 이른다. 《史記 卷117 司馬相如列傳》

475 운안(雲安)의 국미춘(麴米春) : 당나라 때 지금의 광동성 운안에서 난 명주(名酒)로, 한 잔 마시자마자 취기가 감돈다고 한다.

같은 빛의 밝은 달이 그 안에 있네　　　　一色明月在其中

술이 아니라 마음이 사람을 취하게 하니　　酒不醉人心醉人

두 사람의 흉금이 진실로 똑같네　　　　　兩人襟抱信相同

나보다 더 술을 좋아하는 이가 없을 터이니　好酒好酒無余上

이로부터 명성이 동해의 동쪽에 퍼지리라　從此名流東海東

산향 상국⁴⁷⁶께서 나의 수레 장비가 헤진 것을 보고 새 수레 끈을 하나 보내주셨기에 심부름꾼을 세워놓고 사례하는 시를 짓다

山響相國見余車具之弊 惠一新條 立伻謝之

산중의 늙은 재상이 모든 공무를 폐하니   山中老相廢凡公
다 헤진 수레 끈에 거리의 아이들이 웃었네   弊弊車條笑街童
동료에 대한 상국⁴⁷⁷의 후중한 정을 입어   賴有黃扉寮意重
마침 새 끈을 나눠 받으니 문득 바람이 이네⁴⁷⁸ 趁分新織頓生風

476 산향 상국(山響相國) : 이최응(李最應)이다. 56쪽 주80 참조. 이최응은 1874년 (고종11) 12월 17일 좌의정, 1875년 11월 20일 영의정에 임명되었으며, 1882년(고종 19) 1월 13일 상소를 올려 영의정 사직을 허락받았다.

477 상국 : 원문의 '황비(黃扉)'는 '황각(黃閣)'과 같은 말로 정승이 집무하는 청사를 가리킨다. 옛날에 승상이나 삼공(三公)의 집무실에는 황색으로 문을 칠한 것에서 유래하였다.

478 바람이 이네 : 경외하는 마음이 일어나게 한다는 말이다.

고향으로 돌아오다

還鄉

객지 밥 오십 일 만에 돌아올 기약이 생기니	旅食五旬歸有期
첩첩 쌓인 푸른 산이 말 앞에 기이하네	靑山重疊馬前奇
몸은 병든 잎 같아 가을을 먼저 느끼거니와	身如病葉秋先識
마음은 높은 봉우리 같아 해가 아직도 더디네	心似高峯日尙遲
숲 아래 생긴 밭엔 붉은 작약이 자라고	林下圃成紅藥在
다리 옆 떨어진 돌엔 푸른 이끼가 무성하네	橋邊石落綠苔滋
옛 서적을 옮겨오고 뒤따르는 이가 많으니	搬來舊籍追從衆
촌부들도 높은 벼슬아치라는 것을 아는구나	村漢知他好爵縻

길림 장군 명정신[479]에게 부치다

寄吉林將軍銘鼎臣

곧장 북으로 춘주[480]까지 한 줄기 긴 강이 흐르는데	直北春州一帶長
장군의 높은 보루가 국경을 격하고 있도다	將軍高壘隔封疆
규범은 청렴과 근면에 두어 빙호[481]처럼 깨끗하고	規存廉謹氷壺潔
치적은 문장에 드러나 아름다운 옥처럼 빛나네	治著文章寶璐光
전공을 자랑하지 않은 한나라 풍이는 대수장군이라 불렸고[482]	
	不伐漢功稱大樹
교화를 선양한 주나라 소공은 감당나무 아래에서 쉬었도다[483]	
	酒宣周化憩甘棠
변방의 소국이 옛날에 망가져 눈과 귀가 어둡지만	偏邦舊損垂昏瞶

---

479 명정신(銘鼎臣) : 청나라 장수로 자세한 이력은 미상이다.

480 춘주(春州) : 현재 중국 길림성의 치소인 장춘시(長春市)이다.

481 빙호(氷壺) : 얼음을 담은 옥호(玉壺)라는 뜻으로, 고결한 인품을 비유한다.

482 전공을……불렸고 : 명정신을 후한(後漢)의 명장 풍이(馮異)에 비견한 것이다. 풍이는 광무제(光武帝)를 섬기면서 많은 전공을 세웠으나 겸손하여 길을 가다가 다른 장군을 만나면 한쪽으로 피하였으며, 휴식을 취할 때에는 전공을 자랑하는 다른 장수들과 달리 늘 큰 나무 아래에서 쉬었기 때문에 군중(軍中)에서 풍이를 대수장군(大樹將軍)이라 불렸다고 한다. 《後漢書 卷17 馮異列傳》

483 교화를……쉬었도다 : 명정신을 주(周)나라 소공(召公)에 비견한 것이다. 소공이 남국(南國)을 순행하면서 선정을 베풀자, 소공이 떠난 뒤 남국의 백성들이 소공의 덕을 그리워하여 소공이 머물고 쉬었던 감당나무를 소중히 여겨서 "무성한 감당나무를 자르지도 말고 베지도 말라. 소백이 초막으로 삼으셨던 곳이니라.〔蔽芾甘棠, 勿翦勿伐! 召伯所茇.〕"라고 노래하였다고 한다. 《詩經 召南 甘棠》

여전히 인자한 풍도를 흠모해 미칠 듯 기뻐하네   尙挹仁風喜欲狂

새벽 창가의 매미 소리

曉窓蟬聲

매미 소리는 이 산중이 가장 요란하니	蟬聲最富此山中
북이다 남이다 할 것 없이 모두 똑같네	無北無南一例同
꿈인 듯 꿈 아닌 듯 두 귓가에	夢不夢間雙耳朶
끊어질 듯 계속 이어지니 몽롱할 뿐이네	長留斷續也朦朧

유도소에서 석파 대로⁴⁸⁴의 증별시에 차운하다

留都所 次石坡大老贈別詩韻

시골 백성이 갓과 비녀 갖추어 어디에 쓰랴	村氓何用備冠簪
가는 곳마다 관목이라 숲을 가려 앉을 것 없네⁴⁸⁵	到處班荊不擇林
그 중에도 붉게 쓴 한 장 안의 글자들이	簡中一葉紅題字
떠난 뒤의 이 나그네 마음을 묶어놓는구려	能繫行人去後心

---

484 석파 대로(石坡大老) : 고종의 생부 흥선대원군(興宣大院君) 이하응(李昰應, 1820∼
1898)으로, '석파'는 그의 호이다.

485 가는……없네 : 반가운 옛 벗을 만나 정담을 나눌 때 굳이 좋은 자리를 가릴 것이
없다는 말이다. 춘추 시대 초(楚)나라 오거(伍擧)와 성자(聲子)가 정(鄭)나라 교외에
서 만나 관목[荊]을 깔고 앉아 얘기를 나누었던 고사와 한(漢)나라 예형(禰衡)의 〈앵무
부(鸚鵡賦)〉 중 "높이 날 때에는 함부로 모이지 않고, 노닐 때에는 반드시 숲을 가린다.
[飛不妄集, 翔必擇林.]"라는 구절을 원용한 것이다. 《春秋左氏傳 襄公 26年》

고향에 돌아오다. 또 〈이른 매화〉 시에 차운하다.

還鄉 又次早梅韻

흰 눈 보니 매화 생각나 동쪽 방문을 열고	見雪思梅戶闢東
가지가지 살펴보니 조그맣게 이제 막 붉어졌네	枝枝點檢眇初紅
수양공주의 아름다운 이마 단장임을 알겠으니[486]	知是壽陽粧玉額
무수히 떨어져 내리는 것이 늦봄과 똑같네	落來無數暮春同

---

486 수양공주(壽陽公主)의……알겠으니 : 남조(南朝) 송(宋)나라 무제(武帝)의 딸 수양공주가 일찍이 함장전(含章殿) 처마 아래 누워 있는데, 매화가 공주의 이마에 떨어져 오출화(五出花)를 이루자 사람들이 이를 아름답게 여겨 이마에 매화를 그려 장식하면서 수양장(壽陽粧)이라는 화장법이 나오게 되었다고 한다.

두 번째

其二

| 닫힌 산중 길엔 취우개⁴⁸⁷가 오지 않는데 | 翠羽不來山鎖羅 |

닫힌 산중 길엔 취우개[487]가 오지 않는데　　　翠羽不來山鎖羅
찬 하늘에 첫눈이 신선의 노래를 일으키네　　　寒天初雪動仙歌
고운 님은 밤이면 밤마다 아무 소식이 없고　　　美人夜夜無消息
적막한 텅 빈 창에 달빛만 가득하네　　　　　　寂寞虛窓月色多

---

487 취우개(翠羽蓋): 물총새의 깃으로 장식한 푸른 수레 덮개라는 뜻으로, 신선의
수레를 가리킨다. 여기에서는 고관의 행차를 의미한다.

또 원운에 차운하다

又次原韻

솔가지를 얽어 만든 초가집 저녁 풍경이 은은하니	茅屋架松晚景依
늙은 삽살개는 짖지 않고 낮에도 사립문 닫혀 있네	老狵不吠晝關扉
작은 방에 매화 망울 맺히니 봄을 맞는 소식이요	梅胎矮閤迎春信
평평한 모래톱에 눈이 쌓이니 달빛보다 눈부시네	雪積平沙賽月輝
앉아서 천 가닥[488]을 세는 것은 공도가 있어서이니	坐數千莖公道在
앞으로 다섯 해가 지나면 내 나이 고희가 되네	將過五載我年稀
저 만법이 공으로 돌아가는 이치로 본다면[489]	視他萬法空空也
헛짓했던 도연명도 지난날이 틀렸음을 깨달았네[490]	多事淵明悟昨非

488　천 가닥 : 백발을 가리킨다. 당나라 두보(杜甫)의 〈정 부마가 못가 누대에서 정광문을 만난 것을 기뻐하여 함께 마시다〔鄭駙馬池臺喜遇鄭廣文同飮〕〉에 "흰머리는 천 줄기가 눈 같고, 붉은 마음은 한 치가 재 같도다.〔白髮千莖雪, 丹心一寸灰.〕"라는 구절이 보인다.

489　저……본다면 : '만법(萬法)'은 불교 용어로, 일체제법(一切諸法) 즉 삼라만상의 일체 사물을 가리킨다. 이는 모두 공(空)을 성(性)으로 삼아 일리(一理)로 귀착한다고 한다. 《오등회원(五燈會元)》의 도응송(道膺頌)은 "일법은 제법의 종이요, 만법은 일법과 통한다.〔一法諸法宗, 萬法一法通.〕"라고 하였다.

490　헛짓했던……깨달았네 : 진(晉)나라의 도연명(陶淵明)이 팽택현(彭澤縣)의 현령 벼슬을 버리고 고향으로 돌아간 심정을 읊은 〈귀거래사(歸去來辭)〉에서 "오늘이 옳고 지난날이 틀렸음을 깨달았네.〔覺今是而昨非.〕"라고 말한 것을 이른다.

동궁께서 자내에서 강학하시는 날 시를 써서 여러 공에게 보여주다

春宮內講日 書示諸公

성상께서 즉위하신 지 15년 되는 해는 왕세자가 5세 되는 해였다. 이해 겨울 11월 7일 임자일에 성상께서는 왕세자에게 자내(自內)에서 수업을 받게 하시고 춘당대(春塘臺)에 납시어 선비들을 시험하셨다. 이어 대신들에게 명하여 세자시강원(世子侍講院)에 모이게 하고 진귀한 음식을 내려주셨는데,[491] 나와 영초(穎樵) 김병학(金炳學), 기당(祁堂) 홍순목(洪淳穆), 산향(山響) 이최응(李最應), 영어(穎漁) 김병국(金炳國) 등 여러 공이 여기에 참여하였다.[492] 이날은 날씨가 그다지 춥지 않았으며, 유생들이 모두 모이자 산향이 영의정으로 시험을 주관하여 기쁨을 표하였다. 과장(科場)을 열자 여러 대신이 앞으로 나아가 일제히 무궁한 복을 기원하는 말을 하였다. 탑전(榻前)에서 세자가 성상을 모시고 있었는데, 상서로운 구름이 대궐 안에 짙게 드리웠다. 성상께서 명하시어 물러나 기다렸는데

---

491 성상께서……내려주셨는데 : 고종은 1878년(고종15) 11월 7일 임자일에 세자(훗날의 순종)의 입학을 경축하기 위해 창덕궁 춘당대(春塘臺)에 가서 관학 유생(館學儒生)의 응제(應製)를 행하고 시임 대신과 원임 대신, 규장각 신하, 승지, 사관, 홍문관·세자시강원·세자익위사의 관리들에게 음식을 하사하였다. 이때 저자는 65세로 정1품 영중추부사의 직임을 띠고 있었다. 《高宗實錄》

492 나와……참여하였다 : 당시 김병학(金炳學)은 정1품 영돈령부사, 홍순목(洪淳穆)은 종1품 판돈령부사, 이최응(李最應)은 독권관영의정(讀券官領議政), 김병국(金炳國)은 좌의정의 신분으로 참여하였다. 《承政院日記 高宗 15年 11月 7日》

조금 지나자 또 음식을 나누어 주셨다. 봉했던 시권(試券)의 성명 부분을 열어 급제자를 발표하고 뒤이어 이들을 불러 성상께 참례시켰다. 이날의 대대적인 행사는 대소 신료들이 예전에 본 적 없었던 처음 보는 광경이었으니 아, 참으로 성대하였다! 성상께서는 명을 내려 시제(詩題)를 "악정은 세자의 학업을 맡고, 부사는 세자의 덕업의 성취를 맡는다. 한 사람의 원량이 있으면 국가가 바르게 된다.〔樂正司業, 父師司成. 一有元良, 萬國以貞.〕"[493]라고 쓰시고는 '유(有)' 자로 압운하도록 하셨는데, '유'는 '크게 훌륭한 일을 한다〔大有爲〕'는 의미였다. 연석(筵席)에서 물러나 삼가 '유' 자로 칠언절구를 이루어 산향 영의정께 바쳐 바르게 잡아주실 것을 청하고, 다시 여러 합하께 두루 화답해주시기를 청한다.

학업과 덕업 성취를 맡은 관직 고례에 있으니	司業司成古禮有
동궁께서 강학을 자내에서 먼저 받으시네	离筵講學內先受
시서 익히고 덕행 이루면 나라가 바르게 되니	詩書德行邦爲貞
궁궐에서 붓을 잡고 늙은 스승에게 나아가네	秉筆天圍師造耇

---

493 악정(樂正)은……된다 : 《예기》〈문왕세자(文王世子)〉에 보인다. '원량(元良)'은 세자를 가리킨다.

십이월 아침에 일어나
抄冬朝起

천기가 순행하여 더위와 추위가 적으니　　　　　順行天氣少炎涼

산방에 찬 매화가 일찌감치 향을 풍기네　　　　山屋寒梅早放香

술은 불러도 오지 않고 벼루에 얼음만 얼었는데　呼酒不來氷綴硯

흘깃 보니 돌솥494이 먼지 긴 책상에 놓였도다　　眄看石鼎倚塵床

---

494 돌솥 : 원문의 '석정(石鼎)'은 다구(茶具)의 일종으로, 차를 달이는 돌솥을 말한다.

겨울밤

冬夜

시 지으며 차 마시고 다시 매화를 보는데	作詩啜茗復看梅
창에 분분히 내리는 눈이 연대로 달려드네	窓雪紛紛撲硯臺
어린 종은 어이하여 추위에 서성이는가	短僕胡爲寒躑躅
늙은이는 본래 병으로 배회하는 것이네	老翁自是病徘徊
이끼가 남아 있는 돌계단은 찾아온 발자국 드물고	苔殘石刞稀來轍
향이 사그라든 구리 화로는 묵은 재를 날리네	香謝銅爐撥宿灰
앞마을에 새 술이 익었다는 말을 들었으니	聞說前村新酒熟
호리병을 풀라고 먼 닭 울음소리가 재촉하네	葫蘆解下遠鷄催

차운하여 상칙사 계술당⁴⁹⁵께 드리다
次韻贈上勅繼述堂

이별 뒤 만나지 못하고 몇 번의 가을을 보냈는지	別後參商幾闓秋
시절을 만나면 이별할 때의 시름이 새록새록 하네	逢時記得別時愁
이미 뒤늦은 우의를 맺어 온 마음을 다 주었는데	已將晚契輸肝膽
또 덧없는 인생이라 떠나고 남은 것이 애석하네	又是浮生惜去留
문단에서 명성을 오늘날 홀로 독차지하고 계시니	摛藻瓊林今獨擅
좋은 술을 흉내 낼 뿐 감히 비슷함을 말하리오	畫葫玉薤敢言遒
마음을 비추는 고운 달이 예전처럼 밝으니	照心瓊月明如舊
열수 위로 흐르는 달빛이 십주⁴⁹⁶에도 빛나리라	洌上流輝耀十洲

---

495 계술당(繼述堂) : 청나라 사람으로 추정되나 누구인지 자세하지 않다.

496 십주(十洲) : 바다 가운데 신선이 산다는 열 곳의 선경(仙境)으로, 조주(祖洲)·영주(瀛洲)·현주(玄洲)·염주(炎洲)·장주(長洲)·원주(元洲)·유주(流洲)·생주(生洲)·봉린주(鳳麟洲)·취굴주(聚窟洲)를 가리킨다. 여기에서는 계술당이 있는 곳을 선경에 비견한 것이다.

상칙사의 시에 차운하여 부칙사 은인봉[497]께 드리다

次上勅韻 贈副勅恩仁峯

함께 모이는 건 어렵고 헤어짐은 쉬우니	難於相合易於離
훗날 다시 만날 기약을 정하지 못하네	他日重逢未定期
서쪽 변경으로 돌아가는 기러기는 소식이 있겠지만	西塞歸鴻將有信
북쪽 바람에 우는 말은 슬픔을 견디지 못하리라[498]	北風嘶馬不勝悲
짧은 서신이 광채를 더하니 구름이 떨어지는 듯[499]	尺箋增彩雲花落
한 쌍의 거울로 정을 보내니 달빛을 능멸하는 듯[500]	雙鏡輸情月影欺
살수는 총총히 흘러 머무름이 없는데	薩水忙忙流莫住
창 반쯤 쌓인 눈이 마음속 그리움을 뒤흔드네	半窓積雪撼懷思

497 은인봉(恩仁峯) : 청나라 사람으로 추정되나 누구인지 자세하지 않다.

498 북쪽……못하리라 : 고향으로 돌아가지 못해 슬퍼할 것이라는 말이다. 원문의 '북풍(北風)'은 고향에 대한 그리움을 비유한다. 한대(漢代) 무명씨(無名氏)의 〈고시 19수(古詩十九首)〉 가운데 첫째 수 중 "북쪽 오랑캐의 말은 북풍에 몸을 의지하고, 남쪽 월나라의 새는 남쪽 가지에 둥지를 짓네.〔胡馬依北風, 越鳥巢南枝.〕"라는 구절에서 유래하였다.

499 짧은……듯 : 자유자재로 써 내려간 서신의 글씨를 찬미한 말이다. 당나라 두보(杜甫)의 〈음중팔선가(飮中八仙歌)〉에 "장욱은 석 잔 술에 초성으로 전해지니, 왕공 앞에서도 모자 벗고 이마를 드러낸 채, 붓을 휘둘러 종이에 쓰면 마치 운연 같았다오.〔張旭三杯草聖傳, 脫帽露頂王公前, 揮毫落紙如雲煙.〕"라는 구절이 보인다.

500 한……듯 : 선물로 보내온 한 쌍의 거울을 달빛에 견주어서 한 말이다.

치사하는 소에 비답을 받은 뒤 고향으로 돌아가며
致仕疏承批後 還鄕

매년 연초마다 한 통의 소를 올렸으니	年年歲首一函書
올렸던 초고 더미엔 이미 좀이 슬었네	初藁聯編已蠹魚
그칠 데를 안 이 뜻을 아직 이루지 못해	知止此心猶未遂
동도문 대부의 상소에 도리어 부끄럽네[501]	東都還愧大夫疏

---

501 동도문(東都門)……부끄럽네 : 한 선제(漢宣帝) 때 태자태부(太子太傅) 소광
(疏廣)이 조카인 태자소부(太子少傅) 소수(疏受)와 함께 병을 핑계로 사직 상소를 올
리고 고향으로 돌아가려 하자 천자와 태자는 황금을 하사하고, 공경대부와 친구들은
동도문 밖에서 전별연을 베풀어주었는데, 이때 이들을 환송한 수레가 100여 대에 이르
고 도로에서 구경한 자들이 모두 이들을 가리켜 어진 대부라고 불렀다는 고사를 원용한
것이다. 《漢書 卷71 疏廣傳》

동리 장인을 위한 회방시[502]
東里丈人回榜詩韻

세 가지 돌아온 경사[503]를 축하함은 옛날부터였으니	觴慶三回自昔然
명문가가 선조의 덕을 입음은 필시 하늘의 뜻이네	高門食德必乎天
경이 되고 재상이 되니 높은 자리에 오른 것이요	爲卿爲相崇階位
형도 아우에 못지않았으니 높은 수명을 누렸네[504]	難弟難兄上壽年
전후로 이런 일이 없었으니 선대의 음덕이요	事曠後前先世蔭
안팎으로 은혜가 미쳤으니 후손들에게 이어졌네[505]	恩覃外內衆孫緜

---

502 동리 장인(東里丈人)을 위한 회방시(回榜詩) : '동리 장인'은 저자의 장인인 정헌용 (鄭憲容, 1795~1879)으로, 본관은 동래(東萊), 자는 익지(翼之), 호는 동리이다. '회방 시'는 과거에 급제한 지 60년이 된 것을 축하하는 시이다. 정헌용은 1819년(순조19) 3월 7일 진사시에 합격한 뒤 음직으로 1863년(철종14) 강화부 유수에 임명되고, 한성부 판윤 등을 거쳐 1866년(고종3) 공조 판서에 임명되었다. 1879년(고종16) 85세의 나이 로 진사 회방을 맞아 동년 1월 3일 특별히 종1품 판의금부사에 임명되고, 동월 27일 창덕궁 중희당(重熙堂)에서 사은례를 행하고 선온(宣醞)과 은배(銀杯)를 하사받았다. 《司馬榜目》《高宗實錄 16年 1月 3日, 27日》

503 세……경사 : 나이 60이 되는 회갑(回甲), 과거 합격한 지 60년이 되는 회방(回 榜), 혼인한 지 60년이 되는 회근(回卺)을 이른다.

504 경이……누렸네 : 정헌용의 본생가 형인 정원용(鄭元容, 1783~1873)은 1802년 (순조2) 10월 29일 문과에 합격하고 1848년(헌종14) 영의정에 임명되었으며, 1862년 (철종13) 3월에 정1품 영중추부사로서 문과 회방을 맞아 궤장(机杖)을 하사받고, 11년 뒤인 1873년에 향년 91세로 세상을 떠났다. 《文科榜目》《哲宗實錄 13年 3月 22日, 附錄 行狀》

505 안팎으로……이어졌네 : 고종은 1879년(고종16) 정헌용의 회방을 맞아 종6품 와 서 별제(瓦署別提) 정경조(鄭景朝)가 정헌용의 손자라고 하여 지방의 수령 자리가 나

오늘날 선비들은 공에게서 보아야 하니　　　　今之士類於公見

청백으로 이름난 집안에 효성과 우애가 전한다오　淸白家聲孝友傳

면 제일 먼저 의망(擬望)하도록 하였다. 《高宗實錄 16年 1月 27日》

가오 늙은이가 고향에 돌아올 때 수선화 화분 하나를 수레
앞에 두고 마부에게 명하여 찻주전자를 걸어 두도록 한 뒤
시골 주막이나 시냇가 집을 만나면 차 한 잔을 마시며
화분을 곁에서 감상하다

嘉梧老人還鄕 置水仙花一盆於車前 命僕夫掛茶壺 遇野店溪舍 輒啜一
盞水 睨視盆景

저 화분을 들고 함께 수레 타고 돌아올 때	携他花盎共歸輪
이른 곳마다 이웃에게 찻주전자에 불을 청하네	隨到茶壺火乞隣
한가하든 바쁘든 시골 땅에서 무슨 상관이랴	閑劇那關鄕外地
가는 것도 오는 것도 노년의 몸에 얽매임 없네	去來無係老年身
무성한 갈대가 물가에 있을 때 누가 거슬러 오른다 했나[506]	
	蒼葭在水云誰溯
녹지 않은 눈이 처마에 남아 나를 서성이게 하네	殘雪留簷使我巡
눈으로 직접 보지 못해 늘 꿈속에 보였는데	眼福不能長入夢
마을 모습 예전 그대로 두어 칸 가난한 집이로다	村容依舊數椽貧

---

506 무성한……했나 : 《시경》〈진풍(秦風) 겸가(蒹葭)〉에 "갈대가 무성한데 흰 이슬
이 서리가 되었도다. 이른바 저분이 저 물가의 한쪽에 있도다. 물결을 거슬러 올라가
따르려 하나 길이 막히고 또 길며, 물결을 따라 내려가 따르려 하나 원언히 물의 중앙에
있도다.〔蒹葭蒼蒼, 白露爲霜. 所謂伊人, 在水一方. 遡洄從之, 道阻且長, 遡游從之宛,
在水中央.〕"라는 구절이 보인다.

호주⁵⁰⁷의 양수필은 지극한 보물이다. 내가 근래 한 자루를
얻었는데, 이를 어루만지며 늙어서 소용없게 되었다고
탄식하고는 마침내 장서각 머리에 쓰다

湖州羊鬚筆至寶也 余近得一枝 摩挲歎曰 老無用也 遂題閣頭

달 속 오강의 도끼질과 영인의 믿음⁵⁰⁸은	吳剛月斧郢人手
모두가 혈기왕성한 젊고 건장할 때였네	俱是堂堂少壯時
지금은 뜻이 통하는 벗을 만나기 어려우니	如今難見子牙達
난정의 남은 한 가지⁵⁰⁹가 참으로 우습네	堪笑蘭亭餘一枝

---

507 호주(湖州) : 중국 절강성에 있는 지명으로, 붓으로 유명하다.

508 달……믿음 : 신묘한 솜씨와 이를 알아주는 벗이 있는 것을 이른다. '오강(吳剛)'
은 달에 산다는 신선 이름으로, 천제(天帝)에게 잘못하여 달 속에 있는 500길 되는
계수나무를 도끼로 베는 벌을 받았는데, 이 계수나무는 베자마자 바로 다시 붙어 계속
도끼질을 해야 한다고 한다. '영인(郢人)'은 《장자》〈서무귀(徐無鬼)〉에 나오는 인물
로, 초(楚)나라 도읍인 영 땅 사람이 자신의 코끝에 백토(白土)를 파리 날개만큼 얇게
바르고 장석(匠石)으로 하여금 도끼로 이를 깎아내게 하였는데, 장석이 백토를 다 깎아
내도록 얼굴색 하나 깜박이지 않았으며, 뒤에 영인이 죽자 장석은 더 이상 이런 기예를
보이지 않았다고 한다.

509 난정(蘭亭)의……가지 : 양수필(羊鬚筆)을 이른다. 진(晉)나라의 왕희지(王羲
之)가 신묘한 필법으로 유명한 〈난정서(蘭亭序)〉를 쓸 때 잠견지(蠶繭紙)에 서수필(鼠
鬚筆)을 사용하였다고 한다.

정양사510의 승려 거연이 찾아오다

正陽寺僧巨淵來訪

백 리 길 금강산의 어린 사미승이	金剛百里少沙彌
산방에 찾아오니 어찌 그리 더딘가	來叩山扉何太遲
희끗희끗한 미우는 지난날의 기억이거니와	眉宇蒼蒼前日記
담담한 가슴속은 두 사람이 안다오511	腔天淡淡兩人知
백화암512 솔방울이 공중에서 떨어지고	白華松子空中落
만폭동513 시냇물 소리가 지척 간에 들리리라	萬瀑溪聲咫尺移
의발을 전수받은 누각에 아직도 계시다고	傳鉢淵源樓尙在
얼굴을 찡그리며 퇴운선사에 대해 극구 얘기하네	嚬容盛說退雲師

---

510 정양사(正陽寺) : 금강산에 있는 절 이름이다.

511 희끗희끗한……안다오 : 금강산에 있는 퇴운(退雲) 스님의 소식을 사미승이 가져온 것을 말한다.

512 백화암(白華庵) : 금강산 표훈사(表訓寺) 부근에 있던 암자 이름이다.

513 만폭동(萬瀑洞) : 금강산의 계곡 이름이다.

이른 봄

早春

버들눈[514]이 깨려 하고 꽃눈이 돋아나오니	柳眼欲醒花甲滋
이른 봄의 천기를 이 산이 알고 있구나	早春天氣此山知
노인은 따뜻한 남쪽 창가에서 나른히 잠을 자고	老人倦睡南窓暖
동자는 언 북쪽 기슭에서 다투어 밭을 가네	童子爭耕北岸澌
원래 만물이 밝아짐에 모두 감회가 있으니[515]	自是品章咸有感
조화는 본래 사사로움이 없다오	莫非造化本無私
깊은 산중은 지금도 옛날이나 마찬가지이니	林扃深邃今猶昔
내 달력은 해마다 사철의 변화에 맡겨둔다오	我曆年年信四時

---

514 버들눈 : 원문의 '유안(柳眼)'은 막 돋아나기 시작하는 가느다란 버들잎을 형용하는 말로, 잠에서 막 깨어나 떨어지기 시작하는 사람의 눈과 같다고 하여 붙여진 이름이다.

515 원래……있으니 : 《주역》〈구괘(姤卦)〉에 "천지가 서로 만나 만물이 모두 밝아진다.〔天地相遇, 品物咸章也.〕"라는 구절이 보인다.

일찍 출발하다

早發

동문을 한 번 나와 날 듯 수레를 모니	靑門一出駕如飛
더위도 추위도 없이 온종일 볕이 나네	無暑無寒竟日暉
닳은 지팡이는 이미 반들거리니 오랜 짝이 가엾고	磨杖已毛憐宿伴
병든 곁마는 쓰러질 듯하니 지난날 살짐이 생각나네	
	病驂欲蹇憶前肥
퇴천을 이제 막 건넜는데 관직이 잊히고	退川纔渡忘官職
천마산이 멀리 보이니 경기도임이 기쁘네	摩岳相望幸甸畿
만 그루 푸른 소나무가 십 리 길에 서 있는데	萬樹蒼松十里路
아이가 산중 사립문을 열고 우두커니 서 있네	兒童佇立開山扉

차를 마시며 읊다

啜茶吟

거처는 요사채 같건만 머리카락 있는 것이 놀랍고　居若僧寮訝有髮
은둔은 처자 같건만 연지가 없는 것이 부끄럽네　隱如處子愧無鉛
덧없는 세상[516]에서 염량세태를 모조리 겪었으니　閱盡窖世寒暖味
노쇠한 나이에 다전[517]이라 불린들 무슨 상관이랴　衰年何妨喚茶顚

516 덧없는 세상 : 원문의 '교세(窖世)'는 한 구덩이의 티끌 같은 세상이라는 뜻으로, 덧없는 세상을 가리킨다.

517 다전(茶顚) : '차 미치광이'라는 뜻으로, 당나라 시인 육우(陸羽, 733~804)가 차를 매우 좋아하여 다전으로 불렸다고 한다.

두 번째

其二

청산에서 이를 잡고 책을 품는 생활 늦었으니[518]	靑山捫蝨抱書遲
잠 속에서 보낸 생애를 또한 스스로 알고 있네	睡裏生涯也自知
수액[519]이 이곳에 아직도 이르지 않았으니	水厄此間猶不到
쪼그라든 마른 창자 주림을 견딜 수 없도다	枯腸縮縮未堪飢

---

518 청산에서……늦었으니 : 한적하고 자유로운 은거 생활을 뒤늦게 한 것을 이른다. '이를 잡는다'는 것은 전진(前秦)의 왕맹(王猛)이 가난했던 소년 시절 동진(東晉)의 대장군 환온(桓溫)을 만났을 때 이를 잡아 죽이며 천하의 일을 얘기한 것에서 유래하여 거리낌 없이 자유로운 모습을 형용한다. 이와 관련하여 북송 왕안석(王安石)의 시구 중 "청산에서 이를 잡으며 앉고, 꾀꼬리 소리 들으며 책을 품고 자네.[靑山捫虱坐, 黃鳥抱書眠.]"라는 구절이 있다. 《晉書 卷114 王猛列傳》

519 수액(水厄) : '물 재앙'이라는 뜻으로, 차를 많이 마시는 것을 비유한다. 진(晉)나라 때 왕몽(王濛)이 차를 매우 좋아하여 찾아오는 사람마다 차를 마시게 하자, 당시 사대부들이 이를 매우 고통스럽게 여겨 왕몽의 집을 방문할 때마다 반드시 "오늘은 수액이 있을 것이다.[今日有水厄.]"라고 하였다는 고사가 전한다.

세 번째

其三

늘어가며 원래 기개가 적어지는 법이라 　　　老去原來少氣岸

평범한 집안일에는 도대체 관심이 없네 　　　尋常家宂竝無關

그래도 한 가지 온 힘을 기울일 곳이 있으니 　　猶有一端專力處

차 끓이고 학 기르느라 완전히 한가롭진 않다오 　烹茶飼鶴未全閑

청명절에 화분을 살피다

清明節 點檢花盆

복사꽃 살구꽃 부용은 왕마힐의 그림이요[520]   桃杏芙蓉摩詰畫

택지와 동산과 대나무는 백낙천의 시로다[521]   宅園竿竹樂天篇

귤산옹은 이곳에서 장차 늙어가려니와   翁乎於此其將老

산중도 더웠다 추웠다 절서 따라 변하네   山亦炎涼節序遷

520 복사꽃……그림이요 : 당나라의 왕유(王維)가 종종 한 폭의 그림에 사시의 꽃을
함께 그린 것을 이른다. '마힐(摩詰)'은 왕유의 자이다. 송나라 심괄(沈括)이 왕유의
그림을 평한 글 가운데 "왕유는 꽃을 그릴 때 종종 복사꽃·살구꽃·부용·연꽃을 한
폭에 함께 그렸다.……이것은 바로 마음속에서 체득한 바가 있어 손 가는 대로 그린
것으로, 뜻이 있자 곧 이루어진 것이다. 그러므로 이치에 나아가고 신의 경지에 들어가
서 멀리 하늘의 뜻을 얻은 것이니, 이 점은 속인과 더불어 논하기 어렵다.〔畫花往往以桃
杏芙蓉蓮花同畫一景.……此乃得心應手, 意到便成. 故造理入神, 迥得天意, 此難可與俗
人論也.〕"라는 내용이 보인다. 《夢溪筆談 卷17 書畫》

521 택지와……시로다 : '낙천(樂天)'은 당나라 백거이(白居易)의 자이다. 백거이의
〈지상편(池上篇)〉이라는 고시(古詩) 가운데 "십 묘의 택지에 오 묘의 동산이로다. 물이
있는 연못 하나에 천 그루 대나무가 있네. 땅이 좁다고 말하지 말며, 지역이 구석진
곳이라 말하지 말라. 충분히 두 무릎을 들일 수 있고, 충분히 어깨의 짐을 내려놓을
수 있네.〔十畝之宅, 五畝之園. 有水一池, 有竹千竿, 勿謂十狹, 勿謂地偏. 足以容膝,
足以息肩.〕"라는 구절이 보인다. '대나무'는 저본에 '우죽(竽竹)'으로 되어 있으나, 백거
이의 시에 의거하여 '우(竽)'를 '간(竿)'으로 바로잡아 번역하였다.

두 번째
其二

매화나무 오래된 등걸 단단한 돌덩이와 같으니　　古楂梅樹賽頑石

가지 끝의 부드러운 잎은 작년 겨울에 나왔네　　枝頭輭葉客冬生

밤이면 밤마다 바람과 서리 기운 실컷 겪고서　　備經夜夜風霜氣

비로소 따뜻한 봄날에 꽃망울을 틔우려 하네　　始向陽和欲發榮

세 번째
其三

봄비가 자주 와서 보리밭에 씨를 뿌렸는데   春雨頻來種麥田

나의 동산도 똑같이 가없는 은택을 입었도다   我園同得澤無邊

저쪽 경계니 이쪽 경계니 어찌 한계 지으랴   彼界此疆寧有限

하늘은 어질고 자애로워 곡진히 사랑을 내려주네 上天仁愛曲垂憐

낮잠
畫眠

적막한 숲속 오두막에서 재차 낮잠을 잔 뒤   寂寂林廬晝再眠

창을 열고 바라보니 해가 아직 중천에 있도다 推窓看到日中天

긴긴 시간을 보내는 것도 쉬운 일이 아니건만 消過永晷非容易

옛 성인은 냇가에서 무슨 감회가 있었던가[522] 先聖夫何感在川

---

522 옛……있었던가 : 229쪽 주380 참조.

두 번째
其二

이러한 땅이 있고 이러한 사람이 있으니   有是地分有是人
고요한 산과 긴긴해를 서로 이웃하였도다   靜山長日互相隣
소년 시절 미칠 수 없으나 탄식하지 말지어다   少年不及休歎息
마음은 장차 태고 시절을 노닐기라도 할 듯하네   心若將遊太古辰

세 번째

其三

말을 배우는 아이가 또 글을 배우니   學語小兒又學書

바쁜 세월 속에 한가한 생활을 쉽사리 얻었도다   歲年易得是閑居

머지않아 그 머리에 갓 쓰는 것을 보겠지만   無何將見冠其首

내 머리에 어찌 검은 머리가 남아 있으랴   我髮焉能黑有餘

진원[523]이 복시에 응시하고 돌아오는 길에 들르다

震元赴覆試歸訪

백전[524]에서 돌아올 제 야윈 나귀뿐이나   白戰歸來但瘦驢

푸른 주머니에 어부[525]를 차고 왔네   靑囊帶到掃塵魚

도성으로 고개 돌리자 꽃이 피지 않았는데   回首長安花未發

봄비 내리는 돌밭에선 새 채소를 심네   石田春雨種新蔬

---

523 진원(震元) : 누구인지 자세하지 않다.

524 백전(白戰) : 소과(小科) 응시를 이른다. 소과에 급제한 생원이나 진사에게 흰 종이의 증서를 주었기 때문에 백전이라고 한 것이다.

525 어부(魚符) : 나무를 조각하거나 구리로 주조한 물고기 모양의 부신(符信)으로, 주로 고을의 수령에 임명되었다는 뜻으로 쓰인다.

한가히 앉아

閑坐

다구를 제외하면 다른 물건 없으니　　　　　除非茶具無他物
화분을 두지 않아 고아한 모습이 적네　　　不置花盆少雅容
덩굴 끌어와 담을 보완해서 울을 깊이 가리고　引蔓補墙樊蔽邃
연못을 파 돌을 쌓고서 흘러가는 물을 떠왔네　穿池疊石勺流溶
한가할 때 하는 일로 누가 이보다 더하랴　閑中事業誰過此
산 밖의 염량세태는 어찌 알 필요 있으랴　山外炎涼詎識庸
앉고 누움에 몸 편하고 마음도 느긋하니　坐臥便身心未掣
편안히 하여 늙고 게으른 몸 길러야 하리라[526]　居居端合養衰慵

---

526 편안히……하리라 : 《장자(莊子)》〈도척(盜跖)〉에 "신농씨 시대에는 누워 잘 때는 편안했고, 일어나 깨어 있을 때는 무심한 모양으로 한가로이 지냈다.〔神農之世, 臥則居居, 起則于于.〕"라는 내용이 보인다.

수선화가 겨울이 지나서도 꽃이 피지 않다가 늦봄에야
비로소 피니 그 향이 더욱 빼어나다
水仙經冬不花 暮春始發 其香尤奇

문을 나와 눈앞의 비스듬한 모습에 한바탕 웃으니   出門一笑眼前斜
나 또한 강의 남쪽 물가 집에 거처한다오   我亦江南水上家
향을 겨울 석 달 비축했다 이제야 비로소 방출하니   香貯三冬今始放
찬 바람 두려워 않고 따뜻한 바람에 사치 부리네   寒風不畏暖風奢

욕소년행

欲少年行

소년을 원하고 소년을 원함이여	欲少年欲少年
눈앞의 만물이 모두 같은 이치이네	眼前萬殊皆一理
뜻을 지니고서 끝내 이루지 못한 이내 신세	有意莫遂此身世
하늘에 호소하고 땅에 호소하며 그침을 모르네	訴天訴地不知止
하룻낮 동안 먹은 것은 한 움큼이요	一日所食一掬也
하룻밤 동안 잠든 것은 한 시진뿐이네	一夜所眠一時已
이런 사람이 무슨 사람의 도리를 이루리오	如此人何成人道
스스로 이에 부끄럽고 스스로 이를 슬퍼하네	自愧於是自哀是
무릇 사람이 어찌 태어나자마자 늙으리오	凡人安有生卽老
아직 늙기 전에는 붉은 얼굴 아름답다오	未老之前紅顔美
붉은 얼굴은 실로 흰머리의 조짐이니	紅顔實爲白髮漸
단단한 얼음 이르려 할 때 서리를 먼저 밟네[527]	堅氷將至霜先履
소년을 원하고 소년을 원함이여	欲少年欲少年
진시황도 한 무제도 신선술 익힌 도사에 급급했네	秦皇漢武急方士
바닷속 영약을 어느 곳에서 얻으리오	海中靈藥何處得
음식을 조절하면 그런대로 가깝다 할 수 있네	節食差可言近似
강하건 약하건 시비 득실을 내맡겨 두면	如令剛弱任與奪

---

527 단단한……밟네 : 《주역》〈곤괘(坤卦) 초육(初六)〉에 "서리를 밟으면 단단한 얼음이 이른다.〔履霜, 堅氷至.〕"라는 내용이 보인다.

세상에 어떤 사람이 오래 살지[528] 않으리오 　　世上何人不久視

소년을 원하고 소년을 원함이여 　　　　　　　欲少年欲少年

원한들 하늘이 시키는 것임에야 어이하겠는가 　有欲其奈天所使

장난삼아 한 편을 읊고 껄껄 웃거니와 　　　　戲述一篇呵呵笑

그대들은 내 말이 노망이라 말하지 말라[529] 　諸君莫謂言耄矣

이내 생애 나아가고 물러난 형상을 보고프면 　觀我生進退之象

육십사괘에 성인께서 보고 언급해 두셨네 　　八八卦上聖人以

---

528 오래 살지 : 원문의 '구시(久視)'는 장생(長生)이나 불사(不死)와 같은 말이다.
《도덕경(道德經)》 제59장의 "나라를 다스리는 근본이 있으면 오래갈 수 있다. 이것을
일러 뿌리가 깊고 받침이 단단하여 오래 살고 오래 보는 도라고 한다.〔有國之母, 可以長
久. 是謂深根固柢, 長生久視之道.〕"라는 구절에서 유래하였다.

529 그대들은……말라 : 《시경》〈대아(大雅) 판(板)〉에 "내 말이 노망이 아닌데도,
너는 걱정을 농담으로 여긴다.〔匪我言耄, 爾用憂謔.〕"라는 구절이 보인다.

산본원에서 생산되는 차의 종류를 노래하다[530]

詠山本園茶種

일본 동경(東京)에 산본원(山本園)이란 곳이 있는데 차를 생산하는 곳이다. 여기에서 생산되는 차의 종류는 한 가지가 아니고 이름 또한 많은데, 내가 본 것도 있고 보지 못한 것도 있다. 이 가운데 좋은 것을 취하여 품평한다.

능삼 綾森

교인[531]이 길쌈하여 맑은 서리에 말렸으니	鮫人杼柚曬淸霜
밤바다 요지[532]에서 옥 평상에 펴 널었네	夜夜瑤池襯玉牀
한 줄기 흘러가는 구름이 자취를 거두면	一帶流雲歸斂迹
봄비 속에 농부가 광주리 들고 찾아가네	去尋春雨野丁筐

---

530 산본원(山本園)에서……노래하다 : '산본원'은 산본(山本, 야마모토) 가문에서 대대로 운영해온 다원(茶園)으로, 일본 동경에 있다. 18곳에 다원을 운영하여 각각 다른 상품을 출시하였는데, 당시 영주들에게서 천상천하의 으뜸가는 차라는 평판을 얻었다고 한다. 《임하필기》에서는 일본 차 중 맛 좋은 차로 13종의 차를 소개하고 있는데, 여기 《가오고략》에서 언급하고 있는 12종의 차 외에 문명석(文明昔)이라는 한 종류의 차가 더 있다. 《林下筆記 卷35 薛荔新志》

531 교인(鮫人) : 《박물지(博物志)》 권9에 보이는 남해(南海) 밖에 산다는 일종의 인어이다. 물속에서 길쌈을 하여 인가에 나와 비단을 팔기도 하고, 눈물을 흘리면 그 눈물이 구슬이 되었다고 한다.

532 요지(瑤池) : 곤륜산(昆侖山)에 있다는 전설상의 연못 이름으로, 서왕모(西王母)가 사는 곳이라고 한다.

응조 鷹爪

초록색을 가려낸 용단[533]이니 참새가 혀를 내밀고	龍團揀綠雀生舌
붉은색을 불어 날린 수탄[534]이니 게가 침을 토하네	獸炭吹紅蟹吐涎
팔 위 가을 토시에 앉은 매의 발톱처럼 건장하니	臂上秋韝鷹爪健
변하여 구불구불 자라난 찻잎을 밭에서 따네	幻他之乙採中田

유로 柳露

실과 겨루고 쇠와 겨루며 새벽바람 속에 짰나	賽線賽金梭曉風
가벼운 듯 무거운 듯 남궁에 누웠네	若輕若重枕南宮
번화했던 전생의 일은 잠시 버려두고	繁華且置前身事
도리어 깊은 산에서 초록 싹을 떨기로 틔우네	却向深山綠茁叢

매로 梅露

미인과 고결한 선비가 모두 앞을 다투어 찾으니	美人高士共爭先
눈 내리는 하늘 아래 너무도 맑은 명주라오	濃湛明珠雨雪天
생애가 담백한 것은 빈한한 집안의 일이니	生涯澹泊貧家事
술잔을 들고 어찌 성현[535]을 따질 것 있으랴	擧白何須辨聖賢

---

533 용단(龍團): 송나라 때 공물로 바치는 차의 이름으로, 용무늬가 있어 이런 이름이 붙었다고 한다.

534 수탄(獸炭): 짐승 모양의 석탄이다.

535 성현(聖賢): 청주와 탁주를 이른다. 삼국 시대 위(魏)나라의 상서랑(尙書郞) 서막(徐邈)이 술을 몹시 좋아하여 금주령이 내렸음에도 사적으로 술을 마시고 취한 뒤 "성인에 취했다.〔中聖人.〕"라고 하였다. 이 말을 들은 조조(曹操)가 매우 진노하자, 장군 선우보(鮮于輔)가 "평일에 취객들이 청주를 성인이라 하고, 탁주를 현인이라 합니

국로 菊露

《초사》에선 꽃 그림자가 삼려대부의 마을에 떨어지고[536]

楚辭影落三閭村

《진서》에선 맑은 향이 오류선생의 문에 퍼지네[537]　　晉史淸傳五柳門

한 움큼을 그 누가 깊은 샘물에서 나눠 주었나　　一掬誰分泉水積

천 년 묵은 영수장[538] 짚고 참된 근원을 찾아가네　　千年靈壽問眞源

초적백 初摘白

뾰족뾰족 하얗게 초봄을 향할 때니　　尖尖白白向新陽

곡우 전이라 상자에 가득하지 않네　　穀雨之前不滿箱

어디에서 가느다란 은침 천만 개를　　若箇銀針千萬縷

아홉 번 제련하여 금단으로 만들었나[539]　　經來九轉煉金光

다. 서막은 성품이 신중한 사람인데 우연히 취해서 한 말일 뿐입니다.〔平日醉客謂酒淸
者爲聖人, 濁者爲賢人. 邈性修愼, 偶醉言耳.〕"라고 해명하여 형벌을 면했다는 고사에
서 유래하였다. 《三國志 卷27 魏書 徐邈傳》

536　초사(楚辭)에선……떨어지고 : '삼려대부(三閭大夫)'는 전국 시대 초(楚)나라의
시인인 굴원(屈原)의 관직이다. 굴원의 《초사》〈이소(離騷)〉에 "아침엔 목련에 내린
이슬을 마시고, 저녁엔 가을 국화의 떨어진 꽃잎을 먹네.〔朝飮木蘭之墜露兮, 夕餐秋菊
之落英.〕"라는 구절이 보인다.

537　진서(晉書)에선……퍼지네 : '오류선생(五柳先生)'은 진(晉)나라의 은사(隱士)
인 도연명(陶淵明)의 호이다. 도연명의 〈음주(飮酒)〉 시 중 "동쪽 울 아래에서 국화를
따다 아득히 남산을 바라보네.〔採菊東籬下, 悠然見南山.〕"라는 명구가 전한다.

538　영수장(靈壽杖) : 대나무처럼 마디가 있고 가벼우면서도 잘 부러지지 않는 영수목
(靈壽木)으로 만든 지팡이로, 궤장을 하사할 때 원로를 예우하는 최고의 선물로 꼽힌다.

539　어디에서……만들었나 : 은침차(銀針茶)를 덖어 만든 것을 구전금단(九轉金丹)
에 비견한 것이다. '구전금단'은 아홉 번 제련하여 만든 단약으로, 도가(道家)에서는

명월 明月

중천에 달이 뜨자 허명한 본체가 나타나니	中天月上見虛明
달구어진 쇠화로에 기운이 더욱 맑네	燃點金爐氣益淸
한 푼도 쓰지 않고 이렇게 살 수 있으니	一錢不費買如許
백옥경 천상의 궁궐에 십이루가 높네[540]	十二樓高白玉京

청풍 淸風

누가 삼복의 날씨 뜨겁다고 말하였나	誰道三庚天氣炎
맑은 바람을 쐬자 장엄한 세계[541]에 가깝도다	輕淸受用近莊嚴
영롱한 소리 보내오건만 사람들은 보지 못하니	響送玎璫人不見
달 속 항아가 손수 수정 발을 말아 올렸네	姮娥手捲水晶簾

이를 복용하면 신선이 된다고 전해진다. 진(晉)나라 갈홍(葛洪)의 《포박자(抱朴子)》 권4 〈금단(金丹)〉에 "아홉번 법제한 단약을 복용하면 3일이면 신선이 될 수 있다.〔九轉之丹, 服之三日得仙.〕"라는 내용이 보인다.

540 백옥경(白玉京)……높네 : '백옥경'은 전설에 천제(天帝)가 거처하는 천상의 궁궐이며, '십이루(十二樓)'는 신선이 산다는 누대이다.

541 장엄한 세계 : 원문의 '장엄(莊嚴)'은 장엄국토(莊嚴國土)의 준말로, 온갖 아름다운 사물로 장식된 세계, 곧 극락국토(極樂國土)를 가리킨다. 《아미타경(阿彌陀經)》 중 "사리불이여, 저 불국토에는 미풍이 불면 갖가지 보배 나무와 보배 그물에서 미묘한 소리가 나는데 마치 백천 가지의 음악이 동시에 울리는 것과 같으니라. 이 소리를 듣는 사람은 자연히 모두 부처님을 생각하고 법문을 생각하며 스님들을 생각하는 마음이 저절로 우러나느니라. 사리불이여, 그 불국토는 이와 같은 공덕과 장엄으로 이루어졌느니라.〔舍利弗! 彼佛國土, 微風吹動, 諸寶行樹及寶羅網, 出微妙音, 譬如百千種樂, 同時俱作, 聞是音者, 自然皆生念佛、念法、念僧之心. 舍利弗! 其佛國土, 成就如是功德莊嚴.〕"라는 구절에서 유래하였다.

박홍엽 薄紅葉

돌 위에 신선의 생강이 자줏빛 싹을 토하니　　　石上仙薑紫吐芽

엷은 서리가 촌사람 집을 이제 막 지나갔네　　　輕霜初過野人家

봄 잎을 어찌 단풍 든 가을 잎에 비하랴만　　　春葉爭如秋葉染

두께를 비교하면 어느 쪽이 더 훌륭할지　　　較來厚薄孰多嘉

노락 老樂

만년의 즐거운 일은 자는 것과 먹는 것이니　　　樂事殘年睡與食

자고 난 뒤의 여운은 먹고 난 뒤에까지 남네　　　睡餘味在食餘留

낮은 상자 낡은 광주리에 오랫동안 간직한 향을　　　矮箱弊筐藏香久

때때로 제공해주니 도리어 시름을 잊네　　　供給時時却忘憂

우백발 友白髮

성근 나의 머리 검은색은 남은 것이 없는데　　　星星我髮黑無餘

천하의 친지와 벗들에게선 편지도 드무네　　　天下親朋少尺書

처음엔 끓이고 다음엔 마시고 또 다음엔 입을 헹구기 적합하니

　　　一烹二啜三宜漱

오늘날 더없는 벗으로 참으로 이만한 이 없네　　　知己於今固莫如

남산수 南山壽

술을 떠서 남산처럼 장수하시기를 성인께 축원하거니와[542]

----

542 술을……축원하거니와 : 원문의 '작두(酌斗)'는 큰 말로 술을 뜬다는 뜻으로, 술
잔을 올리며 축수하는 것을 가리킨다. 《시경》〈대아(大雅) 행위(行葦)〉의 "큰 말로

어찌 술로만 누추한 정성을 펼 수 있으랴　　酌斗南山祝聖人
관문에서 세를 징수함도 또한 같은 것이니　　奚徒以酒陋誠伸
흔들흔들 배를 한양성 나루에 대네　　征稅關門斯亦一
　　搖搖船泊洛城津

술을 떠서, 장수를 기원한다.〔酌以大斗, 以祈黃耉.〕"라는 구절에서 유래하였다. '남산
(南山)' 또한 장수를 축원하는 말로 쓰인다. 《시경》〈소아(小雅) 천보(天保)〉의 "당신
은 둥글어가는 초승달 같고, 막 떠오르는 태양 같으며, 영원한 남산과 같아서 이지러지
지도 무너지지도 않으며, 무성한 송백과 같아서 당신을 계승하지 않은 것이 없도다.〔如
月之恒, 如日之升. 如南山之壽, 不騫不崩. 如松柏之茂, 無不爾或承.〕"라는 구절에서
유래하였다. 원문의 '축성인(祝聖人)'은 임금에게 축수하는 것을 말한다. 요(堯) 임금
이 일찍이 화(華) 땅을 시찰할 때 화 땅의 봉인(封人)이 요 임금에게 말하기를 "아,
성인께 축복 드리기를 청하노니, 성인께서 장수하고 부유하고 아들을 많이 두시기를
축원합니다.〔嘻! 請祝聖人, 使聖人壽富多男子.〕"라고 하였다는 고사에서 유래하였다.
《莊子 天地》

청명절에 내리는 비

清明雨

한 나무에만 꽃이 피어도 봄 소임을 다한 셈이니	一樹花開足償春
어찌 굳이 길이 누워서만 즐기는 사람이 되랴	何須長做臥遊人
어두운 창가에 부슬부슬 청명절 비가 내리는데	暗窓霢霂淸明雨
고요히 들어도 소리가 없으니 삼월의 신선인가	靜聽無聲三月仙

병석에서 일어나

病起

병석에서 일어난 지 스무 날 애써 노력하여
한낮에 섬돌을 돌며 새로 돋은 싹을 살피네
깊은 산에 있는 이름난 꽃과 기이한 돌들이
모두 장안의 부귀한 집으로 들어가는구나

病起兼旬努力加
巡階午日檢新芽
名花奇石深山在
盡向長安富貴家

퇴천[543]으로 향하는 길에 주막에서 쉬다

向退川憩廬

맑고 맑은 시냇물엔 아침 비가 지나가고	溪水淸淸朝雨過
어둑어둑한 버들가지엔 간밤의 연무가 자욱하네	柳枝暗暗宿煙多
나무꾼은 새로 돋은 무성한 풀에 앉고 누우며	樵人坐臥新茸茸
나그네는 반쯤 기운 비탈에서 손을 붙잡고 이끄네	行客提携半側陂
평소 거처할 적엔 그런대로 갖출 뿐이니[544]	居則苟完而已矣
이 몸 평생토록 다른 것을 구하지 않으리라	身將終老不求他
유순의 대소로 보면 중간에 속해 있으니[545]	由旬大小中間在
소강절은 어이해 열두 집을 번거롭게 하였나[546]	康節何煩十二窩

---

543 퇴천(退川) : 경기도 양주 별비면 퇴천리로, 저자가 사는 곳이다.

544 평소……뿐이니 : 《논어》〈자로(子路)〉에 공자가 위(衛)나라의 공자 형(荊)에 대해 다음과 같이 논평하는 내용이 보인다. "공자 형은 집에 거처하기를 잘하였다. 처음 가재도구를 소유했을 때에는 '그런대로 이만하면 모였다.' 하였고, 조금 갖추어지자 '그런대로 이만하면 갖추어졌다.' 하였고, 많이 소유하게 되자 '그런대로 이만하면 아름답다.' 하였다.〔子謂衛公子荊善居室. 始有, 曰苟合矣; 少有, 曰苟完矣; 富有, 曰苟美矣.〕"

545 유순(由旬)의……있으니 : '유순'은 범어(梵語) 유순나(由旬那)의 약칭으로, 옛날 제왕(帝王)이 하루 행군하는 노정을 가리킨다. 《유마경(維摩經)》의 주에 따르면 하유순(下由旬)은 40리, 중유순(中由旬)은 50리, 상유순(上由旬)은 60리로, 여기에서는 저자가 거처하던 경기도 양주가 도성에서 56리 떨어진 것을 가리킨다. 《新增東國輿地勝覽 卷11 京畿 楊州牧》

546 소강절(邵康節)은……하였나 : '강절'은 북송의 성리학자 소옹(邵雍)의 시호이다. '열두 집'은 소옹이 소문산(蘇門山)에 은거할 때 이웃 사람들이 그가 방문해주기를 바라면서 소옹이 거처했던 안락와(安樂窩)를 본떠 집을 짓고 '행와(行窩)'라 이름 붙인

열두 집을 이른다. 뒤에 소옹이 세상을 떠나자 그 고을 사람들이 만시(挽詩)를 지어
"봄바람과 가을 달에 노닐던 곳, 행와 열두 집이 쓸쓸하네.〔春風秋月嬉遊處, 冷落行窩
十二家.〕"라고 하였다. 《聞見前錄 卷20》

아이에게 '소초' 두 글자를 써서 주다
書給兒子少艸二字

숭악 동쪽 소실산에 수영초가 있는데	嵩東少室壽榮草
봄빛이 금산에 머물러 영원히 늙지 않는다네[547]	春駐金山長不老
당년에 흰머리로 성상의 은택을 입었으니	當年鶴髮荷天休
육일거사의 문장은 송축에 뛰어났도다[548]	六一文章善頌禱

547 숭악(嵩岳)……않는다네 : 수영초(壽榮草)를 복용하면 늙지 않는다는 의미로, 소초(少艸)라는 글자를 써 주었으므로 이렇게 말한 것이다. '수영초'는 소실산(少室山)과 금산(金山)에 난다는 풀 이름으로, 이를 복용하면 늙지 않고 온갖 신명과 통할 수 있다고 한다. 《太平御覽 卷994 百卉部1》

548 육일거사(六一居士)의……뛰어났도다 : '육일거사'는 당송팔대가의 한 사람인 송나라 구양수(歐陽修)의 호로, 이 구절은 그가 지은 오방(五方) 노인에 대한 축수문(祝壽文)을 가리킨다. 자세한 내용은 《문충집(文忠集)》 권131 〈성절오방노인축수문(聖節五方老人祝壽文)〉에 보인다.

백신의 〈쌍회정〉에 차운하다[549]

次伯臣雙檜亭韻

늙어서 어찌 굳이 생각을 허비하리오	老來何必費商量
봄 일도 어느덧 반 이상이 지났네	春事居然過半强
이치를 찾을 땐 군자의 철저한 변화를 생각하고[550]	蹟理須思君子豹
형체를 바꿀 땐 도인의 양을 배우지 말아야 하네[551]	幻形休學道人羊
꽃 앞에서 바위에 쓰니 깨어서도 여전히 취하고	花前題石醒仍醉
솔 아래서 파도 소리 들으니 한낮에도 서늘하네	松下聽濤午亦涼
날마다 동산을 거니노라면 도로 피곤함을 느끼니	日涉園亭還覺累
누워서 노닒은 원래 한가하지도 바쁘지도 않다오	臥遊元是不閑忙

---

549 백신(伯臣)의 쌍회정(雙檜亭)에 차운하다 : '백신'은 조선 후기의 문신인 이교영 (李喬榮, 1813~?)의 자이다. '쌍회정'은 한성부 창동 앞에 있던 정자로, 원래 저자의 선조인 백사(白沙) 이항복(李恒福)의 옛집이 있던 터에 세운 것이다. 이항복이 살았을 때 회나무 두 그루를 심어 전하다가 7, 8대 뒤에 다른 사람에게 팔린 것을 저자가 다시 사들인 뒤 없어진 회나무 한 그루를 다시 보식(補植)하고 '쌍회정'이라는 편액을 걸었다고 한다. 《林下筆記 卷27 春明逸史 雙檜亭古事》

550 이치를……생각하고 : 철저히 변하여 찬란한 문채가 절로 밖으로 드러나는 군자가 될 것을 생각하고, 겉으로만 바뀌어 윗사람의 명에 따르는 소인의 변화를 생각하지 말라는 것이다. 《주역》〈혁괘(革卦) 상육(上六)〉에 "군자는 표범이 변하듯 문채가 성하고, 소인은 얼굴만 변하여 군주를 순히 따른다.〔君子豹變, 小人革面.〕"라고 하였다.

551 형체를……하네 : 신선술을 통해 형체를 바꿀 것을 생각하지 말아야 한다는 말이다. 이와 관련하여 진(晉)나라 갈홍(葛洪)의 《신선전(神仙傳)》에 황초평(黃初平)이란 인물을 소개하고 있다. 93쪽 주116 참조. 여기에서 유래하여 '백석도인(白石道人)'은 양을 지칭하게 되었다.

산릉[552]의 배향관이 되어

山陵陪香

삼월이라 봄바람 속에 버들 빛이 산뜻하니	三月東風柳色新
지난밤 보슬비가 묵은 먼지를 깨끗이 씻었네	前宵微雨宿淸塵
배향관이 되어 십 리 길을 단기로 달려와	陪香十里馳單騎
외딴 촌에서 밥을 사며 쉬고 있는 사람에게 묻네	買飯孤村問憩人
창오의 들[553]에서는 선왕의 은택을 잊지 못하는데	梧野不忘先聖澤
난대[554]에 있던 옛 조정의 신하는 이미 늙었다오	蘭臺已老舊班臣
길옆에 장례 때 썼던 도구들이 아직 남아 있으니	路傍嶡具猶遺在
닿는 것마다 슬픔으로 눈물이 수건을 가득 적시네	觸處傷心淚滿巾

552 산릉(山陵) : 철종의 능인 예릉(睿陵)을 가리킨다.

553 창오(蒼梧)의 들 : 순(舜) 임금이 붕어(崩御)한 곳으로, 제왕의 무덤이 있는 곳을 가리킨다. 여기에서는 예릉이 있는 경기도 고양(高陽)의 백성들을 가리킨다.

554 난대(蘭臺) : 한(漢)나라 때 궁중의 장서각(藏書閣) 이름으로, 조선 시대에는 춘추관·예문관·홍문관의 별칭으로 쓰였다. 저자는 철종 때 한림(翰林)을 지냈다.

도성에 머문 다음 날 고향으로 돌아와

留都翌日還鄕

조금 전까지 튼튼한 성이더니 홀연 산림이라　　　　俄然金壘忽山林
인간 세상 한가함과 바쁨이 어제와 오늘 다르네　　　人世閑忙異昨今
발이 부르트게 달린 동복은 홑 마고자를 내리고　　　足繭走童單褂卸
차를 메고 돌아온 종은 옛 동산을 찾아가네　　　　　肩茶歸僕故園尋
지나는 구름은 흔적 없으니 이끼 낀 세 오솔길이요　行雲掃迹苔三逕
흘러가는 물은 음을 아니 달 아래 한 거문고네　　　流水知音月一琴
깊숙이 앉아 향 사르고 옛 역사서를 펼치고서　　　　深坐爇香披古史
발 안으로 들어오는 가랑비에 오랫동안 읊조리네　　入簾細雨久沈吟

초파일
四月八日

검정콩이 소반에 오르고 느티떡이 향기로우니　　　烏荳登盤槐餠香

도성에선 옛 풍속 따라 등을 다느라 바쁘네　　　　長安舊俗設燈忙

얇은 언치 덮은 키 큰 말에 푸른 명주 굴레 씌우고　薄韉驕馬靑絲勒

작은 단추 단 가벼운 적삼에 흰 모시 치마를 입었네

　　　　　　　　　　　　　　　　　　　　　　　細紐輕衫白紵裳

모두가 아득한 전생에 놀고 즐겼던 일이니　　　　俱是前身行樂事

이날 근심 쓸어내는 방도와 비교하면 어떠한가　　若何此日掃愁方

온 산에 꾀꼬리 소리가 짙은 녹음 속에 퍼지는데　滿山黃鳥濃陰轉

비낀 석양 속 흘러가는 물에 나의 술잔을 씻네　　流水斜陽洗我觴

소를 올리고 향리에 있는데 도성에서 한 글자도 물어보는
말이 없기에 웃으며 운자를 뽑다
陳疏在鄉 京洛無一字來問 笑以拈韻

적막하게 한 글자도 도성에서 오지 않거니와   一字寥寥阻洛京
더없이 높은 하늘만큼은 밝게 아시리라   莫高惟有上天明
말은 맞지 않아도 나의 도를 온전히 한 것이니   言雖不中全吾道
일이 위험에 이르면 세상의 인심을 알 수 있네   事到於危識世情
올해엔 빗소리가 봄이 끝난 뒤에 크고   今歲雨聲春後大
한밤중엔 가을 기운이 더위 뒤에 가볍네   半宵秋氣暑餘輕
동문 밖 십 리가 진흙으로 뒤덮인 비탈이니   青門十里黃泥坂
이 길에 옷을 더럽힐 사람 어디 있으랴   安有人衣汚此行

입추
立秋

낮잠이 기나긴 밤잠보다 훨씬 나으니　　　　　　畫寢多於夜寢長
가을이 산집에 피어나 한낮에도 서늘하네　　　　秋生山屋午天涼
처음 딴 찻잎 기운은 새벽 비를 거친 것이요　　　初拈茶氣經晨雨
한 떼의 매미 소리는 석양에 가깝게 들려오네　　一隊蟬聲近夕陽
키 작은 종들은 땔감 지고서 몇몇이 오고　　　　短僕荷柴來數漢
어린아이는 뿔처럼 머리 묶고 당시를 외네　　　稚童束角誦三唐
문 앞의 기장과 차조가 장차 새로 익으면　　　　門前黍秫將新熟
향기 가득한 광주리로 나의 양식 충분하리라　　香滿箱筐足我糧

초가을
早秋

한적한 중에 병 앓으며 바삐 보내고 맞이하노라니　　閑中吟病送迎忙
인간 세상에서 겪은 상황 탄식한 것이 얼마였던가　　幾歎人間閱歷場
더운 기운은 석 달의 빗속에 아직 남아 있는데　　　　暑氣猶餘三朔雨
가을의 심사는 반 평상의 서늘함을 쉬이 얻네　　　　秋心易得半床涼
밭두둑의 꽃은 올망졸망 색을 분간하기 어렵고　　　　畦花點點難分色
과수원의 과일은 주렁주렁 노란색을 벌써 띠었네　　　園果離離已帶黃
물 앞에 서면 매번 군자의 깨끗함을 생각하건만　　　臨水每思君子潔
당 옆에 연못 파는 일은 지금까지 겨를이 없네　　　　鑿池堂畔迄無遑

북고루를 회상하며

憶北固樓

나의 흉금 석천의 맑은 물에 씻고프니
북고루 주변에 오랫동안 내리던 비가 개었네
걸림 없는 주인은 일찍이 몇 번이나 취했던가
해를 넘긴 길손이 가장 느끼는 심사가 많네
길은 산과 바다를 나누어 동서로 광활하고
하늘은 먼지 기운을 쓸어버려 상하가 밝네
아침저녁으로 와서 노래하고 춤추던 곳이니
심부름하는 아이도 이 산의 이름을 아네

我胸欲滌石川清
北固樓邊積雨晴
無累主人曾幾醉
經年過客最多情
路分海嶽東西濶
天掃埃氛上下明
朝暮朅來歌舞地
走童亦識此山名

석거[555]에게 답하다

答石居

이것은 무슨 소리냐는 구양수의 글을 읽으며	是何聲也讀歐陽
잠시 동안 긴긴 여름날을 달래 보내고 있었네[556]	俄頃銷磨夏日長
자고 난 뒤 찻물은 능히 술을 대신할 수 있고	睡後茶湯能代酒
병을 앓고 난 뒤 약봉지는 절반이 양식되었네	病餘藥裹半爲糧
맑게 갠 하늘의 새는 지금 더욱 건장하고	迨晴谷鳥今逾壯
한낮의 산중 구름은 기운이 벌써 서늘하네	當午山雲氣已凉
가을바람 불면 쉽게 낫는다고 말하지 말라[557]	莫謂秋風蘇易得

---

555 석거(石居) : 김기찬(金基纘, 1809~1869?)의 호로, 석가산(石假山) 아래 살면서 스스로 지은 것이다. 본관은 청풍(淸風), 자는 공서(公緒)이며, 1835년(헌종1) 문과에 급제하고 이조 참판 등을 역임하였다. 저자보다 5세 위로, 어렸을 때 저자와 같은 마을에 살며 친하게 지냈고, 만년에 거처한 묵계(墨溪)와 저자가 거처한 가오곡(嘉梧谷)이 멀지 않아 저자와 자주 왕래하였다. 몰년은 자세하지 않으나, 회갑을 지내고 얼마 되지 않아 세상을 떠났다고 한다. 저서에 《석거집》이 있다.《嘉梧藁略 冊12 墨溪庄記, 冊16 石居生碣銘》

556 이것은……있었네 : 송나라 구양수(歐陽脩)의 〈추성부(秋聲賦)〉를 읽으며 잠시나마 더위를 달래고 있었다는 말이다. 〈추성부〉에 "내가 동자에게 '이것은 무슨 소리인가? 네가 나가서 한번 보고 오라.' 하자, 동자가 대답하였다. '별빛과 달빛이 교교히 밝고 밝은 은하수가 하늘에 있었습니다. 사방에 사람의 소리는 없고 소리는 나무 사이에서 났습니다.' 이에 내가 말하였다. '아, 슬프다! 이것은 바로 가을의 소리이다.'〔予謂童子此何聲也? 汝出視之, 童子曰: 星月皎潔, 明河在天, 四無人聲, 聲在樹間. 予曰: 噫嘻悲哉! 此秋聲也.〕"라는 내용이 보인다.

557 가을바람……말라 : 당나라 두보(杜甫)의 〈강한(江漢)〉 중 "지는 해에 마음은

소년들은 곧잘 쇠약한 늙은이를 비웃는다네　　少年頻笑老頹唐

도리어 굳세어지고, 가을바람에 병은 나으려 하네.〔落日心猶壯, 秋風病欲蘇.〕"라는 구
절을 원용한 것이다.

장난삼아 짓다

戱成

늙어갈수록 온갖 몸 밖의 외물이 없으니	老去百千身外無
한 철은 병을 돌보고 한 철은 부지할 뿐이네	一時勘疾一時扶
멋대로 읊음은 단지 번뇌를 덜기 위해서일 뿐	狂吟只爲疏煩想
즐거운 일을 함이 지극히 어리석은 짓보다 낫네	樂事何如做至愚
흰 구름 깊은 곳이 여기에 있음을 알겠거니와558	深處白雲知在此
흘러가는 물 같은 옛사람이 나와 동일함을 한하네559	
	古人流水恨同吾
가을바람은 쉽게 머리 가에 또 불어오는데	秋風容易頭邊又
근심스레 난간에 기대어 옥호를 두드리네560	悄倚闌干扣玉壺

---

558 흰……알겠거니와 : 은거하는 이곳이 신선의 고장임을 알겠다는 말이다. 《장자
(莊子)》〈천지(天地)〉 중 "저 흰 구름을 타고 상제의 고장에서 노니네.〔乘彼白雲, 游於
帝鄕.〕"라는 구절에서 유래하여 '백운향(白雲鄕)'은 신선의 고장이라는 뜻으로 쓰이게
되었다.

559 흘러가는……한하네 : 지금 사람도 옛사람과 똑같이 흐르는 물처럼 사라질 것이
라는 말로, 덧없는 인생을 탄식한 말이다. 당나라 이백(李白)의 〈술잔을 잡고 달에게
묻다〔把酒問月〕〉에 "지금 사람은 옛 달을 보지 못하였건만, 지금 달은 일찍이 옛사람을
비추었네. 옛사람과 지금 사람은 흘러가는 물과 같으니, 모두 밝은 달을 보면 다 이와
같으리라.〔今人不見古時月, 今月曾經照古人. 古人今人若流水, 共看明月皆如此.〕"라
는 구절이 보인다.

560 근심스레……두드리네 : 원문의 '구옥호(扣玉壺)'는 '격옥호(擊玉壺)'와 같은 뜻
으로, 술병을 두드리며 박자를 맞추는 것을 말한다. '옥호'는 옥 호리병으로, 술병의
미칭이다. 진(晉)나라 때 왕돈(王敦)이 매번 술이 거나할 때마다 조조(曹操)가 지은

〈보출하문행(步出夏門行)〉의 "늙은 준마는 마판에 엎드려 있어도 뜻은 천 리 밖에 있고, 열사는 늘그막에도 장대한 마음이 그치지 않는다.〔老驥伏櫪, 志在千里. 烈士暮年, 壯心不已.〕"라는 구절을 노래하면서 철여의(鐵如意)로 타호(唾壺)를 두드려 박자를 맞추다가 마침내 타호의 주둥이가 다 부서졌다는 고사가 전한다. 후에 이로 인해 장대한 회포 혹은 불평한 감정을 표출하는 것을 '격옥호' 또는 '격쇄타호(擊碎唾壺)', '타호격결(唾壺擊缺)'이라고 하게 되었다. 이백의 〈옥호음(玉壺吟)〉에 "열사가 옥호를 두드리니, 장대한 마음이 노년을 아쉬워하누나.〔烈士擊玉壺, 壯心惜暮年.〕"라는 구절이 보인다.

《晉書 卷98 王敦列傳》

잠에서 깨어

睡起

짙푸른 물이 사창 비출 제 낮잠이 달콤했는데   潘綠映紗穩晝眠
안개처럼 부슬부슬 하늘에서 비가 흩뿌리네   如煙細細雨篩天
순간 깜짝 놀라 일어나서 기지개 켜고 앉자   須臾驚起欠呻坐
못가에 향기가 퍼지니 연꽃이 떨어지지 않았구나   池上香敷未墮蓮

칠석
七夕

은하수 가에 소리 없이 옥로[561]가 떨어지니 　　　　銀漢無聲玉露沈

서늘한 기운이 깊숙한 장막에 처음으로 일렁이네 　　微涼初動帳幬深

피리 부는 신선은 천 년 만에 학이 되어 돌아오고[562]　吹笙仙子千年鶴

바느질 솜씨 기원하는 궁녀는 구공침을 사용하네[563]　乞巧宮娥九孔針

옛 한이라 그 누가 천상의 약속을 알리오마는 　　　舊恨誰知天上約

좋은 때 달빛 속에 술잔 기울임을 폐하지 않네 　　　佳辰不廢月中斟

561 옥로(玉露) : 옥처럼 하얀 이슬로, 가을 이슬을 말한다.

562 피리……돌아오고 : 신선 왕자교(王子喬)와 정영위(丁令威)의 전설을 원용한 것이다. 주(周)나라 영왕(靈王)의 태자였던 왕자교는 피리로 봉황의 울음소리를 잘 내었는데, 신선 부구공(浮丘公)을 따라 배운 뒤 30년이 지난 칠월 칠석에 구지산(緱氏山) 정상에 흰 학을 타고 내려와서 산 아래 가족에게 손을 흔들어 인사하고는 며칠 뒤에 떠났다고 하며, 한(漢)나라 때 요동 사람 정영위는 영허산(靈虛山)에서 도를 닦아 신선이 되었는데, 천 년 뒤에 학으로 화하여 돌아온 정영위를 한 소년이 활로 쏘려고 하자 "새여 새여 정영위여, 집 떠난 지 천 년 만에 이제야 돌아왔네. 성곽은 여전한데 사람은 예전 사람 아니니, 어이해 신선술 배우지 않아 무덤만 즐비한고.〔有鳥有鳥丁令威, 家千年今始歸. 城郭如故人民非, 何不學仙塚纍纍?〕"라고 말하고 날아갔다고 한다. 《列仙傳 卷上 王子喬》 《搜神後記 卷1》

563 바느질……사용하네 : '구공침(九孔針)'은 옛날 칠석일 밤에 궁중의 비빈들이 술과 안주를 차려놓고 견우성과 직녀성에게 길쌈과 바느질 솜씨가 좋아지게 해달라고 빌 때 사용하던 바늘이다. 이때 비빈들은 각각 구공침과 오색실을 가지고 달을 향하여 바늘에 실을 꿰는데, 실이 바늘구멍을 통과할 경우 바느질 솜씨가 좋아질 조짐으로 여겼다고 한다. 《開元天寶遺事 卷下》

발을 걷자 홀연 새로 갠 빛이 엄습하니   搴簾忽觸新晴色
나무 우거진 앞산이 정말이지 울창하도다   樹樹前山政鬱森

홍초를 읊다. 어양산인[564]의 시에 차운하다

詠紅蕉 次漁洋山人韻

당나라와 한나라 임금이 궁궐에 부린 사치이니	唐主宮奢漢帝宮
복주의 금빛 죽순이요 바다의 붉은 산호라오	福州金筍海珊紅
난간 깊은 곳에 시원한 바람이 불어오니	欄干深處涼風至
연촉[565]처럼 뾰족뾰족한 것이 조화옹의 솜씨로다	蓮燭尖尖造化工

---

564 어양산인(漁洋山人) : 청나라 초기의 문인 왕사정(王士禎, 1634~1711)의 호이다.

565 연촉(蓮燭) : 옛날 궁중에서 사용했던 연꽃 모양의 촉등(燭燈)이다.

새 차를 시읊하다

試新茶

촉주의 작설[566]은 예나 지금이나 유명하니 蜀州雀舌名今古

오취[567]는 많지 않고 맥과[568]는 향기롭네 烏嘴無多麥顆香

칠패의 금박 글씨 심양에서 가져온 것이니 漆牌金字瀋陽路

첫 잔은 탄성이 터지고 둘째 잔은 더 좋아라 一盞聲增二盞良

---

566 작설(雀舌) : 차의 순이 참새의 혓바닥 만할 때 따서 만든다 하여 이름을 붙인
차로, 곡우(穀雨) 전에 딴다.

567 오취(烏嘴) : 까마귀 부리만 하게 돋은 차의 첫 싹을 따서 만든 고급 우전차이다.

568 맥과(麥顆) : 차의 순이 보리 알갱이를 닮았다 하여 이름을 붙인 고급 우전차이다.

어떤 사람에게 주다

贈人

빗장 건 적막한 산집에서 낮잠을 잔 뒤인데   寂寂山扃午睡餘
무슨 일인지 도성 사는 이에게서 소식이 왔네   何來消息洛城居
누가 알았으랴 시내 북쪽 나귀 탄 나그네가   誰知溪北騎驢客
군국 기무 봉한 편지를 소매 속에 넣어올 줄   袖帶些封軍國書

가을의 감회

秋懷

가을빛이 홀연 집으로 들어오니	秋光忽入屋
나의 생각 아득히 끝없이 남아도네	我想悠悠餘
물을 보면 마음이 그래도 담담해지고	見水心猶淡
글을 읽으면 일이 거의 소홀해지네	讀書事幾疏
농부가 되었으나 농사에 익숙지 않고	作農農未習
검을 배웠으나 검은 허사로 돌아갔네	學劍劍歸虛
깊숙한 곳에서 편안함을 추구할 뿐이니	深處求安已
어찌 명예를 낚는 방편으로 삼으리오	那能爲釣譽

그림에 쓰다. 이의산[569]의 시체를 모방하다
題畫 效李義山體

차양이 긴 수레에 몸을 기대는 주머니 향기롭고   長簷車子隱囊香

종횡으로 바둑판무늬 넣은 비단 방석은 네모졌네[570]   錯落棋文錦褥方

단정히 앉은 왕손은 비단으로 만든 관모 썼으니   端坐王孫紗搭帽

육조의 색채를 띤 화려하고 아름다운 저자로다   六朝物采綺羅坊

---

569 이의산(李義山) : '의산'은 만당(晩唐)의 시인 이상은(李商隱)의 자이다. 이상은은 당나라 전 시기를 통틀어 시의 아름다움을 지극히 추구한 시인 중 한 사람으로, 시상(詩想)이 독특하고 풍격이 화려하며, 특히 남녀의 사랑과 그리움을 노래한 일련의 애정시(愛情詩)와 무제시(無題詩)들은 몹시 애절하여 사람의 심금을 울리는 것으로 유명하다.

570 차양이……네모졌네 : 《안씨가훈(顏氏家訓)》〈권학편(勉學篇)〉에 "양나라 전성 시기에 할 일 없는 귀족 자제들은 학문적 소양이 없는 자들이 많아서 심지어는 '수레에 오르다 떨어지지만 않으면 저작랑이 되고, 편지글에 「기체가 어떠십니까?」 하고 인사 치레만 할 줄 알면 비서랑이 된다.'라는 항간의 말들이 있을 정도였다. 이들은 옷에 향을 쐬고 수염을 말끔히 밀며 분을 바르고 연지를 찍지 않은 이가 없다. 차양이 긴 수레를 타고 굽 높은 나막신을 신으며, 바둑판무늬를 짜 넣은 네모진 비단 방석에 앉아 온갖 색실로 짠 부드러운 주머니에 기댄다. 완호물을 좌우에 늘어놓고 여유롭게 드나드는 모습은 바라보면 마치 신선 같다.……이들은 당시에는 또한 호쾌한 선비였다.〔梁朝全盛之時, 貴遊子弟多無學術, 至於諺云 : 上車不落則著作, 體中何如則秘書. 無不熏衣剃面, 傅粉施朱, 駕長簷車, 跟高齒屐, 坐棊子方褥, 憑斑絲隱囊, 列器玩於左右, 從容出入, 望若神仙.……當爾之時, 亦快士也.〕"라는 내용이 보인다.

〈도인산거도〉에 쓰다
題道人山居圖

삼나무 껍질 지붕에 벽라[571] 덩굴 문이니　　　　　杉皮屋子薛蘿門
총죽이 빽빽하게 뒤쪽을 에워싸고 있도다　　　　叢竹斑斑殿後樊
시냇물 한 굽이가 섬돌 오른쪽으로 가로지르고　溪水一灣橫砌右
깨끗한 모래와 어지러운 돌이 앞마을을 막았네　明沙亂石捍前村

일정한 방소 없이 나무를 심었으니 모두 들집이요　種樹無方盡野屋
갑에 넣지 못해 책을 쌓아 두었으니 빈한한 집이네　蓄書不帙是寒家
어부는 그물 말리려 광주리를 들고 돌아오는데　　　漁人曬網提籃返
앞산에는 엷은 자줏빛 저녁노을이 어른거리네　　　薄紫前山績暮霞

산은 휘장을 펼친 듯 물은 비단을 다린 듯한데　　山賽張帷水熨羅
환히 빛나는 가을빛이 유리창에 부딪히네　　　　秋光晃朗接琉玻
벽에 기대놓은 거문고에서 소리가 울리는 듯하니　玄琴倚壁如生響
안석에 기댄 이 누구인가 가만히 노래를 듣네　　隱几何人寂聽歌

높은 산은 위압적이고 낮은 산은 친근하니　　高山如壓短山親
모두 산사람이 한 몸을 의탁하는 곳이네　　俱是山人托一身

571　벽라(薛蘿) : 벽려(薛荔, 줄사철나무)와 여라(女蘿, 소나무겨우살이)로, 은자의
거처를 가리킨다.

걸음걸음 모습이 달라지며 경관이 변하니 步步殊形移幻境
별안간 아침 비가 저녁에 개어 청신하도다 俄然朝雨暮晴新

고귀한 집안의 안배는 산림을 모방한 것이요 貴家排布倣山林
고결한 선비의 생애는 예나 지금이나 똑같네 高士生涯同古今
손가락엔 먹이 흥건하고 마음속엔 물이 일렁이니 指墨淋漓心水活
신묘한 정신이 종종 지음의 귀에 들어오네 神機往往入知音

잠을 이루지 못하다

無眠

근심이 없어도 또랑또랑 밤에 잠을 못 이루니	不憂耿耿夜無眠
산머리에 걸린 새벽달이 마침 하현달이로다	曉月山頭政下弦
멀고 가까운 마을의 닭들이 일제히 다 울더니	遠近村鷄齊唱盡
반 잠도 채 이루지 못했는데 벌써 날이 밝아오네	未成半枕已明天

더위를 전별하다

餞暑

낮이 기니 게으름이 습관 되었고	晝永懶成習
몸이 한가하니 병이 자주 침범하네	身閑病數侵
가을바람 불어오자 산빛이 변하고	秋風山色變
밤비가 내리자 북두성 빛이 잠기네	夜雨斗光沈
냉기를 막으려 휘장을 겹겹이 치고	避冷重紗幔
가벼운 것이 싫어 베 이불을 사절하네	嫌輕謝布衾
사람 사는 것이 모두 이와 같지만	人生皆若是
혹독한 더위는 더욱 믿기 어렵네	虐暑更難諶

근대의 수필을 보고 마음 가는 대로 시구를 이루다
看近代筆記 隨意成句

자강⁵⁷²은 눈이 나오고 흰 순채는 무성한데	紫薑胚出白蓴蕪
버들은 금실⁵⁷³을 흔들고 매미 소리에 꽃이 피네	柳拂金絲蟬萼敷
간밤에 강남을 지나가는 꿈을 꾸었으니	前宵經過江南夢
가을날 갠 창 아래 촉 땅 지도를 살펴보네	秋日晴窓按蜀圖

---

572 자강(紫薑) : 처음 막 나온 여린 생강으로, 그 끝이 약간 자줏빛을 띠기 때문에 이런 이름이 붙었다. '자강(子薑)'이라고도 한다. 《本草綱目 菜1 生薑》

573 금실 : 휘늘어진 버드나무 가지를 비유한다.

가을바람 속에 장원 주인[574]을 회상하며
秋風 憶藏園主人

동서로 오십 리 동정호에 가을이 왔으리니	東西五十洞庭秋
흰 이슬 내린 무성한 갈대가 저 섬에 있으리라[575]	白露蒼葭在彼洲
홀로 앉아 구름이 흘러간 곳을 멀리 바라보니	獨坐遙看雲去處
막희봉 아래 신선 누각이 마치 그림 같도다[576]	莫釐峯下畫仙樓

---

574 장원 주인(藏園主人) : 청나라 말기의 관리인 유지개(游智開)를 가리킨다. 190쪽 주292 참조.

575 흰……있으리라 : 《시경》〈진풍(秦風) 겸가(蒹葭)〉에 "갈대가 무성한데 흰 이슬이 서리가 되었도다. 이른바 저분이 저 물가의 한쪽에 있도다.〔蒹葭蒼蒼, 白露爲霜. 所謂伊人, 在水一方.〕"라는 구절이 보인다.

576 막희봉(莫釐峯)……같도다 : 유지개의 장원을 신선이 사는 누각에 비견한 것이다. '막희봉'은 강소성 동정동산(洞庭東山)의 주봉(主峯)이다.

정은조[577]의 급제에 써서 보여주다

書示鄭誾朝及第

남은 큰 과일 하나가 가문을 크게 번창시키니[578]	一陽碩果大昌門
단지 나만 하는 말이 아니요 온 세상의 말이네	非但吾言擧世言
한림의 맑은 반열에 학사가 새로 진출하니	翰苑淸班新學士
문충의 고택에 현명한 후손이 또 나왔도다[579]	文忠故宅又賢孫
봄과 가을 여름철에 부단히 경술을 닦더니	春秋夏節修經術
여든세 명 선발에 장원으로 발탁되었네	八十三籤擢壯元
비 내리는 처마 안 관솔불 아래 저보를 보니	簷雨松燈看邸報
황촌에 사는 이 늙은이 미칠 듯이 기쁘도다	老翁魔喜臥荒村

---

577 정은조(鄭誾朝) : 1856~1926. 본관은 동래(東萊), 자는 노언(魯言), 호는 연재(淵齋)이다. 1874년(고종11) 진사시 3등, 1880년(고종17) 증광별시 문과 병과 9위, 1882년(고종19) 5월 25일 한림소시(翰林召試)에 합격하였는데, 장원 기록이 자세하지 않다. 한림소시의 경우 김승균(金昇均)과 윤길구(尹吉求) 다음인 3등으로 뽑힌 듯하다. 《高宗實錄 19年 5月 25日》《日省錄 高宗 19年 5月 25日》

578 남은……번창시키니 : 정은조가 합격함으로써 쇠락한 가문을 다시 일으키게 되었다는 말이다. 《주역》〈박괘(剝卦) 상구(上九)〉에 "큰 과일이 먹히지 않음이니, 군자는 수레를 얻고 소인은 집을 허물리라.〔碩果不食, 君子得輿, 小人剝廬.〕"라는 내용이 보이는데, 주희(朱熹)의 본의(本義)에 따르면 이것은 박괘(䷖)의 하나의 양(陽)이 위에 남아 있어 곤괘(坤卦 ䷁)처럼 음(陰)에 의한 깎임이 다하지 않았는데도 능히 다시 양을 낳는다는 뜻이다.

579 문충(文忠)의……나왔도다 : 정은조는 영의정을 역임한 문충공 정원용(鄭元容, 1783~1873)의 손자이며, 1835년(헌종1) 진사시에 합격한 정기년(鄭基年)의 아들이다.

7월 18일 진전의 다례 참석을 앞두고 감회가 일다[580]

七月十八日 將赴眞殿茶禮 有感

예년에 이날 부용정에서 　　　　　　　昔年此日芙蓉亭
〈청선갱진〉 시를 올리니 비답이 향기로웠네[581] 　賡進聽蟬批墨馨
첩첩이 쌓인 시 쪽지가 성상의 눈을 거치자 　疊疊詩箋經乙覽
낭랑한 성상의 말씀이 간곡하게 내려왔네 　琅琅天語下丁寧
세월이 흘러 또 가을 석 달이 시작되니 　流光又是三秋屆
지난 일 어느 하나 눈물 떨굴 일 아닌 것 없네 　往事無非一淚零
성상의 대에 와서 남은 옛 노신을 거두어 써주시니 聖代收簪餘舊老
저 밝은 화톳불 따라 궁궐 뜰에서 절을 올리리라 趁他明燎拜彤庭

---

580 7월……일다 : 지은 시기가 자세하지 않다. 고종은 거의 매년 7월 18일에 진전(眞殿)의 다례(茶禮)를 행하였다. '진전'은 조선 역대 왕들의 어진(御眞)을 모신 전각으로, 선원전(璿源殿)이라고도 한다. 《高宗實錄》

581 예년에……향기로웠네 : 저자가 1848년(헌종14) 7월 18일 헌종(1827~1849)의 탄신일을 기념하여 〈청선갱진(聽蟬賡進)〉이라는 제목의 칠언율시를 지은 것을 이른다. '부용정(芙蓉亭)'은 창덕궁 후원에 있는 정자이다. 《嘉梧藁略 冊2 聽蟬賡進, 冊3 眞殿茶禮退後作》

비답을 받고 퇴천으로 돌아가며

承批退川歸

마음에 부끄럽지 않아 기분이 한껏 고조되니　　　　於心不愧氣昂然
오가는 시원한 바람에 가을 기운이 먼저 들었네　　　來去涼風秋意先
천도는 공평하여 너와 나의 구분이 없고　　　　　　天道公平無物我
인화는 잘났든 못났든 교화 속으로 들어오네　　　　人和愚智入陶甄
한밤중 초가집에 임금님의 은총이 빛나고　　　　　中宵茆屋龍光爛
도중의 부딪는 물소리가 말발굽을 꿰뚫네　　　　　半路砯崖馬足穿
지금부터 시시비비는 귓등으로 들을 것이니　　　　從此雌黃歸耳外
텅 빈 창에 오만함을 부치고 단잠 자리라[582]　　　虛窓寄傲做酣眠

---

582 텅……자리라 : 진(晉)나라 도연명(陶淵明)의 〈귀거래사(歸去來辭)〉에 “남쪽
창가에 기대어 오만함을 부치니, 무릎만 겨우 들일 작은 집이 편안함을 알겠네.〔倚南窓
以寄傲, 審容膝之易安.〕”라는 내용이 보인다.

석파공이 단계와 황귤 두 그루를 얻은 것을 하례하며[583]

賀石坡公得丹桂黃橘兩樹

소산의 흰 싸라기와 동정의 누런 감귤이[584]	小山霞白洞庭黃
모두 차 달이는 주방으로 들어와 더욱 향을 돕네	盡入茶廚剩助香
선가의 단약을 제조하는 비법이 아니라면	不是仙家丹煉術
어떻게 아홉 번 법제한 창양을 먹을 수 있으랴[585]	詎能九轉餌昌陽

583 석파공(石坡公)이……하례하며 : '석파공'은 297쪽 주484 참조. '단계(丹桂)'는 껍질이 붉은 계수나무이다. 노란 꽃이 피는 계수나무는 '금계(金桂)', 하얀 꽃이 피는 계수나무는 '은계(銀桂)'라 한다.

584 소산(小山)의……감귤이 : '소산'은 문체(文體) 이름이고, '흰 싸라기'는 하얀 꽃이 피는 은계를 가리킨다. 한(漢)나라 때 회남왕(淮南王) 유안(劉安)이 문사(文士)들을 모아 사부(辭賦)를 짓게 하고는 이들을 대산(大山)과 소산 두 부류로 나누었는데, 이 중 소산에 속하는 문사가 지은 〈초은사(招隱士)〉에 "계수나무 숲 우거져 산이 그윽하니, 구불구불 뻗은 줄기 가지가 서로 얽혔도다.〔桂樹叢生兮山之幽, 偃蹇連蜷兮枝相繚.〕"라는 구절이 있어서 '계수나무'는 은자(隱者)가 사는 곳을 상징하게 되었다. 여기에서는 석파공의 단계(丹桂)를 〈초은사〉의 계수나무에 비견한 것이다. '동정(洞庭)의 누런 감귤'은 중국 장강(長江) 중류의 동정호(洞庭湖)와 장강 하류의 동정산(洞庭山)에서 생산되는 감귤을 말한다. 이곳의 감귤로 빚은 동정춘색(洞庭春色)이라는 술 또한 유명하다.

585 어떻게……있으랴 : 선가(仙家)의 단약처럼 귀한 계수나무와 감귤나무의 열매를 먹을 수 있게 되었다는 말이다. '아홉 번 법제했다'는 것은 갈홍(葛洪)의 《포박자(抱朴子)》에 나오는 아홉 번 법제한 단약을 먹으면 3일이면 신선이 된다는 설을 원용한 것이며, '창양(昌陽)'은 한유(韓愈)의 〈진학해(進學解)〉 중 "의사가 창양으로 수명을 연장하는 것을 꾸짖고 희령을 올리고자 하는 격이다.〔訾醫師以昌陽引年, 欲進其狶苓也.〕"라는 구절을 원용한 것이다.

귤차를 하사받고

賜惠橘茶

귤로[586]의 귤차가 부뚜막에 가득 쌓이니　　　　橘老橘茶滿竈堆

천추성 빛이 초나라 강굽이에 흩어지네[587]　　　天樞光散楚江隈

옥천[588]의 옛 기록에 새 상품을 보태니　　　　玉川舊譜添新品

천 리의 기이한 향이 지척으로 왔네　　　　　千里奇香咫尺來

586　귤로(橘老) : '귤 속 노인'이란 뜻으로, 귤중수(橘中叟)라고도 한다. 여기에서는 귤나무를 이른다. 전설에 한 파공(巴邛) 사람이 자기 귤원(橘園)의 귤나무에 매우 큰 귤이 열려서 갈라보니 두 노인이 마주 앉아 바둑을 두며 담소하고 있었다고 한다. 《玄怪錄 巴邛人》

587　천추성(天樞星)……흩어지네 : 성상의 은택이 외진 시골에 사는 이곳까지 전해졌다는 말이다. '천추성'은 북두칠성의 첫 번째 별 이름이다.

588　옥천(玉川) : 중국 하남성 제원현(濟源縣) 농수(瀧水) 북쪽에 있는 우물 이름으로, 여기에서는 차를 가리킨다. 당나라의 시인 노동(盧仝)이 차를 좋아하여 늘 우물물을 길어 차를 달여 마시며 옥천자(玉川子)라고 자호(自號)한 것에서 유래하였다.

물러날 것을 청하는 소를 열일곱 번 올리고 고향으로 돌아오다

呈乞退十七疏 還鄉

깊은 가을 도성을 찾아간 길은	九秋尋洛路
끊겼다 이어진 벼랑 끝이 얼마였나	斷續幾巓涯
폭우 만나 추위 쫓으려 다급했고	白雨驅寒急
국화 구경에 짧은 시간인가 속았네	黃花促景欺
나이가 더해지니 이는 더욱 빠지고	年添齒更落
지위가 극에 이르니 몸은 더욱 낮아지네	位極身逾卑
은퇴를 청함이 어찌 끝이 없었으랴	乞退胡無已
뜻밖에 성상의 은택을 입었도다	徒然荷聖慈

인천항을 열어서는 안 된다는 소를 올렸는데 퇴천에 이르러 비답을 받아 비를 무릅쓰고 고향으로 돌아가다[589]

물仁川不可開港疏 到退川承批 冒雨還鄉

좁은 길 시원하여 부채질할 것 없으니	峽路淸涼扇不勞
중복의 더운 날씨가 풍랑에 맞닿았네	中庚天氣接風濤
반평생을 속진에 허비하며 괴로워하다	半生浪費塵埃苦
어느 하루 무더운 날을 가려 달아나네	一日優占溽暑逃
평지와 구릉은 지금 험한 낭떠러지요	易地邱陵今絶壁
역참과 다리는 모두 가벼운 거룻배네	長亭略彴擧輕舠
매미 소리 듣는 것 외엔 공무가 없으니	蟬聲以外無公事
산창에 아침 해 높도록 잠을 자리라	睡到山窓霽旭高

---

589 인천항을……돌아가다 : 이때 올린 소는 도성에서 100리밖에 떨어지지 않은 인천항을 방자하게 날뛰는 일본에 개항해서는 안 된다는 내용으로, 저자가 66세 때인 1879년(고종16) 6월 17일 영중추부사의 신분으로 올린 것이다. 《승정원일기》 해당 날짜의 기사에 저자의 상소와 고종의 비답이 모두 실려 있으며, 《가오고략》 책7에도 〈인천을 개항하는 것은 시행하기를 허락해서는 안 된다고 한 소[仁川開港不可許施疏]〉라는 제목으로 실려 있다.

석파공[590]의 〈우중〉 시에 차운하다

次石坡公雨中韻

장맛비가 여러 밤낮 계속됨을 근심치 않으니	霖雨不愁積晝宵
맑게 읊조리는 시인의 혼을 불러옴에 도움 되네	淸吟可助詩魂招
책상 반을 차지한 붓과 벼루에 남은 생을 맡기고	半床筆硯餘生托
만 그루를 감싼 안개와 구름 옛 골이 아스라하네	萬樹煙雲故洞遙
낮은 집에 풀을 빌려와 다 쓴 종이를 붙이고	矮屋藉糊留破紙
앞마을에서 술을 사와 텅 빈 다리를 바라보네	前村買酒望空橋
돌 위의 마른 오동나무에 바람이 끝없이 부니	枯桐石上風無盡
무엇 하러 도연명이 부질없이 허리 굽힐까[591]	有底淵明謾折腰

계절이 오두에 가까워[592] 물이 두루 벌창한데	節近烏頭遍漲流

---

590 석파공(石坡公) : 297쪽 주484 참조.

591 돌……굽힐까 : 동진(東晉)의 시인 도연명(陶淵明)이 팽택현(彭澤縣)의 현령으로 있은 지 80여 일 되었을 때 군(郡)의 독우(督郵)가 시찰을 나오게 되었는데, 의관을 갖추고 독우를 맞이해야 한다는 말을 듣고 "내가 다섯 말의 녹봉 때문에 시골의 소인에게 허리를 굽힐 수는 없다.〔我不能爲五斗米, 折腰向鄕里小兒.〕"라고 하고서 곧장 관직에서 물러나 전원으로 돌아간 것을 이른다. 이때 지은 것이 유명한 〈귀거래사(歸去來辭)〉이다. 도연명은 음률을 잘 몰랐으나 줄이 없는 거문고 하나를 벽에 기대어 두고 술기운이 오르면 이 거문고를 어루만지며 자기 뜻을 부쳤다고 한다. 여기에서 언급한 오동나무는 거문고의 재료이기 때문에 도연명의 무현금(無絃琴)과 연관 지은 것이다.

592 계절이 오두(烏頭)에 가까워 : 오작(烏鵲)이 은하수에 다리를 놓는다는 칠월 칠석을 가리키는 듯하다.

소매 가득 산바람을 맞으며 기쁘게 누대에 오르네　山風滿袖喜登樓

홍첨으로 후의를 내려주시니 더위가 사라지고　紅籤賜款消朱暑

옥판에다 시를 써주시니 가을에 비견된다오　玉版留題賽素秋

한 권에 수마에 빠지니 혼연히 대가 취한 듯하고[593]　一卷睡魔渾竹醉

천 가구의 생활은 모두 개구리밥이 떠다니는 듯하네　千家生活總萍浮

가고 옴이 정해진 것 없으니 비웃지 마오　去來無定其休笑

나 또한 맑은 강의 이미 늙은 갈매기라오　我亦淸江已老鷗

593　한……듯하고 : 음력 5월 13일을 죽취일(竹醉日) 또는 죽미일(竹迷日)이라 하는
데, 대나무는 절조가 강해서 무척 까다로운 나무이지만 죽취일만 되면 술에 취한 듯
정신이 몽롱해지며 나른해져서 옮겨 심어도 잘 살아난다고 한다.

영초 김공[594]에 대한 만사

潁樵金公輓

지난날 교분을 맺은 것이 삼십 년인데	平昔論交三十年
하루아침 황천에 가로막힐 것을 어찌 생각했으랴	一朝那意隔重泉
경연 앞에 갑자기 양신의 보좌가 없어지니	前筵遽缺良臣輔
당대에 모두 어진 재상이라 칭송했네	當世皆稱宰相賢
수고롭게 만든 생갈[595]에 마음이 아직 부끄럽고	生碣貽勞心尙愧
서툰 재주로 짓는 뇌문에 애통함이 새삼 휘감네	誄文齋拙慟新纏
이 몸도 병이 많으니 남은 생이 얼마이리오	此身多病餘生幾
부서를 때때로 지나며 비견수[596]를 생각하리라	部署時過憶比肩

---

594 영초(潁樵) 김공(金公) : 고종 때 영의정을 지낸 김병학(金炳學)을 가리킨다. 205쪽 주323 참조. 김병학은 저자보다 7세 아래이다.

595 생갈(生碣) : 살아 있을 때 미리 만들어둔 비갈(碑碣)이다.

596 비견수(比肩獸) : 궐(蹶)이라는 전설상의 동물이다. 앞발은 쥐처럼 짧고 뒷발은 토끼처럼 길어서 잘 달리지 못하기 때문에 위급한 때를 만나면 앞발이 길고 뒷발이 짧은 공공거허(蛩蛩巨虛)라는 짐승의 등에 업혀서 위기를 모면하고, 비견수는 공공거허가 좋아하는 감초를 먹여준다고 한다. 친밀한 벗을 비유한다. 《呂氏春秋 不廣》

가을날의 감회

感秋

오두막 속에 깊숙이 거처하노라니	深居茅棟下
가을 기운이 정말이지 유장하도다	秋意政悠哉
아스라한 피리 소리에 산은 저물려 하는데	遙笛山將暮
차가운 다듬이 소리가 한 해를 함께 재촉하네	寒砧歲共催
텅 빈 뜰에는 누런 잎이 떨어지고	庭空黃葉墜
고요한 처마에는 흰 구름이 찾아오네	簷靜白雲來
송옥이 읊은 것은 어느 때였나	宋玉何時賦
인생에 이처럼 슬플 때가 없네[597]	人生莫此哀

---

597 송옥(宋玉)이……없네 : '송옥'은 전국 시대 초(楚)나라의 문인으로 〈구변(九辯)〉, 〈초혼(招魂)〉, 〈고당부(高唐賦)〉 등 걸출한 작품을 많이 남겼다. 일찍이 굴원(屈原)의 방축(放逐)을 슬퍼하여 지은 〈구변〉에서 "슬프다, 가을 기운이여! 쓸쓸하여라, 초목이 떨어져 쇠하게 변하는구나! 구슬퍼라, 마치 먼 길 가는 듯함이여! 산에 올라 물을 굽어보며 돌아갈 사람을 보내도다.〔悲哉秋之爲氣也, 蕭瑟兮草木搖落而變衰. 憭慄兮若在遠行, 登山臨水兮送將歸.〕"라고 하여 가을의 서글픈 정서를 잘 나타냈는데, 이로 인해 이 부(賦)를 〈비추부(悲秋賦)〉라 일컫게 되었다.

아들 수영이 특별히 동부승지에 임명되다[598]

壽榮特除同副承旨

태평 시절에 태어나 늙은 것이 칠십 년인데	生老泰平七十年
아이가 은총을 받아 대궐 뜰 앞에 숙배하네	兒承榮寵拜庭前
여린 허리에 붉은 인끈을 매니 허리띠가 늘어지고	軟腰結紫紳垂悸
양쪽 살쩍에 빛이 나니 옥관자가 마주 둥그네[599]	雙鬢生輝玉對圓
출사할 때부터 선조의 음덕 덕분임을 알았고	一命從知先蔭藉
언제나 본심을 온전히 해주신 은택을 입었다오	常時幸賴素心全
세 조정에서 받은 은총이 유달리 끝이 없으니	三朝恩渥偏無極
멈추든 흘러가든 하늘의 뜻을 따를 뿐이네[600]	得坻乘流但聽天

---

598 아들……임명되다 : 저자의 둘째 아들 이수영(李壽榮, 1858~1880)이 저자가 66세 때인 1879년(고종16) 11월 10일 단독으로 후보에 올라 정3품 승정원 동부승지에 임명되자 이를 기념하여 지은 시이다. 이때 이수영은 경기도 양주(楊州)에 거주하고 있었다. 이수영은 자는 일옹(一翁)이며, 1874년(고종11) 17세에 문과에 합격한 뒤 사간원 헌납과 사간, 사헌부 장령 등을 역임하였다. 향년 23세로 저자보다 8년 먼저 세상을 떠났다. 《承政院日記》

599 여린……둥그네 : 정3품 당상관의 복식을 갖추어 붉은 인끈을 차고 망건에 옥으로 만든 관자를 사용한 것을 이른다.

600 멈추든……뿐이네 : 한(漢)나라 가의(賈誼)의 〈복조부(鵩鳥賦)〉에 "나무처럼 흘러가는 물을 타면 떠내려가고, 모래섬을 만나면 멈출 뿐이네.〔乘流則逝兮, 得坻則止.〕"라는 구절이 보인다.

눈 속에 앉아

坐雪

눈을 보고 매화를 보면 차를 마셔야 하니	見雪見梅宜啜茶
더구나 추위가 심해 산집 문을 닫았음에랴	況乎寒重鎖山家
바람 속에 배회하며 한 쌍의 학이 가로지르고	獵風躑躅橫雙鶴
낙조 속에 날아가며 한 까마귀가 사라지네	落照飛飜點一鴉
먼지 낀 상자에서 책을 찾아 옥주601를 흔들고	覓卷塵函揮玉麈
옛 솥에 향을 꽂아 연무 속 꽃에 흩뿌리네	揷香古鼎撒煙花
어디인들 한가히 양생하며 소일할 곳 아니랴	養閑何處非消遣
나의 즐거움 평소에 내 스스로 자랑스럽네	我樂平生我自誇

---

601 옥주(玉麈) : 자루를 옥으로 만든 주미(麈尾)이다. 일종의 먼지떨이로, 동진(東晉)의 사대부들이 청담(淸談)을 논할 때 항상 주미를 들었기 때문에 후에 청담을 나누는 것을 비유하게 되었다.

나무를 심다

種樹

흙으로 만든 섬돌 가에 나무를 심으니　　　　　　　　種樹土階畔
푸르고 푸르게 낮은 담장을 뒤덮었네　　　　　　　　蒼蒼覆短墻
나무가 늙을 때 사람도 똑같이 늙으니　　　　　　　　樹老人同老
어이해 세월은 이리도 바삐 흐르는지　　　　　　　　如何歲月忙

강 봉조하가 벼슬을 내놓고 물러났다는 말을 듣고 짓다[602]
聞姜奉賀休致作

이십 년 간청에 허락받지 못함이 부끄러우니	廿年積懇愧無功
문사를 낭비하여 성상의 귀만 더럽혔네	浪費文辭瀆聖聰
천도는 큼과 작음을 원래 똑같이 보지만	天道洪纖元一視
인간 세상엔 어려움과 쉬움이 같지 않네	人間難易不相同
홀로 높으니 어찌 밝은 달을 붙잡을 수 있으랴	孤高那得攀明月
일찍 출사했으나 도리어 아래로 달려가게 되었네[603]	銳進還爲走下風
홍진 속에 나를 그르쳐서 말 먼지에 묻혔으니[604]	誤我紅塵三斗撲
매화 향기에 설산 속에서 공연히 배부르네	梅香虛飽雪山中

---

602 강 봉조하(姜奉朝賀)가……짓다 : 저자가 66세 때인 1879년(고종16) 정1품 영중
추부사의 직임을 띠고 있을 때 지은 시이다. '강 봉조하'는 강로(姜㳣, 1809~1887)로,
본관은 진주(晉州), 자는 기중(期中), 호는 표운(豹雲)·정은(貞隱)이다. 1848년(헌
종14) 문과에 급제한 뒤 사간원 대사간, 좌의정 등을 역임하였다. 1879년 11월 21일
종1품 판중추부사로 올린 사직 상소를 허락받고, 봉조하가 되어 기로소(耆老所)에 들어
갔다. 시호는 익헌(翼憲)이다. 《高宗實錄 16年 11月 21日》

603 일찍……되었네 : 강 봉조하가 저자보다 늦게 벼슬에 나왔는데도 저자보다 빨리
은퇴를 허락받았다는 말이다.

604 홍진……묻혔으니 : 조정에서 벼슬아치로 너무 오래 머물렀다는 말이다. 당나라
의 권회은(權懷恩)이 만년 영(萬年令)으로 발탁되어 상벌을 분명히 하자, 당시 사람들
이 "차라리 서 말의 먼지를 먹을지언정 권회은을 만나지는 말라.〔寧飮三斗塵, 無逢權懷
恩.〕"라고 하였다는 고사가 전한다. 《新唐書 卷100 權懷恩列傳》

고향으로 돌아와
還鄉

더벅머리 야윈 동복의 등에 짐 지우고 　　　　髼髮瘦童背荷擔

동문에 아침 해가 뜰 때 시암[605]을 찾아가네 　　青門朝日訪詩庵

이내 생애 담박하여 차를 목숨으로 여기고 　　生涯澹泊茶爲命

이내 사업 흐리멍덩하여 잠에 흠뻑 취한다네 　　事業糊塗睡以酣

봄이 저물도록 향촌에서는 세배를 다니고 　　拜歲鄉村春晚後

시내 남쪽 밭이랑에서는 언 땅을 쟁기질하네 　　耕氷畦隴磵流南

그야말로 순식간에 흉금이 툭 트이니 　　　　胸襟疏曠眞俄頃

좌중이 모두 담소하는 시골 노인이로다 　　　座上無非野老談

---

605 시암(詩庵) : 자세하지 않다.

봄비

春雨

적막한 초당에 산을 뒤덮고 노을 지는데　　　　草堂寂寂罨山霞
누워서 시냇가 초동 목동의 풀피리 소리를 듣네　　臥聽谿頭樵牧笛
어제는 동풍 불더니 오늘 밤은 비가 내려　　　　昨日東風今夜雨
뜰 가의 피지 않은 꽃에 피기를 재촉하네　　　　催開庭畔未開花

봄을 아쉬워하며
惜春

시 외에는 병만 많고 기쁜 일이 적으니	詩餘多病少滋怡
풀 돗자리 들고 와서 도처로 옮겨 다니네	草榻携來到處移
달 보는 것이 지기의 만남보다 보기 좋고	看月勝看知己遇
꽃을 아쉬워함이 미인의 노쇠처럼 아쉽네	惜花如惜美人衰
가련한 것은 경물이 시절 따라 변하는 것	可憐景物隨時變
쏜살같이 지나는 세월을 얼마나 탄식했는지	幾歎光陰過隙馳
이내 심사 봄이 가버리자 망망하기만 하니	情思茫然春去後
버들을 심어 꾀꼬리 소리나 들어볼까나	栽楊料理聽黃鸝

봄 구경

看春

올해의 꽃은 지난해의 꽃을 이은 것이니   今年花續去年花

해마다 볼수록 점점 더 아름다워지네   年復年看漸入佳

성성한 내 머리는 끝없이 희어지건만   我髮星星無盡白

꽃을 탐하는 병은 해가 갈수록 더해가네   耽花性癖比年加

소일

消遣

이것도 소일이요 저것도 소일하는 것이니　　　　　　　此爲消遣彼爲消
모두 한가한 중에 적막함 달래는 일이네　　　　　　都是閑中破寂寥
인간 세상 어디인들 소일하는 곳 아니랴　　　　　　人間何處非消遣
소일은 무료함을 달래는 것 아님이 없네　　　　　　消遣無非不自聊

나물을 사다

買茱

간밤의 빗소리에 봄나물이 살졌으리라 　　　昨夜雨聲春茱肥
광주리 든 아녀자가 사립문에 가득하네 　　携筐兒女滿村扉
목두어[606]가 산사람의 입맛으로 들어오니 　木頭魚落山人味
비로소 평소의 육식이 틀린 것을 알았네 　始覺平生肉食非

606　목두어(木頭魚) : '나무 끝에서 나는 물고기'라는 뜻으로, 두릅을 가리킨다.

잠에서 깨어

睡起

적막한 대 난간에 억새 발을 드리우니 竹欄闃靜亂簾垂

매임 없는 산사람이 하는 일마다 더디네 無累山人事事遲

느지막이 일어나 저녁 먹는 잠깐 사이에 晏起晚飱雲睡頃

정원 가득한 꽃 그림자가 뜰 반을 옮겨갔네 滿園花影半庭移

네 번째 경일에 우연히 짓다

四庚日 偶作

향촌에 주인이 없고 이 늙은이가 가장 높기에	鄕村無主此翁尊
동풍을 관장하며 번거롭게 지팡이 짚고 거니네[607]	管領東風杖屨煩
저물녘 밭에선 울타리 치고 채소 씨앗을 뿌리며	晚圃隔籬翻菜種
작은 연못에선 물을 저장해 연뿌리를 보호하네	小塘貯水護蓮根
한적한 가운데 먹고 마시니 여생이 만족스럽고	閑中飮啄餘生足
속진 바깥 바쁜 농사철이라 종일토록 떠들썩하네	塵外奔忙竟日喧
나무가 앞산을 가려 꽃이 보이지 않기에	樹翳前山花不見
가지를 조금 베고자 원숭이 같은 아이를 부르네	斫枝多少喚童猿

---

607 향촌에……거니네 : 봄철의 아름다운 풍광을 읊조리는 이가 아무도 없어서 늙은
자신이 봄바람 속에 풍광을 읊조리고 있다는 말이다.

한가함
閑

텅 빈 창가 긴긴 낮에 아무 생각 없는데	虛窓晝永定無思
방울방울 이내가 잠든 눈썹 위로 날아오네	滴瀝飛嵐上睡眉
고요한 숲속 동산은 봄이 지나간 뒤요	寂寂林園春去後
짙은 청록 초목은 비가 오는 때라네	深深靑綠雨來時
산에서 사영운은 항상 나막신을 신었고[608]	於山靈運常穿屐
술 못 마시는 소동파는 술잔을 들었네[609]	不酒東坡可引巵
나 또한 초탈한 풍격으로 일신하고자	我亦更張風調外
마른 오동 베어 오고 새 명주실을 사 오네[610]	枯桐斲出貿新絲

---

608 산에서……신었고 : 남조(南朝) 송(宋)나라의 산수 시인 사영운(謝靈運)은 산을 많이 좋아하였는데, 산에 오를 때면 늘 나막신의 앞굽을 빼고 내려올 때는 뒷굽을 빼고 신었다고 한다. 《宋書 卷67 謝靈運列傳》

609 술……들었네 : 소동파(蘇東坡), 즉 소식(蘇軾)의 〈강 위에서 눈을 만나……〉라는 시 가운데 "얼음 깨고 사슴 굽는 것이 가장 즐거우니, 내가 비록 술을 못 마셔도 애써 잔을 비우네.〔敲氷煮鹿最可樂, 我雖不飮强倒巵.〕"라는 구절이 보인다. 《蘇東坡詩集 卷1 江上値雪效歐陽體限不以鹽玉鶴鷺絮蝶飛舞之類爲比仍不使皓白潔素等字》

610 마른……오네 : 무현금(無絃琴)을 어루만지며 뜻을 부쳤던 동진(東晉)의 처사 도연명(陶淵明)처럼 자신도 거문고를 만들어 은자의 풍격을 높이겠다는 말이다. 373쪽 주591 참조.

만벽당[611]

晩碧堂

작은 연못의 봄물이 기름보다 푸르니	小塘春水碧於油
한 자리에서 이 흰머리를 모두 잊었네	一席渾忘此白頭
고기 낚는 어린 자식은 돌아보며 웃고	穉子釣魚相顧笑
나물 파는 예쁜 소녀는 설핏 수줍어하네	青娥賣菜乍含羞
노년에 머물고 쉬니 산도 함께 고요하고	老年棲息山俱靜
덧없는 세상 한가함과 바쁨이 날로 흘러가네	浮世閑忙日以流
밤새도록 괴로이 읊느라 빈 배가 꺼졌으니	竟夕苦吟枵腹瘦
돌아와 술 찾는 것이 집안에서의 계책이네	歸來覓酒屋中謀

611 만벽당(晩碧堂) : 저자의 아버지 이계조(李啓朝, 1793~1856)의 서재로 추정된다. 저자는 이계조가 고금의 격어(格語)와 이문(異聞)을 기록한 것을 '만벽당총서(晩碧堂叢書)'라 명명하고 집에 보관했다고 말하고 있다.《林下筆記 卷35 薛荔新志》

김 미서 상서[612]가 일찍이 뜰 앞의 백영산[613]을 자랑하며 함께 감상하자고 나와 약속했는데, 내가 오랫동안 고향 산에 머물면서 꽃이 피는 것을 보고 불현듯 미서와의 약속이 생각나 짓다

金薇西尙書甞稱庭前白映山 約余同賞 余久滯鄕山 見花開 斗憶薇西之約

배꽃 오얏꽃보다 담백하여 매화와 견줄 만하니　　淡於梨李賽於梅
갠 창 아래 잠에서 일어나 눈이 왔나 놀랐네　　睡起晴窓訝雪來
먼 곳 가까운 곳 사사로움 없이 봄기운이 넘치니　　遠近無私春氣足
그대 꽃은 곧 필 것이요 나의 꽃은 벌써 피었네　　君花將發我花開

---

612 김 미서 상서(金薇西尙書) : 김재현(金在顯, 1808~1899)이다. 본관은 광산(光山), 자는 덕부(德夫), 호는 미서이며, 1858년(철종9) 문과에 급제하고 이조·예조·호조·공조 판서를 지냈다.

613 백영산(白映山) : 진달랫과에 속하는 상록 관목 이름으로, 영산홍과 비슷하나 꽃이 흰색이다.

늙음이 애처로워

憫老

이 삶이 과연 얼마나 남았을까	此生果幾餘
몇 년만 지나면 일흔이로다	七十數年隔
병이 없어도 몸은 늘 피곤하고	不病身常疲
이유도 없이 다리는 절로 절룩이네	無端足自蹇
벼슬에서 물러남은 시기 있음을 알거니와[614]	懸車知有期
초상을 거는 것이 또 무슨 도움 되리오[615]	圖像復何益
산의 남쪽에 나무를 심으니	種樹山之陽
그 마음 아직도 지난날과 같다네	其心猶往昔

---

614 벼슬에서……알거니와 : 《예기》〈곡례 상(曲禮上)〉에 "대부는 70세가 되면 벼슬을 내놓고 물러난다.〔大夫七十而致事.〕"라는 내용이 보인다.

615 초상을……되리오 : 조선 시대에 나이 많은 임금이나 70세가 넘은 문관으로 정2품 이상의 벼슬을 했을 경우 기로소(耆老所)에 들어갔으며, 기로소 안에 어첩(御帖)을 보관하는 영수각(靈壽閣)에 이들의 초상을 걸어 두었다. 《六典條例 禮典 耆老所》

심부름하는 아이

喚童

물러나 살며 부릴 사람 없어 앉은 자리 적막하니 退居乏喚坐涼涼
모여 있는 시골 아이들에게 옆에서 시중들게 했네 群聚村童俾侍傍
들밥 내는 아낙과 길든 삽살개처럼 늘 뒤를 따르고 饁婦馴狵常逐後
늙은 중과 뒤따르는 상좌처럼 매번 방을 같이 쓰네 老僧上佐每同房
빗질을 싫어하는 봉두난발은 비바람을 능가하고 厭梳蓬勢凌風雨
버선을 신지 않은 흙 발자국은 평상을 더럽히네 不襪塵痕汚榻床
학 기르고 꽃 가꾸는 건 여력으로 하는 일이고 飼鶴灌花餘事業
땔감 줍고 불을 피우며 차 솥을 보호하네 拾樵燃火護茶鐺

시詩 393

정은 상공[616]께서 밀양 황차를 보내주신 것에 사례하다
謝貞隱相公贈密陽黃茶

그윽한 대나무 창 그늘이 나를 기다려주니　　　　幽竹窓陰待我歸

도성의 한바탕 봄꿈이 점점 희미하도다　　　　洛城春夢轉依微

어디에서 한 잎 청량한 맛이 왔는가　　　　何來一葉淸涼味

홍금을 씻어내어 어제가 틀렸음을 깨닫게 하네[617]　　滌了胸襟悟昨非

616　정은 상공(貞隱相公) : 1872년(고종9) 10월 12일부터 이듬해 11월 11일까지 좌의
정을 지낸 강로(姜㳣)를 가리킨다. 강로는 380쪽 주602 참조.《高宗實錄 9年 10月 12日,
10年 11月 11日》

617　어제가……하네 : 도연명(陶淵明)의 〈귀거래사(歸去來辭)〉 구절을 차용한 것이
다. 300쪽 주490 참조.

두 번째
其二

키 작은 아이가 달려가 이름난 샘물을 길어와   短童奔走汲名泉

찻주전자와 차 솥을 이리저리 앞뒤로 늘어놓네   竪罐橫鐺錯後前

심양 가게와 옥천 상자도 오히려 양보할 것이니[618]   瀋肆川箱猶退步

정은 상공께서 장수하시는 연유를 이제 알겠네   從知貞老以延年

---

618 심양(瀋陽)……것이니 : 강로(姜浩)가 보내준 밀양 황차가 중국의 유명한 차와
비교해도 손색이 없다는 말이다. '옥천(玉川)'은 차를 매우 좋아했던 당나라의 시인
노동(盧소)의 호 옥천자(玉川子)를 이른다.

수신사 승선 김홍집[619]에게 증별하다
贈修信使金承宣弘集

조정의 논의로 수신사 후보에 올라 차임되니	朝議擬差修信使
이 사람의 원대한 식견은 비견할 이가 없다네	此翁無算坐而視
천 겹의 에도를 향해 동남으로 가는 배를 타리니	千重江戶東南舟
한 번 바다를 멀리 바라보면 상하가 모두 물이리라	一望天池上下水
재력의 많고 적음은 헤아리기 어렵거니와	財力寡多難計於
섬오랑캐와 오고 감은 이와 상관이 없다네	島夷來去不關是
이번 사행이 어찌 몸을 영화롭게 한다 말하리오	今行豈謂榮其身
옛날에 승려가 돌아올 때도 부끄러움 면했을 뿐이네[620]	
	在昔僧歸亦免恥

619　수신사(修信使) 승선(承宣) 김홍집(金弘集) : 1842~1896. 본관은 경주(慶州),
초명은 굉집(宏集), 자는 경능(景能) 또는 경능(敬能), 호는 도원(道園) 또는 이정학재
(以政學齋)이다. 1880년(고종17) 3월 23일 수신사에 임명되었다. '수신사'는 1876년(고
종13)에 일본으로 가는 사신인 통신사(通信使)를 고쳐 부른 이름이다. '승선'은 승정원
의 승지를 가리킨다.

620　옛날에……뿐이네 : 자세한 사실은 상고할 수 없으나, 임진왜란 이후 사명대사
(四溟大師) 유정(惟政)이 사신으로 일본에 가서 관백인 도쿠가와 이에야스(德川家康)
를 만나 화친을 맺고 임진왜란 때 잡혀갔던 동포 3천여 명을 데리고 귀국하였는데,
이를 두고 한 말인 듯하다.

곤궁한 사람의 말[621]
窮語

모진 맛 익숙해졌으니 다시 어찌 쓰라리랴	辛甞習性復何酸
어제 이미 보았는데 오늘도 또한 보네	昨日已看今亦看
시골의 삶이란 대부분 소소하고 자질구레하며	鄕曲生涯多細瑣
노년의 신세란 참으로 의지할 곳 없이 외롭네	老年身世坐孤單
산림에는 샘물이 흘러 초가가 외려 축축하고	泉聲林下茅猶濕
바깥세상은 무덥건만 골짝은 아직도 쌀쌀하네	暑氣人間峽尙寒
오직 푸른 주머니[622]에 좋은 약이 있으니	除是靑囊良藥在
일체 귀머거리로 사는 것이 가장 평안하네	一任聾聵最平安

한유가 글을 지음은 쓸데없는 일이었으니[623]	韓子作文多事已

---

621 곤궁한 사람의 말 : 송나라 구양수(歐陽脩)의 〈매성유시집서(梅聖兪詩集序)〉에 "시가 사람을 곤궁하게 하는 것이 아니라 곤궁한 사람이고서야 시를 잘 짓게 된다.〔非詩之能窮人, 殆窮者而後工也.〕"라는 내용이 보인다.

622 푸른 주머니 : 원문의 '청낭(靑囊)'은 선약(仙藥)이 든 주머니를 뜻한다. 진(晉)나라 곽박(郭璞)이 곽공(郭公)이란 이인(異人)으로부터 푸른 주머니에 든 《청낭중서(靑囊中書)》9권을 받아서 오행(五行)·천문(天文)·점복(占卜) 등에 통달하였다는 고사에서 유래하였다. 《晉書 卷72 郭璞傳》

623 한유(韓愈)가……일이었으니 : 당나라 문장가 한유가 자신을 곤궁하게 하는 지궁(智窮)·학궁(學窮)·문궁(文窮)·명궁(命窮)·교궁(交窮)의 다섯 귀신〔五鬼〕을 달래서 자신에게서 떠나가게 하고자 〈송궁문(送窮文)〉을 지은 것은 쓸데없는 일이었다는 말이다.

몸이 자못 편안함은 곤궁할 때만 한 것이 없네　　　　身頗安穩莫如窮

늘어진 천 줄기 백발[624]이야 어이할 수 없거니와　　　娟娟無奈千莖白

나풀나풀한 일품홍[625]을 오히려 마주 대하네　　　　薄薄猶當一品紅

손님 떠난 텅 빈 집은 새가 위아래로 날고　　　　　客去空堂禽上下

조각배 비낀 가을 물은 언덕이 동서로 뻗었도다　　　舟橫秋水岸西東

푸른 짚신에 베 버선 차림은 누가 갖추었던가[626]　　青鞋布襪何人備

나는야 바람 타고 날아다니는 열어구를 따르려네[627]　我欲從之列禦風

새소리와 매미 소리가 함께 너를 재촉하니　　　　　鳥語蟬聲共爾催

솔 처마의 긴긴해가 그림자를 드리웠도다　　　　　松簷長日影枚枚

병든 몸은 더위에 시달려 늘 밤을 기다리고　　　　病軀困暑常須夜

어두운 귀는 바람이 불면 더러 우레로 들리네　　　聾耳因風或聽雷

푸른 나무에 따뜻한 꽃 피더니 추위가 엄습하고　　碧樹煖花寒欲襲

624　천 줄기 백발 : 300쪽 주488 참조.

625　일품홍(一品紅) : 대극과(大戟科)에 속한 상록 관목인 포인세티아를 말한다. 성
성목(猩猩木) 또는 성탄홍(聖誕紅)이라고도 한다.

626　푸른……갖추었던가 : '푸른 짚신'과 '베 버선'은 은자를 상징한다. 당나라 두보(杜
甫)의 〈봉선현의 유소부가 새로 그린 산수화 병풍에 노래하다〔奉先劉少府新畫山水障
歌〕〉에 "약야계요, 운문사로다. 나만 홀로 어이해 속세에 묻혀 있으랴. 푸른 짚신과
베 버선 차림 이제부터 시작하리라.〔若耶溪, 雲門寺. 吾獨胡爲在泥滓? 青鞋布襪從此
始.〕"라는 구절이 보인다.

627　나는야……따르려네 : '열어구(列禦寇)'는 전국 시대 정(鄭)나라 사람으로, 바람
을 타고 다녔다고 한다. 《장자(莊子)》〈소요유(逍遙遊)〉에 "저 열자는 바람을 타고
하늘을 날아다녀 가뿐가뿐 즐겁게 잘 날아서 15일이 지난 뒤에 땅 위로 돌아온다.〔夫列
子御風而行, 泠然善也, 旬有五日而後反.〕"라는 내용이 보인다.

푸른 산에 아침 비 내리더니 저녁이 다시 찾아오네　　　青山朝雨暮還來
잠깐 잠들었다 깨어나니 드리운 발이 흔들리고　　　乍眠旋起簾波動
한 심지 이름난 향은 이미 재가 되어 있네　　　一炷名香已作灰

곤궁한 사람이 일을 계획하면 매번 어긋나니　　　窮人謀事每相違
앞마을에서 술을 사 들고 홀로 돌아오네　　　買酒前村獨自歸
여기에 앉아 긴긴 적막을 어찌 견디리오　　　此坐那堪長寂寞
옆에서 보고 그저 한숨만 쉼을 비웃지 마오　　　傍觀莫笑但歔欷
저녁의 셋을 모르면 아침에 어찌 넷을 기뻐하며[628]　　　暮三不識朝何四
오늘의 옳음이 원래 없다면 어제가 어찌 틀리랴[629]　　　今是原無昨豈非
처마 물도 모여 흐르면 저 바다와 같으리라　　　簷水合流如彼海
문득 발을 씻을 생각에 언덕에서 옷을 터네[630]　　　忽思濯足振岡衣

엎어지면 코 깨지고 넘어지면 머리 깨진다고　　　沛傷鼻角顚傷頭
이런 말이 예전부터 항간의 노래로 오르내렸네　　　此語從前上俚謳

628　저녁의……기뻐하며 : 예전에 벼슬할 때 오늘날 편안히 은거할 것을 몰랐다는
말로,《장자(莊子)》〈제물론(齊物論)〉의 조삼모사(朝三暮四) 우화를 원용한 것이다.
옛날에 저공(狙公)이란 사람이 원숭이들에게 아침에 3개, 저녁에 4개를 먹이로 주겠다
고 하자 원숭이들이 모두 성을 내었으나 다시 아침에 4개, 저녁에 3개를 주겠다고 하자
원숭이들이 모두 기뻐했다고 한다.

629　오늘의……틀리랴 : 오늘의 은거가 없다면 예전 벼슬살이의 삶이 틀렸다는 것도
알지 못했을 것이라는 말이다. 300쪽 주490 참조.

630　문득……터네 : 속세의 먼지를 털어내고 싶다는 말로, 진(晉)나라 좌사(左思)의
〈영사(詠史)〉중 "천 길 언덕에서 옷을 털고, 만 리 흐르는 물에 발을 씻네.[振衣千仞岡,
濯足萬里流.]"라는 구절을 원용한 것이다.

끝까지 한결같으니 일찍이 처음이 있어서요 　　如一有終曾有始

기쁨 없이 시류를 따르니 역시 근심도 없다네 　　隨流無喜亦無憂

삼전의 신수는 마갈이 명궁이요[631] 　　三傳命道宮磨蝎

오귀의 문장은 소를 매어둔 멍에라오[632] 　　五鬼文章輊繫牛

봄날 무우단에서 바람 쐬면 절로 충분하니[633] 　　春日雩壇風自足

곤궁함이 나에게 어찌 길이 머물겠는가 　　窮乎於我豈長留

정강성의 여종은 경문을 줄줄 말하였고[634] 　　能言經句康成婢

---

631 삼전(三傳)의……명궁(命宮)이요 : 문인 학자들은 좌절과 비방을 많이 겪는 명운을 타고난다는 말이다. '삼전'은 《춘추》의 해설서인 《춘추좌씨전(春秋左氏傳)》·《춘추공양전(春秋公羊傳)》·《춘추곡량전(春秋穀梁傳)》을 가리키는데, 전하여 고사(古事)를 많이 아는 사람을 비유한다. '마갈(磨蝎)'은 마갈궁(磨蝎宮)의 약칭으로 별자리 이름이다. 평생 좌절을 겪는 자는 마갈궁을 만난다고 한다. 송나라 소식(蘇軾)이 일찍이 당나라 한유(韓愈)의 시 가운데 "내가 태어난 때는, 달이 남두성에 있었네.〔我生之辰, 月宿南斗.〕"라는 구절을 보고 한유의 명궁(命宮)이 마갈궁임을 알았으며, 자신 역시 마갈궁이 명궁이어서 평생 비방을 많이 받아 동병상련을 느꼈다고 한다. 《東坡志林 卷1》

632 오귀(五鬼)의……멍에라오 : 이 또한 문인들은 궁박한 명운을 타고나 아무런 이유도 없이 재앙을 많이 당한다는 말이다. '오귀'는 397쪽 주623 참조. 원문의 '계우(繫牛)'는 아무런 이유도 없이 받는 재앙인 무망지재(無妄之災)를 가리킨다. 《주역》〈무망괘(無妄卦) 육삼(六三)〉의 "아무런 이유 없이 당하는 재앙이니, 설혹 소를 매어놓았다 하더라도 행인이 얻음은 마을 사람의 재앙이로다.〔無妄之災, 或繫之牛, 行人之得, 邑人之災.〕"라는 구절을 원용한 것이다.

633 봄날……충분하니 : 공자가 제자들에게 장래 포부를 묻자, 증점(曾點)이 "늦봄에 봄옷이 다 만들어지면 어른 대여섯 명, 동자 예닐곱 명과 함께 기수에서 목욕하고 무우단에서 바람 쐬고 노래하며 돌아오겠습니다.〔莫春者, 春服旣成, 冠者五六人, 童子六七人, 浴乎沂, 風乎舞雩, 詠而歸.〕"라고 대답한 것을 원용한 것이다. 《論語 先進》

634 정강성(鄭康成)의……말하였고 : '강성'은 후한(後漢) 경학의 집대성자인 정현

사마군실의 하인은 존칭을 알지 못하였네[635]	不識尊稱君實僮
나누어 받은 자질은 미련함과 약빠름에 드러나고	器稟分來癡黠見
제멋대로 처하는 본성은 예나 지금이나 똑같네	天眞任處古今同
짝하여 사는 이내 신세가 스스로 부끄럽거니와	自慚身世居相伴
이치를 알 수 없는 인간 세상이 다시 한탄스럽네	却歎人間理莫窮
우연히 일어난 일[636]이 전한 지 이미 오래되었으니	事在偶然傳已久
학문이 있으면 또한 이에 맞는 풍도가 있네	有其學也有其風

산중에서 맞는 유월이라 장맛비를 만나니	山中六月値長霖
세차게 흘러가는 물에 상쾌하게 가슴을 펴네	流水洋洋爽披襟
돌아보면 내게 푸른 옥의 소반이 없지 않지만[637]	顧我非無靑玉案

(鄭玄)의 자이다. 정현의 노비들은 모두 글을 읽을 줄 알았다고 하여 다음과 같은 고사
가 전한다. 일찍이 한 여종이 정현에게 자신의 잘못을 변명하려다가 도리어 진창 속에
끌려가는 벌을 받았는데, 다른 여종이 이를 보고 "어째서 진창 속에 있는가?〔胡爲乎泥
中?〕"라고 묻자, 진창 속에 있던 여종이 "잠깐 가서 하소연하다가 어르신의 노여움만
만났네.〔薄言往愬, 逢彼之怒.〕"라고 답하였다고 한다. 이 두 여종이 주고받은 말은 각
각 《시경》〈패풍(邶風) 식미(式微)〉와 〈패풍 백주(柏舟)〉에 나오는 구절이다. 《世說
新語 文學》

635 사마군실(司馬君實)의……못하였네 : '군실'은 북송의 명재상인 사마광(司馬光)
의 자이다. 사마광의 성정이 담박하고 도량이 넓은 것과 관련하여 다음과 같은 고사가
전한다. 사마광에게는 30년 동안 그를 '군실수재(君實秀才)'라고 칭하는 종이 있었는데,
하루는 소식(蘇軾)이 찾아왔다가 이를 듣고 네 주인은 이미 재상이 되었으니 '대참상공
(大參相公)'으로 칭해야 한다고 가르쳐주었다. 다음 날 이 종이 '대참상공'이라고 칭하
자 사마광은 놀라서 연유를 물은 뒤 소식이 내 하인을 망쳐놓았다며 탄식했다고 한다.
《山堂肆考 卷112 蓬首》

636 우연히 일어난 일 : 위 정현의 여종과 사마광의 하인 일화를 이른다.

그대에게 흰 구름의 산봉우리를 주지는 못하네[638]　　爲君莫贈白雲岑

한 나뭇가지에 깃드니 천 길 골짜기를 빌렸고[639]　　一枝棲借千尋壑

아홉 구비를 노래하니 만고의 마음을 전하네[640]　　九曲歌傳萬古心

일백 돛배를 그려놓아 벽에서 바람 소리 울리니　　圖作百帆壁上響

기지개 켜고 일어나 푸른 갈대 이불[641]에 앉았도다　　欠伸起坐碧蘆衾

파초 잎 위로 하늬바람이 일어나니　　芭蕉葉上起西風

많지 않은 가을 기운이 창공을 울리네　　秋氣無多響碧空

637　돌아보면……않지만 : 보답할 물건이 없지는 않다는 말이다. 한(漢)나라 장형(張衡)의 〈사수시(四愁詩)〉 중 "미인이 나에게 수놓은 비단을 선물했는데 무엇으로 보답할까. 청옥안으로 하리라.〔美人贈我錦繡段, 何以報之靑玉案.〕"라는 구절을 원용한 것이다. '청옥안(靑玉案)'은 푸른 옥으로 만든 다리가 짧은 소반으로, 뒤에 고시(古詩) 또는 보답하는 물건을 가리키게 되었다.

638　그대에게……못하네 : 시골 생활의 한가로움을 남에게 줄 수는 없다는 말이다. 남조(南朝) 양(梁)나라 도홍경(陶弘景)의 〈조서를 내려 산중에 무엇이 있느냐고 물으신 것에 대해 시를 지어 답하다〔詔問山中何所有賦詩以答〕〉라는 시를 원용한 것으로, 시는 다음과 같다. "산중에 무엇이 있느냐고 물으시니, 산봉우리 위에 흰 구름이 많다고 대답하겠습니다. 그저 스스로 즐거워할 수 있을 뿐, 가져다 임금님께 보내드릴 수는 없습니다.〔山中何所有? 嶺上多白雲. 只可自怡悅, 不堪持寄君.〕"

639　한……빌렸고 : 산골짜기에 자신이 쉴 수 있는 작은 거처가 있다는 말이다. 당나라 이의부(李義府)가 다른 사람의 추천을 받아 당 태종(唐太宗)을 처음 알현하고는 〈영오(詠烏)〉 시를 읊어 "상림원의 나무 많기도 한데, 나뭇가지 하나 빌려주지 않네.〔上林多少樹, 不借一枝棲.〕"라고 하자, 태종이 "너에게 나무를 통째 빌려줄 것이다. 어찌 가지 하나뿐이겠는가.〔吾將全樹借汝, 豈惟一枝?〕"라고 대답했다는 고사가 전한다.

640　아홉……전하네 : 239쪽 주391 참조.

641　푸른 갈대 이불 : 갈대를 넣어 만든 이불 또는 갈대로 만든 돗자리로, 벽로방의 이불을 가리키는 듯하다.

담장 모퉁이엔 얽힌 등 넝쿨이 타고 오르고　　墙角贪緣藤蔓結
바위 사이엔 붉은 여뀌꽃이 배치되어 있네　　石間料理蓼花紅
놀란 듯 뛰어가는 건 장차 날아가려는 새요　　若驚踔踔將飛鳥
졸음 띠고 까무러진 건 이미 늙은 노인이라네　　帶睡沈沈已老翁
크게 웃으며 말하지 않음을 이상히 여기지 마오　　大笑不言人莫怪
사시의 향이 밝은 달빛 속에 있다오　　四時香在月明中

매번 단오 때마다 옥추가 달린 유선을 하사받았는데 올해엔 시골 오두막에서 공경히 받다

每端午 油扇懸玉樞恩賜 今年在鄕廬祇受

어향이 스민 궁중 부채를 해마다 하사받았는데 寶篋年年襲御香

맑은 바람 띤 붉은 소매가 또 외진 시골에 왔네[642] 帶晴紫袖又窮鄕

지난날 은혜의 바다에 잠겼는데 오늘 거듭 헤엄치며

昔涵恩海今仍泳

아비가 어진 바람 받들었는데 아들 또한 일으키네[643] 父奉仁風子亦揚

해진 바지도 남에게 줄 때 공을 반드시 기다리고 弊袴宜推功必待

풀어진 활도 고마움이 많기에 받아서 보관한다네[644]

---

642 맑은……왔네 : 붉은 관복을 입은 사자가 소매 속에 부채를 넣어 가지고 왔다는 말이다. 원문의 '청(晴)'은 청풍(淸風)이라는 뜻으로, 청풍은 부채의 별칭이기도 하다.

643 아비가……일으키네 : 저자의 아들 또한 예전의 자신처럼 은택을 입어 지방관으로 나갔다는 말이다. 진(晉)나라 원굉(袁宏)이 동양 군수(東陽郡守)로 부임할 때 사안(謝安)이 부채 하나를 선물로 주자, 원굉이 "마땅히 어진 바람을 받들어 일으켜서 저 백성들을 위로하겠습니다.〔當奉揚仁風, 慰彼黎庶.〕"라고 하였다는 고사가 전한다.

644 해진……보관한다네 : 군왕은 어떤 물건이든 가벼이 남에게 주지 않고 소중하게 보관하였다가 반드시 공이 있는 자에게 하사한다는 말이다. 전국 시대 한 소후(韓昭侯)가 자신이 입다가 해진 바지를 잘 보관해 두라고 시자(侍者)에게 명하며 "밝은 임금은 한 번 웃고 한 번 찡그리는 것도 매우 신중히 하는데 이 바지는 이보다 더한 것이니, 반드시 공을 세운 자를 기다려주겠다."라고 한 고사와,《시경》〈소아(小雅) 동궁(彤弓)〉의 "붉은 활이 풀어져 있는 것을 받아서 보관하네. 내 아름다운 손님이 계시거늘 마음속에서 우러나와 주려 하노라.〔彤弓弨兮, 受言藏之. 我有嘉賓, 中心貺之.〕"라는 구절을 원용한 것이다.《韓非子 內儲說上》

弨弓多感受言藏

고구려의 옛 공물이 여전히 제도가 전해지니　　句驪舊貢猶傳制

늙은 몸이 오월의 청량함을 함께 더하게 되었네　　老物同添五月涼

산중 생활

山中

아침엔 꾀꼬리 울음 저녁엔 매미 소리 들리고	朝聽鶯語暮聽蟬
밤 되면 여우와 살쾡이 멋대로 앞뒤를 다니네	夜則狐狸任後先
산중에도 또한 산중의 떠들썩함이 있기에	山中亦有山中鬧
세상 밖에서 세상 밖의 인연을 이루기 어렵네	物外難成物外緣
지금은 시골에서 고루한 시골 선생과 다름없으니	此日村間同學究
어느 누가 땅 위에서 신선이 될 수 있을까	何人地上作神仙
비 온 뒤에 온갖 동물이 다 잠잠해지면	雨餘群動渾俱息
바람 부는 창가에 높이 누워 한바탕 꿈에 빠지네	高枕風窓一夢全

시골로 돌아가는 길에 내를 준설하는 것을 보고

還鄕之路 觀濬川

왕명을 받아 담당 관리가 대천을 준설하니	王命有司濬大川
요순의 아름다운 제도를 멋대로 폐하지 못하네[645]	唐虞美制未堪專
분분히 삼태기와 삽 들고 새벽 비를 무릅쓰더니	紛紛畚鋪衝晨雨
줄줄이 군인과 백성이 저물녘 연기에 목욕하네	簇簇軍民浴暮煙
하루 만에 조성하니 하얀 언덕이 보이고	一日造成看白峙
만 가호를 기록하니 푸른 동전을 찾는 듯하네[646]	萬家編錄覓靑錢
《효경》의 다리 기둥 건넌 지 몇 해 되었나[647]	孝經橋柱幾年度

---

645 요순의……못하네 : 《서경》〈우서(虞書) 순전(舜典)〉에 "순 임금은 12주를 처음으로 만들고 12주의 산을 봉표하며 내를 깊이 파셨다.〔肇十有二州, 封十有二山, 濬川.〕"라는 내용이 보인다.

646 만……듯하네 : 부역에 종사한 가구를 모아 기록하는 것을 인재를 선발하는 것에 비견한 것이다. 원문의 '청전(靑錢)'은 청동전(靑銅錢)으로, 전하여 문재(文才)가 출중한 인재를 비유한다. 당나라 때 장작(張鷟)이 문장에 뛰어나서 여덟 번의 제거(制擧)에 모두 갑과(甲科)로 합격하자 원외랑(員外郎) 원반천(員半千)이 그를 칭찬하여 "장작의 문사는 마치 청동전 같아서 만 번을 뽑아도 만 번을 다 적중한다.〔鷟文辭猶靑銅錢, 萬選萬中.〕"라고 한 것에서 유래하였다. 장작은 당시에 이로 인해 청전학사(靑錢學士)로 불렸다고 한다. 《新唐書 卷161 張薦傳》

647 효경(孝經)의……되었나 : 오래전 과거에 급제하여 벼슬길에 들어섰으나 아직까지도 공명을 이루지 못하고 있다는 말이다. 원문의 '효경교주(孝經橋柱)'는 과거에 급제하여 출사하는 것을 비유한다. 《효경》〈개종명의장(開宗明義章)〉에 "입신출세하여 도를 행해서 후세에 명성을 드날려 부모를 현양하는 것이 효도의 끝이 된다.〔立身行道, 揚名於後世, 以顯父母, 孝之終也.〕"라는 내용이 보인다. '교주'는 408쪽 주648 참조.

장경이 앞서 쓴 글귀에 참으로 부끄럽네[648]　　　多愧長卿題墨先

648　장경(長卿)이……부끄럽네 : '장경'은 전한(前漢) 때의 문장가 사마상여(司馬相
如)의 자이다. 사마상여가 고향인 촉군(蜀郡) 성도(成都)를 떠나 장안(長安)으로 갈
때 성도 북쪽의 승선교(昇仙橋)에 이르러 다리 기둥에 "훗날 네 필 말이 끄는 고관대작
의 수레를 타지 않고는 이 다리를 지나가지 않겠다.〔他日若不乘高車駟馬, 不過此橋.〕"
라는 13자를 쓰고 떠났는데, 뒤에 한 무제(漢武帝)에게 인정을 받아 중랑장(中郞將)이
되어 촉군에 사신으로 와서 태수 이하 관원들과 고향 사람들에게 환대를 받았다는 고사
가 전한다. 《興地廣記 卷29》《漢書 卷57 司馬相如傳》

가을 기운

秋意

오랜 비가 막 그치자 혹심한 더위가 쫓겨나니	積雨才收虐暑驅
오동을 짝해 시드는 포류⁶⁴⁹를 시름 속에 보네	愁看蒲柳伴彫梧
젊은 시절 지나온 길 후회되지 않은 것이 없고	少時經歷無非悔
객지에서 느끼는 심정 한결같이 외롭기만 하네	客裏情懷一例孤
쇠한 살쩍과 머리털은 창가 거울 속 모습이요	鬢髮蕭森窓畔鏡
서글픈 산과 바다는 벽간 그림 속 풍경이네	海山慘憺壁間圖
동자 불러 나가서 은하수가 깨끗한지 보게 하니	呼童出視星河潔
오직 기쁜 것은 이불 속 나의 병이 낫는 거라오	惟喜床衾我病蘇

---

649 포류(蒲柳) : 갯버들을 말하며, 가을이 가까워지면 바로 시들기 때문에 일찍 늙고
쇠하는 허약한 체질을 비유한다. 동진(東晉)의 간문제(簡文帝)가 자신과 동갑임에도
머리가 하얗게 센 고열지(顧悅之)에게 그 이유를 묻자, 고열지가 "신은 포류와 같은
체질이라서 가을이 보이기만 해도 벌써 잎이 지고 맙니다.〔蒲柳之姿, 望秋而落.〕"라고
대답하였다는 고사가 전한다. 《世說新語 言語》

숲 아래에서 외로이 읊다

林下孤吟

녹음 짙은 뜨락에서 홀로 배회하노라니	陰濃庭畔獨徘徊
한가한 생활 중 계절 빛이 바뀜을 알지 못했네	不覺閑居歲色催
비 뒤에 산이 열리니 휘장이 걷혔나 의심스럽고	雨後山開疑帳捲
달빛 속에 꽃이 지니 신선이 내려온 듯하네	月中花落似仙來
높은 누각에서 시를 쓰니 소 허리둘레만큼 많고[650]	題詩高閣牛腰大
깊은 숲에서 약을 찾으니 사슴뿔이 쌓여 있네	覓藥深林鹿角堆
밝은 달빛 속에 도성 가는 길 찾으려 하니	明月將尋京洛路
이름 모를 새가 문틈을 엿보며 또한 조롱하네	怪禽窺戶也嘲詼

---

650 높은……많고 : 당나라 이백(李白)의 〈취한 뒤에 왕 역양에게 드리다〔醉後贈王
歷陽〕〉라는 시 중 "글씨는 많이 써서 천 마리 토끼털 붓이 다 닳을 정도이고, 시는
지은 것이 많아 둘둘 말면 두 마리 소의 허리둘레가 될 정도이네.〔書禿千兔筆, 詩裁兩牛
腰.〕"라는 구절이 보인다.

화운하여 영평부에 부치다[651]

和寄永平府

서로 만났을 땐 두 사람 모두 머리가 검었는데	相逢俱是鬢鬚蒼
귀한 물건을 해마다 보내주시니 궤안이 빛나네	珍貺年年几案光
서실의 이름을 기록하였으니 주머니 속 인장이요	記著室名囊印篆
마음의 경계를 새겼으니 손에는 구슬 향기로다[652]	環鐫心誡手珠香
그 누가 삼생의 바위에서 좋은 교분을 맺었던가[653]	何人好結三生石
오늘날 하룻밤의 뽕나무 아래 인연을 잊기 어렵네[654]	

---

651 화운하여 영평부(永平府)에 부치다 : 당시 영평부 지부(知府)로 있던 유지개(游智開)에게 보내는 시이다. 유지개는 190쪽 주292 참조.

652 서실(書室)……향기로다 : 유지개가 가오실(嘉梧室)이라는 서재의 이름을 새긴 전각과 반야심경(般若心經) 등을 새긴 염주를 보내주었기 때문에 이렇게 말한 듯하다. 《嘉梧藁略 冊16 自碣銘》

653 그……맺었던가 : '삼생(三生)'은 불교 용어로 전생·현생·내생을 말한다. 삼생의 바위와 관련하여 다음과 같은 고사가 전한다. 당나라 때 이원(李源)은 승려 원관(圓觀)과 교분이 두터웠다. 하루는 두 사람이 삼협(三峽)에서 노닐 때 물을 긷는 부인들을 보게 되었는데, 원관이 저들 중에 임신한 왕씨 성을 가진 부인에게 자신이 몸을 의탁할 것이라고 하고는 이원과 12년 뒤 중추의 달밤에 항주(杭州)의 천축사(天竺寺) 밖에서 만나기로 약속하였다. 그날 밤 원관이 죽고 임신한 그 부인은 아이를 낳았다. 12년 뒤에 이원이 약속한 곳을 찾아가자, 어떤 목동이 노래하기를 "삼생의 바위 위 옛 혼백이여! 풍월을 감상하며 읊은 건 논할 것이 없도다. 부끄럽게도 정든 사람 멀리서 찾아왔나니, 이 몸은 다르지만 본성은 길이 남았네.〔三生石上舊精魂, 賞月吟風不要論. 慚愧情人遠相訪, 此身雖異性長存.〕"라고 하여 그 목동이 바로 원관의 후신임을 알았다고 한다. 후에 사람들은 천축사 뒷산의 삼생의 바위가 바로 두 사람이 만났던 곳이라고 전하게 되었다. 《甘澤謠 圓觀》

今日難忘一宿桑

허리 굽혀 편지를 마주하니 천 리가 가까운데　　聲曲對械千里近

역로에 부는 가을바람에 나의 감회 길기만 하네　　秋風驛路我懷長

---

654 오늘날……어렵네 : 《후한서(後漢書)》〈양해열전(襄楷列傳)〉에 “승려가 뽕나무 아래에서 사흘 밤을 묵지 않는 것은 오래 머무는 동안 애착이 생기지 않게 하고자 함이니, 정진의 극치이다.〔浮屠不三宿桑下, 不欲久生恩愛, 精之至也.〕”라는 내용이 보인다.

퇴직을 청하는 소를 스물한 차례 올려 윤허를 받았기에 정은 봉조하께 써서 올리다[655]

乞退二十一疏準請 書呈貞隱奉賀

세 글자 새로운 직함[656]은 나 또한 바랐건만	三字新啣我亦爲
인간 세상 어찌 비교하랴 일이 어긋나는 것을	人間何較事差池
스무 차례의 소로 정성 쌓아 처음의 뜻을 닦으니	廿函積悃修初服
같은 길을 따라 함께 돌아감은 오랜 약속이었네	一轍同歸有夙期
의정부의 맑은 바람은 모두가 꿈이었으니	黃閣淸風都是夢
동문 밖의 옛 비[657]가 참으로 그리워지네	靑門舊雨政相思
미칠 듯이 기뻐하는 것 보고 괴이하게 여기지 마오	看他魔喜須無怪
취한 눈 겨우 깬 백발의 어리석은 늙은이라오	醉眼才醒白髮癡

---

655 퇴직을……올리다 : '정은(貞隱)'은 강로(姜㳣)의 호이다. 380쪽 주602, 394쪽 주
616 참조. 저자는 50세 때인 1863년(철종14) 7월 15일 함경도 관찰사로 있으면서 첫
번째 치사를 청하는 소를 올렸으며, 67세 때인 1880년(고종17) 10월 16일 스물한 번째
치사를 청하는 소를 마침내 윤허 받고 치사봉조하가 되었다. 《高宗實錄》《承政院日記》

656 세……직함 : 봉조하(奉朝賀)를 가리킨다.

657 옛 비 : 옛 친구를 가리킨다. 당나라 두보(杜甫)의 〈추술(秋述) 소서(小序)〉에
"평상시 거마로 찾아오던 손들이 옛날에는 비가 내려도 오더니, 지금은 비가 내리면
오지 않는다.〔常時車馬之客, 舊, 雨來; 今, 雨不來.〕"라는 구절이 있는데, 여기에서
유래하여 '구우(舊雨)'는 옛 친구를, '금우(今雨)'는 새로 사귄 친구를 가리키는 말로
쓰이게 되었다.

벼슬에서 물러나는 날 짓다

致仕日作

벼슬에서 물러날 때가 급제할 때와 같으니   致仕時如擢第時

그 나아감도 그 그만둠도 똑같이 기쁘네   其行其止一般喜

손에 표주박 잡고 맑은 물을 뜨노라니   手持瓢子掠淸流

내 스스로 염량세태 겪은 것을 알겠네   冷煖經來知我自

월치를 받다[658]

受月致

포인은 고기를 늠인은 곡식을 계속 대주는 은택이[659]

庖人繼肉廩人粟

멀리 궁벽한 시골 은퇴한 늙은 신하에까지 미쳤네　　　遠及窮鄕老退臣

부녀자들은 좋은 벼슬 띠었다 무람없이 말하고　　　婦女謾稱縻好爵

벗들은 혹 몸을 온전히 했다 축하하기도 하네　　　朋儕或有賀全身

예로 큰 제방을 보존함은 선사의 가르침이요[660]　　　禮存大防先師訓

은총으로 남은 생을 길러줌은 성상의 인자함이네　　　恩養餘年聖主仁

658　월치(月致)를 받다 : 대신이 벼슬에서 물러나면 예조가 계하(啓下)받은 관문(關文)에 의거하여 다달이 물품을 주는데, 봉조하(奉朝賀)에게는 돼지고기 10근과 산 닭 5마리를 보내준다. 봉조하의 경우 월치 외에도 매년 세 차례 지급하는 주급(周急)이 있어 쌀 8섬, 콩 3섬, 팥 1섬, 민어 10마리, 조기 15묶음, 소금 2섬, 땔나무 200근, 숯 3섬을 지급한다. 《萬機要覽 財用編4 戶曹各掌事例 別例房》

659　포인(庖人)은……은택이 : 《맹자》〈만장 하(萬章下)〉에 "그 뒤에는 계속해서 늠인은 곡식을 대주고 포인은 고기를 대주되 군주의 명에 의해 주지 않아서 두 번 절하고 받지 않아도 되게 한다.〔其後廩人繼粟. 庖人繼肉, 不以君命將之.〕"라는 내용이 보인다.

660　예(禮)로……가르침이요 : 《예기》〈경해(經解)〉에서는 "무릇 예가 난이 발생하는 원인을 금지하는 것은 마치 제방이 물이 흘러나오는 통로를 막는 것과 같다.〔夫禮, 禁亂之所由生, 猶坊止水之所自來也.〕"라고 하였고, 송나라 구양수(歐陽修)는 〈변좌씨(辨左氏)〉에서 "무릇 예라는 것은 성인이 사람의 정을 문식하여 그 치우치거나 바르지 않음을 막는 도구이다. 그 문장과 제도는 모두 백성을 기준으로 품절하여 큰 제방을 만들어줄 뿐이다.〔夫禮之爲物也, 聖人之所以飾人之情, 而閑其邪僻之具也. 其文爲制度, 皆因民以爲節, 而爲之大防而已.〕"라고 하였다.

《수초록》을 엮어 훗날의 증거를 도모했지만[661]   編錄遂初圖考據

외롭지 않은 이웃에 이르지 못함이 부끄럽네[662]   愧吾末至不孤隣

---

661 수초록(遂初錄)을……도모했지만 : '수초'는 '처음의 뜻을 이루다'라는 뜻으로, 벼슬에서 물러나 은거한다는 의미이다. 《수초록》은 이돈영(李敦榮, 1801~1884)의 편집과 저자의 교정을 거쳐 1866년(고종3)에 이루어진 책으로, 이돈영이 역대의 기록들에서 자신을 포함해 모두 105인을 찾고 저자가 여기에 5인을 더 보충하여 총 110인이 수록되어 있다. 이돈영은 1868년에 이돈우(李敦宇)로 개명하였다. 《嘉梧藁略 冊12 遂初錄序》

662 외롭지……부끄럽네 : 《논어》〈이인(里仁)〉에 "덕이 있는 자는 외롭지 않아 반드시 이웃이 있다.〔德不孤, 必有隣.〕"라는 구절을 원용한 것이다.

11월 26일
十一月二十六日

좁디좁은 뜨락이요 낮고 낮은 담장이니	窄窄階庭短短垣
한 구역의 황폐하고 외진 반 두둑 동산이라네	一區荒僻半畦園
부서에 몸을 쉬어 공적인 일이 없으니	休身部署無公事
산림에 뜻을 붙여 어린 손자를 일과로 삼네	着意林樊課幼孫
세모에 꽃향기 풍기니 봄이 합문에 있고	歲暮花香春在閤
추운 날 바람 부니 대낮에도 문을 닫네	天寒風色晝關門
평소의 글 짓는 일은 끝내 지치고 말아	居常文墨終歸倦
누워서 텅 빈 창가 들새의 지저귐을 듣네	臥聽虛窓野鳥喧

석파공의 회갑에 축수하며[663]
壽石坡公回甲

음력 섣달 좋은 시절 황금 술잔을 바치오니	嘉平令節獻金卮
멀리서 외로운 잔치 축하하며 드릴 말씀이 있네	遙祝孤筵我有辭
의로운 이치는 매우 엄하여 일월과 다투고	義理森嚴爭日月
덕의 빛은 환히 빛나서 화이를 두렵게 하네	德光昭耀慴華夷
고령의 살쩍과 머리털은 봄빛이 길게 머물고	邵齡鬢髮春長駐
역대의 그림과 글은 만년에 스스로 즐기시네	歷代圖書晩自怡
매화 가지 잡고서 붉은 꽃받침 헤아려보니	爲把梅花籌絳甲
동글동글한 구슬이 만천 가지에 맺혔네	團團珠結萬千枝

---

663 석파공(石坡公)의 회갑에 축수하며 : 저자가 67세 때인 1880년(고종17)에 흥선
대원군(興宣大院君) 이하응(李昰應, 1820~1898)의 회갑을 축하하며 지은 시이다. '석
파'는 이하응의 호이다.

경옥고를 하사받고
恩賜瓊玉膏

양춘에 촉촉한 이슬로 다시 고목에 숨을 불어주니　陽春濡露再嘘枯

쓰러져 다 죽어가는 몸이 다행히 소생하게 되었네　垂盡疲癃幸得蘇

늙은 말이 아무리 남은 곡식과 콩이 그립다 해도　老馬縱思餘粟豆

모는 채찍을 견딜 수 없어 교외 모퉁이에 누웠다오　不堪驅策臥郊隅

한밤의 추위
夜寒

거센 눈발이 찬 바람을 타고   虐雪乘風寒

높고 낮은 온 사방에 휘몰아치네   高低盡驅送

같은 방 안의 한 그루 매화가   共房一樹梅

밤새 내내 사람과 함께 차갑네   終夜與人冷

퇴천에서 기당[664]의 시에 차운하다

退川 次祁堂韻

승명에서 패옥을 나란히 한 것이 사십 년인데[665]	聯佩承明四十年
나는 어리석고 그대는 뛰어나 차이가 현격했다오	我痴君逸隔相懸
머리 가득한 흰 눈은 그대와 내가 차이 없으니	盈顚白雪無君我
늦든 빠르든 돌아감이 같은 건 호연한 뜻이라네	遲速同歸是浩然

적막한 시냇가 객점에서 한 통 서신을 받으니	寂寥溪店一械臨
아양곡[666] 소리가 벽 위에서 들리는 듯하였다오	如聽峨洋壁上音

---

664 기당(祁堂) : 홍순목(洪淳穆)의 호이다. 193쪽 주300 참조.

665 승명(承明)에서……년인데 : 조정에서 동료로 함께 근무한 것을 두고 한 말이다. '승명'은 한(漢)나라 때 승명전(承明殿) 곁에 있던 승명려(承明廬)로 시종신들이 숙직하던 곳인데, 전하여 내직에 종사하는 것을 의미한다. 한 무제(漢武帝)가 엄조(嚴助)를 회계 태수(會稽太守)에 임명하며 내린 조서 가운데 "그대가 승명려의 숙직을 지켜워하고 시종신의 업무를 괴로워하면서 고향을 그리워하기에 고을 수령으로 내보내는 바이다.〔君厭承明之廬, 勞侍從之事, 懷古土, 出爲郡吏.〕"라는 내용이 보인다. 《漢書 卷64 嚴助傳》

666 아양곡(峨洋曲) : 춘추 시대 거문고의 명인 백아(伯牙)가 연주하고 그의 벗 종자기(鍾子期)가 들었다는 고산유수곡(高山流水曲)을 말한다. 백아가 거문고를 타면 종자기만이 백아의 거문고 소리를 잘 알아들어, 백아가 고산(高山)에 뜻을 두고 거문고를 타면 종자기가 "훌륭하다. 드높음이 마치 태산과도 같구나.〔善哉! 峨峨兮若泰山.〕" 하고, 백아가 유수(流水)에 뜻을 두고 거문고를 타면 종자기가 "훌륭하다. 광대함이 마치 강하와도 같구나.〔善哉! 洋洋兮若江河.〕" 하였다고 한다. 후에 종자기가 죽자 백아는 들을 사람이 없다 하여 거문고 줄을 모두 끊어버리고 다시는 거문고를 타지 않았다고 한다. 《列子 湯問》

잠들려다 놀라 일어나 외로운 등불을 켜니　　　欲眠驚起孤燈起
지금 세상 어느 누가 묵은 회포를 말하리오　　　當世何人說宿襟

이 삶이 참으로 괴로워 지루함을 탄식하니　　　此生良苦歎支離
늘그막에 이르러 한창 젊을 때를 회상하네　　　至老回思少壯時
마음은 차고 넘치나 힘은 미치지 못하니　　　心則有餘力不及
이미 식어버린 마른 불상처럼 멍하니 앉았네　　　已灰枯佛一尊癡

석파공[667]의 〈옥소〉 시에 차운하다
次石坡公玉沼韻

신선이 노니는 옥정의 물에	仙人玉井水
원기가 일만 팔천 년 쌓이더니	元氣萬八積
홍몽한 구름과 노을 속에서	鴻濛雲霞中
한 덩이 돌로 변화되어 나왔네	化出一拳石
못을 파고 궤안을 놓아두니	鑿池置几案
맑고 맑음은 누구에게 적합한가	淸淸何人適
저 근원에서 솟아나는 물을 뜨니	挹彼源頭活
아침도 없고 다시 저녁도 없네	無朝又無夕
푸른 곤륜산에 거꾸로 드리웠다가	倒垂崑峀碧
하얀 동정호 물결로 옮겨왔네	移來洞庭白
표주박처럼 작다고 말하지 마오	莫言蠡勺小
똑같이 한 조각 달이 비춘다오	同照一片月

---

667 석파공(石坡公) : 418쪽 주663 참조.

죽포와 용산[668]이 함께 찾아왔기에 같은 운부의 운을 써서 답하다
竹圃蓉山聯訪 依韻答之

죽포와 용산이 소매를 나란히 하고 찾아오니 　竹圃蓉山聯袂過
벗님의 은근한 정을 오늘 말고 언제 또 볼거나 　故人勤意匪今何
길 양옆의 따뜻한 풀은 채찍을 맞이해 취하고 　夾程煖草迎鞭醉
나무 너머 고운 꾀꼬리는 벗을 부르며 노래하네 　隔樹嬌鸎喚友歌
한 덩어리 온화한 기운은 시절을 맞아 펼쳐지고 　一團和氣逢時展
사흘간의 향긋한 내음은 떠난 뒤 많이 남으리라 　三日香熏去後多
돌아가는 행장을 꾸려 처음 객점에 짐을 푸는 날 　料理歸裝初卸店
안치[669] 늘어선 다리에서 가벼운 물결을 희롱하리라

橋横鴈齒弄輕波

---

668 죽포(竹圃)와 용산(蓉山) : 누구인지 자세하지 않다.

669 안치(鴈齒) : 기러기 행렬이나 사람의 이처럼 다리 난간에 나무나 돌을 깎아서 나란히 세운 것을 말한다.

죽포[670]의 〈한낮의 휴식〉 시에 차운하다

次竹圃午憩韻

두어 칸 초가집이 푸른 산을 의지하니	茅屋數椽倚碧山
사시의 맑은 정취가 이 가운데에 있네	四時淸趣此中間
오고 가며 잠시 쉼에 네 것 내 것이 없으니	去來暫憩無君我
이내 생애 한나절의 한가함이 만족스럽다오[671]	自足生平半日閑

---

670 죽포(竹圃) : 누구인지 자세하지 않다.

671 이내……만족스럽다오 : 당나라 이섭(李涉)의 〈학림사 승사에 쓰다〔題鶴林寺僧舍〕〉에 "죽원을 지나다가 스님을 만나 담화를 나누니, 덧없는 인생에 한나절의 한가함을 또 얻었구나.〔因過竹院逢僧話, 又得浮生半日閑.〕"라는 구절이 보인다.

신 판중추부사[672]에게 차를 구하다

乞茶申判樞

초의 노스님[673]이 이름난 차를 선별하였으니   草衣老釋揀名茶

타국에서 옮겨와 심은 차 싹이 절로 풍족하네   自足殊邦移種芽

바람 끝의 고운은 자옥의 《다보》에 있고[674]   風末孤雲子玉譜

곡우 전의 청설은 비릉의 집에서 보낸 차라오[675]   雨前靑雪毗陵家

대 껍질로 단단히 쌌으니 새 제품임을 알겠고   竹皮套緊知新製

글 표면에 털이 생겼으니 멀리하지 않음에 감사하네

---

672 신 판중추부사 : 누구인지 자세하지 않다.

673 초의(草衣) 노스님 : 조선의 다성(茶聖)으로 불리는 초의선사(草衣禪師) 의순(意恂, 1786~1866)을 가리킨다. 대흥사를 중심으로 직접 차를 기르고 좋은 종자를 개발하는 데도 힘써 그 지역을 차 문화의 중심지로 만들었으며, 〈동다송(東茶頌)〉을 지어 우리 차의 우수성을 알리고 〈다신전(茶神傳)〉을 지어 우리나라의 다도를 정립하였다.

674 바람……있고 : 고운(孤雲)이라는 차는 자옥(子玉)의 《다보(茶譜)》에 실려 있다는 말이다. '자옥'은 《다보》를 남긴 당나라 시인 옥천자(玉川子) 노동(盧仝)을 가리킨다.

675 곡우(穀雨)……차라오 : 청설(靑雪)이라는 차는 비릉(毗陵)에서 양우경(楊虞卿)이 보낸 차라는 말로, 당나라 때 상주 자사(常州刺史) 양우경이 백거이(白居易)에게 차를 보낸 일이 있다. '비릉'은 옛 지명으로, 강소성 상주 일대를 가리킨다. 백거이의 〈늦봄에 한가하게 거처하다가 공부 시랑(工部侍郞) 양여사(楊汝士)가 부친 시와 상주 자사 양우경이 부친 차가 함께 도착했기에 인하여 장구로 답하다[晚春閒居 楊工部寄詩 楊常州寄茶同到 因以長句答之]〉에 "한가로이 공부가 새로 보내온 시구를 읊조리고, 목이 말라 비릉에서 멀리 도착한 차를 마시네.[閒吟工部新來句, 渴飮毗陵遠到茶.]"라는 내용이 보인다.

書面毛生感不遏

더위 먹은 삼복에 흰머리를 돌려 바라보니 病暍三庚回白首

맑은 향이 장군의 관아에 저장되어 있으리라 淸香應貯將軍衙

여름 낮에

夏晝

산중 집에서 발을 걷고 앉으니	山屋捲簾坐
긴 장마에 잠깐 볕이 나기도 해서라오	長霖或暫陽
병이 어찌 귀함과 천함이 없겠는가	病何無貴賤
약도 본래 뜨겁고 차가운 성질이 있네	藥本有炎涼
지나온 세상 뉘라서 후회하지 않으랴만	過境誰非悔
남은 세월은 빛을 내기에 부족하네	餘年不足光
이 마음이 적막한 대낮과 똑같으니	一心同晝寂
여름 내내 그저 무기력하게 있네	三夏任頹唐

7월 보름에 어부가 한 자 되는 농어를 보내주었는데 운치 있는 일이었기에 푸른 갈대가 우거진 도랑의 돌기둥에 쓰다
七月之望 漁人送一尺鱸魚 韻事也 題碧蘆渠石柱

기망일은 바람이 맑고 오랜 비도 그쳤는데	旣望風淸積雨收
가는 비늘 물고기[676]가 찾을 것도 없이 절로 왔네	細鱗自到不須求
퉁소 불며 어디에서 손님이 따라오셨는가	吹簫何處客從過
술이 있으니 오늘 아내와 함께 상의했다네[677]	有酒如今婦與謀
강물 위에 누워 노닒을 일찍이 상상했거니와[678]	江上臥游曾入想
산중의 정취도 일시에 시름을 녹인다오	山中氣味一銷愁
싸늘한 푸른 갈대 이불에서 기지개 켜고 일어났으니	
	碧蘆被冷欠伸起

---

676 가는 비늘 물고기 : 농어를 말한다. 송나라 소식(蘇軾)의 〈후적벽부(後赤壁賦)〉 중 "입이 크고 비늘이 가는 것이 송강의 농어처럼 생겼다.〔巨口細鱗, 狀如松江之鱸.〕"라 는 구절에서 유래하였다.

677 퉁소……상의했다네 : 소식의 〈전적벽부(前赤壁賦)〉 중 "객 가운데 퉁소를 부는 자가 있어 노래에 맞추어 화답하였다.〔客有吹洞簫者, 倚歌而和之.〕"라는 구절과 〈후적 벽부〉의 "내가 돌아와서 부인에게 상의하니, 부인이 말하기를 '내가 한 말 술을 두어 보관한 지가 오래되었습니다. 그대의 때아닌 쓰임을 기다리고 있었습니다.' 하였다.〔歸 而謀諸婦, 婦曰: 我有斗酒, 藏之久矣, 以待子不時之需.〕"라는 구절을 원용한 것이다.

678 강물……상상했거니와 : 소식의 〈전적벽부〉 중 "객은 기뻐하여 웃고 잔을 씻어 교대로 술을 따르니, 안주와 과일이 이미 다하고 술잔과 소반이 낭자하였다. 서로 배 가운데에서 베고 깔고 누워서 동방이 이미 훤하게 밝음을 알지 못하였다.〔客喜而笑, 洗盞更酌, 肴核旣盡, 盃盤狼藉. 相與枕藉乎舟中, 不知東方之旣白.〕"라는 구절을 원용 한 것이다.

신선 되는 적벽의 뱃놀이는 말하지 마오[679]　　　　　　休道登仙赤壁舟

679　신선……마오 : 소식의 〈전적벽부〉 중 "일엽편주에 맡겨 아득한 만경창파를 헤쳐
가니, 광활하여 마치 허공을 타고 바람을 몰아가서 그칠 줄을 알지 못하는 것 같았고,
경쾌하여 속세를 버리고 홀로 서서 날개가 돋아 신선이 되어 오르는 것 같았다.〔縱一葦
之所如, 凌萬頃之茫然, 浩浩乎如憑虛御風而不知其所止, 飄飄乎如遺世獨立, 羽化而登
仙.〕"라는 구절을 원용한 것이다.

신섭의 소에 비판하는 말이 있는 것에 대해[680]
申檟疏有逼語

〈축빈부〉가 있고 〈송궁문〉이 있으니[681]	賦有逐貧文送窮
어느 누가 마갈궁의 운명을 벗어날 수 있으랴[682]	何人能脫蝎磨宮
계획대로 찾지 않으니 장차 천리마가 달아날 것이요	按圖莫索將奔驥
그물 쳐서 마구 걸려드니 이미 큰기러기 날아갔네	設網胡罹已舉鴻
시냇가의 요란한 물소리 지난밤에 내린 비요	溪上喧聲前夜雨
처마 끝의 서늘한 기운 초가을에 부는 바람이로다	簷端涼意早秋風
세간의 예기치 못한 변고는 원래 끝이 없으니	世間事變原無極
빈번히 달을 마주하건만 도리어 활인가 두렵도다	對月頻頻却怕弓

---

680 신섭(申檟)의……대해 : 1881년(고종18) 신사년 윤7월 6일 경기도 유생 신섭이 소를 올려, 김홍집(金弘集)이 일본에서 가져와 바친 청나라 황준헌(黃遵憲)의 《사의조선책략(私擬朝鮮策略)》에 따라 당시 발호하는 러시아를 견제하기 위해 일본·청나라·미국과의 수교 및 개화 정책을 시행하는 것은 안방에 도적을 들이는 것과 같다며 강력하게 반대한 것을 말한다. 신섭의 상소는 강원도 유생 홍재학(洪在鶴), 충청도 유생 조계하(趙啓夏), 전라도 유생 고정주(高定柱)의 상소와 함께 신사척사운동으로 전개된 4도 유생 상소의 하나로, 김홍집의 처벌을 주장했을 뿐 아니라 개화를 주장하던 중국의 이홍장(李鴻章)과 서신을 주고받은 저자 역시 김홍집과 똑같은 부류라고 비판하였다. 당시 저자는 68세로 봉조하(奉朝賀)의 신분이었다. 《高宗實錄 18年 閏7月 6日》

681 축빈부(逐貧賦)가……있으니 : 〈축빈부〉는 한(漢)나라 양웅(揚雄)이 지은 것으로 가난을 쫓는 내용이며, 〈송궁문(送窮文)〉은 당나라 한유(韓愈)가 지은 것으로 궁함을 전송하는 내용이다. '축빈부'의 '빈'은 저본에는 '빈(賓)'으로 되어 있으나 오자이므로 '빈(貧)'으로 바로잡아 번역하였다. 〈송궁문〉은 397쪽 주623 참조.

682 마갈궁(磨蝎宮) : 400쪽 주631 참조.

촉석루[683]

矗石樓

천하에 이름난 승경으로 이 누각이 있으니	天下名聞有此樓
진주의 바람이며 달이며 온 강이 가을빛이네	晉陽風月一江秋
의기의 사당이 전하니 붉은 바위 우뚝하고[684]	祠傳義妓朱巖立
문인의 필력이 웅건하니 검은 현판 남았도다[685]	筆健文人墨板留
시골 마을엔 대나무를 심지 않는 집이 없고	村落無家不種竹
물가 모래톱엔 어느 곳이나 다 잠든 갈매기네	汀洲底處盡眠鷗
외로운 배가 물을 건너려 누런 단풍을 두드리는데	孤舟欲渡敲黃葉
눈앞에 두루 엉기는 건 도성을 떠난 시름이로다	眉睫徧凝去國愁

---

683 촉석(矗石樓) : 고려 후기에 건립된 누각으로, 경상남도 진주(晉州)에 있다. 남장대(南將臺) 또는 장원루(壯元樓)라고도 부르며, 임진왜란 때 불탄 것을 1618년(광해군10) 병마절도사 남이흥(南以興)이 중건하였고, 6·25 전쟁 때 또 불탄 것을 1960년에 중건하였다.

684 의기(義妓)의……우뚝하고 : '의기의 사당'은 전라북도 장수(長水) 출신의 기녀 논개(論介)의 절의를 기리기 위해 1740년(영조16) 진주성 안에 건립한 의기사(義妓祠)를 이른다. '붉은 바위'는 임진왜란 때 진주성이 함락된 뒤 촉석루에서 벌어진 왜장들의 주연에 논개가 참석하여 술에 취한 왜장을 껴안고 촉석루 앞의 남강(南江)에 뛰어들어 순국할 때의 바위인 의암(義巖)을 이른다. 480쪽 주785 참조.

685 문인의……남았도다 : 조선 후기 학행(學行)으로 천거되어 지돈령부사 등을 역임하고 초서와 예서에 뛰어났던 조윤형(曺允亨, 1725~1799)의 '촉석루' 현판 글씨를 이른다.

사면을 받은 날 선대의 유허비를 공경히 살펴보고 감회가 있어 짓다[686]
蒙敎日 敬審先世遺碑 感而有作

쫓겨난 신하가 황량한 촌에서 객지 밥을 먹으니	逐臣轉食荒涼村
넉 달 동안 깊이 신음하며 몸뚱이를 보전하였네	四朔沈吟形殼存
거처를 편안히 -원문 4자 결락-	啓處□□□□國
사람들 말 들어보면 알기 쉬워 방언을 배웠네	聽人易識學方言
파하는 시장에 저녁 바람 부니 배가 쌍돛을 올리고	晚風殘市船雙颿
외로운 성에 새벽 경쇠 울리니 불상이 하나 있네	曉磬孤城佛一尊
길가에서 비로소 선대의 유적을 찾았으니	路左始尋先世蹟
꿈속에 하는 잠꼬대도 성상의 은총 자랑이네	夢中囈語亦詫恩

686 사면을……짓다 : 저자는 개화를 반대하는 신섭(申㰔) 등 유생들이 1881년(고종18) 윤7월 6일 소를 올려 비난하자, 이틀 뒤인 8일 이에 대해 변명하는 상소를 올렸다가 이것이 빌미가 되어 윤7월 14일 사헌부·사간원·홍문관의 탄핵을 받고 평안도 중화부(中和府)에 유배하라는 명을 받았으며, 윤7월 25일 경상도 거제부(巨濟府)로 이배하라는 명을 받아 귀양 갔다가 동년 12월 11일 석방되었다. 당시 저자는 68세로 봉조하(奉朝賀)의 직임을 띠고 있었다. 신섭의 상소는 431쪽 주680 참조. '선대의 유허비'는 저자의 아버지 이계조(李啓朝, 1793~1856)가 1845년(헌종11) 10월 4일 경상도 관찰사 겸 경상도 병마수군절도사에 임명되어 1847년(헌종13) 3월 8일 의금부 지사에 임명되기까지 약 1년 6개월 동안 관찰사로 재직하면서 선정을 베풀어 송덕비가 세워진 것을 말한다. 478쪽 〈기성죽지사(岐城竹枝詞)〉 참조. 《高宗實錄 18年 閏7月 6日·8日·14日·25日, 12月 11日》

충렬사[687]

忠烈祠

우뚝 솟은 한산도 먼바다를 삼킬 듯하니	山島屹然遠海吞
당당한 충의를 기리는 옛 사당이 남아 있네	堂堂忠義古祠存
백 년의 장한 기개는 수군에 살아 있고	百年壯氣舟師在
삼도의 위대한 명성은 진영에 드높네	三道威聲壁壘尊
드높은 금숙문[688]엔 한밤에 바람이 불고	金肅門高風半夜
활짝 핀 동청화엔 황혼에 눈이 내리네	冬青花發雪黃昏
돌아갈 길 아득하여 황황히 행장을 꾸린 뒤	歸裝草草前塗闊
말을 세우고 고개 돌려 한 잔 술을 기울이네	立馬回頭酒一罇

---

687 충렬사(忠烈祠) : 충무공 이순신(李舜臣, 1545~1598)의 위패를 모신 사당으로,
경상남도 통영시(統營市) 여황산 남쪽 기슭에 있다. 1606년(선조39) 통제영(統制營)
의 객사인 세병관(洗兵館) 서쪽에 수군통제사 이운룡(李雲龍)이 왕명을 받아 건립하
고, 1663년(현종4)에 사액되었다. 《李忠武公全書 卷11 附錄3 忠烈祠二》

688 금숙문(金肅門) : 통영성(統營城)의 서문(西門)으로, 일제강점기에 성벽과 문
루가 훼철되어 지금은 남아 있지 않다.

지리산을 지나가며

過智異山

이름난 지리산이 대방[689]에 자리하니	智異名山居帶方
만 리의 연원이 하늘과 함께 장구하네	淵源萬里與天長
소리마다 푸른 학이니 운무 속에 숨었고	聲聲靑雀雲煙秘
나무마다 누런 소매니 속세의 세월만 바쁘도다[690]	樹樹黃袖歲月忙
평평한 산은 어질고 선한 기운 온축하였으며	平巇蘊藏仁善氣
그윽한 당들은 모두 부처 신선의 도량 되었네	窈堂皆作佛仙場
나의 일정 매였으니 누가 따라서 기뻐하리오	我行有繫誰隨喜
오늘 아침 스쳐 지나며 겨를 없음을 한탄하네	憂過今朝恨未遑

---

689 대방(帶方) : 전라북도 남원(南原)의 옛 지명이다.

690 소리마다……바쁘도다 : 지리산 청학동(靑鶴洞)에 속세와 담을 쌓은 도인들이
있다는 말이다. 전설에 학은 천 년을 살면 푸른색으로 변하고, 2천 년을 살면 검은색으
로 변한다고 한다. '누런 소매'는 도인의 의복을 가리킨다. 송나라 소철(蘇轍)의 〈오군
(五郡)〉에 "아직도 도인이 있어 객을 맞이하며 웃으니, 허연 수염에 누런 소매가 어찌
노담(老聃)이 아니랴.〔猶有道人迎客笑, 白鬚黃袖豈非聃?〕"라는 구절이 보인다.

진해에서 제군과 이별하며[691]

鎭海別諸君

밤이 새벽을 향하도록 석별의 말 분분하니	別話紛紛夜向晨
돌아가는 배는 여전히 바다 남쪽 물가에 있네	歸檣猶在海南濱
그대들은 모두 섬 고을의 친지들이거니와	君皆島邑親知者
나로 말하면 조정의 은혜를 저버린 사람이네	我則朝廷辜負人
넉 달 동안 썰렁한 잔은 마주한 지 오래이니	四朔冷杯相對久
지난밤 나그네 꿈은 누구를 위해 자주 꾸었나	前宵羈夢爲誰頻
나귀 타고 비로소 산간의 길에서 알았으니	匹驢始識山間路
풀이 싹을 틔워서 이미 이른 봄이라는 것을	草動穉芽已早春

---

691 진해(鎭海)에서 제군(諸君)과 이별하며 : 저자가 68세 때인 1881년(고종18) 윤7월 25일 경상도 거제부(巨濟府)에 이배(移配)된 뒤 동년 12월 11일 석방되어 도성으로 돌아가며 지은 시로 추정된다. 저자가 유배된 정황은 433쪽 주686 참조.

성주에서 섣달그믐을 만나[692]

星州遇除夕

사람들 모두 이날 밤을 새우는데	人皆守此夕
나만 홀로 이 시간 감회가 이네	我獨感時辰
내일이면 도성으로 향하는 길에	來日京城路
새해의 빛을 띠고 돌아가리라	帶歸歲色新

---

692 성주(星州)에서 섣달그믐을 만나 : 저자가 68세 때인 1881년(고종18) 윤7월 25일 경상도 거제부(巨濟府)에 이배(移配)된 뒤 동년 12월 11일 석방되어 도성으로 돌아가며 지은 시로 추정된다. 저자가 유배된 정황은 433쪽 주686 참조.

기성[693]을 바라보며

望岐城

한 점의 여관 등불에 꿈도 또한 성근데	一點旅燈夢亦疏
나그네는 모두 남쪽으로 와 남은 사람이네	行人俱是南來餘
안개 속에 물을 보니 깊은 바다인가 의심스럽고	霧中看水疑層海
탁자 위에 안주 벌이니 썩은 생선인가 겁나네	桌上陳殽怯臭魚
머리 모으고서 때때로 지나간 일을 얘기하고	聚首時時談往事
몸을 쉬면서 남몰래 전날의 오두막을 회상하네	歇身暗暗記前廬
동방의 풍속은 멀고 가까운 곳 가리지 않고	東方風俗無遐邇
떡을 치는 시골집이 한 해의 시작을 장식하네	打餅村家飾歲初

693 기성(岐城) : 경상도 거제(巨濟)의 옛 이름이다. 저자는 68세 되던 1881년(고종18) 윤7월 14일 평안도 중화부(中和府)에 유배되었다가 윤7월 25일 다시 경상도 거제부(巨濟府)로 이배되어 동년 12월 11일 석방될 때까지 머물렀다. 저자가 유배된 정황은 433쪽 주686 참조.

가야산을 바라보며

望伽倻山

멀리 보면 환히 빛나고 가까이 보면 그늘지니 　　　　遠視光明近視陰

송이송이 부용이 하늘로 솟은 멧부리에 꽂혔네 　　　芙蓉朵朵揷天岑

천년이 지나도록 신선의 기운이 다하지 않으니[694] 　千年不盡神仙氣

한나절 동안 마치 태고의 소리가 들리는 듯하네 　　半日如聞太古音

홍류동에 보이는 석벽 글씨는 대부분 낯이 익고 　　壁見紅流多識面

해인사에 보관된 경판 내용은 이미 마음이 통한다오

　　　　　　　　　　　　　　　　　　　海藏綠印業通心

세간엔 근원 찾는 손님을 만나기 어려우니 　　　　世間難得窮源客

분분히 내리는 눈에 온 동천이 잠겼도다 　　　　　雨雪紛紛一洞沈

694　천년이……않으니 : 신라 말기의 유학자 최치원(崔致遠)이 만년에 가야산으로 들어가 살다가 해인사(海印寺) 입구의 홍류동(紅流洞)에 갓과 신발만 남기고 신선이 되어 사라졌다는 전설이 전한다.

문경새재

鳥嶺

이 재를 세 번째 넘으며 누각에 두 번째 올라　三踰此嶺再登樓

인간 세상 온갖 일이 다 끝난 것을 탄식하네　歎息人間萬事休

높은 고갯길 미끄러운 빙판이라 발 딛기 어려운데　懸路滑氷難着足

마른 소나무에서 날아온 눈이 무람없이 머리를 치네

　枯松飛雪謾侵頭

거북을 건네는 신의 있으니 정자에 글자 남았고[695]　龜交有信亭留字

용이 떠난 증거 없으니 바위가 못이 되었네[696]　龍去無憑石作湫

내륙에서 임진년이 지나갔다고 말하지 마오　從陸莫言辰歲過

해마다 바다의 큰 배들이 이미 우환이 되었으니[697]　年年海舶已成憂

695　거북을……남았고 : 교귀정(交龜亭)을 가리킨다. 조선 시대 신·구 경상도 관찰사가 업무를 인수인계하며 관인(官印)을 주고받던 곳으로, 1896년 소실되어 터만 남아 있던 것을 1999년에 복원하였다. 《大東地志 樓亭》

696　용이……되었네 : 용추(龍湫)를 가리킨다. 사면과 밑이 모두 바위이고 깊이를 알 수 없는 폭포가 있으며, 용이 오른 곳이라고 전한다. 《新增東國輿地勝覽 卷29 慶尙道 聞慶縣 山川 龍湫》

697　내륙에서……되었으니 : 서양의 배들이 우환거리가 되고 있으니 임진왜란이 지났다고 안심하지 말라는 말이다.

왕세자께서 관례 뒤에 종묘에 알현하는 날 짓다[698]
春宮冠禮後廟謁日作

늙은 신하가 죽지 않고 외딴 시골을 지키다가　　老臣不死守孤村
반년 만에 거친 파도 헤치고 바다 관문 건넜네　　半載鯨波渡海門
사면을 받아 돌아왔으니 무슨 한이 있으리오　　蒙赦歸來有何恨
다행히 경일을 만나니 지난날 은택이 생각하네　　幸逢慶日想前恩

698　왕세자께서……짓다 : '왕세자'는 훗날의 순종(1874~1926)이다. 순종은 9세 되
던 1882년(고종19) 1월 20일 왕세자의 신분으로 창덕궁 중희당(重熙堂)에서 관례를
거행하고, 동년 2월 4일 종묘와 경모궁(景慕宮)에 알현하였다. 당시 저자는 68세 때인
1881년(고종18) 윤7월 25일 경상도 거제부(巨濟府)에 유배되었다가 동년 12월 11일
석방되어 양주 가오곡(嘉梧谷)에 머물고 있었던 것으로 추정된다.《高宗實錄 1月 20日,
2月 4日》

치범[699]이 소면 뽑는 기계를 만들어 보내주다
致範造送小麵機

밀가루는 서리를 속이고 다시 눈과도 겨룰 만한데	麵屑欺霜復賽雪
조금씩 다루어보니 경쾌한 기계에 꼭 들어맞네	經營小小合輕機
둥근 떡처럼 굴러서 손끝에서 미끄러지더니	轉如團飯指頭滑
새 명주실을 토해내어 솥 아래로 돌아가네	吐出新絲鍋底歸
하룻밤 얘기 나누는 사이에 정을 알 수 있으니	一夕話間情可見
천 겹의 산 너머에서 꿈에도 서로 잊지 못하네	千重山外夢相依
끊임없이 계속 이어짐은 일가의 우의와 같으니	綿綿不絶猶宗誼
같은 집안처럼 오가며 서로 어긋남이 없네	同室周旋莫與違

---

699 치범(致範) : 누구인지 자세하지 않다.

《기사첩》에 쓰다[700]
題耆社帖

젊은 시절 벗들이 모두 다 노인이 되어	少也友生盡老人
기로소의 초상에 얼굴이 함께 보이네	同看耆社畵圖眞
성조에서 노인을 우대함이 이때가 가장 성하거니와	
	聖朝優老於斯盛
구덕을 지닌 원로와 함께 이웃함이 되려 부끄럽네[701]	
	耉德還慚與有隣

---

700 기사첩(耆社帖)에 쓰다 : 기사첩은 기로소(耆老所)에 들어간 사람들의 명부이다. '기로소'는 392쪽 주615 참조. 저자는 70세 되던 1883년(고종20) 기로소에 들어갔다. 498쪽 〈계미년에 기로소에 들어가다[癸未入耆社]〉 시 참조. 《六典條例 禮典 耆老所》

701 구덕(耉德)을……부끄럽네 : 노성한 덕이 있는 원로들과 《기사첩》에 이름이 함께 실린 것이 부끄럽다는 말이다. '구덕'은 구조(耉造)의 덕, 즉 노성한 사람의 덕이라는 뜻이다. 《서경》 〈주서(周書) 군석(君奭)〉의 "노성한 사람의 덕이 내려지지 않는다면, 우리는 우는 봉황의 소리도 듣지 못할 것이다.[耉造德不降, 我則鳴鳥不聞.]"라는 구절에서 유래하였다.

꿈속에서 짓다[702]
夢中作

노인이 옥피리를 꿈속에서 부니	老人玉笛夢中吹
평소에 재주 보이고 싶었음을 또한 잘 아네[703]	技癢平生也自知
사영운의 옛 연못엔 봄풀이 도처에 돋았건만[704]	靈運舊塘春草長
강엄의 신묘한 붓엔 채색 꽃이 더디 피네[705]	江淹神筆彩花遲
한밤중 달그림자가 텅 빈 뜰을 지나가더니	半宵月影空庭過
한 차례 하얀 달빛이 해진 벽을 능멸하네[706]	一度鉛華弊壁欺

702 꿈속에서 짓다 : 이 시는 《가오고략》 책5 목록에는 들어 있지 않다.

703 평소에……아네 : 늙어서 예전처럼 시를 잘 짓지 못하지만 시를 짓고자 하는 마음은 여전하여 종종 꿈속에도 짓는다는 말이다. 당나라 유우석(劉禹錫)의 칠언고시 중 〈무창노인설적가(武昌老人說笛歌)〉가 있는데, 무창의 70여 세 노인이 악주 자사(鄂州刺史) 유량(庾亮)의 안부 편지를 받고 감회를 읊은 것으로, 자신이 젊었을 때 피리를 잘 불어 칭송을 많이 받았지만 늙으면서 재주가 예전만 못해지자 이를 탄식하는 내용이다. 이 가운데 "지금은 늙어서 말은 더욱 더디고, 음률의 고저는 들어도 알지 못하네. 기력이 이미 쇠했건만 마음은 오히려 여전하여, 때때로 한 곡조를 꿈속에서 분다오.〔如今老去語尤遲, 音韻高低耳不知. 氣力已微心尙在, 時時一曲夢中吹.〕"라는 구절이 보인다.

704 사영운(謝靈運)의……돋았건만 : 남조 송(宋)나라의 시인 사영운이 꿈에서 족제(族弟)인 사혜련(謝惠連)을 만나 "못에 봄풀이 돋는다.〔池塘生春草.〕"라는 명구를 얻고는 신령의 도움으로 얻은 것이라며 매우 기뻐했다는 고사가 전한다. 《南史 卷19 謝惠連列傳》

705 강엄(江淹)의……피네 : 남조 양(梁)나라의 문장가 강엄이 젊을 때 꿈속에서 곽박(郭璞)이란 사람에게서 오색 붓을 받고는 문장이 크게 진보하였는데, 만년에 다시 곽박이 붓을 회수해가는 꿈을 꾼 뒤로 다시는 좋은 글이 나오지 않았다는 고사가 전한다. 《南史 卷59 江淹列傳》

업연이 어찌 군이 생각을 통해 일어나랴   緣業何須因想起
만년에 젊을 때의 시절을 부질없이 얘기하네   暎年謾說少年時

기성[707]에서 지은 시문을 수습하며
岐城拾紙

아침에 서쪽 고을 이별하고 저녁엔 바닷가이니	朝別西州暮海邊
미천한 신하 쌓인 죄에 다시 이배됨도 당연하네	微臣積罪合重遷
한 몸을 외로이 붙이니 지금은 천 리 밖이요	一身孤寄今千里
만 번 죽을 죄에 아직도 살았으니 벌써 반년이네	萬死猶存已半年
수코래와 암코래를 짝하는 것이 무슨 문제랴[708]	鯨鯢何妨爲儔侶
한유와 유종원은 모두 글을 잘못 지었도다[709]	韓柳無非誤槧鉛
몸을 편히 하기 위해 영수장[710]에 기대지 말라	便體莫憑靈壽杖
당시에 강건하다면 그 누가 딱하게 여기랴	當時康健有誰憐

707 기성(岐城) : 438쪽 주693 참조.

708 수코래와⋯⋯문제랴 : 원문의 경예(鯨鯢)는 각각 거대한 고래의 수컷과 암컷으로, 작은 물고기들을 잡아먹기 때문에 악인의 괴수를 비유한다. 여기에서는 바닷가에 유배를 갔기 때문에 이렇게 말한 것이다.

709 한유(韓愈)와⋯⋯지었도다 : 당나라 문장가 한유는 자신의 학문이 높음에도 자주 좌천된다고 여겨 〈진학해(進學解)〉 등을 지었고, 유종원(柳宗元)은 영주(永州)에 좌천되자 자신을 산에 갇힌 신세라 여겨 〈수산부(囚山賦)〉 등을 지었다.

710 영수장(靈壽杖) : 영수목(靈壽木)이라는 나무로 만든 지팡이로, 조정의 원로에게 준다. 331쪽 주538 참조.

《기성록》
岐城錄

《기성록》은 《용성록》을 뒤이어 지은 것이니	岐城錄續龍城錄
유종원의 변방 좌천에 슬픈 감회가 곱절로 드네[711]	柳子投荒倍感傷
예나 지금이나 사람은 같으나 재주가 다르고	今古人同才不若
현인과 우인이 자품은 다르나 일이 무상하네	賢愚品異事無常
너른 들의 푸른 하늘은 고인 물인가 의심스럽고	天靑曠野疑停水
빽빽한 숲의 검은 구름은 묶인 돛배인가 놀라네	雲黑叢林訝繫檣
가는 길 어려움 많아 분분한 의론을 불렀으니	行路多艱招物議
비루한 자질 갖고서 글을 배우지 말아야 하리	休將疏陋學文章

---

711 기성록(岐城錄)은……드네 : 경상도 거제(巨濟)에 유배되어 지은 자신의 시를 당나라 문장가 유종원(柳宗元, 773~819)이 유주(柳州)에 좌천되었을 때의 기록인 《용성록(龍城錄)》에 비유할 수 있다는 말이다. 저자가 유배된 자세한 정황은 433쪽 주686 참조. '용성'은 후에 유주를 고쳐 부른 이름으로, 유종원은 815년 영주(永州)에서 도성으로 돌아온 뒤 두 달여 뒤에 다시 유주 자사로 좌천되어 4년 뒤인 819년 47세의 나이로 유주에서 죽었다.

영수장[712]

靈壽杖

용성의 영수장이	龍城靈壽杖
유종원의 글에 자세하네[713]	詳見柳文中
기성[714]에도 심었으니	岐城亦種植
어디인들 하동[715] 아니랴	何處非河東

712　영수장(靈壽杖) : 331쪽 주538 참조.

713　용성(龍城)의……자세하네 : 당나라 문장가 유종원(柳宗元)이 805년 영주 사마
(永州司馬)로 좌천되어 10년 동안 있을 때 지은 〈영수목을 심다〔植靈壽木〕〉라는 오언
고시를 가리킨다. '용성'은 447쪽 주711 참조.

714　기성(岐城) : 438쪽 주693 참조.

715　하동(河東) : 유종원의 출신지이다.

신사년(1881, 고종18)에 왜선으로 가는 도중 하동의 시에
차운하다[716]
辛巳 往倭船路中 次河東韻

한두 해 사이에 남쪽으로 귀양 갔던 나그네가　　　一兩年間南謫客
천 겹 파도 넘어 북쪽으로 돌아온 사람 되었네　　千層浪上北歸人
바다 밖의 묵은 인연은 오히려 다하지 않아　　　海外宿緣猶未盡
오늘 아침 왕명을 받으니 은혜가 새롭기만 하네　今朝啣命恩惟新

716 신사년에……차운하다 : 이 시는 《가오고략》 책5 목록에는 들어 있지 않다. 기록
에 따르면 저자는 68세 때인 1881년(고종18) 윤7월 25일 경상도 거제부(巨濟府)로
이배하라는 명을 받아 동년 8월 15일 거제부에 도착하여 귀양을 살다가 동년 12월 11일
석방되어 이듬해인 1882년 1월에 집으로 돌아왔다. 이에 따르면 저자가 일본으로 간
것은, 1881년 신사년이 아닌 1882년 임오년 7월 14일 일본 전권대신(全權大臣)에 임명
되어 간 것을 가리키는 것으로 추정된다. 3일 뒤인 7월 17일 저자는 일본 변리 공사(辨理
公使)와 조일 강화 조약(朝日講和條約) 및 조일 수교 조규(朝日修交條規)의 속약(續
約)을 체결하였다. 저자가 유배된 자세한 정황은 433쪽 주686 참조. '하동(河東)'은
당나라의 문장가 유종원(柳宗元)을 가리킨다. 《嘉梧藁略 冊5 岐城竹枝詞》《高宗實錄
19年 7月 14日, 17日》

내가 귀양살이를 할 때⁷¹⁷ 유장원⁷¹⁸이 〈여지도〉를 펼쳐보고 절구 한 수를 지었는데 근래에야 흘러나왔다. 유군이 지금 어디에 있는지 알 수 없으니 몹시 한스럽다

余謫居也 游藏園披輿地圖作一絶 近始流出 不知游君今在何處 甚恨

북쪽으로 연경에 살고 동쪽으로 조선에 살아	北是燕京東是鮮
두 사람 떨어져 살지만 마음은 하나로 이어져 있네	兩居落落一心連
고맙게도 그대 무슨 일로 〈여지도〉를 가리켰나	多君何事輿圖指
그리운 이가 하늘 끝에 있으니 홀로 망연자실하네	人在天涯獨惘然

【부기】원운 【附】原韻

장원(藏園) 유지개(游智開)

〈여지도〉가 또렷이 조선을 가리키고 있으니	輿圖歷歷指朝鮮
북은 러시아 남은 왜로 경계가 나란히 이어졌네	俄北倭南界依連
귤산이 유배된 곳에 눈길이 닿자마자	看到橘山遷謫處
나도 몰래 물러서서 마음이 서글퍼지네	不禁却立意悽然

717 내가……때 : 433쪽 주686 참조.
718 유장원(游藏園) : 청나라 말기의 관리인 유지개(游智開)이다. 190쪽 주292 참조.

석고가⁷¹⁹

石鼓歌

구천의 별의 정기가 돌로 화하여   九天星精化爲石

719 석고가(石鼓歌) : 당나라 초기에 발견한 북 모양의 각석(刻石) 10개에 대해 노래한 것으로, 청나라 시인 심덕잠(沈德潛, 1673~1769)의 〈석고가〉와 몇몇 글자의 출입은 있으나 동일한 작품으로 추정된다. 화강암 재질의 석고에는 각각 주문(籒文)으로 사언시(四言詩)가 한 수씩 새겨져 있는데, 중국에서 가장 오래된 선진(先秦) 시기의 각석 문자로 원래는 700여 자가 새겨졌을 것으로 추정하나 현재 알아볼 수 있는 글자는 300여 자이다. 왕이 사냥 나가는 장면을 기술했다 하여 '엽갈(獵碣)'이라고도 불렀다. 제작 시기에 대해 지금은 설이 분분하나 이전에는 서주(西周) 제11대 왕으로 중흥의 군주가 된 주 선왕(周宣王)의 업적을 칭송한 것이라고 본 설이 많았다. 주 선왕은 아버지 여왕(厲王)이 학정을 일삼다가 백성들의 반란으로 인해 체(彘) 땅으로 달아나 14년 만에 그곳에서 죽자, 소목공(召穆公)과 주정공(周定公)에 의한 14년 동안의 공화정(共和政)을 끝내고 즉위하여 서주를 다시 일으킨 인물이다. 석고는 원래 섬서성(陝西省) 부풍현(扶風縣) 서북쪽 진창산(陳倉山)에 흩어져 있던 것을 당나라 때 봉상부(鳳翔府)에 있는 공자의 사당으로 옮기고, 송나라 때 오대(五代)의 전란에 민간에 흩어진 것을 수습하여 지금의 하남성 개봉(開封)인 변경(汴京)의 국학(國學)으로 옮겼다. 이후에도 역사의 변천에 따라 송나라와 금(金)나라의 전쟁 때에는 지금의 항주(杭州)인 임안(臨安)으로, 금나라 군대가 북송의 수도인 변경으로 들어온 뒤에는 지금의 북경인 연경(燕京)으로, 원나라 때에는 북경의 공자 사당인 문묘(文廟)의 대성문(大成門) 안에 두었으며, 항일전쟁 때에는 다시 강남으로 수차례의 이전을 거쳐 현재는 북경 고궁박물원(故宮博物院)에 수장하고 있다. 1790년 청나라 고종(건륭제) 때 10개의 석고 모형을 만들어 북경 문묘 뒤쪽에 위치한 벽옹(辟雍), 즉 태학(太學)의 대성문 밖 양쪽에 각각 5개씩 두었는데, 이 모형은 원래의 석고와 형태 및 각석 글자의 위치 면에서 많은 차이가 있다고 한다. 석고를 노래한 작품으로 위응물(韋應物)·한유(韓愈)·장뢰(張耒)·소식(蘇軾) 등의 〈석고가〉가 전한다. 참고로, 이 〈석고가〉는 심덕잠의 〈석고가〉를 그대로 옮겨 쓴 것으로 추정되므로 원문에 교감기를 달았다.

평지에 떨어진 지 삼천 성상 되었네	墜落平地三千霜
줄지은 열 개의 북이 극문[720] 앞에 늘어서니	纍纍十鼓列戟門[721]
지금까지 태학에 차가운 빛이 삼엄하네	迄今太學森[722]寒芒
주문으로 새긴 글자 올챙이와 비슷하니	籀文蝌蚪[723]形髣髴
애써 남은 획을 찾아 편방을 추측하네	強尋跟肘推偏傍[724]
견고한 수레 균일한 말에 깃발을 꽂으니[725]	車攻馬同建旄旌
동주의 기상이 얼마나 휘황찬란한지	東都氣象何焜煌
예리한 교룡의 어금니와 뿔이 위맹한데	蛟龍矯矯牙角厲
뭇 신령 아스라이 난새 봉황을 타고 다니네	群靈荒忽駗鸞凰
남아 있는 글자는 삼백 서른네 자가 전하니	字傳三百三十四
나머지는 결락되어 자세히 알기 어렵네	其餘齾缺難推詳
처음 진창산에서 옮겨와 봉상부를 거쳤다가	始從陳倉歷鳳翔
연경으로 운송됨은 정강의 변[726] 때문이었네	輦來燕京由靖康

---

720 극문(戟門) : 북경 문묘(文廟)의 두 번째 문인 대성문(大成門)을 가리킨다.

721 列戟門 : 심덕잠의 〈석고가〉에는 '重琬琰'으로 되어 있다.

722 森 : 심덕잠의 〈석고가〉에는 '生'으로 되어 있다.

723 蝌 : 심덕잠의 〈석고가〉에는 '蚪'로 되어 있다.

724 傍 : 심덕잠의 〈석고가〉에는 '旁'으로 되어 있다.

725 견고한……꽂으니 : 《시경》〈소아(小雅) 거공(車攻)〉에 "우리 수레가 이미 견고하며 우리 말이 색깔과 힘이 이미 균일하여, 네 필 수말이 살지고 건장하니 이를 타고서 동쪽 낙읍으로 가도다.……깃발을 꽂고 깃발을 설치하여 오 땅에서 짐승을 잡도다.〔我車旣攻, 我馬旣同. 四牡龐龐, 駕言徂東.……建旐設旌, 搏獸于敖.〕"라는 구절이 보인다.

726 정강(靖康)의 변 : '정강'은 북송 흠종(欽宗)의 연호이다. 정강 2년(1127)에 금나라가 남하하여 북송의 수도인 개봉(開封)을 함락하고 북송 제8대 황제인 휘종(徽宗)과 제9대 황제인 흠종 및 수많은 황족과 비빈, 신하들을 포로로 잡아 금나라로 돌아가면서

정처 없이 옮겨 다니며 병화를 겪으니	飄零遷徙閱兵火
석각을 곧장 흥망에 연관시키려 해서였네	石刻直欲關興亡
주나라와 진나라의 진적은 대부분 없어지고	周秦眞迹多漫滅
주 목왕의 마등산이 허탄한 고사를 전하네[727]	穆滿馬磴傳荒唐
역산의 옛 비석은 들불의 재액을 만났고[728]	嶧山古[729]碑遭野火

북송이 멸망한 사건을 말한다.

727 주 목왕(周穆王)의……전하네 : 전서(篆書)로 '길일계사(吉日癸巳)'라고 2자씩 2열로 새긴 주목왕각석(周穆王刻石)을 가리킨다. 길일계사각석(吉日癸巳刻石) 또는 단산각석(壇山刻石)이라고도 한다. 중국 하북성 찬황현(贊皇縣) 남쪽의 단산 위에 있다. 주 목왕은 서주(西周) 제5대 왕으로, 목천자(穆天子)라고도 한다.《목천자전(穆天子傳)》에 따르면 목천자가 찬황산에 올라 단을 설치하고 마침내 '찬황단산'이라 명명했는데, 이때의 날짜를 새긴 것이다. 그 지방 사람들은 단산이 바로 마등산(馬磴山)이라고 하는데, 그 자형이 유사하다고 한다. 각석의 상황과 필세에 근거하면 진(秦) 이후 당(唐) 이전 사이의 각석으로, 북송 때 처음 발견된 뒤로 많은 탁본이 유전되었고, 현령 유장(劉莊)은 이 글자가 새겨진 바위를 잘라 관아 대청의 담장 위에 박아 넣었다고 한다. 고증에 따르면 현재 원석은 이미 일실되었고, 지금 남아 있는 것은 남송 때의 탁본에 근거하여 다시 새긴 것이라고 한다. '마등산'의 '등'이 저본에는 '磴'으로 되어 있는데, 송나라 구양수(歐陽修)의《집고록》에 근거하면 '蹬'의 오류로 추정된다.《集古錄 卷1 周穆王刻石》

728 역산(嶧山)의……만났고 : 진역산비(秦嶧山碑)를 말하며, 역산각석(嶧山刻石) 또는 원모역산진전비(元摹嶧山秦篆碑)라고도 한다. 진시황(秦始皇)이 재위 28년째 되던 해(기원전 219) 동쪽으로 순수할 때 태산(泰山)과 마주하고 있는 역산에 올라 새긴 것으로, 그가 천하를 통일하고 군현을 설치한 공적을 기린 것이다. 이세(二世) 때 승상 이사(李斯)가 전서(篆書)로 처음 새겼다고 하며, 원석은 북위(北魏) 태무제(太武帝) 때 비석을 넘어뜨렸는데, 시인 묵객과 고관대작들이 끊임없이 와서 탁본을 뜨자 현지의 관리와 백성들이 이들을 대접하는 데 지쳐 비석 아래에 땔나무를 모아 태워버려서 더 이상 탁본을 뜰 수 없게 만들었다고 한다. 당나라 때 어떤 사람이 세상에 유전되는 탁본을 대추나무 목판에 모각하자, 두보(杜甫)는〈이조팔분소전가(李潮八分小篆歌)〉

지부산의 비석은 아득한 일이 되었네[730]	之罘片石付渺茫
중흥 시기의 엽갈[731]이 홀로 별 탈 없으니	中興獵碣獨無恙
대를 거치며 우뚝한 모습 멀리서 보이네	歷代磊落[732]遙相望
신명과 귀물이 길이 보우하니	神明鬼物永呵護
하늘은 필시 기산 서쪽의 왕을 돌아보았으리라[733]	天應眷念岐西王
성현의 기물은 불후한 것이 이치에 맞으니	聖賢法物理不朽
어찌 시대가 멀다 하여 상전벽해로 사라지겠는가	豈以世遠淪滄桑
들으니 우왕의 비가 구루산에 있는데[734]	聞說[735]禹碑在岣嶁
붉은 무늬[736]에 푸른 글자가 찬란히 드리웠다 하네	紅文綠字垂琳琅
한창려는 샅샅이 찾았으나 만나지 못하자	昌黎搜索不相遇
탄식하며 눈물을 하염없이 흘렸다 하네[737]	咨嗟涕淚流滂滂

에서 "역산의 비석이 들불에 불타자 대추나무에 새겨 전했으나 크게 참모습을 잃었네.〔嶧山之碑野火焚, 棗木傳刻肥失眞.〕"라고 노래하였다. 《集古錄 卷1 秦嶧山刻石》

729 古 : 심덕잠의 〈석고가〉에는 '之'로 되어 있다.

730 지부산(之罘山)의……되었네 : 지금의 산동성 연태시(煙台市) 북쪽의 지부산에 세운 지부각석(之罘刻石)을 가리킨다. 진시황이 재위 29년째 되던 해(기원전 218) 동쪽으로 순수할 때 지부산에 올라 공덕을 기리는 내용을 비석에 새긴 것이다. 오대(五代) 때 훼철되었다.

731 엽갈(獵碣) : 451쪽 주719 참조.

732 歷代磊落 : 심덕잠의 〈석고가〉에는 '成周昭代'로 되어 있다.

733 돌아보았으리라 : 저본에는 '춘(春)'으로 되어 있으나, 심덕잠의 〈석고가〉에 근거하여 '권(眷)'으로 바로잡아 번역하였다.

734 들으니……있는데 : 33쪽 주18, 34쪽 주20 참조.

735 聞說 : 심덕잠의 〈석고가〉에는 '傳聞'으로 되어 있다.

736 붉은 무늬 : 원문의 '홍문(紅文)'은 붉은 무늬의 돌을 가리킨다. 자세한 내용은 33쪽 주19 참조.

후세 사람이 산을 찾아가 그 자취를 얻으니[738]　　　後人尋山得蹤迹

황홀히 구름 가에서 푸른 하늘에 닿아 있었네　　　恍惚雲際摩靑蒼

어찌하면 옮겨 실어와 한곳에 두고　　　　　　　安得移載置一處

고익과 신보[739]를 같은 당에서 모실 수 있을까　　皋益申甫陪同堂

지금 해내에선 도를 숭상하여　　　　　　　　　方今海內[740]崇道術

벽옹[741]의 종고 소리에 분분히 달려가네　　　　辟雍鍾鼓紛趨蹌

환교[742]에서 강의 듣는 이가 하루에 천을 헤아리니　圜橋聽講日千計

어찌 구경하는 이가 담장처럼 에워쌀 뿐이겠는가[743]　何止觀者如堵墻

737　한창려(韓昌黎)는……하네 : '창려'는 당나라 문장가 한유(韓愈)의 호이다. 한유의 〈구루산(岣嶁山)〉 시에 "일이 엄하고 자취가 괴이해 귀신도 엿보지 못하니, 도인이 홀로 올라갔다가 우연히 이를 보았다네. 나는 돌아와 탄식하며 눈물을 하염없이 흘렸나니, 천 번 만 번 찾았건만 도대체 어디에 있단 말인가? 무성한 푸른 나무에 원숭이 울음소리만 구슬펐네.〔事嚴迹怪鬼莫窺, 道人獨上偶見之. 我來咨嗟涕漣洏, 千搜萬索何處有? 森森綠樹猿猱悲.〕"라는 구절이 보인다.

738　후세……얻으니 : 36쪽 주27 참조.

739　고익(皋益)과 신보(申甫) : '고익'은 고요(皋陶)와 백익(伯益)으로 순(舜) 임금과 우왕(禹王) 때의 신하이며, '신보'는 신백(申伯)과 중산보(仲山甫)로 주 선왕(周宣王) 때의 신하이다. '신(申)'은 저본에는 '중(中)'으로 되어 있으나, 심덕잠의 〈석고가〉에 근거하여 바로잡아 번역하였다.

740　海內 : 심덕잠의 〈석고가〉에는 '聖皇'으로 되어 있다.

741　벽옹(辟雍) : 북경의 태학(太學)을 가리킨다.

742　환교(圜橋) : 벽옹의 사방에 물을 두르고 출입의 편의를 위하여 동서남북 사면에 놓은 다리를 이른다. 대문 안에 '환교교택(圜橋敎澤)'이라는 패루(牌樓)가 있는데, 벽옹을 에워싼 물이 끊임없이 흐르는 것처럼 교화가 쉼이 없다는 뜻이다.

743　어찌……뿐이겠는가 : 《예기》 〈사의(射義)〉에 "공자가 확상이란 지명의 마당에서 활을 쏠 때 구경꾼이 담장같이 에워쌌다.〔孔子射於矍相之圃, 蓋觀者如堵牆.〕"라는 내용이 보인다.

남은 글을 수집하여 잔결된 글자를 보충하고　　　討蒐遺文補殘缺

참건 칙헌[744]을 수고로이 비교하고 헤아렸네　　　驂駽趀趫煩校量

장양궁으로 사냥을 따라가 사부를 지을 때　　　長楊從獵撰詞賦

공덕을 진술하며 기양의 석고를 따라 지었다오[745]　　　敷陳功德追岐陽

행색이 너무 초라한 것이 스스로 부끄러우니　　　自慙行色太草草[746]

우러러보아도 대궐 문을 열 길이 없도다　　　仰望無路排天閶

744　참건(驂駽) 칙헌(趀趫) : 첫 번째 석고에 "其時其來趀趫□"라는 구절이, 세 번째
석고에 "左驂旛右驂駽"이라는 구절이 보이는데, 이를 두고 한 말이다. '칙헌'의 '칙(趀)'
은 저본에는 '필(趯)'로 되어 있으나, 심덕잠의 〈석고가〉에 근거하여 바로잡았다. 《欽定
國子監志 卷50 金石5 石鼓 石鼓在國子監》

745　장양궁(長楊宮)으로……지었다오 : 한 성제(漢成帝)가 일찍이 많은 짐승을 잡아
다 장양궁의 사웅관(射熊館)에 풀어두고 호인(胡人)들에게 이 짐승들을 손으로 때려잡
게 하고는 친히 구경하면서 중국의 호화스러운 유희를 과시하자, 양웅(揚雄)이 황제를
시종하며 이를 보고는 마침내 겉으로는 황제를 한껏 추어올리면서 그 속에 풍간(諷諫)
을 담은 〈장양부(長楊賦)〉를 지어 올린 일을 말한다. '장양궁'은 진한(秦漢) 때의 궁궐
이름으로, 섬서성 주지현(周至縣)의 동남쪽에 있다. '기양(岐陽)'은 기산(岐山) 남쪽으
로, 여기에서는 기산 남쪽에 있던 석고(石鼓)를 가리킨다. 《漢書 卷87 揚雄傳》《文選
卷9 長楊賦》

746　行色太草草 : 심덕잠의 〈석고가〉에는 '貧賤伏草莽'으로 되어 있다.

정주계가 도성에서 찾아왔는데 며칠 뒤에 이원명 대감이
또 덕소에서 찾아왔기에 〈기사〉의 운을 써서 시 한 수를
지어 두 곳에 나누어 보내다[747]

鄭周溪自京來訪 後數日 李台源命又自德沼來訪 用耆社韻成一詩 分送
兩處

이분들이 모두 고희의 연세에 올랐으니	之子俱躋稀古年
물가도 부족하여 또 산꼭대기까지 오셨네	水涯不足又山巓
남쪽 강가의 지기가 몇십 리[748] 밖에서 오셨는데	南江蘭友由旬至
서쪽 도성의 주계도 며칠 전에 먼저 오셨다오	西洛周溪數日先
바짝 다가앉아 등불을 켜니 매우[749] 내리는 밤이었고	
	促膝挑燈梅雨夜
허기를 채워 술독을 비우니 맥추[750]의 계절이었네	充飢洗甕麥秋天

---

747 정주계(鄭周溪)가……보내다 : 이 시의 제목은 저자의 다른 시들의 제목이 두
글자를 들여 쓴 것과 달리 한 글자를 들여 썼다. 저자가 70세 되던 1883년(고종20)에
지은 것으로 추정된다. '정주계'는 정기세(鄭基世, 1814~1884)로, 주계는 호이다. 본관
은 동래(東萊), 자는 성구(聖九), 거주지는 한성이다. 영의정 정원용(鄭元容)의 아들
로 저자와 동갑이다. 이원명(李源命, 1807~1887)은 본관은 용인(龍仁), 자는 치명(穉
明), 호는 종산(鍾山), 시호는 문정(文靖)이다. 〈기사(耆社)〉는 498쪽 〈계미년에 기로
소에 들어가다[癸未入耆社]〉 시를 가리킨다.

748 몇십 리 : 원문의 '유순(由旬)'은 고대 인도의 이수(里數) 단위로, 제왕이 하루
동안 행군하는 거리라고 한다. 이(里)로 환산한 거리는 여러 가지 설이 있는데,《유마경
(維摩經)》의 주에는 상유순(上由旬)은 60리, 중유순(中由旬)은 50리, 하유순(下由旬)
은 40리라고 하였다.

749 매우(梅雨) : 매실이 누렇게 익는 초여름에 내리는 장맛비를 이른다.

풀로 짠 돗자리에 병으로 드러누워 생기가 없으니　草床病臥無生氣

그저 쓸데없는 시를 지어 우통751으로 전할 뿐이네　只有蛆詩郵筒傳

750　맥추(麥秋) : 보리가 익는 음력 4, 5월을 이른다.

751　우통(郵筒) : 우역(郵驛)을 통해 서신을 부치는 죽통(竹筒)을 말한다.

기당 상공께서 석천정에서 병을 조섭하고 계셨는데 나도
1년 내내 병을 앓다가 조금 나았기에 시골로 돌아가는 길에
그동안 격조했던 회포를 낱낱이 펴고 병을 얘기하며 서로
위로하였다. 공께서는 근래에 지은 시 한 수를 읊으셨는데
음운이 청량한 것이 조섭 중에 지은 것이 아니었다. 뒤늦게
원운에 차운하여 올리다[752]

祁堂相公調病石泉亭 余亦周年㕦病適少可 還鄉路 歷敍阻懷 說病相慰
公誦近作一詩 音韻淸亮 非珍攝中所得也 追步原韻以呈

상공도 나도 고질병 속에 이생을 보내는데   彼此沉疴送此生
오늘 아침에 마주하니 성령이 맑아지네   今朝相對性靈淸
늦은 가을 냇가 정자로 공의 베개를 옮기고   溪亭秋暮移公枕
구름 깔린 산속 오솔길 나의 발길에 열렸다네   山路雲橫劈我行
술을 맛보니 남은 벼슬의 맛을 자랑할 만하고   嘗酪堪詑餘宦味
찻잔을 드니 십 년의 우정에 피곤하지 않네   拈茶不倦十年情
어찌 다시 산수 좋은 곳에 집 지을 것 있으랴   何須更卜林塘築
기로소에 필경 상공의 초상이 걸릴 터이니   繪像西樓畢竟成

752 기당(祁堂)……올리다 : 이 시의 제목은 저자의 다른 시들의 제목이 두 글자를
들여 쓴 것과 달리 한 글자를 들여 썼다. '기당'은 홍순목(洪淳穆)의 호이다. 193쪽
주300 참조.

기로소의 낙죽을 받고
受耆社酪粥

관리가 주발을 들고 궁벽한 시골에 들어와   官人帶碗入窮鄕
기로소에서 새로 반사한 향긋한 낙죽을 전해주네   耆社新頒酪粥香
사십오 년 만에 지금 다시 이 일을 보게 되니[753]   四十五年今復見
우리 집에서 대대로 은혜로운 광영을 자랑하리라   吾家世世詫恩光

---

753 사십오……되니 : 저자의 조부인 이조 판서 이석규(李錫奎, 1758~1839)가 1827년
(순조27) 정해년에 70세가 되어 기로소에 들어간 뒤 낙죽(酪粥, 우유죽)을 하사받은
것을 이른다. 저자는 1883년(고종20) 기로소에 들어갔다. 《經山集 卷14 慶州李氏五世
神道碑》

당두리의 집에서 눈을 만나다[754]
唐豆舍遇雪

창이 밝으면 음식을 생각하고 어두우면 잠을 자니	窓明思食窓昏眠
늙어가는 생애가 먹고 자는 양쪽에 있을 뿐이네	老去生涯在兩邊
만 리의 산천은 구름 너머 꿈에서나 보이고	萬里山川雲外夢
한때의 공적은 취중의 현인[755]에게 맡긴다오	一時功業醉中賢
온통 이런 일이니 일찍이 무슨 일 있었던가	大都此事曾何事
올해는 예년과 다르다고 말하지 말라	莫道今年異昔年
산촌에 흰 눈이 내리자 세모라고 하는데	白雪峽村云歲暮
문 앞을 지난 범 발자국이 시름 속에 보이네	愁看虎迹過門前

---

754 당두리(唐豆里)의……만나다 : 《가오고략》 책5 목록에는 이 시 앞에 '제기사첩(題耆社帖)'이라는 시 제목이 들어 있는데, 443쪽 〈「기사첩」에 쓰다〔題耆社帖〕〉와 중복되어 삭제한 듯하다. '당두리의 집'은 경기도 양주 천마산(天摩山) 부근에 있는 단농(丹農) 이건초(李建初)의 집으로 추정된다. 《嘉梧藁略 冊12 墨溪庄記》

755 현인(賢人) : 탁주의 별칭이다. 330쪽 주535 참조.

갑신년(1884, 고종21) 세초에 짓다
甲申歲首作

내 나이 어느덧 일흔하나 감회가 깊으니	我年望八感懷深
세초에 어느 누가 눈을 밟고 찾아왔는가	歲首何人踏雪尋
뜨락의 리는 빨리 지나다가 예를 배우거니와[756]	學禮猶趨庭際鯉
방 안의 거문고는 줄이 끊어져 잇기 어렵도다[757]	斷絃難續室中琴
매서운 추위가 뼈에 스미니 옷이 얇아서가 아니요	寒威逼骨非衣薄
세상사에 관심 없으니 병마가 찾아온 것을 깨닫네	世事無心覺病侵
아침에 일어나 볕을 빌려 선묘에 참배 드리니	朝起借陽先墓拜
길 양쪽의 소나무 가래나무 예나 지금이나 변함없네	
	松楸挾路古于今

길 양쪽의 선산의 나무들이 그림보다 나으니	挾路松楸畫不如
십여 년 동안 직접 심지 않은 것이 없네	無非手植十年餘

756 뜨락의……배우거니와 : 자식들이 집안에서 가르침을 받고 있다는 말이다. '리(鯉)'는 공자의 아들 이름이다. 《논어》〈계씨(季氏)〉에 "다른 날에 또 아버지께서 홀로서 계실 때 내가 빨리 걸어 뜰을 지나는데, '예를 배웠느냐?'라고 물으시기에 '못 하였습니다.'라고 대답하였더니, '예를 배우지 않으면 설 수 없다.'라고 하시므로 내가 물러나와 예를 배웠노라.〔他日又獨立, 鯉趨而過庭. 曰: 學禮乎? 對曰: 未也. 不學禮, 無以立. 鯉退而學禮.〕"라는 내용이 보인다.

757 방……어렵도다 : 부인과 사별한 뒤로 홀로 지내고 있다는 말이다. 옛날에는 금슬(琴瑟)로 부부를 비유하였으므로 상처(喪妻)를 '단현(斷絃)'이라 하고, 재취(再娶)를 '속현(續絃)'이라 하였다.

자손들이 삼가 보호하여 남기신 사업을 전하고　　子孫謹護傳遺業
초동 목동이 모두 머물러 가까이 살며 의지하네　　樵牧皆停賴近居
다리에 내린 간밤의 눈에 희미한 선이 보이고　　宿雪橋頭微線在
지붕에 내린 새벽 서리에 한낮의 햇빛[758]이 퍼지네　　曉霜屋脊午暉舒
돌아와서 장차 새해의 춘첩을 내걸려 하니　　歸來將揭新春帖
지금부터는 꽃 너머 수레에 자못 수고로우리라[759]　　從此偏勞花外車

758　햇빛 : 저본에는 '곤(暉)'으로 되어 있으나, 문맥에 근거하여 '휘(暉)'로 바로잡아
번역하였다.

759　지금부터는……수고로우리라 : 벗들이 찾아올 것이라는 말이다. '꽃 너머 수레'는
안빈낙도했던 소옹(邵雍)이 타고 다닌 작은 수레로, 사마광(司馬光)이 낙양(洛陽)의
숭덕각(崇德閣)에서 소옹을 기다리며 지은 시에 "숲속 높은 누각에서 바라본 지 이미
오랜데, 꽃 너머로 작은 수레는 아직도 오지 않네.〔林間高閣望已久, 花外小車猶未來.〕"
라는 구절이 보인다.

기당이 오랫동안 앓고 난 뒤 나가서 영중추부사의 직함에
숙배했다는 말을 듣고[760] 편지를 보내 하례하면서 말미에
쓰다

聞祁堂久疾之餘 出肅樞銜 書賀尾題

저보는 어찌 그리 늦게 왔는지	邸報來何晚
기당이 벌써 궁궐로 들어갔네	祁堂入紫闥
새봄에 방금 기쁜 소식을 보니	新春方見喜
묵은 병이 깨끗이 떠났음을 말하네	宿崇夬言去
서쪽 부서[761]엔 의지할 곳이 있게 되었고	西府有依賴
동쪽 고을엔 하례의 말이 몰려들리라	東鄕致賀語
나의 병은 끝내 낫지 않으니	我疴終不洗
격조한 회포를 펼 날이 없네	無日阻懷敍

---

760 기당(祁堂)이……듣고 : '기당'은 홍순목(洪淳穆)의 호이다. 193쪽 주300 참조.
홍순목은 1883년(고종20) 9월에 영중추부사가 되었다.

761 서쪽 부서 : 중추부를 가리킨다.

《약천집》을 보니 공이 8월에 거제도에 유배되어 유자를 구경하고 시 스무 수를 지었는데, 나 역시 8월에 유배지에 도착하여 이 과일을 볼 수 있었다. 3년 뒤에 그곳에 사는 사람이 유자 한 상자를 보내왔기에 이로 인해 약천의 시에 차운하다[762]

見藥泉集 公八月配巨濟 賞柚實 作二十首詩 余亦八月到配 得見此物 三年後 居人寄一箱來 因次藥泉韻

팔월이라 기성[763]에 가을빛이 더디게 드니	八月岐城秋色遲
뜰에 가득한 유자가 절반쯤 노랗게 익었도다	滿庭柚實半黃皮
푸른 잎에 몸을 감추니 신선의 손바닥이요	藏身翠葉仙人掌
부드러운 향이 코를 찌르니 후비의 살결이네[764]	擁鼻酥香妃子肌
지난날 풍상을 생각하니 지금은 이미 늙었지만	憶昔風霜今已老

---

762 약천집(藥泉集)을……차운하다 : '약천의 시'는 약천 남구만(南九萬, 1629~ 1711)이 1679년(숙종5) 3월 20일 경상도 거제현(巨濟縣)에 유배되었다가 동년 4월 2일 남해현(南海縣)으로 이배되었을 때 지은 칠언율시 〈영유시(詠柚詩)〉20수를 가리킨다. 저본에서 '8월에 거제도에 유배되었다'고 말한 것은 〈영유시〉의 첫 번째 시 〈팔월에 유자를 먹었는데 여전히 푸르렀다. 학생인 하장과 박은로에게 써서 보여주다〔八月食柚子猶靑 書示學子河漳朴殷輅〕〉를 가리켜 말한 듯하다. 저자는 1881년(고종18) 윤7월 25일 거제부(巨濟府)로 이배되어 동년 12월 11일 석방되었다. 저자가 유배된 자세한 정황은 433쪽 주686 참조.《藥泉集 卷2 詠柚詩》《肅宗實錄 5年 3月 20日, 4月 2日》

763 기성(岐城) : 경상도 거제의 옛 이름이다.

764 후비의 살결이네 : 저본에는 '비자비(妃子妃)'로 되어 있으나, 남구만의 〈영유시〉에 근거하여 뒤의 '비(妃)'를 '기(肌)'로 바로잡아 번역하였다.

공의 시에 감회가 일어 나의 스승으로 삼았네　　　感公音韻我爲師
달고 신 맛을 어찌 굳이 상자 속에서만 찾으랴　　甘酸何必箱中覓
천 리 먼 유배지의 쓰라림 또한 바로 이때였네　　千里辛勤亦此時

지방관을 보내 안부를 살피시다

遣地方官存問

고을 수령이 왕명을 받들어	太守奉王命
연초에 안부를 물으러 왔네	歲初存問來
짐꾼과 짐말이 함께 왔으니	擔夫與載馬
음식에 옷감까지 겸하였네	食物兼衣材
은총이 유독 얼마나 중한지	恩數偏何重
내 마음 부끄럽기 그지없네	私心愧未裁
가득 차면 장차 집이 무너지리니	塞充將破屋
대보름 술잔을 넉넉히 마련해 두었네[765]	優置上元杯

---

765 대보름……두었네 : 임금이 하사한 물품을 혼자 차지하지 않고 찾아오는 세배객
들에게 나누어 주겠다는 말이다.

죽은 아내의 일주기가 되는 날에 오대[766]에게 주다

亡室期日 贈五台

죽은 아내에게는 소상이 바로 대상이라[767]	亡室小期卽大祥
영연이 철거되자 평상의 모습이 보이네	靈筵撤去見尋常
내 몸이 이미 이지러져 먼저 흙으로 돌아갔더라면	吾身已缺先歸土
외로운 넋이 의지할 곳 없이 어찌 홀로 당에 있었으랴	
	孤魄無依肯在堂
훗날 능히 의리를 강구할 이 누가 있을까	後日有誰能講義
평상시 쌓은 것만으로도 오히려 빛을 남기리라[768]	平時儲用尙遺光
이 재앙을 한 번 겪어도 참으로 견디기 어려운데	一經此劫誠難遣
두 번 세 번에 이르면 필시 창자가 다 녹으리라	至再于三必鑠腸

---

766 오대(五台) : 누구를 가리키는지 자세하지 않다.

767 죽은……대상(大祥)이라 : 남편이 죽은 아내를 위해 1년 동안 자최복 차림으로 오동나무 상장(喪杖)을 짚는 자최장기복(齊衰杖期服)을 입는 것을 이른다. 아내는 죽은 남편을 위해 참최삼년복(斬衰三年服)을 입는데, 이때에는 1주년이 되었을 때 소상제(小祥祭)를 지내고 2주년이 되었을 때 대상제(大祥祭)를 지내며 대상을 지내고 한 달을 걸러 담제(禫祭)를 지낸다.

768 훗날……남기리라 : 누군가 죽은 부인의 행장(行狀)이나 묘도문(墓道文)을 지어서 훌륭한 행실을 드러내줄 수 있기를 희망한다는 말이다.

입춘

立春

새해 춘첩이 천 가구의 문에 걸리니	新春帖子揭千門
며칠이 지나면 또 대보름이네	幾日差過又上元
명절을 만날 때마다 옛 감회가 일어나니	佳節每逢興舊感
이생에 오랫동안 큰 은혜를 허비했네	此生許久費隆恩
대궐에서 하사한 해낭⁷⁶⁹은 늘 몸에 차고	亥囊內下常拖體
나누어 받은 세화는 좋이 명주를 입히네⁷⁷⁰	歲畫分頒好給絲
매화 한 그루가 섣달 지나 꽃망울을 터뜨리니	一樹梅花經臘綻
가장 먼저 온화한 양기를 얻었도다	先頭陽氣得和溫

---

769 해낭(亥囊) : 정월 첫 번째 해일(亥日)에 임금이 근신들에게 하사하던 비단 주머니이다. 1485년(성종16)에 영돈령부사 이상, 의정부, 육조, 한성부, 도총부, 승정원, 사헌부, 사간원, 장례원의 당상 및 사관과 주서에게 자단(紫段) 주머니를 나누어 주면서 세시에 해낭이나 자낭(子囊)을 나누어 주는 제도가 시작되었다. 《國朝寶鑑 卷17 成宗朝 3 乙巳16年》

770 나누어……입히네 : 하사받은 그림을 비단으로 곱게 표구를 한다는 말이다. '세화(歲畫)'는 새해를 송축하고 재앙을 막기 위해 그리는 그림이다. 질병이나 재난 등의 불행을 미리 예방하고 한 해 동안 행운이 깃들기를 기원하는 벽사(辟邪), 기복(祈福)의 의미를 지니는데, 십장생(十長生)·성수선녀(聖壽仙女)·태상노군(太上老君, 노자) 등의 그림이 있다. 옛날 정초 세시풍속의 하나로, 특히 궁중에서 재상과 근신에게 내려 주었다.

새벽에 일어나

曉起

새벽에 일어나니 창은 어둡고 달은 지려 하는데   曉起窓冥月欲沈

밤새도록 닥 창호지 안에서 뜬눈으로 지새우네   終宵耿耿楮幃深

몇 번이나 잠에 빠졌다가 도로 잠을 잊었던가   幾番昏寢還忘寢

무슨 일로 생각 없음이 생각 있음과 같단 말인가   底事無心似有心

등 앞에서 옷을 어루만지니 벼슬살이 생각이 나고   理服燈前思赴院

베개 가에서 차를 달이니 술 좋아하는 것보다 낫네   煎茶枕畔勝耽斟

여명이 이르기를 재촉하며 끊임없이 물어보고   曙光催至頻頻問

처마 끝 지저귀는 참새 소리에 귀를 기울이네   傾聽簷端鳥雀音

가동을 읊다

詠僮

소나무 아래에서 불러와 함께 살 것을 허락하니   招來松下許同居

더벅머리 모습이요 체구는 오 척 남짓 되네   髫髮儀容五尺餘

그늘에서 몰래 자는 걸 보면 토끼인가 의심스럽고   依影暗眠疑兎子

진흙에서 과감히 달리는 걸 보면 미꾸라지와 똑같네

見泥夬走等鰍魚

간곡히 잘 이끄는 것은 내가 성인을 따라서요[771]   諄諄善誘吾從聖

쯧쯧 혀를 차며 다그치는 것은 네가 글을 몰라서네

咄咄逼人爾昧書

늘그막에 부릴 아이 없는 것을 탄식할 뿐이니   暮境只嘆稀使喚

가까이하면 어찌 그리 친압하고 멀리하면 어찌 그리 소원한지[772]

近何爲褻遠何疏

---

771 간곡히……따라서요 : 공자의 도를 배웠다는 말이다. 《시경》〈대아(大雅) 억 (抑)〉에 "너를 가르치기를 간곡히 하는데도, 너는 내 말을 건성으로 듣는구나.〔誨爾諄 諄, 聽我藐藐.〕"라는 구절이 보이며, 《논어》〈자한(子罕)〉에 "선생님께서는 차근차근 히 사람을 잘 이끄시어 문(文)으로 나의 지식을 넓혀주시고 예(禮)로 나의 행동을 요약 하게 해주셨다.〔夫子循循然善誘人, 博我以文, 約我以禮.〕"라는 안연(顏淵)의 말이 보 인다.

772 가까이하면……소원한지 : 《논어》〈양화(陽貨)〉에 "여자와 하인은 기르기가 어 려우니, 가까이하면 불손하고 멀리하면 원망한다.〔唯女子與小人, 爲難養也. 近之則不 孫, 遠之則怨.〕"라는 내용이 보인다.

우연히 쓰다

偶題

일찍 일어나 책을 끌어안고 새와 함께 읊조리니　　早起抱書共鳥吟
인간 세상 즐거운 일은 시를 넘치게 짓는 것이네　　人間樂事做詩淫
시비가 어찌 세 번 입을 꿰맨 사람[773]에까지 이르랴

　　　　　　　　　　　　　　　　　　　　是非寧到三緘口

영욕은 한번 정한 마음과는 관계가 없네　　　　　榮辱無關一定心
동쪽에서 소리 높여 노래하면 서쪽에서 즐겨 답하고

　　　　　　　　　　　　　　　　　　　　東唱高歌西肯答

내가 한 말 술을 저장하면 네가 장차 따라 주리라　我藏斗酒爾將斟
먼지 털고 홀로 서는 것에 원래 두려움 없으니　　披塵獨立元無懼
어찌 굳이 산을 찾으며 깊지 않을까 두려워하랴[774]　何必尋山恐不深

---

773 세……사람 : 말을 삼가는 사람을 이른다. 공자가 주(周)나라 도성에 가서 태조와 후직(后稷)의 사당 앞에 구리로 주조한 동상이 있는 것을 보았는데, 동상의 입이 세 번 꿰매져 있었고 그 등에는 "옛날 말을 삼갔던 사람이다. 경계하여 많은 말을 하지 말라. 말이 많으면 실패가 많을 것이다.〔古之愼言人也. 戒之哉無多言! 多言多敗.〕"라는 글귀가 쓰여 있었다고 한다. 《孔子家語 觀周》

774 어찌……두려워하랴 : 당나라 한유(韓愈)의 〈재상에게 올리는 편지〔上宰相書〕〉에 "그러므로 저 은거하는 자들은 오직 산에 들어가면서 산이 깊지 않을까, 숲에 들어가면서 숲이 빽빽하지 않을까만을 두려워하며 그 종적을 감추어서 오직 사람들에게 알려질까 두려워하는 것입니다.〔彼惟恐入山之不深, 入林之不密, 其影響昧昧, 惟恐聞之於人也.〕"라는 내용이 보인다.

기성에서 성상의 은총으로 사면을 받아 정월 10일 집에 돌아왔는데[775] 이날을 만나니 옛 감회가 일어 시를 짓다
自岐城恩宥 正月十日還家 遇伊日感舊有詩

남쪽 바다는 삼천 리 밖에 있고	南海三千里
동쪽 숲에는 일개 몸이 깃들었도다	東林一介身
사면을 빨리 받았다고 말하지 말라	休云蕩滌早
일찍이 추방되어 귀양 갔던 사람이네	曾是放流人
사는 것과 죽는 것이 죄 아님이 없고	生死無非罪
떠남과 머무름이 반드시 원인이 있네	去留必有因
세월은 어찌 그리 빨리 흘러가는지	年光何迅速
지금은 고향에서 봄을 만났도다	今見故鄕春

---

775 기성(岐城)에서……돌아왔는데 : 저자는 68세 되던 1881년(고종18) 윤7월 25일 경상도 거제부(巨濟府)에 유배되어 동년 12월 11일 석방된 적이 있다. '기성'은 거제의 옛 이름이다. 자세한 정황은 433쪽 주686 참조.

두 번째
其二

선조께선 청해로 귀양 갔다가   先祖遷靑海

다섯 달 만에 영거를 타셨는데[776]   靈車五朔間

내 몸은 가을에 섬으로 들어가   吾身秋入島

이해에 일찌감치 산으로 돌아왔네   是歲早還山

옛날의 이름난 절조에는 미치지 못하고   不及古名節

오늘날 관작만 차지하고 있으니   徒占今爵班

삼백 년 전의 선조에 대한 감회가 일어   興懷三百載

손이 절로 묘소의 나무를 더위잡네   手自松楸攀

776 선조께선……타셨는데 : 저자의 선조 이항복(李恒福, 1556~1618)이 인목대비 (仁穆大妃)의 폐서인(廢庶人)을 반대하다가 1618년(광해군10) 1월에 함경도 북청(北青)으로 유배되어 이해 5월 유배지에서 세상을 떠난 것을 말한다. '청해(靑海)'는 북청의 옛 이름이다.

세 번째
其三

대중의 뜻 따르는 이를 성인이라 들었으니[777]	從衆吾聞聖
시기를 받는다면 누가 궁에 들어가리오	見猜誰入宮
어찌 유독 고집만 부릴 필요 있었으랴	何須特固滯
그저 스스로 어리석은 마음만 드러냈네	只自暴愚衷
조롱과 모욕을 외부에 내맡겨 두었더니	笑罵任他外
편안함과 위태로움이 또한 그 속에 있었네	安危亦在中
어이하면 흙으로 빚은 앉아 있는 인형같이	胡爲如坐塑
물과 산을 앞에 두고 귀머거리가 될거나[778]	臨水與山聾

777 대중의……들었으니 : 《춘추좌씨전》성공(成公) 6년 조에 "성인은 대중이 원하는 바를 따르기 때문에 일을 성취한다.〔聖人與衆同欲, 是以濟事.〕"라는 내용이 보인다.

778 어이하면……될거나 : 시시비비를 따지는 세속의 말에 동요되지 않고 싶다는 말이다. 《이정외서(二程外書)》 권12에 "명도선생은 가만히 앉았을 때는 마치 흙으로 빚은 인형 같은데, 사람을 접할 때는 온통 한 덩이의 온화한 기운뿐이다.〔明道先生坐如泥塑人, 接人則渾是一團和氣.〕"라는 내용이 보인다.

네 번째

其四

넉 달 동안 귀양 가서 살 때에　　　　四朔謫居時

시 한 구절도 읊조리지 못했네　　　　不吟一句詩

목청을 가다듬자니 오히려 두려웠고　　轉喉猶可畏

뜻을 쏟아내자니 절로 서글픔이 일었네　寫志自生悲

문밖에는 사람들 자취가 끊어지고　　　戶外絶人迹

창가에서 해가 옮겨간 것만 알았네　　　窓間識日移

시장 소리 벽을 타고 요란하거니와　　　市場緣壁鬧

그 어디에서 남아 대장부를 만나랴　　　何處見男兒

다섯 번째
其五

아득히 옛 선배들을 생각하면	緬憶古先輩
기로에 선 것이 모두 몇 번이었던가	臨岐凡幾回
학문은 득력에 도움 되었을 뿐	學惟賴得力
재앙이 점점 태동하기 시작하였네	禍則轉爲胎
병이 고질 되면 의원도 방법이 없고	病痼醫無術
액운이 찾아오면 일이 매개가 되네	厄來事作媒
노쇠하니 어이 그리 부끄럽고 후회스러운지[779]	衰慵何吝悔
아득한 세월에 감회가 일어나네	興感歲悠哉

---

779 노쇠하니……후회스러운지 : 《주역》〈계사전 하(繫辭傳下)〉에 "길흉과 흉함, 후회와 부끄러움은 동함에서 생기는 것이다.〔吉凶悔吝者, 生乎動者也.〕"라는 구절이 보인다.

기성죽지사[780]

岐城竹枝詞

신사년(1881, 고종18) 윤7월에 견책을 받아 평안도 중화부(中和府)
에 유배되었다가 보름도 안 되어 경상도 거제부(巨濟府)로 이배(移
配)되었다. 8월 그믐에 도착하였고 12월에 사면을 받고 돌아와 임오
년(1882) 정월에 집에 돌아왔는데, 지금까지 4년 동안 이것을 생각
하면 우울해진다. 뒤늦게 이 일을 기술하면서 죽지사의 시체(詩體)
를 모방하여 생각나는 대로 쓴다.

서쪽 고을에서 남쪽 고을로 이배되니	南州移配自西州
초솔한 행장 꾸림은 추방을 당해서였네	草草行裝被放流
천 리의 긴 노정이 멀지 않음을 알았으니	千里脩程知不遠
초가을에 출발하여 중추에 도착했네	抄秋移發到中秋

육십일 년 만에 금강을 건넜으니[781]	六十一年渡錦江

---

780 기성죽지사(岐城竹枝詞) : '기성'은 저자가 68세 되던 1881년(고종18) 윤7월 25일
부터 12월 11일까지 귀양 가 있었던 경상도 거제의 옛 이름이다. 자세한 정황은 433쪽
주686 참조. '죽지사'는 악부(樂府)의 일종으로 본래 지금의 사천성 동부인 파투(巴渝)
일대의 민가(民歌)였다. 당나라의 시인 유우석(劉禹錫)이 이를 바탕으로 개작하여 삼
협(三峽)의 풍광과 남녀의 사랑을 노래하면서 세상에 성행하게 되었다. 후에 지어진
죽지사는 지방의 풍속이나 청춘 남녀의 정을 읊은 것이 대부분이다. 형식은 칠언절구이
고 사용한 언어는 통속적이며 어조는 경쾌하다.

781 육십일……건넜으니 : 저자는 8세 되던 1821년(순조21) 1월 29일 조부인 이석규

산성 저 멀리 나무가 쌍쌍이 보였네 　　　　　　山城遙望樹雙雙

아이 때 어렸던 하인이 지금은 백발이니 　　　　兒時稚卒今頭白

네가 나를 봐도 한이 몸에 가득했으리라 　　　　以爾看吾恨一腔

도성문 밖 객점은 아직도 여전한데 　　　　　　聖天門店尙依然

필마의 울음소리 애달팠으니 어이하랴 　　　　匹馬蕭蕭奈可憐

유배 결정에 남들 손가락질하든 말든 　　　　玉玦任他人指點

서쪽 멀리서 온 손이 또 남으로 갔네 　　　　西來遠客又南遷

완산성 밖에 시장의 다리가 이어지니 　　　　完山城外市橋連

남대천이라 지은 이름에 부끄러웠네 　　　　憨愧題名南大川

부로들은 예전처럼 반갑게 맞이했지만 　　　　父老歡迎如昨日

위의는 옛날 왕명 펴던 모습 아니었네[782] 　　　威儀不是舊旬宣

지리산과 가야산 푸르게 빛이 이어지니 　　　智異伽倻翠接光

보이는 곳마다 통통한 이삭이 보통이 아니었네 　望望厚穟出尋常

이로부터 고개 너머까지 아스라한[783] 길이니 　從此迢迢嶠外路

(李錫奎)가 충청도 관찰사에 임명되어 재직할 당시 때때로 이석규의 임지에 가서 배종했다. 《承政院日記 純祖 21年 1月 29日》《林下筆記 卷28 春明逸史 琉球漂人》

782 위의는……아니었네 : 저자는 37세 때인 1850년(철종1) 12월 8일 전라도 관찰사에 임명되어 이듬해 12월 18일 성균관 대사성에 임명될 때까지 약 1년 동안 전라도 관찰사로 재직한 적이 있다. 《承政院日記》

783 아스라한 : 원문의 '초초(迢迢)'는 저본에는 '태태(迨迨)'로 되어 있으나, 문맥에 근거하여 바로잡아 번역하였다.

처음으로 높고 낮은 긴 대나무 숲을 보았네	始看高低長叢篁

함양의 시장에는 막 붉은 감이 나왔는데	咸陽市上柿新紅
말투며 의관이며 풍속까지 모두 달랐네	言語衣冠異土風
환아정이 푸른 벼랑을 의지하고 서 있는데	換鵝亭子緣蒼壁
한석봉의 신필이 아직까지 전해지고 있었네[784]	神筆猶傳韓石翁

진양성 아래로 물이 동쪽으로 흐르는데	晉陽城下水東流
웅장한 촉석루는 하나의 큰 누각이었네	矗石雄盛一巨樓
의암[785]은 파도가 쳐도 붉게 갈라지지 않았으니	波激義巖紅不泐
얼핏 보면 푸른 눈썹으로 빗속에 근심하는 듯했네	乍看青黛雨中愁

길을 가고 가서 고성부에 막 들어서자	行行纔入固城府

784 환아정(換鵝亭)이……있었네 : '환아정'은 1395년(태조4) 경상도 산음(山陰) 현
감 심린(沈潾)이 객관 서쪽에 건립한 정자로, 정자 이름은 권반(權攀)이 동진(東晉)
때의 명필 왕희지(王羲之)의 고사를 인용하여 짓고, 글씨는 당대 최고의 명필 한석봉
(韓石峯)이 썼다. 1597년(선조30) 정유재란 때 불탄 것을 산음 현감 권순(權淳)이 새로
지었으나 1950년에 화재로 소실되었다. '왕희지의 고사'는 왕희지가 절강성 산음현의
한 도사가 키우는 거위가 탐나 도사의 요구대로 《도덕경(道德經)》을 베껴 준 뒤 매우
즐거워하며 거위를 조롱 속에 넣어갔다는 고사를 말한다. '환아정'의 '환'이 저본에는
'喚'으로 되어 있으나 오류이므로 '換'으로 바로잡아 번역하였다. 《宋子大全 卷140 山陰
縣換鵝亭記》《晉書 卷80 王羲之列傳》

785 의암(義巖) : 1593년(선조26) 6월에 벌어진 제2차 진주성 전투로 진주가 왜군에
함락되었을 때, 진주의 기생 논개(論介)가 왜장을 안고 남강(南江)에 투신했던 바위이
다. 후인들이 이 일을 기려 의기암(義妓巖) 또는 의암이라고 불렀다. 촉석루 아래 남강
가에 있다.

셀 수 없는 아이와 노인이 앞길을 막았네	童叟遮前不可數
복읍시킨 일[786]로 나에게 무슨 칭송할 것 있으랴	復邑於吾何有頌
길가에 세운 송덕비가 우습기만 하였네	笑他片石路傍樹

삼도의 수군을 통제하는 군영[787]에 이르니	三道舟師統制營
허공에 노가 큰 배 위로 가로걸려 있었네	空中櫓出大船橫
장군이 한가한 날 지나갔던 길 위엔	將軍暇日行過路
십 리의 군문에 갑옷 입은 병사가 가득했네	十里轅門闖甲兵

내해를 막 건너자 말에서 내릴 만했는데	內洋初渡可投鞭
산길이 구불구불 돌아 앞뒤가 막혀 있었네	山徑回回遮後前
물이 섬처럼 에워쌌지만 또한 섬은 아니니	水環如島還非島
한 폭의 기성이 시야 속에 온전히 들어왔네	一幅岐城望裏全

---

786 복읍(復邑)시킨 일 : 1869년(고종6)에 경상도 고성읍(固城邑)을 통영(統營) 아래로 옮겨 설치했던 것을 다시 환읍(還邑)시키는 사안에 대해, 1874년(고종11) 여름에 저자가 감영과 고을 사이의 일들이 장애가 많아 아전과 백성들이 모두 불편하게 여기고 있어 다시 옮기자는 논의가 제기되었다는 점, 물력이 이미 다 준비하여 조정의 명만 기다리고 있다는 점, 고성읍 옛터가 해로(海路)의 요충지라는 점 등의 이유를 들어 더 이상 지체하지 말고 가을이 되면 곧바로 도로 설치하기를 청하여 고종의 윤허를 받은 것을 말한다. 《高宗實錄 6年 8月 27日, 11年 4月 5日, 6月 9日》

787 삼도(三道)의……군영 : 경상도 남해현(南海縣) 두룡포(頭龍浦)에 두었던 진해(鎭海)와 고성(固城)의 삼도수군통제영(三道水軍統制營)으로, 1593년(선조26)에 이순신(李舜臣)을 경상도·전라도·충청도 3도의 통제사로 삼고 통제영을 고성에 두면서 시작되었다. 《萬機要覽 軍政篇4 海防 南海, 舟師 總例 沿革》

선배들 중 몇 사람이나 이 땅에 귀양 왔을까	先輩幾人謫此土
옛 사당은 무너졌으나 빗돌은 눈에 보였다오	遺祠已毀石猶覩
백 년 인생에 후배가 오늘날 영광에 참여하였으니	後進百年今與榮
칩거하면서 삼추의 괴로움을 완전히 잊었다네	蟄居頓忘三秋苦

생각지도 않게 철비를 하나 자세히 살펴보니	料外審看一鐵碑
선군께서 일찍이 감사로 선정 펴던 곳이었네[788]	先君曾是棠陰迷
따로 관민에게 정성껏 청소하라 당부하였고	另囑官民勤灑掃
돌아올 때엔 올려보며 짐짓 느릿느릿 걸었네	歸時瞻仰故遲遲

수려한 경치의 갈도는 멀어서 가지 못하고	葛島奇觀遠莫致
석각을 탁본 떠서 가져오니 먹빛이 신비롭네	搨來石刻墨光秘
의심스러워라 천 년 전 진나라 서불의 배가	可疑千載秦徐船
정말이지 붓을 휘둘러 지나갔다고 썼을까[789]	其果投毫過去誌

---

788 선군(先君)께서⋯⋯곳이었네 : 저자의 아버지 이계조(李啓朝)의 송덕비를 말한다. 433쪽 주686 참조.

789 의심스러워라⋯⋯썼을까 : 거제도의 갈도(葛島)를 포함한 해금강 일대를 조선 중기에는 '작은 봉래산(蓬萊山)'이라 하여 소봉래(小蓬萊)라 불렀는데, 이곳 해금강의 우제봉 절벽에 '서불이 이곳을 지나갔다[徐市過此]'라는 글귀가 새겨져 있는 것을 말한다. 1959년 태풍에 바위에 새겨진 글자가 떨어져 나가 지금은 알아볼 수가 없다. 서불은 중국 진시황(秦始皇) 때 활동했던 제(齊)나라의 방사(方士)로, 서복(徐福)이라고도 한다. 기원전 219년에 진시황의 명을 받고 불로초를 찾아 이곳에 와서 동남동녀와 그네를 만들어 놓았다는 사자바위, 머물러 쉬었다는 와현(臥峴, 누우래), 그의 일행 일부가 정착해 살고 있다는 서밭몰(서전마을) 등 관련 전설과 유적지를 많이 남겼다.

집집마다 푸른 대나무에 붉은 백일홍이 피었고　　　　家家綠竹紫薇花
반이 익은 누런 유자에 눈이 한가득 호사했네　　　　半熟黃柚滿眼奢
오 일마다 지나는 장삿배가 문항에 정박하면　　　　五日市船門港泊
유자 광주리로 온갖 물고기며 새우와 바꾸었네　　　　傾筐換取雜魚鰕

섣달의 채소밭이 눈 속 모습 기이했으니　　　　　　茶田臘月雪中奇
섬섬옥수로 푸른 실을 여아에게 보내왔네[790]　　　　織手青絲送女兒
옷을 걷고 매번 가슴에 꽂을 때마다　　　　　　　　褰裳每向胸中揷
노소가 똑같이 존비를 걱정하였네　　　　　　　　　老少同愁尊曁卑

어망을 종횡으로 바다 위에 펼치면　　　　　　　　罟網縱橫海面張
청린 거구의 고기들[791]이 어장에서 흩어졌네　　　　青鱗巨口散漁場
만금을 따지지 않고 바다에 모조리 투자하니　　　　不計萬錢投水盡

---

790 섬섬옥수로……보내왔네 : 원문의 '청사(青絲)'는 원래 갓 나온 여린 부추를 가리
키는데, 여기에서는 무슨 채소를 가리키는지 자세하지 않다. 당나라 두보(杜甫)의 〈입
춘(立春)〉 중 "입춘일 춘반 위에 생채가 보드라우니, 장안과 낙양의 좋은 시절이 문득
생각나네. 쟁반은 부귀한 집에서 나와 백옥이 다닌 듯하고, 채소는 섬섬옥수에 전하여
푸른 실을 보내왔지.〔春日春盤細生菜, 忽憶兩京全盛時. 盤出高門行白玉, 菜傳織手
送青絲.〕"라는 구절을 원용한 것이다.

791 청린(青鱗) 거구(巨口)의 고기들 : '청린'은 '푸른 비늘'이라는 뜻으로 전어〔鰶〕를
가리킨다. 명나라 도본준(屠本畯)의 《민중해착소(閩中海錯疏)》에 "전어는 준치와 비
슷하나 작으며 비늘이 푸른색이다. 세속에서 '청즉'이라고 부르며 또 '청린'이라고도
한다.〔鰶, 如鰣而小, 鱗青色, 俗呼青鯽, 又名青鱗.〕"라는 내용이 보인다. '거구'는 '큰
입'이란 뜻으로 농어〔鱸〕를 가리킨다. 송나라 소식(蘇軾)의 〈후적벽부(後赤壁賦)〉에
"오늘 해 질 무렵 그물을 들어 고기를 잡았는데, 입이 크고 비늘이 가는 것이 송강의
농어처럼 생겼다.〔今者薄暮, 舉網得魚, 巨口細鱗, 狀似松江之鱸.〕"라는 구절이 보인다.

이로부터 부유한 상인들이 나오기 시작했네 　　　　　從玆出沒富家商

풀어놓고 기르는 소는 노루나 사슴보다 귀하니 　　放牛散牧尊獐鹿
돌을 쌓아 담장을 친 목장이 골골마다 있었네 　　疊石爲墻在谷谷
비바람이 밤낮[792] 쳐도 피할 줄을 몰랐지만 　　風雨晝宵避莫知
석양에는 보이지 않고 우리로 내려와 잤네 　　夕陽不見下閑宿

미곡선이 겹겹으로 바다 어귀를 뒤덮으면 　　　米舶重重蔽海門
중국 내주의 소식으로 날마다 떠들썩했네 　　　萊州消息日相喧
많은 이익 앞에 못 얻을 것처럼 앞을 다투니 　　厚利爭先如不獲
움켜쥐고 밥으로 여긴 수령의 욕심만 잔뜩 채웠네 漫充官長攫爲飱

하사받은 땅이 모두 존귀한 하씨의 소유이건만 　錫土無非河姓尊
한 가지 경서로 자손을 가르침이 어디 있었나[793] 　一經安有教兒孫
고기잡이 외에도 고구마 농사까지 힘쓰고 　　魚農以外諸農務
산 앞에 올라가 칡뿌리를 캐 먹기도 하였네 　　或上山前採葛根

마을 문 닫지 않아도 지나는 사람 없으니 　　里門不閉盧人行

792 밤낮 : 저본에는 ‘화소(晝宵)’로 되어 있으나, 문맥에 근거하여 ‘화(晝)’를 ‘주(晝)’로 바로잡아 번역하였다.

793 하사받은……있었나 : 하씨(河氏)의 자손들이 가학을 이어가지 않는 것을 탄식한 것으로, ‘하씨’는 누구인지 자세하지 않다. 한(漢)나라 양웅(揚雄)의 《법언(法言)》에 “옛날의 학자는 농사를 지으면서 수양하여 3년에 한 가지 경서를 통하였다.〔古之學者耕且養, 三年通一經.〕”라는 내용이 보인다.

풍속이 순박하여 소강⁷⁹⁴ 시대와 같았네   風俗淳淳歲少康

우렁이를 많이 먹어 원기가 강건했으니   多服土蔘元氣健

거주민들 풍토병 이기며 시골에서 장수하였네   居民凌瘴老於鄕

---

794 소강(少康) : 하(夏)나라의 제6대 왕으로 중흥 군주이다.

정우서[795] 판서가 시골집에 찾아왔다가 눈을 무릅쓰고
돌아갈 때 퇴천에 이르러 오두막에 쉬면서 시를 쓰고
떠났는데, 그 시가 매우 마음에 들어 짓다
鄭禹書尙書來訪鄕廬 冒雪還 到退川憩廬 題詩而去 甚合作

숲 아래에서 오두막 하나를 언제 보았을까   林下何曾見一廬
만 산의 눈 덮인 소나무가 바로 나의 집이네   萬山松雪是吾居
매화는 이미 떨어지고 시인은 떠났는데   梅花已落詩人去
벽 위에 남긴 언 붓으로 쓴 글씨를 보네   壁上留看凍筆書

795 정우서(鄭禹書) : 정범조(鄭範朝, 1833~1897)로, '우서'는 자이다. 본관은 동래
(東萊), 호는 규당(葵堂), 시호는 문헌(文獻)이다. 1859년(철종10) 문과에 급제하였으
며, 전라도 관찰사, 공조·예조·이조·병조·호조 판서 등을 거쳐 좌의정을 지냈다.

동궁⁷⁹⁶의 탄일에 병이 나서 나아가지 못하다

春宮誕日 有病不進

경삿날 홀로 도성 문⁷⁹⁷을 들어가지 못하니	慶辰獨阻入脩門
한 산촌의 텅 빈 뜰이 쓸쓸하기만 하다	寂寂空庭一峽村
병으로 누운 지 일 년 되니 인사가 끊어지고	臥病周年人事絶
책을 덮은 지 석 달 되니 도심이 어두워지네	廢書三月道心昏
샘물이 바위틈에서 울리니 얼음이 처음 풀리고	泉聲巖罅氷初解
새가 처마 끝에서 지저귀니 해가 점점 따뜻하네	鳥語簷端日漸暄
백발로 계절이 바뀜을 탄식하지 말 것이니	白髮莫嘆時序變
산중에 깃들어 사는 것도 임금님 은혜라오	山中捿息亦天恩

796 동궁 : 훗날의 순종(1874. 2. 8.~1926. 3. 14.)이다.

797 도성 문 : 원문은 '수문(脩門)'으로, 원래는 초(楚)나라의 도성 문이었는데 뒤에 국도(國都)의 문을 가리키게 되었다.

이우석 판서의 81세 되는 해는 바로 판서의 영윤이 회갑이
되는 해인 데다 특별히 정경에 오른 해이니 매우 희귀한
일이기에 시 한 수를 지어 축하하다[798]

李友石尚書望九之年 卽其胤回甲 而特躋正卿 甚稀貴 以一詩賀之

위아래로 교분을 나눔에 어찌 경중이 있으랴	上下誼交豈重輕
십 년씩 서로 차이 나니 앞뒤로 동갑인 셈이네[799]	十年相隔後先庚
망구 고령의 아버지를 망칠의 자식이 시봉하니	九旬邵齒七旬侍
서대 띠는 높은 관작에 금대가 영광스럽네[800]	犀帶穹階金帶榮

798 이우석(李友石)……축하하다 : 저자가 71세 때인 1884년(고종21) 갑신년에 지은
시이다. '이우석'은 이풍익(李豊翼, 1804~1887)으로, '우석'은 호이다. 본관은 연안(延
安), 자는 자곡(子穀)이며, 다른 호는 육완당(六玩堂)이다. 1829년(순조29) 문과에
급제하고 사헌부 대사헌, 이조 판서 등을 역임하였으며, 저서에 《육완당집》이 있다.
'영윤〔胤〕'은 이풍익의 아들 이세재(李世宰, 1824~?)로, 1856년(철종7) 문과에 급제
한 뒤 사간원 대사간 등을 거쳐 회갑이 되는 1884년 2월 8일에는 종2품 사헌부 대사헌의
직임을 띠고 있었다. 이와 관련하여 《육완당집》(규장각 소장) 권4에 〈갑신년 2월 8일은
맏이 대사헌 세재의 회갑일이다. 내가 81세 노인으로 아들의 생일잔치 여는 것을 다시
보게 되었으니 실로 보기 드문 경사이기에 15운을 지어 보내 이를 기념한다〔甲申二月八
日 長兒都憲世宰回甲日也 余以八十一歲翁 重見設弧之筵 寔稀慶 送作十五韻以識之〕〉
라는 240자의 오언시가 있다. '정경(正卿)'은 판서를 뜻하는데, 《승정원일기》에 따르면
이세재는 1884년 5월 18일 공조 판서에 임명되었다.

799 십……셈이네 : 이풍익은 1804년 갑자생(甲子生)이고, 저자는 1814년 갑술생(甲
戌生)이며, 이세재는 1824년 갑신생(甲申生)이어서 저자와는 각각 앞뒤로 10년씩 차이
가 나므로 이렇게 말한 것이다.

800 서대……영광스럽네 : '서대(犀帶)'와 '금대(金帶)'는 모두 벼슬아치가 조복(朝
服)에 갖추는 띠로, 고관대작을 의미한다. 여기에서 서대는 이풍익을, 금대는 이세재를

성군의 시대에 상서로운 빛이 바야흐로 빛나니　　聖世祥光方照耀

높은 가문의 복력이 이에 형체를 갖추었네[801]　　高門福力迺流亨

좋은 날 헌수 잔치를 모두가 다투어 볼 터인데　　令辰獻壽皆爭覩

생신 자리에 색동옷 입고 아이처럼 재롱을 부리리라[802]

　　　　　　　　　　　　　　　　弧席斑衣戲作嬰

가리킨다.

801　형체를 갖추었네 : 《주역》〈건괘(乾卦) 단(彖)〉에 "구름이 가고 비가 내려 만물
이 형체를 갖춘다.〔雲行雨施, 品物流形.〕"라는 구절이 보이는데, 주희(朱熹)의 본의(本
義)에 따르면 이것은 건괘의 형(亨)을 해석한 것이다.

802　생신……부리리라 : 생신 잔치에 아들이 효성을 다해 아버지를 기쁘게 해드릴
것이라는 말이다. 원문의 '호석(弧席)'은 남자의 생일 자리를 가리킨다. 《예기》〈내칙
(內則)〉의 "자식을 낳으면 남자일 경우는 문 왼쪽에 활을 걸어 두고, 여자일 경우는
문 오른쪽에 수건을 걸어 둔다.〔子生, 男子設弧於門左, 女子設帨於門右.〕"라는 구절에
서 유래하였다. 원문의 '반의(斑衣)'는 색동옷으로, 춘추 시대 초(楚)나라의 은사(隱
士)인 노래자(老萊子)가 70의 나이에도 불구하고 부모님을 기쁘게 해드리기 위해 색동
옷을 입고 재롱을 떨었던 고사가 전한다. 《初學記 卷17 孝子傳》

김 판서 익진[803]에 대한 만사

金判書翊鎭輓

춘추관에서 교분 맺을 땐 바로 청춘이었는데   結交史局卽靑春

백발로 서로 만나니 칠순이 다 되어서였네   白髮相看到七旬

충효를 집안에서 전해 받고 우애를 겸했는데   忠孝傳家兼友睦

자손이 가업 지켜 모두 다 훌륭한 관원 되었네   子孫守業盡良循

세자궁에선 안태사에 특별히 임명하였고[804]   邸宮特拜安胎使

기로소에선 초상화의 주인공으로 함께 이웃했네   耆社同隣繪像人

애석하다 세자궁의 동료 인연 어찌 그리 박한가   可惜僚緣何太薄

구름을 바라보며 성문 나가는 상여에 한바탕 곡하네

         望雲一哭出城闉

---

803 김 판서 익진(金判書翊鎭) : 1815~?. 본관은 안동(安東), 자는 군필(君弼)이며, 1837년(헌종3) 문과에 급제하고 성균관 대사성, 개성 유수, 공조 판서, 오위도총부 도총관, 의정부 좌참찬, 사헌부 대사헌 등을 역임하였다.

804 세자궁에선……임명하였고 : 순종이 1874년(고종11) 2월 8일 태어나자, 김익진은 동년 4월 7일 순종의 태반(胎盤)을 묻는 특사(特使)인 안태사(安胎使)에 임명되었다. 《高宗實錄》

병으로 누워

病臥

나는 임오년(1882, 고종19, 69세) 가을부터 병이 나서 자리에 누웠는데 갑신년(1884) 봄이 될 때까지 끝내 차도를 보이지 않았고 괴증(乖症)이 간간이 나타나 살지도 못하고 죽지도 못한 채 그저 고통에 신음할 뿐이었다. 그런데 또 처마의 해그림자가 조금 길어지는 때를 만나 시간을 보낼 길이 없기에 날마다 시 한 수씩을 읊어 병을 잊는 소일거리로 삼았다.

늘그막에 고질을 앓아 이미 원기가 빠졌으니	暮境沈痾已脫眞
더는 늘 깨어 있는 사람이 되기 어려울 듯하네[805]	恐難復作惺惺人
밥 한 술 더 뜨는 것이 어찌 위장을 부지하리오	一匙加飯寧扶胃
손님과 몇 마디만 나누어도 정신이 흐릿해지네	數語到賓亦耗神
늙음이 닥치니 더우나 추우나 백발이 서글프고	老劫暑寒悲白髮
몸이 가벼우니 앉으나 누우나 청춘을 회상하네	輕身坐臥憶靑春
세상 사람들아 세월이 빠르다고 탄식하지 마오	世間莫嘆光陰促
살 계책이 얼마 없음은 죽을 계책 때문이라오	生計無多死計因

죽고 사는 것과 관계없이 온갖 일이 가벼워지니	生死無關萬事輕

---

805 더는……듯하네 : 북송의 학자 사양좌(謝良佐)가 "경은 늘 깨어 있게 하는 법이다.〔敬是常惺惺法.〕"라고 하였다. 《心經附註》

일흔 나이에 동갑을 몇 명이나 작별하였던가   七旬作別幾同庚
전택은 사적인 사업이니 어찌 미련 둘 것 있으랴   田宅私營何足戀
공명은 외물이니 평소 영화로 여기던 것 아니네   功名外物素非榮
병의 형세와 노쇠한 모습은 함께 몹시 괴로우나   病勢衰相交極困
하늘의 때와 인간의 이치는 막히면 형통하게 되네   天時人理否而亨
쓸쓸한 차가운 등불 아래 신음하며 누워 있으니   寒燈寂寂呻吟臥
누가 있어 어린아이를 보호하듯 보살펴주리오   扶護有誰若保嬰

이 몸이 세상 떠나면 병도 따라 사라지리니   此身棄世病隨無
선배들의 애사를 끌어와 나에게 적용해보네   先輩哀詞援用吾
수복은 선조의 음덕 덕분이 아님 없으니   壽福莫非先蔭德
공사 간에 어찌 일개 범부를 말하리오   公私何數一庸夫
한밤중 기운 없이 베개에 의지하고 있을 뿐이니   頹唐半夜惟支枕
삼 년 내내 괴로워하며 부질없이 명부만 기다리네   苦楚三年浪竢符
후생에게 당부하노니 진출에 조급해하지 말라   寄語後生休躁進
물러난 뒤 더욱 쇠퇴하고 우매해진 이 늙은이를 한번 보라

              試看翁退盒衰愚

산의 궁궁이 효과 없고 강의 물고기가 병났으니[806]   山藭罔效河魚疾

---

806 산의……병났으니 : '궁궁이가 효과 없다'는 것은 추위와 습기를 막아주는 약초인 궁궁이도 소용없다는 뜻으로, 오한에 떤다는 말이다. '물고기가 병났다'는 것은 물고기는 부패하면 배부터 썩는다는 뜻으로, 여기에서는 복통과 설사가 있다는 말이다. 춘추시대 소(蕭)나라를 침공한 초(楚)나라의 대부 신숙전(申叔展)이 친하게 지내던 소나라의 대부 선무사(還無社)를 구하기 위해 산국궁(山鞠藭)이 있느냐고 묻자 없다는 말에

사립문 앞에 참새 잡을 그물을 펴야 하리라[807]　　　門華宜張野雀羅

눈 감는 때가 항상 많고 입 여는 때가 적으니　　　閉目常多開口少

동쪽을 묻는데 서쪽을 대답하면 어찌하겠는가　　　問東其奈答西何

이내 골골거리는 몸이 될 줄은 생각도 못 했건만　　　不圖便作疲癃物

때도 없이 강개한 노래가 나옴은 무슨 까닭인지　　　底故無時慷慨歌

나는 죽을 듯한데 남들은 대수롭지 않게 보니　　　我則欲殊人歇視

가슴에 열불이 끓어올라 미칠 것만 같도다　　　釀成火氣等風魔

지금의 나는 지난날의 나로 돌아가지 못하니　　　今余不復舊時余

오랜 세월 안간힘 쓰다 이미 물러나 살고 있네　　　許久經營已退居

또렷또렷 생각나는 풍상은 꽃다운 시절의 일이요　　　風霜歷歷芳年事

성큼성큼 다가온 질병은 심한 노쇠 뒤의 모습이네　　　疾病駸駸篤老餘

일이 잘못되기라도 하면 사람들 어이 그리 비웃는지

　　　做常或誤人何笑

예상도 대부분 어긋나니 세상과 소원해서라오　　　料亦多違世與疏

산골 풍속 꺼리지 마오 원래 무지몽매하니　　　峽俗休嫌元貿貿

근래 교분 맺는 이는 모두 나무꾼과 어부라오　　　托交近日盡樵漁

다시 "물고기가 복통을 앓으면 어떻게 되겠는가?〔河魚腹疾奈何?〕"라고 물어 "물이 없
는 우물 속에서 구하라."라는 대답을 듣고 다음 날 소나라를 멸망시키고 우물 속에서
선무사를 구한 고사를 원용한 것이다. 《春秋左氏傳 宣公 12年》

807　사립문……하리라 : 영락하여 아무도 찾아오지 않는다는 말이다. 한(漢)나라의
책공(翟公)이 정위(廷尉)가 되었을 때에는 책공을 찾는 사람이 많았다가 책공이 파면
되자 문 앞에 참새 잡는 그물을 쳐도 될 정도로 찾아오는 사람이 없었다는 고사를 원용한
것이다. 《史記 卷120 汲鄭列傳》

간혹 조금 가려워지면 말기 증상이라 여기고　　　　或發小瘒認末證

먼 행장을 점검하며 바닥나지 않았나 근심하네　　遠裝點檢慮微罄

이 마음의 응어리를 늘 가만히 읊조리고　　　　　此心薀結常沈吟

사람들 말이 간곡해도 매번 범범히 듣네　　　　　人語丁寧每泛聽

절기 따라 화담⁸⁰⁸이 몸이 갈리듯 괴로워지면　　隨節火痰旋似磨

침상에 온몸을 붙이고 경쇠처럼 구부리네　　　　貼床肢體折如磬

평생 힘을 쏟은 것이 글에 담는 것이기에　　　　平生從事寓於文

퇴고를 따질 것 없이 그저 감회를 붙이네　　　　不計敲推只感興

기로소의 옛 벗에게 동병상련을 느꼈으니　　　　祁閣舊交同病憐

가까운 인척인 주계⁸⁰⁹가 오래 살기를 희망했네　周溪切戚冀年延

비로소 벗의 도가 관중⁸¹⁰ 같은 이 없음을 알았으니　始知友道無如管

후에 어느 누가 과연 노팽⁸¹¹을 배우리오　　　後有何人果學篯

808　화담(火痰) : 본래 담이 있는 데다 열이 몰려 생기는 증상의 하나로, 몸에 열이
심하고 가슴이 두근거리며 입이 마르고 목이 잠긴다.

809　주계(周溪) : 정기세(鄭基世)의 호이다. 457쪽 주747 참조. 정기세는 1837년(헌
종3) 문과에 급제하고 강화 유수, 전라도 관찰사, 형조 판서, 개성 유수, 수원 유수
등을 역임하였다. 《嘉梧藁略　冊19　右贊成周溪鄭公行狀》

810　관중(管仲) : 춘추 시대 제(齊)나라 사람으로, 포숙아(鮑叔牙)와 어려서부터 친
밀하여 이 둘의 우정을 담은 관포지교(管鮑之交)의 고사가 전한다. 여기에서는 주계를
관중에 비견한 것이다.

811　노팽(老彭) : 요(堯) 임금 때 700세를 살았다는 전갱(籛鏗)이라는 사람으로, 팽
성(彭城)에 봉함을 받고 오래 살았다 하여 노팽 또는 팽조(彭祖)라고도 칭한다. 이
또한 주계를 노팽에 비견한 것이다. 《논어》〈술이(述而)〉에 "전술하기만 하고 창작하
지 않으며, 옛것을 믿고 좋아함을 내 가만히 우리 노팽에게 견주노라.〔述而不作, 信而好

백대의 시시비비는 죽은 뒤의 일로 돌리고　　百世是非歸後事
한때의 희로애락은 타고난 운명에 붙이네　　一時哀樂付先天
반쯤 익은 봄술을 바람 앞에서 따르노라니　　半釀春酒臨風酌
눈 쓸고 난 소나무 언덕에 달이 이미 둥그네　　掃雪松壇月已圓

쇠잔한 늙은이의 근력은 어린아이와 똑같으니　　衰翁筋力等嬰兒
약간의 체기만 겪어도 지쳐 힘든 것이 곱절이네　　微滯纏經倍薾薾
다닐 땐 남에게 기대야 하니 늘 넘어질까 두렵고　　行必靠人常恐仆
먹을 땐 그릇을 비우지 않으니 쉽게 허기가 지네　　食無傾器易爲飢
이 일을 논하고자 하면서 불쑥 저것을 말하고　　欲論此事橫言彼
일찍이 그 얼굴을 알면서 도리어 누구냐고 묻네　　曾識其顔反謂誰
이 몸이 한번 늙으면 다시 젊어지기는 어려우니　　一老是身難更少
점점 고질병이 되는 것을 무엇으로 치료하리오　　漸成痼祟用何醫

한번 든 병이 지루하여 가볍지 않은 듯하니　　一病支離殆不輕
사람을 보내 의원이 올 수 있냐고 자주 묻네　　送人頻作問醫行
삼 년 약쑥은 칠 년 병의 치료약 되기 어려우니[812]　　三年難得七年劑
오늘은 내일 일어날 일을 생각해야 하리라　　今日須思明日情

古, 竊比於我老彭.〕"라는 공자의 말이 보이는데, 주희(朱熹)는 노팽을 상(商)나라의
어진 대부로서 옛것을 믿어 전술했던 자라고 하였다.
812 삼……어려우니 : 《맹자》〈이루 상(離婁上)〉의 "오늘날 왕이 되려는 자는 7년
된 병에 3년 묵은 약쑥을 구하는 것과 같으니, 만일 지금 약쑥을 저축해 두지 않으면
종신토록 얻지 못할 것이다.〔今之欲王者, 猶七年之病求三年之艾也, 苟爲不畜, 終身不
得.〕"라는 구절을 원용한 것이다.

다만 밝은 경계 외는 것이 쾌차에 도움은 되겠지만　但誦烱箴加或愈
아무리 좋은 의원 만나도 정해진 길엔 어이하리오　雖逢良手奈於貞
배 속에 달여 넣은 약이 수레에 실을 정도지만　腹中煎入宜車載
한 푼 한 치의 효험도 있는 것을 보지 못했네　分效寸功未見成

봄비와 봄바람에 봄기운이 돌아오니　春雨春風春氣回
천 집의 만 가지 병이 모두 사라지네　千家萬病盡消來
인간 세상에 진짜 신선초가 어디 있으랴　人間安有眞靈草
창 아래에 이미 떨어진 매화만이 남았네　窓下秪留已落梅
괴증이 갖가지로 나타나니 상자 속 처방을 찾고　乖症多端求櫃術
괜한 시름 어쩌지 못해 화로의 재를 뒤적이네　閑愁無賴撥爐灰
침상 가에서 전전하는 것이 늘 법이 되었으니　床頭轉輾恒爲法
일이 이르러도 무심히 세월만 재촉하네　事到無心歲月催

수명을 늘리는 법을 보충하여 쓰다. 두 수

補題延壽方 二首

체질은 본래 허약하나 곱절로 섭양하여   質本清羸倍攝養
팔십을 바라보는 늙은이가 지금까지 살아 있네   八旬老物至今生
불면에 선잠 듦은 모두 노쇠한 모습이요   無眠假寐皆衰相
병도 아닌데 웅얼거림은 절로 신음 소리네   不病微吟自痛聲
으레 보이는 증상에 무슨 깊이 탄식할 것 있으랴   例症何須深歎息
상주하는 거처를 굳이 오래 경영할 것 없다네   常居未必久經營
소년들은 배우려 해도 뜻대로 되기 어려우리라   少年欲學難如意
산중 창가 긴긴해에 홀로 취하고 깨네   長晷山窓獨醉醒

근심 없고 생각 없음이 수명 늘리는 법이니   無慮無思延壽方
지인의 연단술을 언제 궁금해한 적 있었나   至人煉術問何嘗
푸른 주머니 구리 상자가 어찌 비법 되리오[813]   青囊金櫃寧爲秘
한 무제와 진시황도 결국 혼자서만 바빴네   漢武秦皇竟自忙
몸이 봄 누대에 들어서니 옥 촛대가 빛나고   身入春臺璇燭照
꿈에 신선의 낭원에 노니니 영지가 향기롭네   夢遊閬苑紫芝香
마음을 맑게 하고 욕심을 적게 할 뿐 아니라   清心寡欲非徒已
평소에 음식을 절제함이 가장 좋다고 생각하네   節食平生認最良

---

813 푸른⋯⋯되리오 : '푸른 주머니'는 397쪽 주622 참조. 여기에서는 훌륭한 의술을
뜻한다. '구리 상자'는 서적을 넣어 두는 상자로, 훌륭한 처방전을 가리킨다.

계미년(1883, 고종20)에 기로소에 들어가다
癸未入耆社

내가 태어난 지 어느덧 칠십 년이 되었는데	我乳居然七十年
흐르는 세월을 허비하고 벌써 백발이 되었네	流光浪費已華顚
북궐에 옷을 내려 유난히 노인을 우대하시니	賜衣北闕偏優老
서루에 명첩을 남겨 감히 선배를 잇게 되었네	留帖西樓敢紹先
질병이 떠나지 않으니 능히 본성을 기를 수 있고[814]	疾病不離能養性
한가함이 일정치 않으니 한결같이 하늘에 맡기네	閑忙無定一聽天
다행스럽게도 여생을 존각에 기대게 되었으니	餘生自幸依尊閣
열성조의 서책 향기와 손때가 전해지네	列祖芸香手澤傳

---

814 질병이……있고 : 질병을 이유로 치사 봉조하가 될 수 있었다는 말이다. 저자는
나이 67세 때인 1880년(고종17) 10월 16일 질병을 이유로 21번째 치사를 청하는 소를
올려 윤허를 받고 봉조하가 되었다.

도사 성면호⁸¹⁵가 비를 무릅쓰고 찾아오다
成都事成冕鎬冒雨來訪

삼천 리 밖에서 삼생의 인연으로　　　　　　三千里外三生緣
오늘 다시 만나니 어찌 우연이랴　　　　　　今日重逢豈偶然
봄 뒤에 손님 붙잡는 비⁸¹⁶가 한바탕 내리니　　春後一場留客雨
온 하늘의 장맛비는 또한 나의 고향이라오　　滿天遍霖亦吾鄉

815　도사(都事) 성면호(成冕鎬) : 1826~? 본관은 창녕(昌寧), 자는 주백(周伯)이다. 성재교(成載教)의 아들로, 1858년(철종9) 식년시 생원에 합격하였다.

816　손님 붙잡는 비 : 원문은 '유객우(留客雨)'로, 여름에 닷새 동안 세 차례 내리는 비를 이른다. 옛날 우산(羽山)의 신인(神人)이 좌원방(左元放)과 함께 계자훈(薊子訓)이 있는 곳에 가서 노닐었는데, 이들이 일어나려고 하자 계자훈이 이를 만류하고자 이틀 동안 세 차례나 비를 내렸다고 한다. 지금은 닷새 동안 세 차례 비가 와도 유객우라고 한다. 《歲時廣記 卷2 夏 留客雨》

일찍 일어나 읊조리다

早起吟

남방 사람은 눈을 보지 못하고 　　　　　南人不見雪
북방 사람은 매화를 보지 못하네 　　　　北人不見梅
금년 겨울 나의 고향에서는 　　　　　　今冬在吾鄉
매화가 피자 설화가 시기하네 　　　　　梅發雪花猜

두 번째
其二

나의 시골은 궁벽한 외진 곳이니   吾鄕僻一隅

남들에게 자랑할 만한 것이 없네   無物可詑人

다만 눈 속에 핀 매화만은   惟獨雪中梅

빛나는 구슬이 알알이 진짜라오   明珠箇箇眞

세 번째

其三

문을 나서며 한바탕 웃노니   出門放一笑

큰 강이 앞에 있지 않도다   大江不在前

어디에서 온 수선화인지   何來水仙花

향기를 품고 나를 짝해 자네   貯香伴我眠

죽은 아내를 애도하는 시

悼亡詩

수장을 십 년 만에 그대 위해 열고서[817]　　　　壽藏十載爲君開
상설을 다시 설치하고 옛 이끼를 청소하네　　　　象設重新掃舊苔
죽음을 슬퍼함은 일반적으로 가모의 일이건만　　　幽顯一般家母事
마치 재촉이나 한 듯 나보다 먼저 정돈했구려　　　先吾整頓若相催

고희의 나이에 내 마음 재보다도 차니　　　　　　稀年心事冷於灰
집안에서 손님 되어 홀로 술잔을 찾네　　　　　　做客家中獨覓杯
붉은 명정을 쓸쓸히 텅 빈 벽에 기대니　　　　　丹旌寂寂依空壁
좋은 벗은 어이해 영영 돌아오지 않는지　　　　　良友其何永不回

세 자식이 일제히 울부짖는 소리 우레 같으니　　三棘齊號聲動雷
영령은 묵묵히 살피고 가엾다 생각하리라　　　　惟靈默照想憐哀
머지않아 나도 똑같이 오늘의 일을 겪으리니　　匪久我同今日事
삶은 어디로 사라지고 죽음은 어디에서 올까　　明從何去暗何來

817　수장(壽藏)을……열고서 : '수장'은 생전에 미리 만들어둔 무덤을 말한다. 46세 때인 1859년(철종10) 무렵 저자가 거처하던 양주 가오동(嘉梧洞)의 서쪽 천마산(天摩山) 기슭에 마련하였다. 149쪽 주193 참조. 저자는 14세 되던 1827년(순조27) 4월 동래 정씨(東萊鄭氏) 정헌용(鄭憲容)의 딸과 혼인하고, 70세 되던 1883년(고종20)에 상처하였다. 《嘉梧藁略 序, 冊2 壽藏》《林下筆記 卷25 春明逸史 嘉梧谷壽藏》

갑신년(1884, 고종21) 섣달 21일 짓다

甲申臘月二十一日作

아이를 데리고 온 시간이[818]	兒子率來期
이제 사십 일 남짓 되었네	今餘四十日
지나온 풍상은 백발을 재촉하거니와	風霜白髮催
가슴속 회포는 새봄에 상서로우리라	懷抱新春吉
대를 잇는 인륜대사가 이루어졌으니	繼世大倫成
가업을 맡기는 할 일이 끝이 났도다	托家能事畢
금은보화가 무슨 부러울 것 있으랴	籯金何羨哉
너를 한결같이 가르침만 못하네	敎爾莫如一

---

818 아이를……시간이 : 저자가 아들 이수영(李壽榮, 1858~1880)이 죽어 후사가 없었기 때문에 70세 때인 1883년(고종20)에 12촌 아우인 전 참판 이유승(李裕承)의 둘째 아들 이석영(李石榮, 1855~1934)을 후사로 삼은 것을 이른다. 저자는 1885년(고종22) 1일 10일 봉조하(奉朝賀)의 신분으로 이에 대한 소를 올려 고종에게 허락을 받았다. 《承政院日記》

을유년(1885, 고종22) 2월 1일 집안사람들에게 써서 보여주다
乙酉二月初一日 書示家人

나이 칠십 넘어 좋은 아들을 얻었으니[819]	七旬以後得佳男
집안일은 지금부터 네가 맡아도 되리라	家事從今爾可擔
백세토록 전해온 한 뿌리의 음덕이 두터워	百世同根陰隲厚
궁궐에서 내려온 윤음에 성은이 미쳤구나[820]	九重降綍聖恩覃
아우와 형은 선유의 정론에 근거했거니와[821]	弟兄已據先儒定
충효를 남기지 못했으니 조상에 부끄럽다	忠孝無遺我祖慙
사람의 욕심은 끝없는 것이 삶의 낙이니	人欲不窮生界樂
엿을 준비하여 누워서도 장차 머금으리라[822]	飴餹準備臥將含

819 나이……얻었으니 : 504쪽 주818 참조.

820 궁궐에서……미쳤구나 : 양자를 들인 일에 대해 고종의 윤허를 받은 것을 이른다. 504쪽 주818 참조.

821 아우와……근거했거니와 : 신독재(愼獨齋) 김집(金集)의 정론에 따라 죽은 아들 이수영(李壽榮)을 아우로, 양자로 들인 이석영(李石榮)을 형으로 정한 것을 이른다. 자세한 내용이 《가오고략》 책11 〈경선에게 보내는 편지 3〔答景先書〕〉에 보인다.

822 엿을……머금으리라 : 손주의 재롱을 보며 한가하게 살고 싶다는 말이다. 후한 (後漢)의 명덕황후(明德皇后)가 "나는 엿을 물고 손주 재롱이나 보며 다시는 정사에 관여하지 않겠다.〔吾但當含飴弄孫, 不能復關政矣.〕"라고 말하고서 한가로이 노년을 보냈다는 고사를 원용한 것이다. 《後漢書 卷10上 明德馬皇后紀》

함경도 관찰사 정율산이 낙민루의 편액 글씨를 청했는데 이곳은 바로 내가 일찍이 노닐던 곳이었기에 기쁘게 승낙하고 말미에 절구 한 수를 쓰다[823]

關北伯鄭栗山求樂民樓額字 此政余曾遊處 欣然應之 尾題一絶

명산 곳곳에 누각이 아름답거니와	名山諸處好樓觀
이곳에서 웅대한 포부를 다 펴지 못하였네	未盡雄心在此間
두의가 줄지은 홍교 길이 아스라한데[824]	渺然豆蟻虹橋路
붓끝에 한 줄기 초승달 빛이 비치리라	輸入毫端月一彎

823 함경도……쓰다 : '정율산(鄭栗山)'은 정기회(鄭基會, 1829~?)로, 율산은 호이다. 본관은 동래(東萊), 자는 성오(聖五)이며, 저자의 처남으로 저자보다 15세 아래이다. 1858년(철종9) 문과에 급제하고 형조 판서, 공조 판서, 예조 판서, 한성부 판윤 등을 거쳐 1884년(고종21) 7월 10일 함경도 관찰사에 임명되었다. '낙민루(樂民樓)'는 함경도 함흥부(咸興府) 서쪽에 있던 낙민정(樂民亭)이 임진왜란 때 소실되자 1607년(선조40)에 관찰사 장만(張晚)이 성을 개축할 때 옛터에 세우고 편액한 누각이다. '일찍이 노닐던 곳'이란 저자가 49세 되던 1862년(철종13) 12월 18일 함경도 관찰사에 임명되어 1864년(고종1) 6월 15일 좌의정에 임명될 때까지 약 6개월 동안 재직했던 것을 말한다.《藥泉集 卷28 咸興十景圖記 樂民樓》《象村集 卷23 樂民樓記》《哲宗實錄 13年 12月 18日》《高宗實錄 1年 6月 15日》

824 두의(豆蟻)가……아스라한데 : 누각 위에서 내려다보이는 홍교 위의 모습을 표현한 것이다. '두의'는 콩과 개미로, 자그맣게 보이는 사람이나 우마(牛馬)를 비유한다. 청나라 진유영(陳維英)의 〈태고소즉사(太古巢卽事)〉 중 여덟째 수에 "사람은 땅강아지나 개미 같고 소는 콩 같으니, 기이한 경관을 사는 데 돈이 필요 없도다.〔人如螻蟻牛如豆, 買得奇觀不用錢.〕", 청나라 황경인(黃景仁)의 〈사주행(沙洲行)〉에 "행인은 콩 같고 말은 개미 같은데, 풀숲 사이에 출몰하며 꼬물꼬물 가는구나.〔行人如豆馬如蟻, 出沒草際行蠕蠕.〕"라는 구절이 보인다.

경대가 치사했다는 소식을 듣고 나의 오랜 괴로움을 탄식하다[825]
聞經臺致仕 歎余之積苦

이십 년 동안 치사의 어려움을 얼마나 탄식했던가　　幾歎卄年休退艱
수염과 눈썹이 상소를 쓰는 사이에 모두 희어졌네　　鬚眉盡白草疏間
처음 뜻을 이루는 시기는 정해지지 않음이 없으니　　遂初早晚無非定
필경은 초야의 한가로운 삶으로 똑같이 돌아갔네　　畢竟同歸野外閑

825　경대(經臺)가……탄식하다 : '경대'는 김상현(金尙鉉, 1811~1890)으로, 본관은 광산(光山), 자는 위사(渭師), 호는 경대, 시호는 문헌(文獻)이다. 1885년(고종22) 8월 6일 치사(致仕)를 윤허 받고 봉조하가 되었다. 당시 김상현은 75세였으며, 저자는 72세였다. '나의 오랜 괴로움'은 저자가 치사를 청하는 소를 21번째 올렸을 때 비로소 윤허 받은 것을 이른다. 413쪽 주655 참조. 《高宗實錄》 《承政院日記》

석영의 급제 소식을 듣고 도성에 들어가다[826]

聞石榮榜聲入城

우리 아이가 급제자 명단에 들었으니	家兒通桂籍
대대로 벼슬아치의 전통을 잇게 되었네	世世繼簪纓
이름과 성을 거리와 마을에서 외니	名姓街坊誦
성상의 은혜로운 빛에 초목도 영광스럽네	恩光草木榮
서쪽 언덕에서 봉황이 천 길 높이 날고[827]	西岡祥鳳仞
북쪽 바다에서 대붕이 만 리 여정을 시작하네[828]	北海大鵬程
문호가 마치 새로 세워진 것과 같으니	門戶如新建
모두 교화의 울 속에서 이루어진 것이네	莫非化囿成

---

826 석영(石榮)의……들어가다 : '석영'은 저자가 70세 때 후사로 들인 아들이다. 504쪽 주818 참조. 이석영은 31세 되던 1885년(고종22) 9월 15일 문과에 합격하였으며, 이때 저자는 72세였다.

827 서쪽……날고 : 한(漢)나라 가의(賈誼)의 〈조굴원문(弔屈原文)〉에 "봉황이 천 길 높이 낢이여, 덕이 빛남을 보고 내려오도다.〔鳳凰翔于千仞兮, 覽德輝而下之.〕"라는 구절이 보인다.

828 북쪽……시작하네 : 《장자(莊子)》 〈소요유(逍遙遊)〉에 "북쪽 바다에 물고기가 있는데 그 이름을 곤(鯤)이라 한다. 곤의 크기는 몇천 리나 되는지 알 수가 없다. 변하여 새가 되는데 그 이름을 붕(鵬)이라 한다.……붕새가 남쪽 바다로 날아갈 때는 물결을 3천 리나 박차고 회오리바람을 타고 9만 리나 날아올라 여섯 달을 가서야 쉰다.〔北冥有魚, 其名爲鯤, 鯤之大不知其幾千里也. 化而爲鳥, 其名爲鵬.……鵬之徙於南冥也, 水擊三千里, 搏扶搖而上者九萬里, 去以六月息者也.〕"라는 구절이 보인다.

해 질 무렵 수원 북문 밖에 투숙하다
暮投水原北門外

수성[829]의 저물녘 객점에 찬 바람이 부는데	隋城暮店冷風吹
쓸쓸한 나그네 행장에 흰머리가 드리웠네	行李蕭蕭白髮垂
그 옛날 장군 중에 믿을 만한 자가 없었으니	舊日將軍無足恃
그 당시 재상을 누가 있어 알아보았으랴	當時丞相有誰知
담장에 붙은 붉은 잎은 남쪽 성곽을 찾지 못하고	黏垣紅葉迷南郭
길 양쪽의 푸른 소나무는 북쪽 못[830]을 보호하네	挾路蒼松護北池
앉아서 날 밝으면 고향 찾아갈 것을 기다리는데	坐待平明尋梓里
다만 법악이 석영을 인도하는 소리만 들리네[831]	秖聽法樂率榮兒

---

829 수성(隋城) : 경기도 수원(水原)의 옛 이름이다.

830 북쪽 못 : 정조 때 만든 인공 저수지 만석거(萬石渠)로, 화성 북쪽에 만들었기 때문에 '북지(北池)'라고도 불린다.

831 다만⋯⋯들리네 : 지자가 70세 때 후사로 들인 아들 이석영(李石榮)이 과거에 급제하여 풍악을 울리며 고향으로 돌아가는 것을 이른다. 504쪽 주818, 508쪽 주826 참조.

조옥수의 수선화와 매화를 읊은 시에 차운하다⁸³²

次趙玉垂詠水仙梅花韻

외롭고 쓸쓸한 이내 신세 옛 친구가 없거니와	身世踽涼故舊無
산촌에서 그래도 농부를 짝할 수 있어 기쁘네	峽村猶喜伴農夫
무지한 시골 풍속에 마음이 온통 동화되었으니	鄕風貿貿心全化
승정원에서 매화 구경하던 일은 이미 잊었네	已忘銀臺弄玉珠

뜰 가득한 폭설로 누각에 오르지 못하고	滿庭虐雪廢登樓
먼지 낀 쓸쓸한 붓도 가까이하지 않았다오	塵管蕭條不手頭
노인이 언 붓을 불어 녹이는 모습 그리려니	欲畫老人呵凍狀
마음속에서 졸렬한 풍류에 절로 한숨 나오네	意中自恨拙風流

관서의 눈먼 객이 향초를 보내준 것은	關西盲客贈香荭
벗에게 이를 나누어 줌이 가장 좋아서였네⁸³³	分與故人此莫如

---

832 조옥수(趙玉垂)의……차운하다 : '옥수'는 조면호(趙冕鎬, 1803~1887)의 호로, 본관은 임천(林川), 자는 조경(藻卿)이다. 1837년(헌종3) 진사시에 합격하고, 공조 참의, 호조 참판, 동지의금부사 등을 역임하였다. 저서로 《옥수집》이 있다. '수선화와 매화를 읊은 시'는 〈귤산 이 봉조하에게 올리다〔上橘山李奉朝賀〕〉라는 칠언절구 2수이 다. 저자의 세 번째 시에 대한 원운은 《옥수집》에 보이지 않는다. 《玉垂集 卷26 上橘山 李奉朝賀》

833 관서의……좋아서였네 : 조면호의 〈귤산 이 봉조하에게 올리다〉라는 시의 원주 에 따르면, 저자는 의주 부윤(義州府尹)으로 있을 때 평양 서윤(平壤庶尹)으로 있던 조면호에게 수선화 10뿌리를 보내준 적이 있다. 조면호는 46세 되던 1848년(헌종14)

꽃이 없는 겨울을 견디며 보낼 수 있는 것은   無花時節堪消遣
공의 향기가 아직도 자리에 넉넉히 남아서라오   氣味猶留坐席餘

5월 28일 종4품 평안도 평양 서윤에 임명되었으며, 이유원은 35세 되던 동년 8월 5일
종2품 평안도 의주 부윤에 임명되었다.《玉垂集 卷26 上橘山李奉朝賀》《承政院日記
憲宗 14年 5月 28日, 8月 5日》

눈 속에서 짓다

雪中作

흰 눈 내리는 궁벽한 산골에 새 발자국 드문데　　白雪窮山鳥迹稀

거센 바람에 종일토록 사립문을 열지 않았다오　　虐風終日不開扉

그윽한 집에서 세상 잊으니 더욱 귀머거리 벙어리 되었고

幽居忘俗尤聾啞

조용히 앉아 있는 것이 중과 같으니 이대로 귀의하고 싶네

靜坐如僧欲倚歸

오랜 병이 없어지면서 약의 성질을 알게 되고　　久病蠲來知藥性

쌓인 비방이 그친 뒤에 계기가 틀렸음을 보네　　積謗止後見機非

겨울에 피는 매화도 염량세태의 기미가 있어　　寒梅亦有炎涼氣

방문 근처 가지 하나가 오히려 햇빛을 빌리네　　近戶一枝猶借暉

담바고행[834]
淡巴菰行

여송 지역에서 연초가 나오는데[835]	呂宋地界産煙艸
그 이름을 담바고라 부르네	其名曰淡巴菰
장주와 보전에 처음 씨를 뿌리니	漳州莆田始落種
장독을 피할 수 있어 해외에 팔았네	能辟瘴氣海外沽
그리움이 마치 연무 속 풀과 같다고	相思若煙草
당나라 유자가 시구를 전하였네[836]	詩句傳唐儒
밥처럼 일상으로 피우는 담뱃잎이	茶飯稱煙葉
《쇄어》에서는 민도에서 나왔다 했네[837]	瑣語出閩都

---

834 담바고행(淡巴菰行) : '담바고'는 스페인어 'tabaco'의 음역으로, 연초(煙草) 곧 담배를 가리킨다.

835 여송(呂宋)……나오는데 : '여송'은 옛 국명으로, 지금의 필리핀 군도(群島) 중 하나인 여송도(呂宋島), 즉 루손섬을 가리킨다. 필리핀에서 가장 큰 섬으로, 수도 마닐라가 이곳에 있다. 송(宋)・원(元) 이후 중국 상선(商船)이 이곳에 와 무역하면서 명나라 때 여송이라고 일컬었다. 이곳에서 생산되는 담배를 여송연(呂宋煙)이라고 한다.

836 그리움이……전하였네 : 당나라 이백(李白)의 〈산으로 돌아가는 한준・배정・공소보를 전송하며〔送韓準裴政孔巢父還山〕〉라는 24구 120자의 오언시 중 "그리움이 마치 연무 속 풀과 같아, 겨울이건 봄이건 어지럽기만 하다오.〔相思若煙草, 歷亂無冬春.〕"라는 구절이 보인다.

837 밥처럼……했네 : 청나라 사람 이왕포(李王逋)의 《인암쇄어(蚓菴瑣語)》에 따르면, 담뱃잎〔煙葉〕은 민중(閩中)에서 나왔는데 그곳 사람들이 한질(寒疾, 감기)에 걸렸을 때 이 담뱃잎이 아니면 치료할 수 없어 심지어는 담뱃잎 한 근과 말 한 필을 바꿀 정도였다고 한다. 명나라 숭정(崇禎) 계미년(1643, 인조21)에 금령을 내렸으나 변경의

변경 사람들 한질이 들면 담뱃잎이 아니면 치료하기 어려우니

邊人寒痰非此難治

한 근의 귀함이 말 한 필을 바꿀 정도였네 　一朒之貴易一駒

명나라 숭정 연간에 금하는 물건이 되었으니 　崇禎年間爲禁物

병자년 이전에는 우리나라에 없었네[838] 　柔兆以前東土無

청나라 황제가 진중에서 기이한 향을 맡으니 　淸帝陣中嗅異香

마른 연기가 유입된 것은 패수[839] 모퉁이라오 　菸邑流來浿之隅

남쪽 고을과 북쪽 고을 모두 풍토에 알맞은데 　南郡北郡宜風土

상품과 중품으로 현우의 등급을 나누었네 　上品中品分賢愚

무게를 재면 무게가 되고 날을 세면 날이 되니 　稱兩則兩計日則日

크고 작게 덩어리 만들어 극소량도 다투었네 　大小作塊爭錙銖

군사들이 한질을 앓으면서 금령을 느슨히 하자, 숭정 말년에 이르러서는 전국적으로 재배하여 삼척동자도 연초를 피우지 않는 자가 없게 되었다고 한다. '민도(閩都)'는 복건성의 성도인 복주(福州)의 별칭이다. 《元明事類鈔 卷34 花草門2 草 烟葉》

838 병자년……없었네 : 1636년(인조14) 병자호란 때 청나라를 통해 담배가 유입되었다는 말이다. 《해동역사》에 따르면 이성령(李星齡)의 《일월록(日月錄)》에서는 광해군 임술년(1622, 광해군14)부터 시작되었다고 하고, 이수광(李睟光)의 《지봉유설(芝峯類說)》에서는 근세에 왜국(倭國)에서 들어왔다고 한다. 《지봉유설》은 1614년(광해군6)에 편찬되었기 때문에 그 이전에 담배가 들어왔다고 보아야 한다. 《오주연문장전산고》에서는 1618년(광해군10) 무오년에 우리나라에 처음 들어왔다고 하였고, 《오주연문장전산고》 원주는 "우리나라에서는 20년 전에 처음 시작되었다."라는 1635년(인조13)에 편찬된 《계곡만필(谿谷漫筆)》 서문의 구절을 근거로 광해군 을묘년(1615, 광해군7)과 병진년(1616) 사이일 것이라고 추정하였다. 《海東歷史 卷26 物産志1 草類 烟草》《五洲衍文長箋散稿 人事篇 服食類 茶煙 煙草辨證說 原注》

839 패수(浿水) : 압록강(鴨綠江), 대동강(大同江), 예성강(禮成江) 등의 옛 이름으로, 여기에서는 압록강을 가리킨다.

종이나 명주로 겹겹이 싼 다음	以楮以絹重重裹
봉지나 갑에 넣어 꽁꽁 둘렀네	爲苞爲函匝匝紆
복사꽃 오얏꽃 핀 대도회지 부귀한 집으로	桃李朱門大都匯
도로에는 끊임없이 거마가 실어 나르네	塗路絡繹車馬輸
이때에 궁벽한 시골의 빈한한 선비는	此時僻巷貧寒士
그저 고서 읽으며 지도를 짚어볼 뿐이네	但讀古書按輿圖
이 씨앗이 남국에서 왔다고 탄식하지 말라	莫歎此種由南國
당나라 때엔 일찍이 호월이 한집안이었다오[840]	唐代曾是一家胡
옛날에 왕명을 받아 해선에 올랐을 때[841]	昔者銜命登海舶
여송의 담뱃잎 하나를 선물로 받았네	呂宋一葉見贈吾
동쪽도 북쪽도 아니요 남쪽에 가까웠고	非東非北近乎南
비싼 것 싼 것 할 것 없이 차보다 독하였네	無貴無賤毒於茶
어떤 사람이 입에서 담배 연기를 내뿜는가	何人口吐煙火氣
강절선생은 이미 죽었는데 천진교에서 두견새가 우니[842]	

---

840 당나라……한집안이었다오 : 원문의 '일가호(一家胡)'는 '호월일가(胡越一家)'에
서 온 말로, 사해일가(四海一家)와 같은 말이다. 《자치통감(資治通鑑)》〈당기 10(唐紀
十)〉 정관(貞觀) 7년 조에 "북쪽의 호와 남쪽의 월이 한집안이 된 것은 예로부터 있지
않았던 일이다.〔胡越一家, 自古未有也.〕"라는 내용이 보인다.

841 옛날에……때 : 저자가 69세 되던 1882년(고종19) 7월 14일 일본 전권대신(全權
大臣)에 임명되어 간 것을 가리키는 것으로 추정된다. 449쪽 주716 참조.

842 강절선생(康節先生)은……우니 : 남방에서 들어온 담배가 온 나라에 유행하는
것은 장차 나라가 혼란해질 징조가 아닐까 근심스럽다는 말이다. '강절'은 북송의 성리
학자 소옹(邵雍)의 시호이다. 소옹이 낙양(洛陽)의 천진교(天津橋)에서 두견새의 울
음소리를 듣고 "천하가 어지러워질 때에는 지기(地氣)가 남쪽에서 북쪽으로 올라가는
데, 새가 가장 먼저 이 지기를 받는다. 예전에 없던 두견새가 북쪽에 나타난 것을 보면

康節先生已腐膚天津橋杜鵑聲

어쩔 수 없도다 어쩔 수 없도다   已矣乎已矣乎

몇 년 안에 남방 출신이 재상으로 등용되어 천하가 혼란해질 것이다.”라고 하였는데,
얼마 뒤에 남방 태생인 왕안석(王安石)이 등용되어 신법을 추진하며 천하가 혼란해졌
다는 고사가 전한다. 《邵氏聞見前錄 卷19》

석영이 처음으로 승정원에 들어가다[843]

石榮初入堂后

육십 년 세월이 마치 어제 같은데	六十年間等隔晨
우리 아이가 지금 직함을 뒤이었도다[844]	家兒今作繼聲人
부끄럽게도 나는 백발이라 여지가 없지만[845]	愧吾白首無餘地
군주를 잘 보필할 것을 신신당부하네[846]	托付申申利用賓

843 석영(石榮)이……들어가다 : 저자가 70세 때인 1883년(고종20)에 후사로 들인 아들 이석영이 2년 뒤인 1885년 9월 15일 문과에 합격하고, 동년 9월 20일 정7품 승정원 사변가주서(事變假注書)에 임명된 것을 말한다. 이석영은 504쪽 주818 참조. 《文科榜目》 《承政院日記》

844 육십……뒤이었도다 : 저자는 28세 되던 1841년(헌종7) 3월 13일 문과에 합격하고, 동년 윤3월 21일 승정원 사변가주서에 임명되었다. 《文科榜目》 《承政院日記》

845 부끄럽게도……없지만 : 더 이상 살아서 임금을 보필할 시간이 없다는 말이다.

846 군주를……신신당부하네 : 《주역》 〈관괘(觀卦) 육사(六四)〉의 "나라의 빛남을 봄이니, 왕에게 손님이 됨이 이롭다.〔觀國之光, 利用賓于王.〕"라는 구절을 원용한 것이다.

읍청루[847]

挹淸樓

팔십이 다 되어 읍청루를 처음 보니	八旬初見挹淸樓
산빛은 푸르고 물은 잔잔히 흐르네	山色蒼蒼水穩流
원근의 명소는 일찍이 노닐었거니와	遠近名區曾領略
뒤늦게 흥을 타고 오니 올가을이네	晩來乘興此年秋

847 읍청루(挹淸樓) : 서울 숭례문(崇禮門) 10리 밖 용산(龍山) 위에 있던 누각이다.

옥수[848]에게 답하다

答玉垂

세상인심 이제부터 비단보다 얇아지리니   世情從此薄於紗

물러난 노인의 문 앞엔 떨어진 꽃잎뿐이네   退老門前但落花

봄 뒤라 남은 향기를 찾을 곳이 없으니   春後餘香無處問

느릿느릿 먼 동산으로 나비가 돌아가네   懶歸蝴蝶一園賒

---

848   옥수(玉垂) : 조면호(趙冕鎬)의 호이다. 510쪽 주832 참조.

회혼일에 부인의 무덤에 찾아가[849]

回졸日尋夫人墓

생각하면 배우자 없음이 배로 슬픈 것을　　　緬惟缺偶倍傷悲

이해를 다시 만나고서 뼈저리게 알았네　　　此歲重逢有熟知

육십일 년의 세월이 마치 어제 같은데　　　六十一年如昨日

붉었던 얼굴과 흰머리가 예전과 다르네　　　紅顔白髮異前時

인간 세상 쾌사는 그대가 먼저 간 것이니　　　人間快事君先去

넘치게 흐르는 정이 나 자신 바보 같네　　　分外流情我自痴

부질없이 술잔을 무성한 풀에 부으니　　　空酢霞觴荒草宿

외로운 이내 신세 역시나 지루하구려　　　踽涼身世亦支離

849　회혼일에……찾아가 : 이 시는 혼인한 지 60주년 되는 1887년에 지은 것으로, 저자의 나이 74세 되던 해이다. 503쪽 주817 참조.

지은이 **이유원(李裕元)**

1814년(순조14) ~ 1888(고종25). 본관은 경주(慶州), 자는 경춘(景春), 호는 귤산(橘山)·묵농(默農), 시호는 충문(忠文)이다. 백사(白沙) 이항복(李恒福)의 9세손으로, 백사 이래 이태좌(李台佐)·이광좌(李光佐)·이종성(李宗城)·이경일(李敬一) 등의 재상을 배출한 명문가의 후손이다. 부친은 이조 판서를 지낸 이계조(李啓朝)이다. 1841년(헌종7) 문과에 급제하였고, 32세 때인 1845년(헌종11) 10월 동지사의 서장관으로 청나라에 다녀왔다. 이후 의주 부윤, 함경도 관찰사 등을 역임하였다. 고종 초에 좌의정에 올랐다가 1865년(고종2) 이후 한동안 정계에서 물러나 남양주 천마산(天摩山) 아래 가오곡(嘉梧谷)에서 지냈다. 1873년(고종10) 흥선대원군의 실각과 함께 영의정으로 정계에 복귀하였다. 1875년(고종12) 순종의 왕세자 책봉을 주청하기 위한 진주 겸 주청사로 다시 청나라에 다녀왔다. 1879년(고종16) 8월 말 이홍장으로부터 미국을 비롯한 서양 제국들과 통상조약을 체결하고 일본과 러시아를 견제해야 한다는 권유 편지를 받았으나, 미국과의 수교 권유는 거부했다. 1882년(고종19) 7월에 전권대신 자격으로 일본 공사 하나부사 요시모토(花房義質)와 제물포조약을 체결하였다.

이유원은 정치가일 뿐만 아니라 자하(紫霞) 신위(申緯)에게 시를 배운 당대의 시인이었다. 특히 조선의 악부시(樂府詩)에 많은 관심을 가졌고 이를 창작으로 드러내었다. 또 추사(秋史) 김정희(金正喜)와 예서(隸書)를 논한 서예가이며, 금석 서화와 원예·골동은 물론 국고 전장에 상당한 식견을 보여준 19세기의 비중 있는 학자이자 예술가의 한 사람이기도 하다. 나아가 연행과 이후 서신을 통해 섭지선(葉志詵) 등 당대 중국의 지식인들과 교유하며 청대의 학풍까지 두루 섭렵하였다. 이러한 학문적·예술적 성과가 그의 저술 《임하필기(林下筆記)》·《가오고략(嘉梧藁略)》·《귤산문고(橘山文稿)》에 담겨 있다. 또 국가경영에 관계된 저술로 《체론유편(體論類編)》과 《국조모훈(國朝謨訓)》이 있으며, 아울러 《경주이씨금석록(慶州李氏金石錄)》과 《경주이씨파보(慶州李氏派譜)》 등도 편찬하였다.

옮긴이 **이상아(李霜芽)**

1967년 전북 정읍에서 태어났다. 공주사범대학 중국어교육과, 성균관대학교 한문고전번역협동과정 석사와 박사과정을 졸업하였다. 민족문화추진회 부설 국역연수원 연수부 및 상임연구부에서 한문을 수학하였다. 한국고전번역원 번역전문위원을 거쳐 현재 성균관대학교 대동문화연구원에 재직하고 있다. 번역서로 《무명자집 7, 8, 15, 16》, 《삼산재집 1, 2, 3, 4, 5》, 《국역 기언 1》(공역), 《교감학개론》(공역), 《주석학개론 1, 2》(공역), 《사고전서 이해의 첫걸음》(공역), 《대학연의 1, 2, 3, 4, 5》(공역), 《국역 의례(상례편)》(공역), 《국역 의례(제례편)》(공역), 《국역 의례(관례혼례편)》(공역), 《예기정의 1, 2》(공역), 《예기집설대전 3, 4》(공역), 《오서오경독본 예기 상, 중, 하》(공역) 등이 있다.

권역별거점연구소협동번역사업 연구진

연구책임자　이영호(성균관대학교 HK 교수)
공동연구원　안대회(성균관대학교 한문학과 교수)
책임연구원　이상아
　　　　　　이성민
　　　　　　이승현
　　　　　　서한석
　　　　　　김내일
　　　　　　임영걸

가오고략 3

이유원 지음 | 이상아 옮김

2023년 12월 31일 초판 1쇄 발행

편집·발행 성균관대학교 출판부 | 등록 1975. 5. 21. 제1975-9호

주소 (03063) 서울시 종로구 성균관로 25-2

전화 760-1253~4 | 팩스 762-7452 | 홈페이지 press.skku.edu

조판 김은하 | 인쇄 및 제본 영신사

ⓒ 한국고전번역원·성균관대학교 대동문화연구원, 2023

Institute for the Translation of Korean Classics · Daedong Institute for Korean Studies

값 25,000원

ISBN 979-11-5550-617-2　94810

　　　979-11-5550-568-7 (세트)